Fantasy

Herausgegeben von Wolfgang Jeschke

Vom **EARTH DAWN-Zyklus** erschienen in der Reihe
HEYNE SCIENCE FICTION & FANTASY:

1. Roman:
Chris Kubasik, *Der magische Ring* · 06/5117

2. Roman:
Chris Kubasik, *Die Stimme der Mutter* · 06/5118

3. Roman:
Chris Kubasik, *Vergiftete Erinnerungen* · 06/5119 (in Vorb.)

4. Roman:
Greg Gorden, *Das Vermächtnis* · 06/5120 (in Vorb.)

5. Roman:
Sam Lewis (Hrsg.), *Der Talisman* · 06/5274 (in Vorb.)

Weitere Bände in Vorbereitung

CHRIS KUBASIK
DIE STIMME DER MUTTER

Zweiter Roman
des
EARTH DAWN™-Zyklus

Deutsche Erstausgabe

WILHELM HEYNE VERLAG
MÜNCHEN

HEYNE SCIENCE FICTION & FANTASY
Band 06/5118

Titel der amerikanischen Originalausgabe
MOTHER SPEAKS
Deutsche Übersetzung von Christian Jentzsch
Die Innenillustrationen zeichnete Robert Nelson

Redaktion: Hans Joachim Alpers & Friedel Wahren
Copyright © 1993 by FASA Corporation
Die Originalausgabe erschien bei ROC,
an imprint of Dutton Signet,
a division of Penguin Books USA Inc.
Copyright © 1994 der deutschen Ausgabe und der Übersetzung
by Wilhelm Heyne Verlag GmbH & Co. KG, München
Printed in Germany 1994
Umschlaggestaltung: Atelier Ingrid Schütz, München
Technische Betreuung: Manfred Spinola
Satz: Schaber Satz- und Datentechnik, Wels
Druck und Bindung: Elsnerdruck, Berlin

ISBN 3-453-07283-9

Für Mom

TEIL EINS

MEINE SÖHNE

Meine Söhne,

sonderbar, daß Ihr mich ausgerechnet jetzt nach eurem Vater fragt. Gerade vor einer Woche habe ich einen Brief von ihm erhalten, in dem er mich fragt, ob er mich besuchen darf. Wenn er an Euch die gleiche Bitte gerichtet hat, verstehe ich Euer Bedürfnis, weitere Einzelheiten zu erfahren. Jahrzehnte des Schweigens sind schon seltsam genug, aber ein plötzlicher Bruch dieses Schweigens ist noch seltsamer.

Seltsam ist das einzige Wort, mit dem sich das alles beschreiben läßt. Meine Liebe zu J'role. Unsere Geschichte als Familie. J'role als Person. An dem Tag, als Ihr auf die Welt kamt, leuchteten seine Augen vor Freude. Sie schwebten in seinem strahlenden Gesicht wie Wolken an einem blauen Himmel. Doch daneben haftete ihm auch etwas Zögerndes an, als nage eine geheime Furcht an ihm. Diese seine Sorgen offenbarte er mir ebensowenig wie den größten Teil seiner Vergangenheit. Vielleicht tut er es jetzt, wenn ich ihm erlaube, mich zu besuchen. Das ist schwer zu sagen. Ich bin jetzt schon so alt.

Liebe ich ihn? Das weiß ich nicht einmal mehr. Irgendwann kommt ein Punkt, da Leben so miteinander verflochten sind, daß Namen, Worte und Bezeichnungen ihre Macht verlieren. Wir haben uns seit der Schlacht um Throal im Theranischen Krieg nicht mehr gesehen. Und doch ist er in meinem Leben immer gegenwärtig gewesen.

Das gilt jedoch nicht für Euer Leben. Ich weiß, daß Eure Erinnerungen an ihn nebelhaft und ungewiß sein müssen. In Eurem Brief hieß es, daß Euch jemand von unserem ersten gemeinsamen Abenteuer erzählt hat. Ich will Euch von unserem letzten erzählen.

Nach der Entdeckung Parlainths durchwanderten wir mehrere Jahre lang ganz Barsaive und erforschten alte Kaers und verlassene Zitadellen. Wir übernahmen den Schutz der Zwergenkarawanen zwischen Throal und dem Schlangenfluß. Wir begleiteten Schürfexpeditionen zum Todesmeer und kämpften gegen Elementarwesen, die sich aus der geschmolzenen Lava erhoben und unsere Auftraggeber angriffen. Wir sahen mit an, wie die Welt nach den Verwüstungen der Plage wieder grün wurde und die üppigen Dschungel mit Macht zurückkehrten. Wir waren sehr verliebt. Unterwegs retteten wir uns unzählige Male gegenseitig das Leben und wurden immer mehr zu legendären Gestalten.

J'role bewahrte seine Geheimnisse, aber ich spürte sie in ihm, und sehr oft ängstigte mich ihre Intensität. Gelegentlich enthüllten sich die Geheimnisse, wortlos, in den dunklen Augen Eures Vaters, wenn irgendwelche Erinnerungen vor ihnen vorbeizogen, die ich nicht sehen konnte. Aber er war auch sehr charmant und tapfer, und mit den Jahren legte er die Melancholie ab, die bei unserer ersten Begegnung so tief in ihm verwurzelt war.

Wißt Ihr, ich glaubte ihn vor seiner persönlichen Dunkelheit retten zu können. Ich glaubte ihn retten zu müssen.

Ach, die Hybris! Sie kann einen zu Ruhm und Reichtum führen. Aber in persönlichen Dingen ist sie auf jeden Fall eine Belastung.

Als wir Mitte Zwanzig waren, beschlossen wir, ein Kind zu bekommen. Unsere Abenteuer hatten uns ein kleines Vermögen eingebracht, das es uns gestattete, uns irgendwo niederzulassen, falls wir den Wunsch dazu verspürten. Und genau das taten wir. Bis zum heutigen Tag weiß ich nicht, ob J'role hinsichtlich seines Wunsches, das Vagabundenleben zu beenden, die Wahrheit gesagt hat, aber nach Eurer Geburt hätten wir nicht glücklicher sein können. Wir betrachteten uns als von den Passionen doppelt gesegnet. Die Namen, die wir euch gaben, Samael und Torran, waren die Namen von Freunden, die wir in unserer Abenteurerzeit gewonnen hatten. Ihr wart beide wunderschön.

Auch nach den vielen Jahren sehe ich Eure kleinen Hände und Finger noch ganz deutlich vor mir, wie sie ständig nach etwas griffen und sich darauf vorbereiteten, Werkzeuge ganz fest zu halten. Euer Bestreben, ein Schwert zu ergreifen, muß schon damals sehr stark gewesen sein.

Schreien in der Nacht. Schmutzige Windeln, die gewaschen werden mußten. Das ständige Füttern. (Ich mußte Euch beide immer gleichzeitig füttern, vergeßt das nicht!) All diese kleinen Ärgernisse waren nichts im Vergleich zu den geistigen Anforderungen zweier Kleinkinder, die sich in menschliche Wesen verwandelten und ohne Vorwarnung in eine erstaunliche Welt geworfen wurden, die ihre Neugier erregte. »Mami, warum ist der Himmel blau?« »Mami, warum ist das Todesmeer so heiß?« »Mami, warum hat man fünf Zehen?« Es gibt soviel zu erklären, und von den Erwachsenen, die von den Kindern für allwissend und allmächtig gehalten werden, wird erwartet, daß sie die Antworten auf alle Rätsel und Geheimnisse kennen.

Es schien alles viel zuviel zu sein. Doch wie man als Erwachsener den Sinn für das Staunen durch die Augen eines Kindes neu entdecken kann!

Entschuldigung. Ich wollte von Eurem Vater erzählen.

Merkt Ihr, wie ich dem Thema ausweiche? Es ist seltsam. Je älter man wird, desto weniger kümmert man sich um Peinlichkeiten und Fehler, aber desto mehr häufen sich auch die Peinlichkeiten und Fehler.

Schlußendlich gleicht sich wohl alles aus. In dieser Geschichte komme ich mir wie eine Närrin vor, weil alles so klar war. Ich hätte nur hinschauen müssen. Es kommt mir so vor, als hätte ich Euch im Stich gelassen, weil ich es besser hätte wissen müssen. Spät in der Nacht überkommt mich die Reue, und ich frage mich immer wieder, wie ich so dumm sein konnte.

Ich werde Euch Dinge erzählen, von denen Ihr vielleicht früher einmal gewußt, die Ihr mittlerweile aber gewiß wieder vergessen habt, und zwar aus gutem Grund. Doch bevor Ihr Euch dazu bereiterklärt, Euren Vater zu sehen, solltet Ihr davon erfahren.

Ein paar Monate nach Eurer Geburt sagte mir J'role, er müsse Samael begleiten, um ihm bei der Suche nach einem alten Schwert zu helfen. Die Plötzlichkeit seiner Abreise überraschte mich, aber ich versuchte nicht, ihn aufzuhalten. Er war ein halbes Jahr unterwegs, dann kehrte er mit Juwelen zurück, die er aus einem alten Grab geplündert hatte. In der Zwischenzeit war Samael zurückgekommen und hatte mir erzählt, J'role habe die Suche nach dem Schwert nach drei Monaten ganz einfach aufgegeben.

Als ich J'role daraufhin zur Rede stellte, lachte er, zeigte mir die Beute und sagte: »Nun, wenigstens war es keine reine Zeitverschwendung!«

Er blieb für zwei Monate bei uns, dann verschwand er wieder, diesmal für drei Monate. Dann blieb er nur zwei Wochen lang, bevor er erneut aufbrach.

Jedesmal, wenn er zurückkam, glaubte ich, er müsse das Gespenst ausgetrieben haben, das ihn zum Gehen gezwungen hatte. Bei jeder Rückkehr hielt er mich, als wolle er mich nie wieder loslassen. Dann stand er nachts stundenlang vor Eurem Bett und beobachtete Euch im Schlaf. Und wie er den ganzen Tag lang mit Euch spielte, Euch in der Luft herumwirbelte und kitzelte, zuerst mit dem einen und dann mit dem anderen auf dem Rücken herumlief, so daß Ihr durchgeschüttelt wurdet wie auf einem bockigen Pferd! Ihr habt gelacht und gelacht. Er liebte es – mußte –, Euch zum Lachen zu bringen, war ganz wild darauf.

Er hielt das Haus sauber, übte Jonglieren und akrobatische Kunststücke und machte einen vollkommen zufriedenen Eindruck.

Doch immer wieder folgte eine weitere plötzliche

Abreise, und nach einiger Zeit verschwand er einfach, ohne noch etwas von seinen Absichten verlauten zu lassen. Wenn er dann Monate später zurückkam, pflegte er verlegen zu lächeln.

Schließlich konnte ich es nicht mehr ertragen und verwies ihn des Hauses. Er nickte traurig und sagte, ich habe wohl recht. Das war kaum die Reaktion, die ich mir erhofft hatte. Aber er ging.

Für eine Weile.

Jahrelang kehrte er immer wieder wie zuvor zurück und sagte mir immer, jetzt wolle er bleiben. Dann entschuldigte er sich überschwenglich und nahm mich in seine starken Arme, und in seinen Augen stand nichts anderes als ein unersättlicher Hunger nach meiner Liebe.

Doch er blieb nie. Ich brachte immer bessere Schlösser an der Tür an, da ich mich nicht mehr von ihm verwirren lassen wollte. Aber Euer Vater war einer der besten Diebe, die jemals gelebt haben, und es wurde zu einem schlechten Scherz.

Es wäre für den Rest unseres Lebens zu einem langweiligen schlechten Scherz geworden, der sich ständig wiederholt hätte, wäre nicht eines Nachts eine fliegende Burg über unser Haus geflogen. Die Theraner waren nach Barsaive zurückgekehrt. Ihr zwei wart erst sieben. Ich weiß nicht, woran Ihr Euch noch erinnern könnt. Also werde ich Euch so viel erzählen, wie nötig ist, damit Ihr Euren Vater kennenlernt.

Stunden, bevor die Burg über unser Dorf flog, waren wir drei bei Horvak, dem Schmied. Sein neuer Glühofen mußte eingerichtet werden, und ich hatte Euch beide mitgenommen. Es hatte gerade geregnet (wann regnet es in Barsaive nicht?), und der Boden war durchweicht und matschig. Torran, Du bist durch den Matsch vor Horvaks Haus gerannt, während du Samael immer wieder aufforderrtest, Dir nachzueifern. Nach wenigen Minuten wart Ihr beide völlig schlammbedeckt – aber das ist nun einmal der Lauf der Dinge. Meine Aufmerksamkeit hatte Grenzen, und Ihr wußtet, daß ich damit beschäftigt war, magische Kräfte einzusetzen, um Horvaks Schmiedeofen fertigzustellen.

Ich glaube, damals trug ich noch jenes scharlachrote Magiergewand, das mit silbernen und weißen Vögeln geschmückt war. In jenen Zeiten mußte ich mich auf diese Weise vor den Dämonen schützen, wenn ich einen Zauber wirkte. In den vergangenen Jahren ist uns gegen die Beschmutzung des Astralraums durch die Dämonen etwas Besseres eingefallen. Aber damals war das Gewand eines Magiers sein Band zur Magie.

Ich arbeitete geschäftig an Horvaks Esse und setzte mein Wissen und meine Macht ein, um zu erreichen, daß Flammen und Hitze länger erhalten blieben, als dies durch den Brennstoff normalerweise möglich war. Ich mußte auf Dämonen achten, die mich auf der Astralebene aufzuspüren versuchten, während ich gleichzeitig Horvaks Finger und Euch Jungen im Auge behalten mußte. Aus weiter Ferne hörte ich das Lachen von Kindern wie Metallglöckchen in einer leichten Brise. Ich dachte mir nichts dabei, bis das Johlen und Lachen immer lauter wurde und die Kinder schließlich an Horvaks Haus vorbeirannten. Doch selbst da dachte ich nicht mehr, als daß die Kinder eben ihren Spaß hatten.

Erst als ihr zwei in Horvaks Haus gelaufen kamt und Samael ganz aufgeregt von einem Bein auf das andere hüpfte und rief, »Mama, Mama, der Clown ist da!«, nahm ich tatsächlich Notiz.

Der Clown.

Mein Kopf war plötzlich leer. Ich löste die Verbindung mit der Astralebene und unterbrach das Ritual für einen Augenblick. Ich richtete mich auf, und Horvaks Mund verzog sich zu einem enttäuschten Schmollen.

Ihr standet ein paar Schritte entfernt und strecktet mir einen Arm entgegen, aber der Rest von Euch schien sich von mir zu entfernen, als wärt Ihr bereits unterwegs, um Euch den Clown anzusehen. Und in gewisser Weise wart Ihr das auch. In den letzten drei Jahren war der Clown zur Freude aller Kinder des Dorfes und zu meinem Mißvergnügen alle paar Monate aufgetaucht.

Aber Ihr wußtet nichts von meinem Mißvergnügen, und Ihr wußtet nicht, daß es Euer Vater war. Ihr hattet ihn seit mindestens vier Jahren nicht mehr als Euren Vater zu Gesicht bekommen. »Nein«, sagte ich, »ich bin jetzt hier und muß mich um Horvaks Esse kümmern.«

Torran fing an, im Matsch herumzustampfen, der ihm bis zur Brust hinaufspritzte.

»*Hör auf!*« schrie ich. Ich hatte ihre Sachen eben erst gewaschen. »Hör auf!« Aber Du hörtest nicht auf, Torran. Du tobtest einfach immer weiter im Matsch herum. Und Du, Samael, hast deinen Bruder sorgfältig beäugt, das Risiko abgewogen und beschlossen, ihm nachzueifern.

Ich versuchte, Euch beide zu erwischen, um Euch irgendwie zur Ruhe zu bringen. Aber Ihr wart flink wie zwei Stinkmarder – ein wenig schmeichelhafter Vergleich, und so ist er auch gemeint. Ihr tobtet mit lächerlicher Energie herum. »Ich will den Clown sehen!« verlangte Torran. Ihr ranntet im Kreis um mich herum, und es schien so, als würdet Ihr nie mehr aufhören. Auf ihrem Weg zum Clown kamen viele Dorfbewohner an uns vorbei und beobachteten unseren kleinen Zirkus. Ich schämte mich. Warum konnte ich meine beiden Jungen nicht bändigen?

Ich versuchte, vernünftig zu sein. Ich hörte auf, Euch hinterherzujagen, und senkte die Stimme, bis sie wieder ruhig klang. »Bitte. Wir gehen nicht. Ich muß das hier zu Ende bringen.«

Samael beruhigte sich, da er meinem Tonfall entnehmen konnte, daß ich mich schlecht fühlte. Doch Torran stemmte die Hände in die Hüften, eine Geste, die er mir abgeschaut hatte, und starrte trotzig zurück. »Ich will den Clown sehen.«

»Zu dumm.«

Ein Schrei drang aus Torrans Kehle. Er reckte die Arme in den Himmel und rannte herum, als sei eine Passion in ihn gefahren. Er schrie und brüllte und brüllte und schrie. Ein stechender Schmerz raste durch meine Schläfen. Ich konnte hart bleiben und Stunden vergeuden oder um der Ruhe und des Friedens willen nachgeben. Hätte ich mich doch nur manchmal ausruhen, die Bürde, Euch zwei großzuziehen, mit jemandem teilen können, wäre ich mit Sicherheit stärker gewesen. Aber so war es nicht. »Ja«, sagte ich schließlich, »wir können gehen.«

Ich erklärte Horvak, daß ich bald zurückkehren würde. Dann nahm ich Euch beide an die Hand, und wir machten uns zum Clown auf.

Wir gingen den schmalen Weg durch die Reisfelder der alten Jayara entlang und dann weiter zur Lichtung

am Rande des Ortes. Die großen Blätter an den Bäumen glänzten hellgrün und funkelten im besonderen Glanz des Lebens, den Regen immer mit sich bringt. Der Himmel war strahlendblau und wolkenlos. In solchen Augenblicken fragte ich mich immer – und tue es noch –, warum unser Leben so schwierig und traurig geworden war. Ich hatte eine regelmäßige Arbeit als Dorfmagierin, ich hatte Euch beide (manchmal eine Qual, aber zugleich die Lichter meines Lebens), und ich hatte die Welt um mich, die in ihren Formen und Farben einfach wunderschön war. Das Universum hielt mich wie eine Mutter ihr Kind, wiegte mich in seiner Armbeuge und beglückte mich mit entzückenden, sanften Lauten und Anblicken.

Warum reicht es uns nicht, einfach nur zu leben?

Euer Vater war von mindestens zwei Dutzend Kindern umgeben. Sie saßen im feuchten Gras, wälzten sich vor Lachen hin und her, schlugen auf den Boden und sahen einander an, um sich gegenseitig zu bestätigen, daß dieser Clown wirklich und wahrhaftig sehr lustig war.

Er trug ein Kostüm aus schwarzen und weißen Flicken, die kreuzweise zusammengenäht waren. Um das rechte Auge hatte er ein dunkelblaues Karo gemalt und auf die linke Wange ein kleines rotes Herz. Winzige Glöckchen klimperten an seinen Stiefeln und bimmelten fast unhörbar, wenn er sich jemandem näherte, um etwas aus seinen Taschen zu stehlen, jedoch laut genug, um eine Herausforderung für ihn darzustellen. Herausforderungen trieben ihn an wie Peitschenhiebe.

Er jonglierte mit drei kleinen Holzbällen und einem Messer. Während das Messer durch die Luft flog, starrte er es voller Panik an und übersah vollständig die drei Holzbälle, die ebenfalls ständig in Bewegung waren. Ihr zwei wolltet näher gehen, doch ich blieb, wo ich war. Ich wollte nicht den Eindruck erwecken, daß ich näher an ihn heran wollte. Ihr lehntet Euch

18

beide so weit wie möglich vor, während ich Euch festhielt.

Dann sah uns J'role. Sein Blick begegnete dem meinen. Einen kurzen Augenblick lang sprang etwas Unausgesprochenes und Undefinierbares zwischen uns hin und her. Dann, als würden wir einander nicht kennen, war J'role wieder in seine Arbeit vertieft und kreischte vor Entsetzen, wenn sich das Messer einer Hand näherte.

Ich wollte so gern eine ernste Miene bewahren und ihm zeigen, wie unzufrieden ich mit ihm war. Aber er war zu gut. Ich mußte einfach lächeln.

Schließlich hörte er auf zu jonglieren, legte seine Requisiten beiseite und lächelte dann strahlend, als bemerke er jetzt erst die Kinder, die ihn umgaben. Er klatschte in die Hände und stieß einen übertriebenen Seufzer aus. Es war klar, daß er nichts so sehr liebte wie Kinder zu unterhalten. Ebenso klar war sein Bedürfnis, dafür zu sorgen, daß die Kinder dies auch wußten.

Und das taten sie.

Kinder liebten J'role.

Er war ein Clown. Das half natürlich. Er blieb nicht zu Hause, stellte keine Regeln auf und sagte ihnen nicht, was sie zu tun hatten, wenn sie überleben und erwachsen werden wollten, damit sie später selbst für sich sorgen konnten. Er tauchte lediglich hin und wieder auf und brachte sie zum Lachen.

Er streckte den Arm aus, um einem der Kinder, die ein paar Ellen vor ihm saßen, die Hand zu schütteln. Er machte zwei Schritte, und dann flogen seine Beine nach hinten, als sei er im nassen Gras ausgerutscht. Er ruderte mit den Armen und riß den Mund in einer übertriebenen Darstellung panikerfüllten Entsetzens weit auf. Einen Moment lang schien er in der Luft zu schweben, nicht von Magie gehalten, sondern von seiner Meisterschaft in derartigen Clownerien. Dann, *wumm*, krachte er zu Boden.

Johlendes Gelächter störte die Ruhe des friedlichen Nachmittags. Die Kinder konnten einfach nicht mehr an sich halten. Wenn sie jemals etwas Lustigeres gesehen haben sollten, überzeugte sie diese Darstellung ganz gewiß davon, daß dem nicht so war.

J'role tat so, als wolle er aufstehen, doch wiederum glitten die Beine unter ihm weg. Immer wieder versuchte er sich aufzurappeln, nur um festzustellen, daß der Boden so naß war, daß er nur hinfallen konnte. Seine Beine flogen nach links. Nach rechts. Sie spreizten sich. Sie glitten nach hinten.

Wiederum biß ich die Zähne zusammen und versuchte nur Ärger und Mißvergnügen zu zeigen. Doch als er einfach nicht auf die Beine kommen wollte, lachte ich schließlich ebenfalls los. Die anderen Erwachsenen lachten mit ihren Kindern. Und Ihr zwei lachtet, bis Euch die Tränen kamen.

Die Vorstellung ging mit weiteren Stürzen und Jonglierkunststücken weiter. Handstände, Überschläge und Radschlagen. Schließlich war sie zu Ende. Kinder und Erwachsene applaudierten. Ihr habt Euch schließlich von mir losgerissen und Euch den Beifallskundgebungen angeschlossen. Er verbeugte sich mehrmals sehr tief, glücklich über die Aufmerksamkeit. Dann richtete er sich auf, und unsere Blicke begegneten sich wieder. Doch diesmal hielt er meinem Blick stand.

Ich geriet in Panik, da ich Angst davor hatte, mich wieder mit ihm auseinandersetzen zu müssen, seine Wärme irgendwo in meiner Nähe zu spüren. Er konnte mich nämlich überlisten, wißt Ihr? Meinen Zorn in Trauer verwandeln, meine Wut in Lachen. Und noch mehr, ein Teil von ihm erschreckte mich einfach zu Tode. Ich sah niemals, woran das lag, sondern dachte immer, mit mir stimme etwas nicht. Erst später sollte ich die Wahrheit erfahren.

Ich nahm Eure Hände und stürmte von der Lichtung zu Horvak zurück, um seine Esse zu vollenden, und dann weiter nach Hause, um zu essen und zu schlafen.

Daheim angekommen, sperrte ich die Tür ab, schloß die Fensterläden und löschte alle Lampen.

Und wartete.

Er würde kommen.

Selbstverständlich.

Ihr schlieft rasch ein, da Ihr nicht auf den Gedanken kamt, ein Clown könnte noch vorbeischauen. Ich blieb wach und starrte auf die dünnen Linien aus Mondlicht, die durch Ritzen in den Fensterläden fielen. Die Nacht war kalt, das Bett groß. Ich hielt mir eines von Mopas buntgefärbten Kopfkissen vor die Brust, während ich kaum zu atmen wagte und auf irgendein Geräusch wartete, das mir verriet, daß J'role eingetroffen war.

Eine sonderbare Verwirrung hatte von meinen Gedanken Besitz ergriffen, denn selbstverständlich würde er kein Geräusch verursachen.

Ich versuchte mich zu erinnern, woran ich erkannt hatte, daß er hereingekommen war, aber ich konnte es nicht. Würde er diesmal überhaupt hereinkommen? Ich hatte neue Schlösser eingebaut, Schlösser, die durch Magie verstärkt waren. Der Magier, der sie mir verkauft hatte, war sehr überzeugt von seinen Waren gewesen. Doch als ich ihn fragte, ob seine Magie auch den Fähigkeiten des schon beinahe legendären Diebs standhalten würde, der sich gerüchteweise wie ein Clown kleidete, war sein Lächeln wie weggewischt. Er übernähme keine Garantie, hatte er gesagt.

Ein Geräusch? Stand J'role vor der Tür? Ich strengte mich an, gab mir alle Mühe, vollkommen still zu sein, damit ich jeden Laut hören konnte. Die Insekten des Dschungels bildeten eine pulsierende Geräuschkulisse. Ich versuchte sie zu überhören, und stellte mich dem ungeheuren Summen der Stille. Je mehr ich mich konzentrierte, desto lauter wurde das Summen, bis ich die Anspannung nicht mehr aushielt.

Ich entspannte mich, nur um festzustellen, daß ich dringend atmen mußte.

Ich wartete und wartete.

Befand er sich bereits im Haus?

Würde er kommen? Diese Frage ließ sich nicht mit Sicherheit beantworten. Bisher war er immer gekommen. Würde er es auch diesmal tun?

Ich sagte mir, daß ich nicht wollte, daß er kam. Tatsächlich flehte ich die Passionen an, und zwar alle, wobei mir egal war, welche mich hörte, um ihn fernzuhalten. Wenn er nicht kam, bedeutete das, daß ich wahrscheinlich für immer mit ihm fertig war.

Schließlich trieben mich Anspannung und Ungewißheit aus dem Bett.

So leise wie möglich, tastete ich mich über die Dielenbretter bis zum Perlenvorhang vor der Tür und lauschte. Nichts.

Ich teilte die Perlenschnüre und spähte in den angrenzenden Raum. In der Tür zu Eurem Schlafzimmer stand Euer Vater, und Perlenschnüre hingen ihm über die Schultern wie erstarrte Regentropfen.

Natürlich hatte er mich bereits gehört. So war er eben. Er hörte alles, aber niemand hörte ihn. Doch er reagierte nicht.

Ich nahm meinen ganzen Ärger zusammen, straffte mich und ging leise über den Flur, um Euch nicht zu wecken. Ich erreichte ihn, und immer noch drehte er sich nicht zu mir um. Ich sah an ihm vorbei. Samael, Deine kleine Hand rieb gerade Deine Nase, und Du, Torran, drehtest Dich um, während sich Deine Lippen langsam in der lautlosen Sprache der Träume bewegten.

»Warum tust du das immer wieder?« fragte ich ihn leise, aber schroff.

Sein Körper war so nahe. Ich brauchte ihm nur den Arm um die Hüfte zu legen. Er würde seinen Arm um meine Schultern legen. Versteht Ihr? Selbst jetzt spüre ich ihn noch – mit meinem Körper, nicht in meinen Gedanken. Wie unsere Hände ineinanderla-

23

gen, wie er sich an mich schmiegte, wenn wir zusammen im Bett lagen, die Berührung seiner Lippen an meinem Hals. Keine Bilder, nur der Nachhall Jahrzehnte zurückliegender Berührungen. In jener Nacht war der Nachhall noch stärker, und ich sehnte mich – ich gebe es zu – wieder nach der Ursache dieses Nachhalls.

»Ich wollte sie sehen.«

»Warum schleichst du dich herein?«

»Tue ich das?«

»Warum fragst du nicht vorher?«

»Würdest du mich einlassen?«

»Nein.«

»Ich liebe dich.«

Ich lachte. Nicht daß das, was er gesagt hatte, komisch gewesen wäre: Ich glaubte, daß er mich tatsächlich liebte. Ich wußte, daß er mich liebte. Aber indem ich ihn auslachte – ohne mich zuvor auf eine Diskussion mit ihm einzulassen –, drängte ich ihn in die Verteidigung. Ich wollte nicht, daß er mich noch mehr verwirrte. Ich ging zum Eßtisch und setzte mich auf einen Stuhl.

Er drehte sich um und folgte mir. Dann sagte er schmerzerfüllt: »Aber ich liebe dich wirklich.« Die Leidensmiene war vorgetäuscht. Er schob sie nur vor, um seine Empörung zu schüren.

»Du willst es. Aber du schaffst es nicht.« Grausam, aber ich wollte ihm weh tun. Ich öffnete die Hand, und eine goldene Flamme brannte auf meiner Handfläche. Das Licht fing sich in seinen dunklen Augen, und sie leuchteten wie zwei Sterne. Er sah hübsch aus. »Du siehst gut aus. Die glatten Züge der Jugend und des Irrsinns.«

»Ich bemühe mich um ein angenehmes Äußeres.«

»Samael wäre vor zwei Monaten fast am Fieber gestorben. Hast du das gewußt? Hat dir das irgendeiner deiner nächtlichen Besuche enthüllt?«

24

Er schwieg. Er hatte es nicht gewußt. Dann: »Jetzt geht es ihm wieder gut?«

Meine Stimme hob sich. »Natürlich geht es ihm jetzt wieder gut, du Narr. Wäre er krank, würde ich herumlaufen und mir Sorgen machen!« Ich fing mich, als ich an Euch zwei dachte, und senkte die Stimme zu einem rauhen Flüstern. »Eltern tun das normalerweise!«

»Ich kann ihnen kein Vater sein. Das weißt du.«

»Ich weiß nichts dergleichen. Tatsächlich weiß ich überhaupt nichts. Mit jedem Tag, den ich lebe, weiß ich weniger und weniger. Wissen, wissen, wissen. Das ist es, was du willst, nicht wahr? Du mußt wissen, daß alles gut wird, bevor du den ersten Schritt tust. Feigling.« Ich schloß die Hand. Im Zimmer wurde es dunkel. »Du solltest nicht mehr herkommen.«

»Ein Stück von mir ist immer hier.«

»Stücke von dir sind überall! Wenn du hier sein willst, dann bleib auch hier. Aber laß nicht jedesmal, wenn du durch jene Tür gehst, einen Rest von dir hier zurück. Geh vollständig oder bleib.«

Er schluckte. »Du ließest zu, daß ich hierbleibe?«

Ich zögerte, versuchte die Worte zurückzuhalten. »Ja, ich ließe zu, daß du bleibst. Und sei es auch nur, damit du herausfinden könntest, ob du wirklich bleiben willst. Meiner Meinung würdest du nach kurzer Zeit feststellen, daß du es nicht willst... Aber dafür hätten wir es hinter uns!«

»Du weißt nicht...«, begann er, wieder einmal auf seine dunkle Vergangenheit anspielend.

»Nein. NEIN! Ich weiß nicht. Dieses Vorrecht ist mir nie zuteil geworden. Ich habe keine Ahnung, was du durchgemacht hast. Und ich bezweifle, daß ich je eine Ahnung haben werde. Und jetzt geh, und laß dich hier nicht mehr sehen.«

Er schwieg.

»Ich meine es ernst. Geh. Ich mache das nicht mehr länger mit. Dies ist nicht mehr dein Zuhause. Du bist gegangen. Du bist draußen. Sonst werde ich dafür sorgen, daß du getötet wirst.«

Er erstarrte, wie vom Blitz getroffen.

Mein Gesicht gefror zu einer Maske. Ab und zu überfällt uns die Wahrheit und schüttelt uns durch wie ein gemeiner Dieb. »Ich kann das alles wirklich nicht mehr ertragen, J'role. Du mußt ganz aus meinem Leben verschwinden. Bitte. Komm nie wieder hierher zurück. Ich glaube, ich meine es ernst.«

In diesem Augenblick verschwand das Mondlicht, das durch die Ritzen fiel, und unser Haus lag in völliger Dunkelheit. Laute Stimmen, Rufe kamen von irgendwoher. Wir blieben reglos, rechneten damit, daß etwas Furchtbares geschehen würde, hatten jedoch keine Ahnung, was dieses Furchtbare sein sollte. Dann eilten wir nach draußen.

J'role sah die Burg zuerst. Sie schwebte mehrere hundert Ellen hoch in der Luft und flog nach Norden. Stimmen drangen durch die Nacht von ihr herunter, dazu das Geräusch von Trommeln. Lange Ruder ragten aus dem Fundament der Burg und bewegten sich hin und her. Er machte mich darauf aufmerksam.

»Was ist das?«

»Ich weiß es nicht. Ich habe so etwas noch nie ...« Seine Stimme verklang und wich jungenhaftem Staunen.

Die Burg flog weiter.

»Es sieht aus wie ein Luftschiff, wie eines der Schiffe der Kristallpiraten.«

»Aber es besteht aus Stein. Und es ist überhaupt nicht wie ein Schiff geformt.«

»Die Magie muß gewaltig sein.«

»Theraner?«

Kaum hatte er das Wort ausgesprochen, als wir einander ansahen. Ich glaube, er war bei diesem Gedanken ebenso überrascht wie ich. Doch es schien kaum ein Zweifel möglich zu sein. Wenn jemand so etwas schaffte, dann die Theraner.

Erregung erfaßte mich. Meine Hände fingen an zu zittern, als hätte ich an diesem Tag einen Zauber zuviel gewirkt.

Ich glaube nicht, daß Ihr verstehen könnt, was das für uns, für jedermann in Barsaive bedeutete. Ihr seid den Theranern natürlich sehr früh in Eurer Kindheit begegnet, und Eure Eindrücke wurden durch die nachfolgenden Ereignisse geprägt. Doch für jene von uns aus der ersten Generation nach den Kaers, mit Geschichten über die Theraner aufgewachsen, war der Gedanke, daß sie tatsächlich zurückkehrten, überwältigend und aufregend. Sie waren die Retter der Welt, hingen aber auch einigen sonderbaren Sitten an, darunter der Sklaverei. Sie waren die Meistermagier und -adepten, aber auch diejenigen, die Geschäfte mit der Verzweiflung machten.

»Ich muß es herausfinden«, sagte J'role. Sein Mund verzog sich zu einem aufgeregten, jungenhaften Lächeln – einem Lächeln, das mich vor Jahren entzückt hatte, mich im Augenblick jedoch nur mit Trauer und Enttäuschung erfüllte.

»J'role«, sagte ich, »ich bin auch neugierig. Aber wir können nicht jedesmal in der Welt herumziehen, wenn uns irgend etwas interessiert. Die Kinder ...«

Er starrte mich an. Die Hitze war aus seinen Augen gewichen und durch ein kaltes, neugieriges Starren ersetzt worden, als habe ich in einer seltsamen Sprache geredet, die er nicht verstand, aber faszinierend fand. Sein Blick ließ mich frösteln.

»Aber wir müssen es wissen.«

»Andere werden es herausfinden.«

»Aber ich werde nicht dabei sein, um es ebenfalls zu erfahren. Und ich werde nicht da sein, um es zu erleben.«

»Was ist mit dem Leben hier?«

Er wandte den Blick von mir ab und betrachtete das Haus. Seine Stimme verhärtete sich. »Das kenne ich bereits. Ich will nicht ...« Er sah weg.

Ich berührte seine Schulter. Plötzlich war er wieder der traurige, stumme Junge, den ich im unterirdischen Gefängnis der Elfenkönigin getroffen hatte. »Woher willst du das wissen ...?«

Er wandte sich von mir und dem Haus ab. »Releana, ich muß gehen«, sagte er entschlossen. Mannhaft.

Dann lächelte er wieder. »Eine Burg, die fliegen kann!« Er sah mich noch einen Augenblick an, dann rannte er in die Nacht davon und warf sich in die Umarmung des nachtschwarzen Dschungels. Ein paar Augenblicke später hörte ich Spaßvogel wiehern und dann das Trommeln sich rasch entfernender Hufschläge.

Ich blieb noch einen Augenblick in der Tür stehen, wobei ich mich fragte, welch schreckliche Dinge ich in der Vergangenheit getan hatte, um einem derart lächerlichen Mann so starke Gefühle entgegenzubringen. Ich wäre so gern in der Lage gewesen, alle Gedanken an ihn aus meiner Seele herauszuzupfen wie einen Splitter aus dem Finger. Aber unsere Leidenschaften sind nun einmal keine Gegenstände, die in uns hineingerammt werden. Sie gehören ebenso zu uns wie Herz und Lunge und sind ebenso lebendig und blutvoll.

Eine ganze Weile starrte ich so in die Nacht, während die Hütten des Dorfes von grausilbernem Sternenlicht beschienen wurden und der Dschungel tief und finster vor mir lag.

Schließlich kehrten meine Gedanken wieder zu dem erstaunlichen Anblick der fliegenden Burg zurück. Waren die Theraner wirklich zurückgekehrt? Eine Mischung aus Furcht und Erregung wallte durch meinen Körper. Die Unsicherheit, was solch ein Ereignis für Euch zwei bedeuten mochte, regte mich auf, und schließlich wandte ich mich von der Tür, von meinen Gedanken und von der Nacht ab und kehrte in mein Bett zurück. Allein oder nicht, ich war müde und schlief rasch ein.

Im Ort war man natürlich in heller Aufregung, als ich erzählte, was ich gesehen hatte. In den letzten vier Monaten, seit die Ork-Brenner das Dorf überfallen hatten, war es ziemlich ruhig gewesen. Theorien gab es im Überfluß. Die Theraner waren tatsächlich zurückgekehrt. Sie würden ein neues Zeitalter des Friedens und des Wohlstands bringen. Die Theraner waren während der Plage von den Dämonen ausgerottet worden. Die Burg war ein theranisches Schiff, das von den Geistern der getöteten Theraner gesteuert wurde. Die Theraner hatten sich in Ungeheuer verwandelt und kamen jetzt, um das Werk der Dämonen zu vollenden. Die Theraner waren von den Dämonen vernichtet worden. Bei diesem Schiff handelte es sich um den Abgesandten eines anderen starken magischen Reichs, das gekommen war, um das Land für sich einzufordern, wie es zwangsläufig immer wieder vorkommen wird.

Torvan der Narbige, Elasia Rabenhaar und ein paar andere ritten in die Richtung davon, in die ich die Burg hatte fliegen sehen, kamen jedoch ein paar Tage später zurück, da sie einfach nicht in der Lage waren, die Spur der Burg aufzunehmen. Ich hatte unbedingt mit ihnen gehen wollen. Als Dorfmagierin stand mir das sogar an, und es hätten durchaus Vorkehrungen für Eure Obhut getroffen werden können, wie bei anderen Gelegenheiten auch. Doch ich tat es nicht, und schon da wußte ich, daß dies nur dem heimlichen Bedürfnis entsprang, Eurem Vater eins auszuwischen. Indem ich nicht ging, glaubte ich irgendwie zu beweisen, daß er in jener Nacht nicht hätte verschwinden dürfen.

Doch mit jedem Tag, der verstrich, wuchs meine Neugier, und ich wußte ganz genau, warum er gegangen war. Ich mußte immer wieder daran denken, wie schön es gewesen wäre, sich mit ihm zusammen auf die Verfolgung der Burg zu machen, während die Nacht an uns vorbeirauschte und wir ins Unbekannte ritten.

Wochen vergingen, und das seltsame Vorkommnis trat langsam in den Hintergrund. Theorien und Klatsch waren uns ausgegangen. Ohne neue Informationen gab es nichts mehr zu sagen, und um die zu bekommen, bedurfte es eines Reisenden, der durch das

Dorf kam. Natürlich war die Welt in jenen Tagen viel weniger bereist als heute, und Fremde tauchten nur ganz selten auf.

Einen Monat, nachdem sich Euer Vater an die Verfolgung der Burg gemacht hatte, kam tatsächlich eine Fremde durch unser Dorf: eine Schwertmeister-Adeptin, deren Name mir mittlerweile entfallen ist. Hals und Arme zierten frische Narben, die offenbar von Schwertklingen verursacht worden waren. Sie erzählte, sie sei von einem Ort angeworben worden, um es gegen Banditen aus dem Norden zu verteidigen.

»Brenner?« fragte ich. Wir hatten uns in Tellars Haus versammelt. Ihr und ein paar andere Kinder des Dorfs schlieft auf dem dicken Teppich vor Tellars Herd, und die roten Flammen warfen flackernde Schatten auf Eure zarten Wangen. Außerdem wurde der Raum von mehreren brennenden Kerzen erhellt. Etwa ein Dutzend Dorfbewohner war gekommen, um der Adeptin zuzuhören.

»Nein«, antwortete sie. »Sie kamen aus einem Ort namens Mebok oder so ähnlich. Jedenfalls meinten das die Dorfbewohner, die mich angeworben haben. Menschen und ein paar Elfen...«

»Verdorbene Elfen?« fragte jemand.

»Die Elfen stammten nicht aus dem Blutwald, wenn du das meinst«, sagte die Schwertmeisterin mit einem traurigen Lächeln. »Und es gab auch sonst keine sichtbaren Anzeichen von Verdorbenheit. Andererseits brennen die Dämonen ihre Male nicht immer sichtbar auf die Haut.« Sie zuckte die Achseln.

»Und sie wollten Gefangene machen?« fragte ich.

»Damit kein falscher Eindruck entsteht: Sie haben getötet! Ich habe schon lange nicht mehr so heftige und verbissene Kämpfe gesehen – nicht von Leuten, die im Kampf ungeübt waren. Jedenfalls war ihr Anführer ein ganz zäher Brocken. Wohl auch ein Schwertmeister-Adept, so wie er gefochten hat. Er hat seinen

Leuten ganz schön Dampf gemacht. Das Dorf, das ich schützen sollte ... Tja, sie hatten nicht viel Geld, und so kämpften auf unserer Seite außer mir nur noch drei andere Krieger, alle drei keine Magier, und der Dorfschmied. Sie haben uns förmlich überrollt. Wir sind von hundert oder noch mehr Leuten angegriffen worden.«

Mehrere der Versammelten schnappten daraufhin nach Luft.

»Und sie wollten Gefangene machen?« wiederholte ich.

»Ja, sie haben ein paar Sachen gestohlen. Aber in erster Linie waren sie bemüht, alle zu entwaffnen und zusammenzutreiben. Das ist ihnen auch ganz gut gelungen.«

»Du bist entkommen?« fragte jemand.

»Das bin ich. Als ich so viele Wunden erlitten hatte, daß ich mein Schwert nicht mehr heben konnte, habe ich mich zurückgezogen.« Sie sah beschämt zu Boden.

Ich tätschelte ihr beruhigend die Hand. »Wußten die Leute in dem Dorf, warum sie angegriffen wurden?«

Sie schüttelte den Kopf. »Ein paar Bauern hatten das Nachbardorf besucht und es verlassen vorgefunden. Alle Bewohner waren entweder verschwunden oder lagen als Leichen am Boden. Sie bekamen Angst und warben mich an, als ich durch ihr Dorf kam.«

Im Raum wurde es still. In die Stille hinein fragte ich: »Und du hast auf deiner Reise nichts von solchen Überfällen gehört?«

»Nein, aber ich bin auch fremd in dieser Gegend.«

»Hast du unterwegs irgend etwas von ...« Ich hielt inne, als mir klar wurde, wie absonderlich sich die Frage für jemanden anhören mußte, der nicht wußte, daß hier seit einem Monat über nichts anderes mehr geredet wurde. »... von einer fliegenden Burg gehört?«

Sie musterte mich überrascht, dann stahl sich so etwas wie die Andeutung eines neugierigen Lächelns

32

auf ihre Lippen. »Ja, aber ich habe mir nichts dabei gedacht. Wie sollte jemand eine Burg zum Fliegen bringen?« Sie sah mir jetzt direkt in die Augen, das Lächeln war verschwunden. »Gibt es tatsächlich so ein Ding?«

»O ja.« Meine Brust krampfte sich vor Aufregung zusammen. »Was hast du gehört?«

»Manche Leute sagten, jemand, den sie kannten, kenne jemand, der wiederum jemand kenne, der einen oder zwei Tage zuvor eine Burg durch die Luft habe fliegen sehen. Andere Leute erzählten, jemand den sie kannten, kenne jemand, der mit jemand verwandt sei, der sich tatsächlich aufgemacht habe, der Burg zu folgen. Und keiner dieser Leute sei bislang zurückgekehrt.«

In jener Nacht traf ich meine Vorbereitungen, um Euren Vater zu suchen.

Ich ließ Euch in Tellars Obhut, da Ihr zwei immer noch bei Ihr auf dem Boden schlieft. Ich hatte vor, am nächsten Morgen aufzubrechen und mich dann von Euch zu verabschieden. Wieder daheim, packte ich meine Reisekleidung und meine magischen Hilfsmittel zusammen und verstaute sie in kleinen Beuteln. Es war spät, ich war müde, und alle fünfzehn Minuten hielt ich inne, seufzte laut und fragte mich, warum ich Euren Vater suchen wollte. Wenn er sich unbedingt in Gefahr begeben wollte, war das seine Sache. Warum mußte ich mich überhaupt einmischen?

Der Grund war folgender: Er hätte umgekehrt dasselbe für mich getan, wenngleich aus anderen Beweggründen. Es war unmöglich, ihm den Rücken zu kehren.

Als ich die Kleidung und die Beutel in Wünschers Satteltaschen verstaute, erschollen die ersten Schreie.

Gedanken schossen mir durch den Kopf. Ich dachte, ein Drache oder vielleicht sogar ein Dämon sei in das Dorf eingedrungen. Ich war schon unterwegs zu Eurem Schlafzimmer, um mich davon zu überzeugen, daß es Euch gutging, als mir plötzlich einfiel, daß Ihr ja bei Tellar wart.

Ich blieb stehen, unschlüssig, wohin ich mich jetzt wenden sollte, und lauschte. Ich hörte weitere Schreie und Leute laut um Hilfe rufen. Dann andere Schreie, rauh und voller Kampfeslust. Ich schnappte mir meine Magierrobe und warf sie über. Barfuß eilte ich zur Tür hinaus und über den feuchten Boden.

Am anderen Ende des Dorfes sah ich Dutzende von

Fackeln. Manche wogten in der Finsternis, da sie von Reitern getragen wurden, andere lagen auf dem Boden – offensichtlich von den Reitern dort hingeworfen – und beleuchteten die Osthälfte des Dorfes. Schwerter blitzten grellrot auf. Ich hörte Schreie. Jemand in einem weißen Gewand wurde von zwei Angreifern weggetragen. Jene Dorfbewohner, die durch die Felder rannten, wurden von Angreifern zu Pferd verfolgt.

Zwei Angreifer, ein dickleibiger Mann und eine Frau, ritten über die schmale Straße, die durch das Dorf führte, auf mich zu. Sie lachten, aber nur, bis sie meine Magierrobe erkannten. Daraufhin rissen sie an den Zügeln und versuchten, die Pferde herumzuwerfen.

Zu spät.

Ich zog zwei kleine Kieselsteine aus der Tasche und warf sie auf den Mann. Im Flug verwandelten sie sich in eine Bola aus Eis. Die Augen des Mannes weiteten sich, als ihn die Waffe am Hals traf. Die Kugeln der Bola drehten sich umeinander, so daß sich die Schnüre aus Eis fest um seinen Hals wickelten.

Als die Frau sah, daß ihr Begleiter in Lebensgefahr schwebte, riß sie ihr Pferd wieder herum und ritt auf mich zu. Sie hob ihr Schwert, offenbar nicht mehr darauf bedacht, mich gefangenzunehmen. Während sie auf mich losstürmte, überfiel mich wie in jedem Kampf wieder die Panik. Ich dachte an jeden Zauber, den ich kannte, suchte verzweifelt nach dem besten Weg, meine Magie einzusetzen, unternahm jedoch in der Zwischenzeit überhaupt nichts.

Ich hörte auf nachzudenken, als die Frau nur noch ein paar Schritte entfernt war. Ich sank auf die Knie und berührte die Wasserpfütze, durch die das Pferd gerade galoppierte. Ich konzentrierte mich, öffnete meinen Geist der Astralebene, wo unsere Wirklichkeit von Magie durchströmt wird. Wie ich die Kiesel in eine Eisbola verwandelt hatte, so verwandelte ich jetzt den Boden und das Wasser vor mir. Beides beugte sich meinem Willen, und die Pfütze wurde tiefer und tiefer, bis das Pferd plötzlich völlig überrascht den Boden unter den Füßen verlor.

Wiehernd und bis zur Brust im Matsch, bockte das Pferd und schleuderte die Frau nach vorn. Das Schwert flog ihr aus der Hand, und sie selbst landete neben mir im Matsch. Ich entschied mich für eine einfachere Methode, um den Kampf zu beenden, und zog einen Dolch. Während sie sich aufzurichten versuchte, trieb ich die Dolchspitze am Kragen ihrer steifen Lederrüstung vorbei und ein Stück in ihren Hals hinein. Blut spritzte, und sie flehte um Gnade. Ich zog den Dolch heraus, so daß noch mehr Blut aus der Wunde in ihrem Hals strömte.

Wißt Ihr, ich hatte in diesem Augenblick nur Euch beide im Kopf. Und jeder, der Euch bedrohte oder mich daran hindern wollte, zu Euch zu gelangen, würde sterben.

Der Mann hatte die Eisbola mittlerweile von seinem Hals entfernt und wollte jetzt zur Ostseite des Dorfs zurückreiten, auf die sich die volle Wucht des Angriffs konzentrierte. Wiederum richtete ich meine Gedanken auf die Astralebene, und wiederum benutzte ich meine Fähigkeiten, um das Wesen der Welt zu verändern. Ich holte mit dem rechten Arm aus, und in meiner Hand bildete sich Eis. Ich warf, und der Eisspeer, der sich gebildet hatte, zischte durch die Luft, wobei er eine Fahne von Schneeflocken hinter sich zurückließ.

Der Speer bohrte sich tief in den Rücken des Mannes und brach dann, so daß ihm nur noch ein Teil des Schaftes aus dem Rücken ragte. Er lebte noch, war jedoch völlig verwirrt. Ich rannte zu ihm, warf ihn vom Pferd und sprang dann selber auf, um gleich zu Tellars Haus zu stürmen, da ich nur noch darauf bedacht war, Euch zwei zu beschützen. In weniger als einer Minute war ich dort. Die Schwertmeisterin, die uns von den Überfällen erzählt hatte, kämpfte vor der Tür von Tellars Haus gegen vier Angreifer, sowohl Elfen als Menschen, die sie mit einem Hagel wilder Schwerthiebe eindeckten. Sie wehrte die Angriffe ab, aber es gelang ihr nicht, ihrerseits einen Treffer zu landen.

Als sie mich kommen sah, lächelte sie erleichtert. Ich ließ die Zügel des Pferdes fallen, legte die Hände zusammen, und erzeugte eine Flamme, die ich auf ihr Schwert warf. Ihre Gegner unterbrachen für einen Augenblick verblüfft ihre Angriffsbemühungen. Diesen Moment nutzte sie aus und landete zwei Volltreffer mit ihrem verzauberten Schwert, so daß ebenso viele Gegner heftig blutend zu Boden gingen.

Dann hörte ich Dich nach mir rufen, Samael. Ich sah auf zu einem Fenster im ersten Stock von Tellars Haus, und dort standet Ihr beide und saht zu mir herab. Hinter Euch leckten Flammen, und aus dem Fenster quoll Rauch.

In diesem Augenblick vergaß ich alles außer meiner Sorge um Euch. Ein Fehler. Ein von einem Magier der Angreifer geworfener Feuerball explodierte zu meiner Linken, blendete mich mit seinem feurigen Licht und betäubte mich mit seiner unglaublichen Hitze.

Ich schrie – der Lärm Tausender kreischender Vögel erfüllte meine Ohren. Aber da war ich bereits vom Pferd gefallen. Die linke Seite meines Körpers fühlte sich vom Gesicht bis zur Hüfte schrecklich kalt an, und gleichzeitig glaubte ich zu verbrennen. Mein linker Arm zitterte unkontrolliert.

Ich sah zu Eurem Fenster hinauf, sah Eure entsetzten, erschütterten Mienen. Tränen traten mir in die Augen. Ich wollte nicht, daß Ihr mich so saht. Ich empfand eine Mischung aus Scham und Furcht.

Meine Finger gruben sich in den weichen Boden, und ich versuchte, mich mit Hilfe meines rechten Arms zu erheben. Ein jäher Schmerz durchzuckte mich, als ich mich bewegte. Aber ich versuchte dennoch aufzustehen.

Dann stand ein Paar brauner Lederstiefel vor mir und erfüllte mein Blickfeld. Ich fühlte mich plötzlich wie ein Kind, das von einem zornigen Erwachsenen angegriffen wird. Einer der Stiefel holte aus, um mir ins Gesicht zu treten. Ich warf mich nach rechts, doch nicht schnell genug. Der Stiefel schnellte vorwärts.

Mir wurde schwarz vor Augen, und für einen Moment wußte ich nicht mehr, was überhaupt vor sich ging. Dann krachte der Boden gegen mein Gesicht. Ich versuchte wieder, mich zu erheben, konzentrierte mich auf einen Zauber – einen Feuerball, glaube ich. Ich versuchte, meine Gedanken auf die Astralebene zu konzentrieren, doch vergeblich. Ich konnte nicht mehr klar denken.

Der Stiefel trat wieder nach mir, und ich bemühte mich, ihn mit der rechten Hand abzuwehren.

Ein müßiges Unterfangen. Er traf mich noch einmal ins Gesicht.

Ich wälzte mich auf den Rücken. Ein großer Mann starrte mit finsterer, zorniger Miene auf mich herab, obwohl er seine schmutzig verfärbten Zähne zu einem Grinsen gebleckt hatte. Ich wandte den Kopf zur Schwertmeisteradeptin, die jetzt von Feinden umzingelt war. Im flackernden roten Fackellicht sah ich, wie ihr einer ihrer Gegner plötzlich sein Schwert in den Bauch jagte. Sie keuchte auf, ihr Gesicht verzerrte sich vor Schmerzen, dann traf ein weiterer Schwerthieb ihre Schulter.

Etwas, eine neuerliche Bewegung links von mir, erregte meine Aufmerksamkeit. In dem Augenblick, als ich den Kopf nach links wandte, sah ich den Stiefel hoch über meinem Kopf. Danach nichts mehr.

Ich erwachte mit Schmerzen. Ringsherum war Dunkelheit. Der Boden unter mir schien aus Stein zu sein, wenngleich ich mir dessen nicht sicher war. Die Verbrennungen an meinem Körper verwirrten meinen Tastsinn. Mir kamen Erinnerungen an Fortbewegung – das Fahren in einem Karren und sogar Marschieren –, doch es waren keine Bilder damit verbunden.

Mit rauher und kaum vernehmlicher Stimme sagte ich: »Hallo?«

Ich bekam keine Antwort. Doch als ich angestrengt lauschte, hörte ich Atemgeräusche, ein paar geflüsterte Worte, leises Weinen und ein gurgelndes Lachen, nicht lauter als Wasser, das langsam über einen Felsen rinnt.

Behutsam tastete ich mit der rechten Hand meine linke Körperhälfte ab. Die Verbrennungen waren dick verkrustet – wie Narben. Jemand hatte sich der Mühe unterzogen, mich mit Magie zu heilen. Einen Moment lang versuchte ich aufzustehen, doch die Schmerzen waren zu stark. Eine Woge des Schwindels erfaßte mich. Ich ließ den Kopf auf den Steinboden sinken und schlief augenblicklich wieder ein.

Als sich die Tür öffnete, wurde der Raum von trübem roten Fackellicht überflutet. Das Geräusch der sich öffnenden Tür weckte mich. Die Flammen, obschon nicht besonders hell, taten meinen Augen weh, und mein Blickfeld verschwamm. Ich sah Gestalten in der Tür. Um mich herum erhoben sich Angehörige zahlreicher Rassen – Zwerge, Elfen, Menschen, Orks, Trolle und andere – und gingen zur Tür. Irgend jemand schrie uns in einer Sprache an, die ich nicht verstand. Ich versuchte aufzustehen, schaffte es aber nicht.

39

Eine Peitsche knallte neben mir auf den Boden, und ich zuckte überrascht zurück. Wieder hörte ich Worte, die ich nicht verstand. Schatten eilten durch den Raum. Plötzlich wurde ich gepackt und auf die Beine gezogen. Durch die rauhe Behandlung rissen ein paar Krusten auf, und frische Schmerzen überfielen mich. In diesem Augenblick konnte ich nur den einen Gedanken fassen: »Was habe ich getan? Was habe ich getan?«

Ich stand jetzt und erhielt gleich darauf einen Stoß, der mich zwang, mich in Richtung Tür in Bewegung zu setzen. Zu meiner Rechten sah ich einen alten Mann weinend auf dem Boden sitzen. Der Mann mit der Peitsche ließ sie immer wieder auf den Sitzenden herabsausen. Blutstropfen spritzten mir jedesmal ins Gesicht, wenn die Peitsche wieder zurückschnappte. Der Anblick brachte mich in Wut, wenn auch in eine stille. Ich konnte kaum laufen, geschweige denn den alten Mann retten. Mir ging der Gedanke durch den Kopf, ich müsse etwas tun – den Sklaventreiber angreifen, ihm befehlen aufzuhören. Doch mir fehlte die Energie, um überhaupt irgend etwas zu tun. Der Anblick stachelte mich lediglich an, mich zu beeilen, um einem ähnlichen Schicksal zu entgehen.

Lange, mit glatten Marmorblöcken gesäumte Gänge entlang, vollkommen gestaltete Treppen mit glänzenden silbernen Geländern hinauf. Wir marschierten lange Zeit – so kam es mir jedenfalls in meinem geschwächten Zustand vor –, und ich fragte mich, wo ich mich befand. Es mochte sich um die Ruinen einer Zuflucht aus der Zeit der Plage handeln, doch diese Orte waren selten so gut erhalten.

Wir erreichten eine große Tür, die nach draußen führte. Aufgedunsene graue Wolken standen am Himmel. Dicke Regentropfen fielen. Unsere Wachen trieben uns im Hof einer Burg zusammen. Die Burg, natürlich! Ich erinnerte mich wieder. Flogen wir?

Wahrscheinlich nicht. Die Wolken schienen nicht näher zu sein als sonst.

Der Regen lief wie schrecklich kalte Nadeln über meine verstümmelte Haut. Ich weiß noch, daß ich mir über Euren Verbleib Sorgen gemacht habe – doch nur für einen Augenblick. Die ständigen Schmerzen machten mir zu schaffen, und Tränen liefen mir über die Wangen und vermischten sich mit den Regentropfen.

Dutzende und aber Dutzende ausgemergelter, schwacher Vertreter aller Rassen standen in Gruppen auf dem Burghof. Mir wurde klar, daß der Raum, in dem ich mich befunden hatte, nur einer von vielen Gefängnissen war. Die Gesichtszüge der Leute waren mir fremd: Manche hatten eine so dunkle Haut, wie ich sie noch nie zuvor gesehen hatte, andere hatten schlankere Nasen oder höhere Wangenknochen oder unzählige andere kleine, unvertraute äußerliche Merkmale. Meine Mitgefangenen mußten von vielen verschiedenen Orten stammen.

Die Gefangenen waren von Soldaten in scharlachroten Rüstungen umgeben. Die Soldaten – Elfen, Menschen, Orks und Trollen – strahlten im Gegensatz zu den Gefangenen Kraft und Selbstvertrauen aus. Ihre Mienen waren ausdruckslos, aber ihre Augen verrieten Energie und Wachsamkeit.

Ihr wißt, daß ich von den Theranern spreche, da Ihr sie in jungen Jahren kennengelernt habt. Aber ich muß Euch erzählen, was ich in jenen Momenten empfand, als ich sie zum erstenmal sah.

Niemals habe ich so schöne Gestalten gesehen. Jeder Theraner schien ein vollkommenes Exemplar seiner Rasse zu sein, jeder war einzigartig, aber zugleich ein Ideal. Natürlich kannte ich die anmutige Schönheit der Elfen. Sogar die verdorbenen Elfen des Blutwalds sind auf ihre erschreckende Art und Weise noch verblüffend schön. Aber die Theraner warfen alle meine Vorstellungen von Schönheit über den Haufen. Ihre Haltung, ihr schlanker Körperbau – die Orks und Trolle unter ihnen waren zwar massig, schienen aber dennoch nur aus Muskeln und Knochen zu bestehen. Reinheit. Das war es. Reinheit. Und in einer Welt, die immer noch versuchte, die Überbleibsel der Plage wegzuwischen, kamen mir diese Leute so vor, als könnten sie nur von meiner Phantasie geschaffen worden sein. Sie sahen wie Idealgestalten aus, die ich vielleicht geträumt und mir für den Tag aufgespart hatte, an dem die Welt wieder rein sein würde.

Als mein Blick über die Reihen der Soldaten wanderte und mich Staunen und Faszination meine Schmerzen für einen Augenblick vergessen ließen, sah ich ein vertrautes Gesicht.

Es war das Gesicht Eures Vaters.

Er stand in einer Gruppe auf der anderen Seite des Hofes. Sein Clownskostüm war zerrissen, seine Haut mit roten Striemen übersät. Er starrte zu Boden, und niemals hatte ich ihn so energielos gesehen, seit er vor vielen Jahren seine Stimme wiederbekommen hatte.

Erst da wurde mir klar, wie mächtig diese Leute waren, so mächtig, daß sie J'role den Dieb festhalten und den Geist von J'role dem Clown brechen konnten.

Doch diese Gedanken wurden jäh unterbrochen, als sich der Boden zuerst nach rechts und dann nach links bewegte. Dann schien er sich heftig aufzubäumen, und meine Knie knickten ein. Ich stürzte zu Boden und erkannte voller Panik, daß wir den Boden verlassen hatten.

Ich kniete auf den weißen Marmorfliesen des Burghofes, während es ununterbrochen regnete. Über mir wirbelten dunkle Wolken im Kreis herum. Die Burg schwebte nicht nur, sie drehte sich auch noch um ihre eigene Achse. Durch die Drehung kam eine gewaltige weiße Steinplattform in Sicht, die auf dicken, unglaublich hohen Säulen errichtet war. Einen Moment zuvor noch außer Sicht, ragte die Plattform jetzt vor der Burg auf und ließ sie winzig erscheinen. Meine Häscher waren Meister der Magie.

Die Plattform maß etwa achthundert mal zwölfhundert Schritte. Sechs mehrgeschossige Gebäude standen darauf. Die Konstruktion der Gebäude – die abgerundeten Linien, die sich ständig wiederholenden Motive spiegelbildlicher Winkel und Kreise, die geschwungenen Balkone und Markisen – bewirkte, daß sich meine Stimmung hob. Der fehlerlose, polierte weiße Marmor wirkte wie weiche menschliche Haut und schien zu versprechen, daß das Gebäude jeden Augenblick zum Leben erwachen würde. Ich erkannte sofort einige architektonische Elemente Parlainths wieder, der vergessenen Stadt, die J'role und ich vor Jahren wiederentdeckt hatten. Alle Zweifel, ob es sich bei meinen Häschern tatsächlich um Theraner handelte, zerstreuten sich augenblicklich, denn Parlainth war früher die theranische Hauptstadt Barsaives gewesen. Doch wie war es möglich, daß die Theraner derart wunderbare Gebäude errichten konnten und doch so furchtbar waren?

Mehrere Gebäude sahen wie Kasernen aus, da sie niedriger waren und ihre Konstruktion nüchterner wirkte. Drei der Gebäude – fünf Stockwerke hoch, mit großen Fenstern und eingefriedeten Balkonen, die auf den Hof der Plattform hinausgingen – beherbergten wahrscheinlich die Unterkünfte für die theranischen Beamten und Würdenträger. Das letzte Gebäude war größer als die übrigen, und über seiner letzten Etage schwebte ein Dach – doch weder Mauern noch Säulen hielten das Dach des Gebäudes an Ort und Stelle. Eine in blaue Gewänder gehüllte Frau sah auf die Burg herab. Dann machte sie kehrt und verschwand.

Mehrere Luftschiffe hatten an der Plattform festgemacht und schaukelten hin und her, als ankerten sie in den blaugrünen Gewässern einer Bucht. Dicke Taue hielten die Luftschiffe an Ort und Stelle, und Laufstege aus Stricken und Holzlatten überbrückten den Abgrund zwischen der Plattform und den Luftschiffen. Jedes Schiff war ungefähr dreißig Schritte lang. Der Rumpf war rundlich und bestand aus Stein. Auf jedem Deck erhob sich mittschiffs und achtern jeweils ein Aufbau – eine Art Burg aus demselben grauen Stein wie der Rumpf –, außerdem gab es zwei Masten, ebenfalls aus Stein und mit breiten Rahen. Die Segel der Schiffe waren eingeholt und an den Rahen festgebunden. Es wimmelte von theranischen Matrosen, die mit Metallfässern beladene Sklaven durch den Regen dirigierten.

Mein Blick fiel auf J'role, der die Plattform mit sonderbarem Gesichtsausdruck musterte. Später sollte ich herausfinden, daß er tatsächlich bei ihrem Bau geholfen hatte. Daß seine Hände geholfen hatten, ein so herrliches Bauwerk zu erschaffen, gab Anlaß, sowohl Stolz als auch Verzweiflung zu empfinden. Ich sehnte mich danach, ihn anzurufen oder anderweitig seine Aufmerksamkeit zu erregen. Aber ich unternahm nichts, da ich gewiß die Peitsche zu spüren bekam, wenn ich etwas anderes tat, als passiv mit den anderen Sklaven abzuwarten.

Das Burgtor befand sich jetzt auf gleicher Höhe mit der Plattform. Soldaten auf den Wachtürmen gaben

44

Zeichen, und die Zugbrücke wurde gesenkt. Die Soldaten in roter Rüstung trieben uns in kleinen Gruppen über die Plattform. Einen kurzen Augenblick fragte ich mich, warum es noch nicht zu einem Aufstand gekommen war. Die Sklaven waren den Häschern zahlenmäßig weit überlegen. Die Wächter und Soldaten schienen sich unserer Anwesenheit kaum bewußt zu sein. Doch als ich verstohlene Blicke auf die anderen Sklaven warf, erkannte ich nur eine verzweifelte Leere in ihren Mienen. Sie kamen mir alle wie Kinder vor, verloren und ohne Eltern, abgestumpft von zu vielen Wochen des nackten Überlebenskampfes. Kinder wissen nicht, wie man rebelliert. Sie haben keine Ahnung, daß sie überhaupt rebellieren können. Irgendwie hatte die Gefangenschaft diese Erwachsenen in die Zeit ihrer Kindheit zurückversetzt, in eine Zeit, in der sie für ihr Leben noch nicht verantwortlich waren und es somit auch noch nicht für etwas einsetzen konnten.

Ich sah an mir herab und stellte fest, daß meine Magierrobe entfernt und durch dasselbe schwarze Gewand aus grobem Stoff ersetzt worden war, das die anderen Gefangenen trugen. Ohne die Robe bestand die Gefahr, Dämonen auf der Astralebene auf mich aufmerksam zu machen, wenn ich versuchte, einen Zauber zu wirken. Konnte ich dieses Risiko eingehen? Angesichts meines körperlich schwachen Zustands kam ich zu dem Schluß, es besser nicht zu tun.

Der Regen hörte auf, und ich vermißte das leise Prasseln. Als meine Gruppe die Zugbrücke überquerte, sah ich, daß wir uns Hunderte von Ellen über dem Erdboden befanden. Eine ausgedehnte Ebene umgab die Plattform, deren hohes Gras plötzlich smaragdgrün glänzte, als die Wolkendecke aufbrach und die helle Mittagssonne zum Vorschein kam. In der Ferne erkannte ich die Stadt Vivane mit ihren blaugrünen Zinnen und golden glänzenden Stadtmauern. Also befand ich mich wenigstens noch in Barsaive. Ich hatte mir bereits Sorgen gemacht, die Theraner könnten uns in ein fremdes Land verschleppt haben.

Alle Sklaven wurden auf die Plattform gebracht. Das Sonnenlicht funkelte auf dem regennassen weißen Marmor, und die fein gezeichneten Gebäude reflektierten das Licht rein und weiß.

Die Soldaten trieben uns zu den Rändern des von dem halben Dutzend Gebäuden auf der Plattform gebildeten Hofes. Der Mann, der in den dunklen Raum gekommen war, um meine Sklavengruppe zu holen, der mit der Peitsche, machte die Runde. Er war klein, dünn, hatte rotes Haar und ein Gesicht, das ständig zu feixen schien. In regelmäßigen Abständen schlug er mit der Peitsche zu. Manchmal traf er jemanden, manchmal knallte die Peitsche auch nur in die Lücke zwischen zwei Sklaven. Die Regel schien jedoch zu sein, daß er alle diejenigen schlug, die zusammenzuckten. Alle bemühten sich, so reglos wie möglich dazustehen, während der Wahnsinnige die Reihen der Sklaven abschritt.

Die Sklaven sahen zum Burgtor hinauf. Ein Dutzend Soldaten in scharlachroten Uniformen traten in einer Drei-mal-vier-Formation heraus. Hinter ihnen schritt ein großer, schrecklich bleicher Mann, flankiert von vier Soldaten in bestürzend schwarzen Rüstungen, die der Luft das Sonnenlicht zu entziehen schienen. Irgend etwas in der Art, wie sich der Mann bewegte, erinnerte mich augenblicklich an einen riesigen fetten Wurm, aber ich kann euch auch heute noch nicht den Grund dafür nennen. Er war alt, zeigte aber keinerlei Anzeichen von Altersschwäche. Um seinen kahl werdenden Kopf zog sich ein Kranz kurzer silbergrauer Haare von Schläfe zu Schläfe. Er bewegte sich mit absolutem Selbstvertrauen, als hätte ihm das Universum eines Nachts zugeflüstert: ›Ach, übrigens, alles, was ich geschaffen habe, ist für dich bestimmt.‹ Das war meine erste Begegnung mit Generalstatthalter Povelis.

Und hinter ihm sah ich Euch zwei.

Ich holte tief Luft, verwirrt, überrascht und überglücklich. Ihr lebtet!

Ihr saht ungewöhnlich aus: Der Generalstatthalter hatte Euch in reinweiße Togen kleiden lassen. Auf Eure Gesichter hatten Künstler mit Silberstaub, der im Sonnenlicht glitzerte, komplizierte Muster aus Spiralen und gewundenen Linien gemalt. Die Muster auf Euren Gesichtern waren völlig identisch und unterstrichen Eure Ähnlichkeit. Euer Haar war kurz und ebenfalls gleichartig geschnitten. Die Wirkung dieser Veränderungen war so dramatisch, daß selbst ich, die ich Euch aus einer Entfernung von kaum mehr als fünfzehn Schritten sah, Euch nicht auseinanderhalten konnte. Ihr trugt gemeinsam ein purpurfarbenes Kissen, auf dem ein weißes Zepter ruhte.

Ich rief Eure Namen und drängte mich durch die anderen Sklaven, um zu Euch zu gelangen. Augenblicke später stand der rotbärtige Sklavenmeister vor mir und hieb immer wieder mit der Peitsche auf mich ein. Ich bemühte mich, durch den Hagel von Peitschenhieben zu gelangen, doch sie trieben mich zurück, und ich sank auf die Knie. »Meine Kinder...«, murmelte ich, aber mehr konnte ich nicht tun. Ich vermochte mich vor Schmerzen nicht mehr zu rühren.

Auf dem Hof hörte ich meine beiden Jungen nach mir rufen. Ich sah auf und blickte zwischen den Beinen des Sklavenmeisters hindurch. Zwei theranische Wächter eilten herbei und trugen Euch in die Burg zurück. Ich rief noch einmal Eure Namen, und wieder sauste die Peitsche auf mich herab. Mir wurde schwarz vor Augen, und ich fiel der Länge nach zu Boden.

Als mich die Wachen grob auf die Beine zerrten, hörte ich Euer Rufen nicht mehr. Der Sklavenmeister stand vor mir und schrie mich in einer Sprache an, die ich nicht verstand. Die Bedeutung war jedoch klar: »Benimm dich!«

Aus dem hohen Gebäude am Kopfende des Hofes kam Kanzlerin Tularch, die Frau in den blauen Gewändern, die ich zuvor schon gesehen hatte. Sie trat zwischen den mächtigen Türflügeln hervor, in die eine Karte geschnitzt war. Den Mittelpunkt der Karte bildete eine Insel, die vermutlich Thera darstellte. Die Frau, eine Elfe mit bronzefarbener Haut und silbernem Haar, ging weiter und schritt eine Treppe herab.

Die Gardisten, die Povelis eskortierten, und die schwarzgekleideten Soldaten rückten weiter auseinander, bis sie ein großes Quadrat bildeten, das sowohl Povelis als auch Tularch Platz bot. Die Kanzlerin und der Generalstatthalter sahen sich an und wechselten ein Lächeln. Seltsamerweise enthielt dieses Lächeln keine gemeinsamen schändlichen Geheimnisse und auch keine blasierte Lust, wie man es von solchen Herren jammervoller Sklaven erwarten mochte. Statt dessen gewann ich den Eindruck, daß sich in dem Lächeln aufrichtige Zuneigung und Stolz widerspiegelten. Hier schienen sich Lehrer und Schülerin gegenüberzustehen.

Der blasse Generalstatthalter hielt ein dickes weißes Zepter aus Stein in der Hand, das fast wie ein Fortsatz seiner selbst wirkte. Er hob es hoch und breitete die Arme aus. Tatsächlich schien er jeden Augenblick mit ungezügelter Freude auflachen zu wollen, doch statt dessen rief er nur in den blauen Himmel: »Und hier und jetzt sind wir zurückgekehrt!« Er sprach die Zwergensprache, wenn auch mit einem merkwürdigen Akzent. Ein paar Soldaten, die entlang der Plattform, der Burgmauern und auf den Luftschiffen postiert waren, riefen eine Übersetzung, die ich nicht verstand. Einige, die zwischen den Sklaven standen, wiederholten die Worte des Generalstatthalters in mehreren verschiedenen Sprachen, offenbar uns zum Gefallen. »Laßt alle Bewohner dieser Provinz wissen, daß sie wieder zu Thera gehören und damit in den Genuß

der zahllosen Segnungen kommen, die auf alle An-
gehörigen des Theranischen Imperiums herabregnen!«
Ein Schrei erhob sich von den Soldaten und Wachen
auf der Plattform.

Die Sklaven verhielten sich still, doch das schien die
Theraner nicht zu stören.

Povelis senkte die Arme und sah Tularch tief in die
Augen. »Ihr habt sehr gute Arbeit geleistet, Kanzlerin
Tularch.« Er sprach laut, damit alle mithören konnten.
»Diese Plattform, ein Symbol unseres dauerhaften
Bleibens in Barsaive, wurde drei Wochen früher als ge-
plant fertiggestellt.« Wiederum erhob sich Jubel in der
Menge. Mir fiel auf, daß der kleine rothaarige Sklaven-
meister breit lächelte und sich während Povelis' Vor-
trag verbeugte. »Möge Euch der Erfolg auch weiterhin
treu bleiben, da ich Euch zum Oberbefehlshaber der
Himmelsspitze ernenne.« Den Worten folgte noch ein-
mal lauter Jubel, insbesondere von den Matrosen der
Luftschiffe.

Povelis überreichte Tularch das Zepter, und sie
wandte sich den jubelnden Theranern und den stillen
Sklaven zu. Sie öffnete den Mund, um etwas zu sagen,
hielt jedoch noch einmal inne, von Rührung überwältigt. Sie sammelte sich, dann hob sie das Zepter und
rief auf throalisch: »Für Thera!«

Hinter ihr lächelte der Generalstatthalter, verbarg
sein Lächeln jedoch hinter einer seiner faltigen weißen
Hände. Die Soldaten und Wachen stimmten einen Chor
an, der immer lauter, immer entschlossener wurde.
»Barsaive! Barsaive! Barsaive!« riefen sie immer wieder,
jede Silbe einzeln betonend.

9

Nun, da die Zeremonie beendet war, plauderten die theranischen Beamten und Befehlshaber miteinander und sprachen Gratulationen aus. Der Generalstatthalter rief eine Wache zu sich und redete mit ihr. Der Sklavenmeister knallte wieder mit der Peitsche, doch die Theraner nahmen keine Notiz davon. Soldaten und Burgwächter trieben die Sklaven wie zuvor zusammen. Sie dirigierten ein paar Gruppen zur Burg und andere zu den Kasernen auf der Plattform. J'roles Gruppe wurde in die Burg geführt, meine zu den Kasernen. Die beiden Gruppen kamen einander immer näher, und fünf Schritte, bevor wir aneinander vorbeigingen, sah mich J'role. Wahrscheinlich hatte er meine Stimme bereits erkannt, als ich Eure Namen gerufen hatte, da er einen sehr erleichterten Eindruck machte, als sich unsere Blicke trafen.

Ich öffnete den Mund, um etwas zu sagen, aber er schüttelte den Kopf und klopfte in Hüfthöhe in die Luft. Das war ein altes Signal aus den Zeiten, als er noch stumm war und wir uns eine Zeichensprache ausgedacht hatten. Es bedeutete: Warte.

Wir gingen im Abstand von wenigen Ellen aneinander vorbei. J'role und ich bewegten uns auf den einander zugewandten Seiten der beiden Kolonnen, und die anderen Sklaven schirmten uns für einen Augenblick vor den Blicken der Wachen ab. Als wir uns auf gleicher Höhe befanden, wechselte er in meine Gruppe, dann faßte er eine kleine Elfin an der Schulter und sagte: »Bitte tausch mit mir.« Ich drehte mich um und sah, wie das Gesicht der Elfin starr vor Angst wurde. Dann nickte sie rasch und schloß sich der anderen Gruppe an.

Ich tastete nach J'roles Hand, doch er entzog sich mir, starrte zu Boden und beachtete mich ansonsten überhaupt nicht.

Gerade als wir die Kasernen erreichten, trat der Wächter, mit dem der Generalstatthalter gesprochen hatte, direkt auf mich zu. Er war ein Ork mit durchdringenden schwarzen Augen und strahlend weißen Zähnen. Die unteren Eckzähne standen vor und ragten bis über die Oberlippe. Er packte mich an der Schulter, fest, aber nicht grob. Dann drehte er mich um, studierte mein Gesicht und sagte dann in stark akzentbehaftetem Throalisch: »Bist du die Frau, die nach den Jungen gerufen hat?«

Ich zögerte, weil ich nicht wußte, welche Antwort besser war, doch schließlich nickte ich.

»Komm mit!« Er trat beiseite, damit ich die Kolonne verlassen und vor ihm hergehen konnte.

Ich wandte den Kopf, um einen Wink von J'role zu bekommen, was ich tun sollte. Doch aus den Augenwinkeln sah ich ihn unmerklich den Kopf schütteln.

Ich verließ die Kolonne. Der Sklavenmeister wirkte enttäuscht, als habe er an Gesicht verloren, weil eines seiner Opfer ohne seine ausdrückliche Zustimmung weggeführt wurde. Das allein reichte aus, um mich an diesem Tiefpunkt meines Lebens mit Genugtuung zu erfüllen.

Der Wächter führte mich über die Zugbrücke, über den Hof und in den großen Saal der Burg. Tische, kunstvoll aus dunklem Holz geschnitzt, säumten die Wände des Saales. Am Kopfende des Saals stand ein großer Thron auf einem Podest aus schwarzem Marmor. Mehrere hohe Fenster aus farbigem Glas warfen ungewöhnliche Muster auf den Fußboden. Nachdem ich die Farben einen Augenblick angestarrt hatte, erkannte ich, daß sie sich veränderten. Als ich meine Aufmerksamkeit daraufhin den Fenstern zuwandte, sah ich, daß die roten, gelben, blauen, grünen und violetten Farbkleckse einander umkreisten wie Wolken, die bei Sonnenaufgang über den Himmel zogen. Ich hatte noch nie zuvor etwas gesehen, das aus den Händen einer namensgebenden Rasse stammte und so wunderschön war, und war den Tränen nahe. Meine Verwirrung wurde immer stärker. Es waren zuviel Schönheit, Schmerz und Angst auf einmal.

Ich wandte mich an den Ork, um ihn zu fragen, warum ich hier war. »Nicht sprechen«, sagte er bestimmt, aber nicht barsch.

Ich schwieg.

Die Türen des großen Saals öffneten sich, und der Generalstatthalter trat ein. Er trug sein Steinzepter immer noch, und seine Gewänder flatterten hinter ihm her, als ihn seine raschen Schritte an mir vorbei zum Thron trugen. Als er ihn erreichte, drehte er sich um und ließ sich mit fast verspielt wirkender Eleganz darauf nieder.

»Bring sie her zu mir!« rief er. Ich wartete nicht, bis mir der Wächter einen Stoß gab, sondern setzte mich sofort in Bewegung.

Vor dem Hintergrund des dunklen Holzes und des ebenso dunklen Throns sah die blasse Haut des Generalstatthalters gräßlich aus: totes Fleisch kurz vor dem Verwesen. Er lächelte mich an, bleckte die fahlen Lippen wie zu einer Karikatur des Vergnügens. Doch als er sprach, wurde mir klar, daß er tatsächlich vergnügt war. Er sah nur zufällig ein wenig grotesk aus. Und mehr als das: Je eingehender ich ihn betrachtete, desto klarer wurde mir, daß er eigentlich sogar attraktiv war. Doch seine Attraktivität hatte solch ein extremes Ausmaß, daß sie fast unmenschlich wirkte. Sein Gesicht war absolut symmetrisch, was nicht oft vorkam. Die Züge waren so sauber gezeichnet, als seien sie aus glattem, glänzendem Ton modelliert. Die weiße Haut schien gebleicht worden zu sein, als habe man dadurch jedem Makel vorbeugen wollen.

»Du kennst Samael und Torran?«

Als ich diesen Fremden Eure Namen mit einem vertrauten Unterton aussprechen hörte, wurden mir die Knie weich. Es war, als hättet Ihr ein ganz anderes Leben gelebt als jenes, das wir zusammen geführt hatten.

Der Ork hinter mir sagte leise: »Sprich jetzt.«

»Ja. Sie sind meine beiden Jungen. Meine Kinder.« Ich krampfte die Hände zusammen, versuchte konzentriert und stark zu sein.

Der Generalstatthalter ließ das Zepter leicht auf die offene Handfläche klatschen. »Ja, das dachte ich mir. Ich wollte dir etwas sagen.«

Ich nickte, glaubte plötzlich, daß er mir irgend etwas Wunderbares zu sagen habe. Wollte er mich zu Euch lassen?

»Schlag sie dir aus dem Kopf.«

Mein Mund stand sperrangelweit offen. Ich war sprachlos.

»Sie sind in Sicherheit.« Er lächelte ein sonderbares

Lächeln. »Ich werde nicht zulassen, daß ihnen irgend etwas zustößt.«

»Es tut mir leid«, sagte ich. »Aber was ...? Was soll das heißen – schlag sie dir aus dem Kopf?«

»Eben das. Schlag sie dir aus dem Kopf. Es klingt vielleicht ein wenig hart, aber du wirst sie nie wiedersehen. Das ist besser für dich ...«

»Ich soll sie mir einfach so aus dem Kopf schlagen?«

»Dein Leben wird auch so hart genug werden. Ich versuche nur ...«

»Es sind doch noch Kinder«, flehte ich. »Kleine Jungen. Wie könnt Ihr sie zu Gefangenen machen?«

»Ich verspreche dir, daß man gut für sie sorgen wird.«

»Sie sind Sklaven!«

Er seufzte, als hätte er das schon allzuoft gehört. »Ja, das sind sie. Du, ihre Mutter, hast irgendein Verbrechen begangen, also wurden sie versklavt. Jemand mußte sich um die Kinder kümmern ...«

»Was soll das heißen: Ich habe ein Verbrechen begangen?«

»Du wärst nicht versklavt worden, wenn du kein Verbrechen begangen hättest. Das ist theranisches Gesetz.«

»Mein Dorf wurde angegriffen. Soll das heißen, mein gesamtes Dorf besteht aus Verbrechern? Alle Leute, die zusammen aufgewachsen sind, Familien gegründet und einander geholfen haben, alle diese Leute sollen Verbrecher sein? Welches Verbrechen haben wir denn begangen?«

Einen Moment lang machte er einen leicht verwirrten Eindruck, dann sagte er: »Ich habe die Unterlagen nicht bei mir. Ich kenne das Dorf nicht ...«

»Es heißt Yeras.«

Er funkelte mich an. »Tatsächlich bin ich mit dem Fall nicht vertraut.«

»Woher wißt Ihr es dann?«

»Wir stützen uns bei der Verurteilung auf die örtliche Verwaltung ...«

»Die Sklavenjäger haben uns verurteilt?«

»Nein, die Sklavenjäger haben euch einfach zusammengetrieben ...«

»Wer hat uns verurteilt?«

»Wir stützen uns auf die örtliche Verwaltungen ...«

»Ihr verlaßt Euch auf das Wort von Leuten, die sich ihren Lebensunterhalt mit der Versklavung anderer verdienen?«

»Ich bin nicht hier, um mit dir über diese Fragen zu diskutieren, Frau. Ich wollte dir nur sagen, daß deine Jungen in Sicherheit sind.«

»Was heißt das genau? Ihr habt das jetzt schon mehrfach gesagt.«

Er hielt inne, unschlüssig, ob er mir das Geheimnis verraten sollte. Dann lächelte er, erhob sich und schritt das Podest herunter und auf mich zu. »Es sind Zwillinge, mußt du wissen. Zwillinge ...«

»Ja, ich weiß.«

»Ihr habt hier in Barsaive eine Menge überliefertes Wissen verloren, und ein Teil dieses überlieferten Wissens handelt von Zwillingen. Dabei geht es nicht um einen Zauber, der gewirkt werden kann, sondern um etwas Größeres, etwas Mysteriöseres.«

Der Wächter bewegte sich unruhig, als wolle er seinen Herrn vor einer Gefahr warnen. »Was spielt es für eine Rolle, Yerv? Sie liebt sie. Was kann sie tun?«

»Was habt Ihr ...?«

»Hör zu. Zwillinge sind magisch, und diese Magie wird durch die richtigen Rituale noch verstärkt. Ich habe mich mit deinen Jungen verbunden. Sie gehören jetzt mir. Solange sie perfekte Zwillinge bleiben, bin ich gesegnet. Nicht unsterblich oder unüberwindlich, wohlgemerkt, aber die Unbilden des Lebens und Sterbens, die mich sonst befallen hätten, werden von mir ferngehalten. Ich wollte ... Ich wollte dir nur danken.

Dafür, daß du sie geboren hast. Diese Tat macht dich selbst zu einer besonderen Frau.«

Meine Stimme nahm einen tödlich ruhigen Tonfall an. »Ich bin keine besondere Frau. Ich bin eine Mutter. Und ich will meine Kinder zurückhaben. Ihr behandelt sie wie Tiere ...«

»Nein, sie werden wie geehrte Gäste behandelt. Alle übrigen werde ich wie Tiere behandeln.« Sein Tonfall enthielt keinerlei Boshaftigkeit, als er dies sagte. Er stellte lediglich eine einfache Tatsache fest. Er wandte sich von mir ab, eindeutig enttäuscht, daß ich seine Begeisterung nicht teilte, und setzte sich wieder auf seinen Thron.

»Wie könnt Ihr nur all diese Leute versklaven?«

»Tatsächlich gefällt es mir auch nicht«, sagte er in gedämpftem Tonfall. »Die Sklaverei ist eine furchtbare Sache. Aber unsere Wirtschaft hängt davon ab. Unsere Politik hängt davon ab. Unsere gesamte Existenz hängt davon ab.«

»Aber es sind doch alles Angehörige namensgebender Rassen. Sie sind Euresgleichen. Es ist abscheulich.«

»Ja, ich stimme dir zu. Aber ich werde nichts dagegen unternehmen. Und weißt du auch, warum? Weil es sich bewährt hat und weil es uns in den Ländern gutgeht, die wir erobern. Wir fügen vielen Leid zu, aber das bedeutet auch, daß diese vielen uns kein Leid zufügen können.« Er sah weg, dann fixierte er mich noch einmal. »Jedenfalls weißt du jetzt Bescheid. Es tut mir leid, daß du die Tatsachen nicht so hinnehmen kannst, wie sie sind. Deine Jungen gehören dir nicht mehr. Ich dachte nur ... wenn du versuchst, sie dir aus dem Kopf zu schlagen ... Gib dich keinen Hoffnungen hin, sie jemals wieder zurückzubekommen. Dein Leben wird dadurch leichter.«

Auf der Plattform erwartete mich eine fensterlose Kaserne, die so finster war wie die große Zelle, in der ich erwacht war, und der Ork scheuchte mich hinein. Während er noch die Tür schloß, sprang J'role auf und eilte durch den Raum auf mich zu. Er bewegte sich so, daß der Ork nicht sah, wie er sich bewegte, doch als die Dunkelheit den Raum wieder eingehüllt hatte, stand er neben mir.

»J'role?«

»Schsch!« machte er leise.

»Was...?«

»Schsch!«

Ich nahm seine Hand und zog ihn an mich. Instinktiv legte er die Arme um mich. Seine Umarmung bereitete mir große Schmerzen, und ich stöhnte auf.

Er löste sich von mir, hielt jedoch meine Hand fest und fragte mich, ob mit mir alles in Ordnung sei. Seine Hand schloß sich ganz locker um meine, als habe er keine Kraft. Als er sprach, war seine Stimme ein Flüstern, so spröde und abgehackt wie verbranntes Holz von einem Lagerfeuer.

»Ich weiß, wo die Kinder sind«, sagte ich. »Auf dieser fliegenden Burg. Der Generalstatthalter hält sie sich sozusagen als Haustiere.« Dann berichtete ich ihm alles, was mir der Statthalter erzählt hatte. Als ich geendet hatte, fragte ich: »Hast du zu fliehen versucht?«

Er schwieg einen Augenblick lang, dann sagte er: »Ist ziemlich hart hier. Schatten gibt es nur hier, sonst nirgendwo. Hab es zweimal versucht und bin zweimal erwischt und geschlagen worden. Sie tun uns schreckliche Dinge an, schlagen uns.«

»Wer war die Elfin, mit der du gesprochen und mit der du getauscht hast?«

Wir setzten uns auf den kalten Steinboden. »Eine der wenigen Personen hier, mit denen ich reden kann.«

»Wie meinst du das?«

»Ein Sprachenwirrwarr. Man kann sich kaum vernünftig unterhalten. Die Theraner bringen Leute aus allen Ecken ihres Reichs hierher. Es ist uns verboten, miteinander zu reden... selbst wenn wir dieselbe Sprache sprechen. Und der... Generalstatthalter nimmt Leute auf die Seite. Sagt ihnen, daß sie freigelassen werden, wenn sie ihm über alles Bericht erstatten.«

»Bericht erstatten?«

»›Reden die Leute miteinander?‹ ›Weißt du von irgendwelchen Fluchtplänen?‹ Alles, was irgendwie von Interesse ist. Wir leben in ständiger Angst. Wir wissen nicht, wem wir vertrauen können.«

Die Art und Weise, wie J'role redete, beunruhigte mich. Aus seinen Worten sprach Unsicherheit, und die abgehackten Sätze, die er von sich gab, schienen aus einer tiefen Dunkelheit an die Oberfläche zu dringen und einen anderen aus ihm zu machen. Niemals in all den Jahren, in denen er sich seltsam benommen hatte, war er mir so verändert vorgekommen. Er war erst seit einem Monat hier, und doch hatten sie ihn bereits vollständig gebrochen.

Ich nahm seine Hand. »Was ist passiert? Was ist mit dir passiert?«

»Ich habe unser Haus verlassen und bin der Burg gefolgt, tagelang. Kam dann hier an und sah Sklaven die Plattform bauen. Ist eine Schürfplattform für Elementare Luft. Bin dann zur Burg geritten. Soldaten kamen mir entgegen. Brachten mich in die Burg zu Povelis, ich sollte mit ihm essen. Aufgeblasenes Arschloch. Andere Leute – Bauern, Leute aus Vivane –

waren ebenfalls dort. Er bat mich, sein Clown zu werden. Ich lehnte ab, fragte ihn nach den Sklaven. Er sagte, sie würden nur Verbrecher versklaven, die theranische Gesetze gebrochen hätten. Aber sie *kaufen* Sklaven von Leuten, die sie ihnen verkaufen. Bin dann gegangen. Als ich wegritt, sah ich, wie ein alter Mann zu Tode gepeitscht wurde. Von Rotbart zu Tode gepeitscht. Die Haut hing ihm in Fetzen vom Rücken. Der alte Mann war... auf Händen und Knien und schrie. Andere Sklaven standen herum und gafften. Ich sagte, ich nähme den alten Mann mit, wenn sie ihn nicht mehr wollten. Wenn sie ihn sowieso töten wollten, nähme ich ihn. Ich flehte sie an. Sie sagten, sie würden an ihm ein Exempel statuieren. Ich versuchte ihn zu retten, ritt hinein und schnappte ihn mir. Hätte es beinahe geschafft. Hatte ihn schon auf Spaßvogel gezogen. Wir ritten. Soldaten verfolgten uns. Magische Lanzen und Speere trafen mich. Wir fielen. Der alte Mann starb. Spaßvogel starb.« Er hielt inne und stieß ein hilfloses Lachen aus. »Weißt du, ich habe den alten Mann ganz klar vor mir gesehen, als wir vom Pferd fielen. Unsere Gesichter waren ganz dicht beieinander. Er war gar nicht alt. Er war noch jung, vielleicht fünf Jahre jünger als ich. Ich sah es in seinen Augen. Sie haben ihn zugrunde gerichtet.«

Wir schwiegen beide, saßen da und hielten uns bei den Händen. Um uns hörte ich das Flüstern der anderen, die sich leise unterhielten. Ein Mann weinte. Ein leises Jammern.

»Wir müssen fliehen«, sagte ich.

Er sagte nichts, aber ich bildete mir ein, daß er nickte.

»Wir müssen die Kinder finden.«

Er fing leise an zu weinen. »Ich habe mir solche Sorgen um dich und die Kinder gemacht...«

»J'role, hör mir zu. Wir müssen fliehen.«

Er unterdrückte seine Tränen. »Ja, ja, wir müssen sie

finden.« Dann trat plötzlich ein tiefer Unterton der Entschlossenheit in seine Stimme. »Wir müssen unsere Kinder retten.« Der rasche Gefühlsumschwung ängstigte mich, denn er schien wie so viele seiner Worte und Taten eine Augenblickserscheinung zu sein, seicht wie ein Bach. Ich dagegen wollte, daß seine Empfindungen so tief wie die Lava des Todesmeers waren.

»Schaffst du das Schloß?«

»Ich habe so etwas noch nie zuvor gesehen. Kein Schloß, keine Klinke. Gar nichts.«

»Können wir auf die Hilfe der anderen zählen?«

»Nein.«

»Was haben sie mit uns vor?«

»Wir gehen an Bord der Schiffe, um nach Elementarer Luft zu schürfen.«

»Wir könnten das Schiff übernehmen.«

J'role schnaubte höhnisch.

Ich empfand das starke Verlangen, ihn nicht mehr zu beachten, ihn seiner Verzweiflung zu überlassen und ohne seine Hilfe vorzugehen. Aber wenn es mir gelänge, den alten J'role wieder zum Vorschein zu bringen, wäre er mir eine unschätzbare Hilfe. Und seine Gefangennahme, wie er versucht hatte, den Jungen vor dem Tod zu retten... Euer Vater hat trotz allem etwas Wahrhaftiges und Gutes an sich.

»J'role«, sagte ich, »wir sind gemeinsam aus dem Gefängnis der Elfenkönigin entkommen. Wir haben Parlainth gefunden. Wir können auch ein theranisches Schiff übernehmen.«

»Releana, sie sind anders als alle anderen. Sie sind Theraner.«

»Und wir sind Eltern«, beharrte ich. »Wir werden unsere Söhne finden.«

Am nächsten Tag führten uns Wächter in Rüstung aus der Dunkelheit ins gleißende Sonnenlicht.

Der Sklavenmeister – Rotbart hatte J'role ihn genannt – ließ die Peitsche knallen. Zuerst war ich fest entschlossen, nicht wie die anderen vor ihm zurückzuzucken. Ich hielt den Rücken gerade und das Gesicht ausdruckslos, zwang mich dazu, nicht zu reagieren. Doch dann traf die Peitsche meinen Rücken. Ich fuhr auf, als mir die Schmerzen durch den Körper schossen. Ich war davon überzeugt, Rotbart würde mir noch einen Hieb versetzen, doch er tat es nicht. Er schritt lediglich die Reihen ab und ließ weiterhin die Peitsche knallen. Tatsächlich schlug er kaum jemanden.

Als er am Ende der Reihe angelangt war, machte er kehrt. Langsam kam er näher. Ich blickte stur geradeaus, da ich ihm nicht das Vergnügen meiner Aufmerksamkeit erweisen wollte. Als er an mir vorbeiging, schlug er nach mir. Wieder fuhr ich zusammen und schrie auf.

Ich wollte nicht, daß er mich noch einmal schlug, und hatte furchtbare Angst, daß er es doch tun würde. Er stand hinter mir, und ich wartete und wartete auf das Knallen der Peitsche. Es kam nicht. Aber jetzt war ich mir meiner Fähigkeit, nicht zusammenzuzucken, nicht mehr so sicher.

Sie führten uns zu einem schwankenden Laufsteg aus hölzernen Planken mit Geländern aus Tauen auf beiden Seiten. Die etwa vierzig Personen unserer Gruppe gingen über den Laufsteg und betraten das steinerne Schiff.

Ich muß lächeln, da ich diese Worte schreibe, denn ich kann mich erinnern, daß mich trotz der Schmerzen und Ängste, die ich in jenem Augenblick empfand, ein Gefühl des Staunens überkam, als ich das steinerne Deck betrat. Wie seltsam, daß unser Sinn für das Wunderbare selbst in den dunkelsten Stunden noch lebendig ist. Ich war nie zuvor auf einem Luftschiff gewesen und hatte in meinem ganzen Leben erst ein oder zwei am Himmel gesehen. Als ich das Schiff betrat, empfand ich dasselbe Kribbeln wie bei der Gelegenheit, als ich meinen ersten Zauber wirkte und eine goldene Flamme in meiner Handfläche aufloderte.

Das Schiff schwankte leicht, und ich sah mich nach J'role um. Wir hatten dafür gesorgt, daß mehrere Personen zwischen uns standen. Die Theraner würden uns sofort trennen, wenn wir den Eindruck erweckten, Kontakt miteinander aufgenommen zu haben. Als er das Schiff betrat, lächelte er kaum merklich und hob zufrieden den Kopf. Unsere Blicke trafen sich, und wir gestatteten uns den Luxus eines gegenseitigen Lächelns. Ein seltsamer Augenblick, da wir solch eine Freude seit Jahren nicht mehr geteilt hatten. Dieses Lächeln gemeinsamen Staunens – zum Beispiel über die merkwürdige Erfahrung, ein fliegendes Schiff aus Stein zu betreten – hatte anfangs großen Anteil daran gehabt, daß ich mich zu Eurem Vater hingezogen fühlte. Dieses Lächeln hatte bewirkt, daß ich den Rest meines Lebens mit ihm hatte verbringen wollen.

Als wir uns rasch voneinander abwandten, damit keiner der Theraner unseren kurzen Austausch bemerkte, fragte ich mich, was aus J'roles Lächeln geworden war. Ich hatte es seit Jahren nicht mehr gesehen. Dann wurde mir klar, daß das Lächeln nie verschwunden war. Ich hatte nur keinen Anteil mehr an seinen Abenteuern gehabt, das war alles. Ich entdeckte nicht mehr *mit ihm zusammen* die Geheimnisse, die das Universum bereithielt.

Man führte uns über das Deck zu einer Tür in dem mittschiffs gelegenen Aufbau. Dann ging es ein paar

Treppen hinunter auf ein Unterdeck, das von leuchtenden Kugeln aus Moos erhellt wurde. Nach zwei weiteren Treppen erreichten wir das unterste Deck des
Schiffes. Die Gänge wurden nur von ein paar betagten,
trüben Mooslaternen beleuchtet. Die Wände waren
rauh und mit Rußstreifen von Fackeln übersät.

Der Gang endete vor einer Tür, hinter der sich ein
langer Raum mit jeweils zehn Bänken auf der Steuer-
bord- und der Backbordseite des Schiffs befand. Zu
jeder Bank gehörte ein Loch im Rumpf, durch das
Ruder ragten. Um zu fliegen, war das Schiff offenbar
auf die Nachahmung normaler seefahrender Schiffe
angewiesen.

Rotbart und die anderen Wächter scheuchten uns
auf die Bänke und ketteten unsere Hände an die
Ruder. J'role saß auf der anderen Seite des Mittel-
gangs drei Bänke vor mir. Er drehte sich nicht einmal
nach mir um. Rotbart stand vor uns in der offenen
Tür. Er ließ zweimal seine Peitsche knallen. Ein bar-
brüstiger Mann im hinteren Teil des Ruderraumes,
ebenfalls ein Sklave, soweit ich das beurteilen konnte,
begann damit, in langsamem Rhythmus eine Trommel zu schlagen.

Rotbart ließ die Peitsche knallen, marschierte im Mittelgang zwischen den Bänken auf und ab und schrie uns in einer Sprache an, die nur wenige von uns verstehen konnten. Aber die Bedeutung seiner Worte war trotzdem klar. Wir griffen alle nach den Rudern und begannen im Rhythmus der Trommel zu rudern. Rotbart wich zur Tür zurück und wandte sich zu uns um. Dann sah er hoch und breitete die Arme aus, während seine Augenlider flatterten. Als er uns wieder ansah, hatten sich seine Pupillen derart verdreht, daß nur noch das Weiße in seinen Augen zu sehen war.

Meine Muskeln strafften sich, und obwohl ich weiterruderte, hatte ich die Herrschaft über meinen Körper verloren. Es war, als sei mein Verstand in meinem Körper, jetzt ein fremdartiges Ding, gefangen. Losgelöst beobachtete ich meine Arme, wie sie fortfuhren zu rudern.

Eine Zeitlang glaubte ich, daß Rotbart uns durch den Einsatz irgendeiner Magie, die ich nicht kannte, rudern lassen konnte, ohne daß wir dabei ermüdeten. Doch nach einer Stunde merkte ich trotz der Entrücktheit von meinem Körper, daß die Kraft in meinen Muskeln nachließ. Ich erinnerte mich daran, daß etliche Questoren mehrerer Passionen von solch einer Fähigkeit gesprochen hatten. Vestrial, hatten sie gesagt, sei während der Plage von den Dämonen in den Wahnsinn getrieben worden, und seine Kräfte stünden jetzt im Dienst der Sklaverei. Da erkannte ich, daß Rotbart ein Questor Vestrials war und die Macht besaß, uns dieselbe hirnlose Aufgabe immer wieder ausführen zu lassen, bis wir ganz einfach starben.

Durch die Löcher für die Ruderblätter sah ich, wie

der Boden immer tiefer sank, bis der Dschungel unter uns wie ein gewaltiges grünes Meer aussah und die Bewegung der sich im Wind kräuselnden Blätter dem sanften Wogen von Wellen an einem windstillen Tag glich.

Die Schmerzen in meinen Armen wurden immer stärker, und schrecklicherweise war ich nicht einmal in der Lage, daraufhin mein Rudertempo zu verlangsamen. Über uns hörte ich vereinzelte Rufe der Matrosen bei der Arbeit. Da sie Theranisch sprachen, konnte ich kein Wort verstehen. Uns war es natürlich verboten, beim Rudern zu reden. Da mein Körper nicht mehr meiner Herrschaft unterstand und meine Ohren mit Worten erfüllt waren, die keine Bedeutung für mich hatten, fühlte ich mich wahrhaftig so, als sei ich zufällig in eine andere Welt – in das Leben eines anderen – getreten. Es schien, als brauchte ich nur aus einem tiefen Traum zu erwachen, um mich zu Hause in meinem Bett wiederzufinden, vielleicht sogar in jener Nacht, in der mich J'role besucht hatte. Die Burg, die wir über uns hatten hinwegfliegen sehen, war ebenfalls Bestandteil des Traums, und die Theraner waren nicht nach Barsaive gekommen.

Dieses unsinnige Wunschdenken fand ein jähes Ende, als auf der Backbordseite des Schiffes plötzlich eine gewaltige Explosion stattfand. Ich beugte mich ein wenig vor, um durch das Loch zu schauen, während meine Arme unablässig weiterruderten. Durch das Loch sah ich ein weiteres Steinschiff etwa hundert Schritte entfernt schweben. Während des Fluges war ein riesiges Netz zwischen den beiden Schiffen ausgeworfen worden. Das Netz war aus dicken Seilen geknüpft, doch auf den Seilen glänzte es hier und da silbrig. Ich wußte genug über das Schürfen nach magischen Elementen, um zu erkennen, daß die Theraner die Seile mit Orichalkum durchsetzt hatten.

Die Rufe der Matrosen wurden jetzt hektischer und

zahlreicher. Theraner auf dem anderen Schiff brüllten etwas zu uns herüber, und die Matrosen über mir schienen zu antworten. Die Winde waren heftig, und die Matrosen klammerten sich an Tauen und Reling fest. Auf dem anderen Schiff erschien ein Matrose mit zwei roten Flaggen. Ein paar Augenblicke später tauchte ein Matrose auf der Treppe hinter Rotbart auf. Er sagte etwas zu Rotbart, der daraufhin dem Trommler hinter uns Anweisungen zurief.

Das Trommeln hörte auf, und plötzlich konnten wir auch aufhören zu rudern. Furchtbare Schmerzen schossen mir durch die Arme, als jage mir jemand ein Messer durch die Muskeln. Außer mir schrien noch viele andere vor Schmerzen laut auf. Tränen traten mir in die Augen. Nach Luft ringend, sank ich über meinen angeketteten Händen zusammen.

Ich drehte den Kopf und sah das andere Schiff in der Luft hin und her schaukeln. Das Netz zwischen den beiden Schiffen lockerte und straffte sich. Die Matrosen auf dem anderen Schiff hatten die Segel gerefft. Zwei Matrosen des anderen Schiffes hievten eine schwarze Kugel über die Bordwand. Ein theranischer Magier in einer smaragdgrünen Robe stand an der Reling und gestikulierte heftig, während die Kugel nach unten fiel. Die Gesten deuteten auf einen elementaristischen Zauber hin, aber ich kannte weder die Kugel noch den dazugehörigen Zauber.

Die Kugel fiel durch die Luft, explodierte plötzlich und erblühte zu einer feuerroten Blume. Das rote Gleißen der Explosion tauchte meinen kleinen Ausguck in helles Licht, und das Bild brannte sich in meine Augen. An der Explosionsstelle entfalteten sich ausgefranste Ränder wie Blumenkelche, die sich der Sonne öffneten. Das vorübergehend entstandene Loch enthüllte einen Fleck absoluten, reinen violetten Lichts. Ich wußte, was sie getan hatten, doch mein Mund stand dennoch vor Staunen sperrangelweit offen, als ich es tatsächlich sah. Die Theraner hatten ein Loch, groß wie ein Fuhrwerk, in die Ebene elementarer Luft gesprengt.

Das Loch schloß sich rasch, aber ich sah einen Schimmer elementarer Luft daraus aufsteigen. Er ähnelte dem Flimmern der Luft über einem Feuer, jedoch mit einem silbrigen Funkeln darin. Der Schimmer stieg auf und prallte auf das zwischen den beiden Schiffen aufgespannte Netz. Augenblicklich gerieten die beiden Schiffe heftig ins Schaukeln, so daß ich zuerst nach rechts, dann nach links geworfen wurde. Das Netz hob sich wie ein Ballon und bewirkte, daß die beiden Schiffe rasch aufeinander zutrieben.

Mehrere der an unserem Schiff befestigten Taue rissen, fielen nach unten und baumelten zwischen den beiden Schiffen. Ein Matrose, der versucht hatte, eines der Taue festzuhalten, als es über Bord gerissen wurde, tauchte plötzlich in meinem Blickfeld auf und klammerte sich mit vor Angst und Anspannung verzerrter Miene am Ende des Taus fest.

Die Schiffe kamen sich immer näher, und ich war sicher, der Mann würde zwischen den beiden Steinrümpfen zerquetscht werden. Doch dann verlangsamte sich unsere Bewegung, und die Schiffe blieben schließlich in einem Abstand von etwa vierzig Ellen zueinander stehen. Der Matrose an dem gerissenen Tau kam in Augenhöhe mit mir zur Ruhe. Er sah mich und lächelte. Er hatte nicht nur überlebt, sondern auch dabei geholfen, eine Ecke des Netzes unten zu halten, und damit die elementare Luft am Entweichen aus dem Orichalkumnetz gehindert. Er hatte gewonnen.

Auf den Decks der beiden Schiffe wurden jetzt aufgeregt Befehle gebrüllt. Taue wurden von einem Schiff zum anderen geworfen, um diese Entfernung zwischen ihnen zu stabilisieren. Matrosen brachten Orichalkumgefäße unter dem Netz in Stellung, saugten die elementare Luft in die Gefäße und verschlossen sie dann.

Das Einsammeln der elementaren Luft aus dem Netz dauerte mehrere Stunden, da die Theraner sich so wenig Luft wie möglich durch die Lappen gehen lassen wollten. Nach einiger Zeit senkte sich das Netz langsam, bis es schließlich auf Deckhöhe hing und dann noch tiefer sank.

Mittlerweile war die Sonne hinter einer entfernten Bergkette versunken. Über dem Blätterdach des Dschungels verbreitete eine violette Dämmerung Dunkelheit über Barsaive. Wolken in der Ferne sahen aus wie blutige Burgen.

Rotbart knallte mit der Peitsche. Ich griff ohne Nachdenken nach dem Ruder, als sei ich für diese Aufgabe geboren. Das Trommeln setzte wieder ein, und ich hob das Ruder, da ich mich vor dem Knallen der Peitsche auf meiner Haut fürchtete. Das Ruder bewegte sich schwerer als zuvor. Ich glaubte, die Erschöpfung verlange jetzt ihren Tribut. Ich würde zusammenbrechen, und man würde mich wegen meiner Unbrauchbarkeit über Bord werfen. Dann fiel mein Blick nach rechts, und ich sah, daß mein Partner, ein muskelbepackter Mann mit brauner Haut, immer noch nicht den Kopf gehoben hatte. Vor einigen Minuten hatte ich noch gedacht, er ruhe sich aus, doch seine Brust lag auf dem Ruder, und sein Kopf hing nach unten.

Ich wollte Rotbart rufen, aber der marschierte bereits durch den Mittelgang, wobei er mich anfunkelte, als sei ich für den Tod des Mannes verantwortlich. Er packte den Kopf des Mannes an den Haaren und riß ihn zurück. Der Mund stand offen, schlaff und leblos, die Augen waren halb geöffnet.

Rotbart rief etwas die Treppe hinauf, und kurz darauf tauchte ein Matrose auf. Er ging durch den Mittelgang und hielt den Toten fest, während Rotbart seinen Schlüsselring nahm und die Leiche vom Ruder loskettete. Er lächelte mich an und sagte etwas in einem höhnischen Tonfall, dann lachte er laut auf. Der Matrose warf die Leiche in den Mittelgang, und Rotbart ließ die Peitsche knallen. Das Trommeln setzte wieder ein.

Ich konnte nicht glauben, daß ich allein rudern sollte. Doch als Rotbart mich anfunkelte und mir für mein Zögern einen Peitschenhieb versetzte, war kein Zweifel mehr möglich. Der Peitschenhieb tat weh, doch was noch mehr schmerzte, war die Hilflosigkeit. Ich hätte ihm so gern den Hals umgedreht. Mir kam der Gedanke, ihm einen Feuerball entgegenzuschleudern. Doch was würde mir das nützen? Ich konnte die Ketten vielleicht mit einem weiteren Zauber sprengen. Und dann? Dann war ich auf einem Schiff mit Dutzenden von Gegnern gefangen. Und ohne meine Robe würden meine Zauber mit Sicherheit die Aufmerksamkeit eines Dämons erregen. Nein. Ich beschloß zu warten. Ich mußte nachdenken, einen Plan entwickeln, durfte nicht nur aus dem Bedürfnis nach Rache heraus handeln.

Als wir nach Himmelsspitze zurückkehrten, hätte ich mich zum Sterben hinlegen können. Die schlimmsten Schmerzen bereiteten mir die Schultern, die sich anfühlten, als bluteten sie.

Ich schaute aus meinem Ruderloch, während wir uns langsam der Plattform näherten. In der sternenbeschienenen Dunkelheit sah ich, daß sich unter der Plattform Soldaten und ein Heerlager befanden. Selbst wenn ich von der Plattform herunterkam, wie sollte ich einer Armee entkommen? J'roles Müdigkeit war jetzt leichter zu begreifen. Ich erinnerte mich, mir an diesem Morgen das Versprechen gegeben zu haben, mich von den Theranern nicht unterkriegen zu lassen, und alles, was mir dazu einfiel, war die Frage: *War das tatsächlich erst heute morgen gewesen?*

Sie führten uns zu den lichtlosen Kasernen. Über mir glitzerten die Sterne am Himmel wie Sandkörner in der Mittagssonne. Ich sah, wie Rotbart eine Geste vor der Tür vollführte. Sie öffnete sich, und wir traten ein. J'role und ich sorgten dafür, daß wir dicht beisammen waren, als sich die Tür schloß, und setzten uns zusammen auf den Boden. Ich war zu müde, um etwas zu sagen, und ihm schien genauso zumute zu sein. Wir rollten uns zusammen, wobei wir einander sehr vorsichtig hielten, um uns nicht weh zu tun, und schliefen zum erstenmal seit Jahren wieder gemeinsam ein.

So ging es weiter. Und weiter. Und weiter.

Die Furcht vor der Peitsche wuchs. Die Arbeit, die uns alle an den Rand des Todes brachte, wollte einfach nicht enden. Die lähmende Erkenntnis, daß eine Flucht tatsächlich unmöglich sein mochte, grub sich immer tiefer in mein Bewußtsein. Vielleicht war ein Kampf möglich, aber keine Flucht.

»Wir müssen es versuchen«, sagte ich eines Nachts zu J'role. Die anderen schliefen oder unterhielten sich leise. »Ich töte Rotbart. Du öffnest die Ketten ...«

»Und was dann?« fragte er.

Ich weinte leise vor mich hin und bemerkte es erst jetzt. »Wir müssen doch *irgend etwas* tun.«

»Aber es gibt nichts ...«

»Du hast mir gesagt, wir würden es versuchen!« schrie ich. Er hielt mir den Mund zu. Voller Wut und Schmerz entzog ich mich ihm. »Hast du das einfach nur so dahingesagt?« fragte ich in barschem Flüsterton. »Um mich zu beschwichtigen?«

»Ich will wirklich ...« Er weinte ebenfalls. »Ich will etwas tun.« Er hielt inne. Ich glaubte, er würde aufstehen und sich wegschleichen. Er tat es nicht. »Aber ich weiß nicht, was. Wir müssen auf eine Gelegenheit warten. Auf irgendeinen günstigen Umstand.«

»Bis dahin sind wir wahrscheinlich längst tot.«

»Also, welchen Plan hast du?« schnappte er.

Ich schwieg. Bis jetzt hatte J'role immer die Pläne geschmiedet. Durch seinen Wagemut war er immer ein wenig vom Glück begünstigt worden. Ich hatte mich damit begnügt, ihn bei seinen Abenteuern zu begleiten. »Werden wir hier sterben?« fragte ich schließlich.

»Weiß nicht. Weiß nicht«, antwortete er kühl und entschieden. Er hatte noch nicht aufgegeben, aber er wußte nicht, was geschehen würde. Er unterdrückte seine Tränen und sagte: »Niemand kann so leben.«

Doch als er das sagte, glaubte ich einen merkwürdigen Unterton zu hören, eine gewisse Zufriedenheit. In diesem Augenblick mußte ich an die verschiedenen Gelegenheiten denken, bei denen ich J'role in den letzten paar Wochen hatte lächeln sehen. Plötzlich kam mir der Gedanke, daß einem Teil von ihm das Leben gefiel, das wir lebten. Als beweise es etwas, das er immer schon gewußt hatte. Ja, das war es. Dieses erbärmliche Leben war irgendwie die Bestätigung eines finsteren Geheimnisses, das zu erkennen er andere als zu schwach ansah, während er selbst es nur allzugut kannte.

Wir schwiegen für lange Zeit, bis uns schließlich unsere Angst vor dem Tod dazu brachte, uns zu umarmen. Wir küßten uns.

J'roles Fingerspitzen glitten meinen Hals entlang und über meine Brüste. Mein Körper war völlig erschöpft, aber ich sehnte mich nach der sanften Berührung. Seine Handfläche drückte leicht gegen meine Brustwarze.

»Nein, J'role. Nicht... nicht... hier.« In der Dunkelheit, in der Abgeschiedenheit unserer privaten Unterhaltungen, war es möglich zu glauben, daß wir allein waren. Aber wir waren nicht allein. Wir teilten den Raum mit vierzig anderen Personen.

»Releana«, seufzte er verlangend.

»Nein. Ich...«

»Nur ein wenig Schmerz?«

»Ich...«

»Ja.« Er nahm meine Hand und legte sie sich in den Nacken, preßte meine Finger auf seine Haut. »Nur ein paar Kratzer.«

Ich hatte sein Verlangen nach Schmerzen nie gemocht. Und niemals hätte ich geglaubt, daß man an Schmerzen Gefallen finden konnte, wenn man sich liebte – bis zu meinem ersten Zusammensein mit J'role.

»Bitte«, seufzte er.

Ich grub meine Fingernägel in seine Schulter und zog sie langsam von seinem Hals weg.

»Noch einmal! Mehr!«

»Ich...«

»Tu es!«

Ich tat es noch einmal, diesmal mit einer Hand auf jeder Schulter. Er seufzte vor Schmerzen und Lust.

»Mehr.«

Irgend etwas an seiner Lust zog mich an, wie es immer der Fall gewesen war. Ich grub meine Nägel tiefer, spürte, wie Blut aus den Kratzern trat und meine Fingerspitzen benetzte. Ich seufzte jetzt mit ihm im gleichen Rhythmus.

»Nimm die Zähne.«

Ohne nachzudenken, beugte ich mich über seine rechte Schulter und biß in seine blutende Haut. Er stöhnte laut auf. Der Blutgeschmack umschmeichelte meine Zunge.

Und es gefiel mir. Jetzt erscheint alles so ... Aber damals ... Ich könnte Euch nicht einmal sagen, warum. Ich kann nicht einmal glauben, daß ich Euch das jetzt erzähle, aber es ist ... Ich glaube, es ist wichtig für Euch, es zu erfahren ... im Hinblick auf die späteren Ereignisse. Und ich denke, Ihr solltet wissen, daß ich auf meine Weise Anteil daran hatte.

Er legte Hand an sich, und seine Bewegungen wurden immer heftiger. Während ich ihm weiterhin Schmerzen zufügte, beschleunigte sich seine Atmung, bis er schließlich zum Höhepunkt kam. Er sank gegen mich und murmelte so etwas wie: »Narben machen uns zu dem, was wir sind.«

Ich hielt ihn, bis er eingeschlafen war, während meine Lust rasch verflog. Ich blieb wach und fühlte mich einsam und irgendwie schlecht.

Ich sitze an meinem Schreibtisch, wie es seit Tagen der Fall ist, und schreibe Euch diesen merkwürdig langen Brief. Es ist Morgen. Die Luft ist warm, der Tag grau. Während ich nach den richtigen Worten suche, um weiterzuschreiben, sehe ich aus dem Fenster und auf das saftig grüne Blätterdach des Dschungels. Meine Hütte nistet in den Ästen eines riesigen Baumes wie die anderen Behausungen meines Dorfes auch. Unzählige Regentropfen prasseln auf das dunkle Grün des Urwalds. Sie fallen von einem Blatt zum anderen, ein kurzer Fall nach dem anderen, bis sie schließlich den Waldboden erreichen.

Tief unter mir lachen Kinder und laufen umher, stampfen mit den kleinen Füßen durch schlammige Pfützen und jagen einander, indem sie für kurze Zeit in die Rolle irgendwelcher Ungeheuer schlüpfen, die sie gar nicht richtig kennen.

Ich muß an Euch zwei denken. In Eurer Kindheit gab es Augenblicke, die ich nicht geplant hatte. Ich denke an die Kinder unter mir und daß sie sehr viel Glück haben, da sie keinem der Schrecken ausgesetzt sind, die Ihr durchgemacht habt. Dann fällt mir wieder ein, daß Ihr sieben wart, als die Theraner kamen. Einige der Kinder, die dort unten durch die Pfützen laufen oder Burgen aus Matsch bauen, sind erst drei, vier oder fünf Jahre alt.

Es bleibt noch genug Zeit für Tragödien in ihrer Kindheit.

Wochen vergingen.

Ich spürte, wie mein Verstand in Stücke zerfiel. Es wurde immer schwerer, die Energie aufzubringen und einen Fluchtplan auszuhecken.

Schlimmer – es hatte den Anschein, als wolle J'role gar nicht fliehen. Er schien zufrieden, mit mir in der Falle zu sitzen. Hin und wieder erörterte ich Pläne und Möglichkeiten mit ihm. Er hörte zu und wechselte dann das Thema. Mich in seinem Leben zu haben, ohne die Möglichkeit, daß ich ihn wegschickte – das machte ihn tatsächlich glücklich.

Wir segelten immer wieder hinaus in den Himmel, und die Erregung, in einem steinernen Schiff dahinzutreiben, war längst verflogen. Ich spähte nicht mehr durch das Loch in der Bordwand, noch verschwendete ich irgendeinen Gedanken an das Rudern. Rotbart machte Gebrauch von den Kräften, die Vestrial ihm gewährt hatte, meine Muskeln entzogen sich meinem Willen, und ich hatte wenig mehr zu tun, als meine Gedanken möglichst weit von der Qual wegwandern zu lassen.

Eines Tages, während ich blicklos nach vorn starrte, drehte sich plötzlich eine rothaarige Frau zu mir um. Sie nickte kaum merklich, dann wandte sie sich rasch wieder von mir ab.

Gehörte sie zu den Spionen des Generalstatthalters? War sie eine mögliche Verbündete? Hatte sie J'role und mich in der Dunkelheit belauscht? Wußte sie, wie sehr ich entkommen wollte, um zu meinen Söhnen zu gelangen?

Unser Schiff folgte einer von fünf festgelegten Routen über mittlerweile vertraute Orientierungspunkte hinweg und war auf normale Schürfhöhe gestiegen. Offenbar enthielten gewisse Bereiche der Luft mehr elementare Luft als andere, so wie es in einem Bergwerk an manchen Stellen reichere Erzadern gibt als an anderen.

Matrosen warfen das Netz zwischen den Schiffen aus und ließen Kugeln mit elementarem Feuer über Bord fallen, um Löcher in die Ebene elementarer Luft zu sprengen. Ich sah ihnen zu, da wir von den Theranern in der Regel in diesen Pausen mit einer Mischung aus Hafergrütze und Wasser gefüttert wurden. Ich brauchte etwas, um mich von dem Fraß abzulenken, den ich zu mir nahm.

An dem Tag, da mich die rothaarige Frau ansah, näherten sich uns von Süden düstere und unheilverkündende Gewitterwolken. Auffrischende Winde und Regenwolken waren normalerweise ein Grund, nach Himmelsspitze zurückfliegen. Doch an diesem Tag beschlossen die Kapitäne der Schiffe zu bleiben, da sie noch gar keine elementare Luft gesammelt hatten.

Der strahlende blaue Tag war auf einmal grau und trostlos. Die Segel flatterten heftig im Wind, und das Knallen des Stoffes hörte sich an wie Rotbarts Peitsche. Während die Matrosen rasch die Segel einholten, sah ich durch mein Loch dicke Regentropfen fallen. Plötzlich erklang die Trommel – ein gleichmäßiger, langsamer Rhythmus, mit dem wir dem Wind entgegenwirken sollten, um das Schiff parallel zum anderen an Ort und Stelle zu halten. Die Theraner weigerten sich, mit leeren Händen zur Plattform zurückzukehren.

Eine weitere Ladung explodierte. Ich sah aus meinem Fenster. Endlich erschien der Riß, als die rote Flammenblüte in das dunkle Violett der elementaren Ebene einschnitt. Während ich noch starrte, schnappte ich unwillkürlich nach Luft, denn ich sah, wie sich in dem Loch zu der anderen Welt etwas bewegte.

19

Mein Teller mit Hafergrütze glitt mir aus den Händen und fiel zu Boden, als ich mich vorbeugte, um besser sehen zu können, was da aus dem mitternachtsblauen Riß im Himmel herausgeflogen kam. Ich sah drei oder vier weiße Kreaturen mit langen Gliedmaßen und dünnen, totenschädelähnlichen Gesichtern, die von großen Mäulern mit spitzen Zähnen beherrscht wurden. Ihre langen, scharfen Krallen beugten und streckten sich, als sehnten sie sich nach irgend etwas, das sie zerfetzen konnten.

Alarmrufe gellten bereits über die Schiffsdecks. Matrosen beeilten sich, das Netz zu lösen, das die Schiffe verband, doch ihre Bemühungen kamen zu spät. Die elementare Luft schoß aus dem Loch im Himmel und beutelte das Netz, das sich aufbauschte wie das Laken über einem wilden Kind, das nicht einschlafen kann. Die beiden Schiffe machten förmlich einen Satz aufeinander zu. Als unser Schiff nach Backbord gerissen wurde, schrien ein paar der Sklaven vor Angst laut auf. Rotbart, der immer schnell mit der passenden Antwort zur Hand war, ließ die Peitsche knallen, um uns zum Schweigen zu bringen. Dann rief er mit vor Sorge geweiteten Augen etwas die Treppe hinauf, bekam jedoch keine Antwort.

Kurz bevor die beiden Schiffe zusammenstießen, kappten die Matrosen auf dem anderen Schiff die Taue, die das Netz auf ihrer Seite hielten. Die elementare Luft trieb das lose Netzende nach oben und brach dann darunter hervor, ein seltsames, amorphes, silbriges Glitzern, das die Regentropfen beiseite schob, als es den grauen Wolken über unseren Köpfen entgegenraste. Ein Schatz, der sich jetzt buchstäblich in Luft auflöste.

Für einen Moment fühlte ich mich in dem Sklaven-
pferch merkwürdig sicher. Ich war vor dem Regen geschützt und wieder ein kleines Kind, das aus dem Fenster seiner Behausung starrte. Irgendwie fühlte ich
mich auch vor den Elementarwesen sicher, die an mir
vorbei zu den Oberdecks flogen und deren langge-
streckte Körper wie milchiges Wasser aussahen. Es
kam mir so vor, als sei alles nur ein Traum, in dem
meine Feinde jetzt ihre gerechte Strafe erhalten würden.

Das Gefühl der Sicherheit zerplatzte einen Augenblick später wie eine Seifenblase.

Der erste Schrei erscholl direkt über mir. Plötzlich
war der Regen mit dunklen Blutstropfen vermischt,
die mich zu Tode erschreckten. Ich zog den Kopf gerade noch rechtzeitig aus der Öffnung zurück, als die
Leiche eines theranischen Matrosen vom Deck über
mir fiel. Er überschlug sich mehrfach, und ich sah, daß
seine Brust aufgerissen und die Rippen zerschmettert
waren. Die Leiche prallte wie eine Strohpuppe gegen
den Rumpf des anderen Schiffes und setzte dann ihren
alptraumhaften Fall zum Erdboden fort.

Auf dem anderen Schiff setzten sich mehrere Matrosen gegen eines der Wesen zur Wehr. Sie hatten es umzingelt, und ihre Klingen schimmerten in einem sonderbaren Farbton, als sie darauf einhieben. Das Ding
schlug mit seinen Krallen aus, und den Matrosen gelang es weder, es zu treffen, noch seinen Krallen auszuweichen. Blutige Linien erschienen auf ihren Gesichtern. Die Matrosen schrien vor Schmerzen auf, doch
die Schmerzen schienen ihre Entschlossenheit, das
Ding zu vernichten, nur zu stärken.

Eine fast greifbare Panik breitete sich jetzt in dem
Pferch aus, als die Sklaven auf der Backbordseite mit
vor Entsetzen steifen Rücken das Gemetzel durch die
kleinen Ruderlöcher beobachteten, während die anderen vergeblich die Hälse reckten, um einen Blick nach

draußen zu erhaschen. Viele Sklaven stießen Fragen in verschiedenen Sprachen aus. Ein paar Antworten kamen zurück. Eine Sklavin, die rothaarige Frau, rief auf throalisch: »Elementarbestien. Sie greifen das Schiff an!«

Rotbart eilte durch den Mittelgang und ließ die Peitsche knallen, aber er war nicht richtig bei der Sache. Die Geste wirkte mehr wie eine beruhigende alte Angewohnheit. Das Knallen der Peitsche brachte uns zum Schweigen, doch die allgemeine Unruhe wurde dadurch nicht geringer.

Plötzlich wurde mir klar, daß wir durchaus die nächsten Opfer der schrecklichen Elementarbestien sein konnten, wenn die Matrosen den Kampf verlören. Waffenlos und an unsere Ruder gekettet, wären wir leichte Beute. Mehr als das, die Gelegenheit, auf die wir laut J'role warteten, schien gekommen zu sein. Wenn die Bestien den Kampf gewännen, wären die Theraner tot, so daß wir es nur mit den Ungeheuern zu tun hätten. Keine leichte Aufgabe, aber durchaus machbar. Wenn die Bestien verlören, wären die Theraner verwundet und zahlenmäßig geschwächt. Eine noch bessere Gelegenheit.

»J'role!« rief ich, ohne ihn anzusehen, um nicht Rotbarts Aufmerksamkeit auf ihn zu lenken. »Das ist die Gelegenheit!«

Die Spitze von Rotbarts Peitsche traf mich im Gesicht und versperrte mir die Sicht, so daß ich J'roles Reaktion nicht mitbekam. Einen Moment lang konnte ich an nichts mehr denken, als alle meine Sinne von einer Schwärze überflutet wurden, die jede Sinneswahrnehmung blockierte. Als ich wieder zu mir kam, schienen Stunden vergangen zu sein, doch ich wußte, daß es sich nur um ein paar Sekunden gehandelt haben konnte. Ich spürte, wie mir ein dünner Blutstrom die Wange herunterlief und von meinem schwarzen Sklavengewand aufgesogen wurde. Rotbart brüllte mich an, sein Gesicht nahe vor dem meinen und rot angelaufen, den Mund in wilder Panik weit aufgerissen. Von den oberen Decks drangen weitere Schreie zu uns herunter. Die anderen Sklaven riefen jetzt wild durcheinander und hielten Rotbart ihre Ketten hin, flehten ihn an, ihnen die Freiheit zu geben.

Ich sah an Rotbart vorbei. J'role saß vornübergebeugt und still da. Ich atmete erleichtert auf. Er arbeitete an seinem Schloß und setzte seine Diebesmagie ein, um sich zu befreien.

Mein Erleichterungsseufzer war der erste Fehler, den ich an diesem Tag beging.

Rotbart bemerkte meine Reaktion, fuhr herum, hielt Ausschau nach dem, was mir offensichtlich Erleichterung verschafft hatte. Sein Blick fiel auf J'role, und er lief zu ihm. »J'role!« rief ich. Euer Vater beachtet mich nicht und setzte seine Arbeit fort.

Als er nahe genug heran war, ließ Rotbart die Peitsche auf den Rücken Eures Vaters niedersausen. Die Clownskleidung war schon vor langer Zeit durch das schwarze Sklavengewand ersetzt worden, das mittlerweile tiefe Risse von Rotbarts Peitsche aufwies. J'role zuckte unter dem Hieb zusammen, arbeitete jedoch weiter. Seine Aufmerksamkeit – soviel er noch aufbringen konnte – war ganz darauf konzentriert, das Schloß zu öffnen.

Immer wieder ließ Rotbart die Peitsche auf J'roles Rücken klatschen. Sein Blut bespritzte die Sklaven, die hinter Eurem Vater saßen. »Haltet ihn auf!« rief ich und sprang auf. »Haltet ihn auf! J'role ist eure Rettung.« Ich weiß nicht, ob sie mich nicht verstanden oder einfach nur vor Angst erstarrt waren, aber niemand rührte auch nur einen Finger.

In seinem übermächtigen Verlangen, J'role von seinem Vorhaben abzubringen, packte Rotbart die Peitschenschnur mit beiden Händen und schlang sie J'role um den Hals. Er zog die Schlinge zu und machte Anstalten, Euren Vater zu erwürgen. Panik überkam mich, dann Wut auf alle in J'roles Nähe, die sich weigerten, ihm zu helfen. Mögliche Zaubersprüche gingen mir durch den Kopf. Ich mußte das Risiko eingehen, einen Dämon auf mich aufmerksam zu machen. Wenn ich überhaupt ein Risiko eingehen mußte, war jetzt der Zeitpunkt dafür gekommen. Windstoß kam nicht in Frage, da ich meine angeketteten Hände nicht weit genug ausbreiten konnte, um den Zauber zu wirken. Erdpfeile wäre prächtig gewesen – aber ich besaß natürlich keine Erde. Tatsächlich verfügte ich über keines von den Dingen, die für das Wirken mancher Zauber unerläßlich waren.

J'role rief um Hilfe, seine Stimme klang wie das Gurgeln eines Ertrinkenden.

Dann fiel mir Vereiste Oberfläche ein. Konnte ich mich tief genug bücken? Ich mußte es versuchen.

Ich beugte mein Rückgrat, so tief ich konnte, näherte mein Gesicht dem Boden so weit wie möglich. Das Ruder bohrte sich mir in den Magen und drückte mir auf die Oberschenkel. Ich konzentrierte mich darauf, die Astralebene anzuzapfen und ihr die magische Energie zu entziehen, die erforderlich war, um die Luftfeuchtigkeit in diesem Raum zu sammeln. Mein Verstand glitt in den seltsamen Raum zwischen unserer Welt und all den anderen, die unsere umgaben.

Waren Dämonen in der Nähe? Würden sie mich in meinem geschwächten, magisch herausgehobenen Zustand aufspüren?

Das Schiff wurde von den rauhen Windböen des Gewitterregens hin und her geworfen. Über das Heulen des Sturms hinweg waren immer wieder Schreie zu hören. Ich hörte jemanden vom oberen Treppenabsatz etwas rufen. Rotbart sah auf und brüllte eine Antwort. Dann richtete er seine Aufmerksamkeit wieder auf J'role.

Ich atmete aus, und mein Atem war so weiß und

neblig, wie er dies vielleicht auf einem Berggipfel gewesen wäre. Der Nebel strömte aus meinem Mund, und auf dem Boden bildete sich eine dicke Eisschicht. Sie breitete sich fünf Ellen weit aus und glitt dann vorwärts, ein blausilberner Eisteppich, der sich um die Füße der Bänke wand, auf der die anderen Sklaven saßen, und auf Rotbart zueilte, der immer noch alles daransetzte, J'role zu strangulieren.

Das Eis glitt unter Rotbarts Füße. Genau in diesem Augenblick zog er die Schlinge ruckartig zusammen, so daß J'role erstickt keuchte. Der Schwung des Rucks riß Rotbart nach hinten, und er stieß einen überraschten Schrei aus, als die Füße unter ihm wegrutschten. Er fiel rückwärts und riß J'role mit, so daß Euer Vater jetzt auf der Ruderbank lag, die Peitsche immer noch um den Hals gewickelt.

Diesen Augenblick nutzte J'role, um sich die Peitschenschnur abzustreifen. Mit den geschickten Bewegungen eines geübten Diebes zog er den Schlüsselring aus Rotbarts Gürtel. Dann richtete er den Oberkörper auf und suchte nach dem richtigen Schlüssel. Doch Rotbart rappelte sich bereits wieder auf. Ein Sklave schob den Fuß vor und stellte dem Sklavenmeister ein Bein. Rotbart kämpfte auf dem Eis um sein Gleichgewicht und stürzte dann wieder zu Boden. Der Sklave lächelte – das hatte er in den zwei Monaten, seit er bei uns war, niemals getan.

Ein Jubelschrei durchlief den Raum.

J'role fand den richtigen Schlüssel, schloß seine Ketten auf und stand auf. Der Lärm klirrender Ketten und neuerlicher Jubelrufe erfüllte das Unterdeck. Wir alle erhielten einen mächtigen Energieschub. Plötzlich erinnerten wir uns an den Geschmack der Freiheit. Wir mußten uns *jetzt* von den Ketten befreien. J'role wich einem Tritt Rotbarts aus und warf die Schlüssel den Leuten auf der nächsten Ruderbank zu, die augenblicklich mit ihnen zu hantieren begannen, um sich die Ketten abzunehmen.

In der Zwischenzeit hatte sich Rotbart aufgerappelt, wobei er den zupackenden Händen und flinken Tritten der Sklaven in seiner Nähe auswich. Er sprang von der Eisscholle herunter, riß die Peitsche zurück und hieb in rascher Folge dreimal nach J'role. J'role wich rasch nach rechts, links und dann wieder nach rechts aus, und alle drei Hiebe verfehlten ihn um Haaresbreite.

Die Schlüssel wurden von Bank zu Bank gereicht. Gefangene befreiten sich, gaben die Schlüssel weiter und eilten J'role zu Hilfe. Ein paar Sklaven glitten auf dem Eis aus, doch die meisten warfen sich auf Rotbart, schlugen ihn zu Boden und begruben ihn unter ihren Leibern.

Die Schlüssel erreichten mich, und ich schloß meine Ketten auf. Ich sprang auf und erkannte sofort, daß das in meinem geschwächten Zustand ein Fehler war. Ich taumelte einen Moment lang. Ich hielt mir die Augen zu und holte tief und langsam Atem.

Auf der Treppe waren Schritte zu hören. J'role fuhr herum, und ein theranischer Matrose, dessen Haar vom Regen naß und schwer und dessen silberweiße Kleidung mit Blutflecken übersät war, starrte ungläubig und voller Entsetzen auf die Rebellion, die vor seinen Augen stattfand. Diesen Augenblick der Starre nutzte J'role aus und stürmte die Stufen hinauf. Der Matrose schwang sein Schwert. J'role duckte sich darunter hinweg und rammte dem Matrosen die rechte Schulter in den Unterleib. Das Schwert klirrte gegen die steinerne Wand, und die beiden Männer fielen ineinander verschlungen die Stufen herunter und in den Mittelgang.

Rotbart brüllte aus Leibeskräften irgendwelche Worte – zweifellos irgendwelche Flüche und Befehle, von ihm abzulassen. Ich eilte rasch nach vorn in der Absicht, Rotbart nicht zu beachten und J'role zu helfen. Ich hatte Rotbart jedoch noch gar nicht erreicht, als eine Gruppe von Sklaven den Kopf des Sklavenmeisters packte, ein Dutzend Hände auf einmal. Kein Wort oder Signal wurde gewechselt. Eine perverse, auf gemeinsam erlittenen Schmerzen beruhende Übereinstimmung hatte Besitz von ihnen ergriffen. Wie eine einzige, aus Armen bestehende Wesenheit drehten sie Rotbarts Kopf erst nach links und dann nach rechts. Die erste Drehung resultierte in einem scharfen Knacken, ganz ähnlich dem Knall seiner Peitsche. Die zweite erzeugte nur noch ein Knirschen.

Ich eilte an der schrecklichen Szene vorbei und erreichte J'role und den Matrosen, die sich auf dem Boden hin und her wälzten, wobei jeder versuchte, sich einen endgültigen und entscheidenden Vorteil dem anderen gegenüber zu verschaffen. Die anderen Sklaven waren immer noch völlig verzückt vom Schicksal des Theraners, den sie am meisten haßten, und schenkten dem Kampf meines Mannes mit einem unbekannten Matrosen keinerlei Aufmerksamkeit.

Das Schwert des Matrosen lag auf dem Boden. Ich hob es auf und forderte ihn auf, sich zu ergeben. Mein Plan hatte ursprünglich vorgesehen, Rotbart als Geisel zu nehmen. Da diese Möglichkeit nun nicht mehr bestand, beschloß ich, den Matrosen an die Stelle des Sklavenmeisters treten zu lassen.

Obwohl der Matrose meine Worte nicht verstand, drehte er sich rasch um und sah, daß ich mit erhobenem Schwert hinter ihm stand. Er hielt inne. In seinen Augen erkannte ich, daß er seine Chancen abwog. Dann spannte er sich und sprang mich an. Ich bin keine Schwertmeisterin, doch ich ließ das Schwert dennoch schnell genug herabsausen und traf ihn in die Schulter. Blut spritzte in hohem Bogen auf und gegen die Steinwand. Der Matrose schrie schmerzerfüllt auf, als ihm J'role die Beine unter dem Körper wegtrat. Die anderen Sklaven fielen über den Matrosen her wie Wellen, die gegen eine Steilküste branden.

Ich eilte die Treppe hinauf, verzweifelt darauf bedacht, den Schreien des Mannes zu entkommen. Mit dem Schwert in der Hand führte ich J'role und ein paar andere Sklaven aus unserem Gefängnis in den Tiefen des Schiffes nach oben.

21

Wir tasteten uns durch die Gänge des nächsthöheren Decks. Niemand trat uns in den Weg, noch schien sich irgend jemand in den Kabinen aufzuhalten. Das Schiff schwankte nach links, dann nach rechts, und ich mußte mich an den kühlen grauen Wänden abstützen, um den Halt nicht zu verlieren. Ich fragte mich kurz, ob das Luftschiff möglicherweise schwer beschädigt war. Stürzten wir bereits ab?

Heftige Windböen und starker Regen begrüßten uns, als wir uns der Tür zum Hauptdeck näherten, die beständig auf und zu schlug. Ein Blitz erhellte den Regenguß: Tausende und Abertausende Tropfen silbernen Regens wirbelten durch die Luft. Das Deck machte einen verlassenen Eindruck.

J'role stand plötzlich neben mir und legte mir eine Hand auf die Schulter, die andere auf das Heft des Schwertes, das ich trug. »Releana«, sagte er, »wenn du dich seit unserem letzten gemeinsamen Abenteuer nicht im Gebrauch dieser Waffe geübt hast, ist es besser, wenn ich sie nehme und du deine Magie einsetzt.« Ich empfand so etwas wie Verärgerung, da ich den Verdacht hatte, daß der Anführer unserer kleinen Gruppe derjenige war, der das Schwert besaß, und es hatte ganz den Anschein, als beanspruche J'role die Führung jetzt aus alter Gewohnheit für sich. Doch es war schon richtig, daß er mit dem Schwert besser umgehen konnte als ich. Also gab ich ihm die Waffe, wandte mich dann an die Sklaven hinter uns und bedeutete ihnen mit erhobener Hand zu warten. In ihren Augen stand ein intensiver Hunger nach Gewalt, aber sie hielten ihre Leidenschaften im Zaum. J'role hielt die Tür auf, und wir zwei betraten das Deck.

Der Regen durchnäßte uns in Sekundenschnelle. Der Wind drängte uns nach Steuerbord, und wir mußten uns ducken, um das Gleichgewicht zu wahren. Ein Blitz zuckte über den Himmel, und der darauf folgende Donnerschlag dröhnte uns in den Ohren.

Der Blitz beleuchtete acht theranische Leichen fünf Schritte vor uns. Ihr Blut vermischte sich mit dem Regenwasser und färbte das steinerne Deck hellrot. Alle hatten grauenhafte Wunden an Gliedern und Brustkorb erlitten. Das Gesicht einer Frau war völlig zerschmettert, so daß nur noch ein Brei aus zerquetschten Knochen und zerfetztem Fleisch übrig war. Bei anderen waren ganze Körperteile herausgerissen. J'role bedeutete einem halben Dutzend Sklaven, uns an Deck zu folgen. Er deutete auf die Schwerter, die in der Nähe der Leichen lagen, und die Sklaven bedienten sich eifrig von den Toten.

Ich blickte nach Steuerbord. Das andere Schiff trieb weit entfernt durch die Luft. Der gesamte Himmel war ein grauer Wirbel, und wir schaukelten wirkungslos hin und her. Mir kam der Gedanke, daß wir selbst dann, wenn alle unsere Feinde tot waren – die Elementarbestien und die theranischen Matrosen konnten einander getötet haben –, immer noch an Bord dieses magischen Schiffes sterben konnten, da wir nicht wußten, wie man es bediente.

Doch es waren nicht alle tot. J'role tippte mir auf die Schulter, deutete mit einer Neigung des Kopfes in eine Richtung. Ich folgte ihm um den Mittelaufbau herum. Während wir uns vorsichtig vortasteten, um nicht auf dem schaukelnden, regennassen Deck auszurutschen, hörte ich plötzlich Geräusche. Kampfrufe, Schmerzensschreie. Und ein entsetzliches Kreischen.

Mit den anderen Sklaven im Schlepptau umrundeten wir den Mittelaufbau und sahen, daß eine Schlacht zwischen einem Dutzend theranischen Matrosen und zweien der Elementarbestien tobte. Die Kreaturen

waren mindestens ein Dutzend Ellen groß und von
länglichem, schlankem Körperbau. Ihre Gliedmaßen
waren ebenfalls sehr lang, so daß sie mit ihren scharfen Krallen eine große Reichweite besaßen, ohne ihre
Körper einer Gefahr aussetzen zu müssen. Ihre Arme
wiesen Kratzer und Schrammen und sogar ein paar
tiefe Schnitte auf. Aus diesen Wunden sickerte eine
dunkelblaue Flüssigkeit, doch das seltsame Blut stieg
nach *oben* und schwebte einfach davon. Die gewaltigen
Mäuler der Wesen schienen zu lächeln.

Mir fiel auf, daß sie nicht auf dem Deck standen,
sondern ein paar Zoll darüber schwebten. Sie bewegten sich mit unglaublicher Geschwindigkeit, griffen
zuerst von hinten an, dann von oben. Die überrumpel-
ten Matrosen irrten verwirrt herum. Einer fiel: Die
scharfen Krallen einer der beiden Elementarbestien
hatten ihm den Unterleib zerfetzt.

Und dann erspähte uns eines der Dinger.

22

Es lächelte. Ich bin ganz sicher, daß es lächelte.

Mit weit ausgebreiteten Armen eilte es auf uns zu. J'role hob das Schwert, wenngleich ich befürchtete, die Waffe würde ihm gegen dieses Ungeheuer keine große Hilfe sein.

Ohne nachzudenken, streckte ich die rechte Hand aus und sammelte Regenwasser auf meinen Fingern. Ich verrieb das Wasser zwischen Zeigefinger und Daumen und schuf so ein Paar Gewitterfesseln. Ich wirkte den Zauber in dem Augenblick, als mich das Wesen erreichte. Die Fesseln legten sich um die Handgelenke der Elementarbestie. Verwirrt rammte sie mich, so daß ich gegen die Steinreling des Schiffs geschleudert wurde.

Ich ruderte mit den Armen, suchte verzweifelt nach einem Halt an der Reling, während mir die Vorstellung eines endlosen Falls vor Augen stand. Mit einer Hand griff ich nach der dicken Steinmauer. Der Schwung riß mich herum, und meine Hand rutschte von der durch den Regen glitschig gewordenen Steinreling ab. Meine Finger ließen los, und ich machte die Erfahrung durch, wie seltsam es ist, *nichts mehr* unter den Füßen zu haben.

J'role erwischte meine Handgelenke in dem Augenblick, als ich die Reling losließ. Das Elementarwesen tauchte hinter ihm auf und ließ die gefesselten Hände auf J'roles Rücken heruntersausen, während sich dieser sich abmühte, mich wieder an Bord zu hieven.

Der Hieb warf J'role gegen die Reling, und ich entglitt seinen Fingern und fiel ein zweites Mal. J'role packte mich erneut, diesmal an den Schultern meines zerlumpten schwarzen Sklavenkittels.

Im gleichen Augenblick beschwor mein Zauber einen Blitz auf die Elementarbestie herab, denn solange sie gefesselt war, konnte sie weder mich noch einen meiner Verbündeten angreifen, ohne sofort von einem Blitz getroffen zu werden. Die Bestie brüllte ihre Qualen in den Himmel, während sich ihr Körper schmerzerfüllt krümmte.

Ich ergriff J'roles Handgelenke, als mein Kittel zu reißen begann. Er ließ mich für den Bruchteil einer Sekunde los und hielt mich dann an den Armen fest. Wiederum machte er Anstalten, mich an Bord zu hieven.

Die Bestie schlug wieder zu und wurde erneut von einem Blitz getroffen. Sie stieß einen schrillen Schrei aus und taumelte zurück. Diesmal war J'role auf den Hieb vorbereitet. Er stöhnte vor Schmerzen auf, doch sein Griff lockerte sich nicht. Ich sah nach unten und erblickte eine schwindelerregende Leere, ein regengraues, wesenloses Nichts. Ich richtete den Blick wieder nach oben und sah in das Gesicht eines Mannes, den ich – einen Augenblick lang – noch nie zuvor gesehen zu haben glaubte. J'role ging völlig in seinem Verlangen auf, mich zu retten. Seine Augen waren weit aufgerissen, sein Mund hatte sich zu einer Grimasse verzerrt. Ich hielt es für sehr wahrscheinlich, daß er in dem Augenblick zu weinen anfangen würde, da ich entweder in den Tod stürzte oder endlich in Sicherheit war.

Da die Bestie momentan betäubt war, gelang es J'role, mich über die Reling zu zerren. Die Katharsis, mit der ich bei ihm gerechnet hatte, kam jedoch nicht. Statt dessen fuhr er zu den anderen Sklaven herum, die mehrere Schritte entfernt einen Halbkreis um die Elementarbestie gebildet hatten. Sie hatten ihre Schwerter erhoben, zitterten jedoch alle vor Angst.

»Was macht ihr denn?« schrie er sie an. »Wir müssen das Ding *bekämpfen*! Nicht aufhalten! Tötet es!«

Die Bestie brüllte und schlug nach J'role, der daraufhin über das Deck geschleudert wurde. Ich zog mich ein wenig zurück und bereitete mich darauf vor, die Fußgelenke der Bestie zu fesseln, als die zweite Kreatur über den Mittelaufbau geflogen kam. Sie hatte die Arme ausgebreitet, und auf Krallen und Zähnen glänzte hellrotes Blut.

Die Sklaven schrien auf. »Zurück! Zurück!« rief ich, auf die Tür zum Mittelaufbau deutend. Sie machten augenblicklich kehrt und flüchteten.

»J'role und Releana!« rief ich, um uns beide vor dem Zauber zu schützen, den ich wirken würde. Ich hatte die anderen Sklaven fortgeschickt, weil ich ihre Namen nicht kannte und ihnen keinen Schaden zufügen wollte. Ich hob die Hände, während die zweite Elementarbestie auf mich zuflog. J'role sprang vor und hieb mit dem Schwert nach der Bestie. Die Klinge schimmerte silbrig, als er ausholte und das Ungeheuer in den Bauch traf. Die Spitze drang tief ein, und die Bestie schrie auf, während sie zur Takelage aufstieg.

Meine Arme flogen nach oben, und ich sammelte magische Energie und veränderte die Welt. Die Regentropfen um uns herum verwandelten sich plötzlich in Tropfen aus glühender Hitze. Sie verbrannten die Bestien, die laut kreischten, als zahllose kleine Dampfwölkchen von ihrer Haut aufstiegen.

Die erste, bereits gefesselte Bestie steigerte sich in eine Art Raserei und stürmte auf J'role und mich zu. J'role deckte mich mit dem Schwert, und ich wirkte noch einmal Gewitterfesseln, diesmal um die Fußknöchel der Bestie. Erneut überrumpelt und vor Wut schrill kreischend, drehte und wand sich die Bestie, während von ihrem gesamten Körper kleine Dampfwölkchen aufstiegen. Ihre blauweiße Haut war mit Dutzenden roter Striemen übersät. Als J'role erneut sein Schwert schwang, hörte ich einen weiteren Schrei über uns. Die zweite Bestie schoß auf uns herab.

Ich zerrieb noch einmal Regenwasser zwischen Daumen und Zeigefinger und schuf ein drittes Paar Gewitterfesseln, das sich um die Handgelenke der zweiten Bestie legte.

Die erste Bestie griff J'role an, die zweite mich. Wir sprangen beide zur Seite, aber ihre Krallen erwischten uns dennoch. Die Wunden brannten mir wie heißes Metall auf der Haut.

Drei Blitze fuhren auf die Bestien herab. Sie kreischten vor Wut und zogen sich vom Schiff zurück. Dreißig Schritte entfernt schwebten sie in der Luft und funkelten uns an. Wir hatten uns aus dem Gebiet entfernt, in dem ich den Todesregen gewirkt hatte, und ich fragte mich, ob ich mein Glück mit einem weiteren Zauber nicht zu sehr auf die Probe stellen würde. Mittlerweile machte sich auch der Blutverlust bemerkbar, und ich fühlte mich ein wenig schwindlig.

Die Elementarbestien stürzten sich erneut auf uns, ihr gräßliches Kreischen übertönte das Heulen des Sturms. Ich rief einen Todesregen auf sie herab. Die Bestien flogen in den Wirkungsbereich des Zaubers, und augenblicklich verbrannte der Regen ihr Fleisch. Sie schrien vor Schmerzen, aber mir blieb keine Zeit, Erleichterung zu empfinden. Ich spürte, wie sich etwas durch meine Gedanken wand, als würden Finger über meine Schädeldecke streichen und mein Gehirn massieren.

Ein Dämon.

Was jetzt noch um mich herum geschah, spielte keine Rolle mehr. Ich hatte zu viele Zauber gewirkt, ohne meine Magierrobe viel zuviel riskiert. Ich preßte die Hände gegen den Kopf in dem Glauben, ich könnte das Ding irgendwie herauszwingen. Es schlängelte sich durch meinen Verstand, schweratmend wie ein fetter Lustgreis, und wühlte sich durch meine Erinnerungen und Ängste.

Und dort fand der Dämon Euch zwei.

Ich kann Euch wirklich nicht sagen, was er mir antat. Worte können es nicht beschreiben. Er verwandelte Gedanken und Erinnerungen in Muskelkrämpfe und körperliche Schmerzen. Alles, was ich jemals geglaubt hatte, bei Euch falsch gemacht zu haben, stürzte auf mich ein wie kochendes Wasser. An erster Stelle stand der alptraumhafte Gedanke, daß ich irgendwie für das verantwortlich war, was jetzt mit Euch geschah. Als nächstes kam, daß ich nicht genug tat, um J'role an sein Heim zu binden. Dann, daß ich Euch nicht in Tellars Obhut hätte lassen dürfen. Dann sprang er in die Zeit Eurer Geburt zurück, und plötzlich kam es mir entsetzlich vor, daß ich Euch überhaupt geboren hatte. Wie hatte ich das tun können, wenn ich jetzt zuließ, daß Euch so schreckliche Dinge zustießen?

Ich glaubte, meine Augen bluteten. In diesem Augenblick haßte ich mich so sehr, daß ich die Hände vor das Gesicht schlug und mir die Wangen zerkratzte. Ich konnte nur daran denken, daß Ihr zwei jetzt irgendwo starbt und Euch fragtet, wo ich war und warum ich Euch im Stich gelassen hatte. *Ich* hätte an Eurer Stelle sterben sollen!

Das Ding in meinem Kopf trieb mich auf die Knie,

und ich begann auf das Steindeck einzuschlagen, zuerst mit den Händen, dann mit dem Kopf. Ich würde alles tun, um die Schmerzen zu verjagen. Ich würde es so lange tun, bis ich tot war.

Plötzlich hielt mich jemand, umarmte mich, wiegte mich sanft hin und her. »Schsch, schsch«, machte jemand.

Das Unwesen zischte, riß mich von dem Trost fort, überflutete meinen Verstand mit weiteren Qualen. J'roles ständige Abwesenheit. Erinnerungen an unsere blutige Art, uns zu lieben. Meine Einsamkeit.

»Hierher«, sagte eine weit entfernte Stimme. »Hierher, Releana. Komm hierher zurück. Die Welt, die wirkliche Welt, ist nicht in deinem Kopf. Hier erwartet dich die Liebe anderer.« Ich trieb der Stimme entgegen, die ich als die von J'role erkannte. Der Dämon krallte sich in meine Gedanken, doch J'role war stärker.

Der Himmel über mir war grau. Regentropfen fielen auf mein Gesicht und reinigten es. Der Wind heulte. »Schsch. Es ist alles gut.« Ich sah auf. Mein Rücken lehnte an J'roles Brust. Er hielt meine Hände, und ich ließ mich trösten. »Es ist alles gut«, sagte er. »Sie sind weg. Dein Regen und die Blitze haben sie vertrieben.«

Ich sprach schnell, wie ein Kind, das zu Wort zu kommen versuchte. »Ja, aber in meinem Kopf. Zu viele Zauber ...«

»Schsch«, machte er wieder. »Ich weiß. Ich weiß. Ist er verschwunden?«

Ich nickte. »Ich glaube, ja.«

Seiner Stimme entnahm ich ganz klar, daß er es tatsächlich wußte. Aber er hatte mir nie von einer Begegnung mit einem Dämon erzählt. Da er kein Magier war, hätte es sich bei seiner Begegnung nicht um einen der kurzen Schläge gehandelt, welche die Unwesen oft gegen Zauberkundige führten. Es wäre eine längere Tortur gewesen. Doch J'role hatte ein derartiges Vorkommnis niemals erwähnt. Warum nicht?

24

Warum hat er mir nie davon erzählt? Warum hat er soviel für sich behalten?

25

Der Sturm trieb uns noch eine Stunde lang nach Süden. Vor uns sahen wir den goldenen Sonnenschein des Tageslichts, und wir freuten uns alle darauf, die Regenwolken hinter uns zu lassen. Eine weitere Stunde später, als wir dem Sturm endgültig entkommen waren, schuf die Abwesenheit des prasselnden Regens und des heulenden Windes eine wunderbare Stille. Zu erschöpft, um zu überlegen, was wir jetzt unternehmen sollten, lagen wir auf Deck, genossen die Abwesenheit von Gefahr, pflegten unsere Wunden, lauschten der herrlichen Ruhe und ließen uns von der Sonne trocknen und wärmen. Einige aus unserer Gruppe schliefen sogar.

Schließlich rafften wir uns auf. Zum erstenmal frei von theranischer Bevormundung, stellten wir unbeholfene und praktisch ergebnislose Versuche an, uns untereinander zu verständigen. Von den ursprünglich vierzig ehemaligen Sklaven lebten noch zwanzig. Später entdeckten wir, daß eine der Elementarbestien in das Unterdeck eingedrungen war und die meisten der dort auf Anweisungen Wartenden getötet hatte. Von diesen zwanzig stammten sechs aus Barsaive, und die restlichen vierzehn sprachen fünf verschiedene Sprachen. Wir teilten uns für eine Weile in Gruppen gleicher Sprache auf, tauschten Namen und fanden heraus, wer seemännische Kenntnisse besaß.

Aus Barsaive stammten J'role, die kleine rothaarige Frau, die von Euch später Tante Wia genannt wurde, ein Ork, ein Zwerg, ein Mensch und ich.

Keiner der zwanzig Überlebenden hatte Erfahrung mit Luftschiffen, und nur ein paar der bronzehäutigen Sklaven, die eine gutturale Sprache mit vielen Nasallauten sprachen, konnten überhaupt auf seemännische Kenntnisse zurückgreifen. Sie wurden unsere Kapitäne und wiesen uns anderen Arbeit zu. Wir setzten die Segel, lernten, wie sie in den Wind gedreht werden mußten, um die größte Geschwindigkeit zu erzielen, und beherrschten das Schiff bald einigermaßen.

Es dauerte jedoch nicht lange, bis uns klar wurde, daß keiner von uns wußte, wie wir das Schiff *landen* sollten. Und in dem Augenblick, da uns diese Erkenntnis kam, wurde unsere bunt zusammengewürfelte Mannschaft von einer stummen, unterschwelligen Panik erfaßt. Der Gedanke, endlos durch die Lüfte zu segeln, bis unser Vorrat an elementarer Luft zu Ende ging und wir schließlich weit von unserer Heimat abstürzten, ließ uns auf Deck herumwandern und den Himmel und das Land unter uns absuchen, als wären dort Informationen eingemeißelt, die nur darauf warteten, von uns entdeckt zu werden. Die theranischen Matrosen hatten offenbar irgendwelche Adeptentalente eingesetzt, um ihr Schiff zu lenken. Wir würden diese Talente niemals erlernen, da wir keinen Lehrer hatten. Im Süden lag das rote Glühen des Todesmeers. Was, wenn uns die vorherrschenden Winde dorthin trieben? Konnte ein steinernes Schiff der Hitze geschmolzener Lava widerstehen?

Letzten Endes lag die Entscheidung nicht bei uns. Als sich der Tag dem Ende neigte, beschlossen wir nach ausgiebigem Gestikulieren schließlich, so viel Abstand wie möglich zwischen Himmelsspitze und uns zu legen. Das war gleichbedeutend damit, nach Südwesten zu segeln, denn dies schien die Richtung zu sein, in der uns der Wind die größte Geschwindigkeit verlieh.

Wir reisten ohne Zwischenfall, und es wurde Nacht. Wir teilten uns für die Nachtwache in zwei Gruppen, und diejenigen, die aus Barsaive stammten, wurden für die zweite Wache abgestellt, so daß wir während der ersten schlafen konnten. Unsagbar müde ging ich mit den anderen unter Deck, um eine Koje zu suchen.

Wir hatten die Leichen schon vor Stunden weggeschafft, obwohl sich immer noch hier und da Blutspuren an den Wänden befanden. Ich stieß die Tür zu einer Kabine auf, sah, daß sie eine Koje enthielt, und trat ein. J'role war hinter mir und sagte: »Laß uns etwas Größeres suchen.«

Ich hielt inne, unschlüssig, was ich sagen sollte, weil ich nicht mit ihm schlafen wollte. Der Grund dafür war mir nicht voll bewußt. Die Regeln der Gefangenschaft hatten mir erlaubt, mich in seine Arme zu begeben. Nun, da diese Regeln außer Kraft waren, gab es keinen Grund mehr vorzugeben, daß alles in Ordnung war, und Kompromisse einzugehen, um nicht allein zu sein.

»Stimmt etwas nicht?« fragte er.

»Ich glaube einfach nur, daß wir nicht ... Ausgerechnet jetzt ...«

»Hast du gesehen, wie gut alle oben in der Takelage gearbeitet haben?«

»Laß das.«

»Was?«

»Dieses Ablenken ... Ich bin zu müde zum Kämpfen.«

»Wer will denn kämpfen? Laß uns ein Bett suchen.«

Plötzlich trat Wia ein. »Ist hier noch Platz?«

»Ja«, sagte J'role. »Alles für dich.«

»Gut«, sagte sie und quetschte sich an J'role und mir vorbei in die Kabine. »Oh, gut«, sagte sie zu mir. »Willst du die obere oder die untere Koje?«

Eine Woge der Erleichterung überflutete mich. »Die obere.«

»Aber ...«, begann J'role.

»Laßt uns einfach alle schlafen gehen«, sagte Wia. »Wir sind bald mit der Wache an der Reihe.«

Sie schob ihn sanft nach draußen und schloß die Tür

hinter ihm. Doch ich sah ihn nicht hinausgehen. Ich drehte ihm den Rücken zu und blieb so stehen.

Wir streckten uns in unseren Kojen aus. Das sanfte Schaukeln des Schiffs und die Dunkelheit in der Kabine waren beruhigend.

»Haßt du es nicht auch, daß sie immer denken, sie können jederzeit mit einem schlafen, nur weil man es schon einmal getan hat?«

»Ja«, sagte ich rasch, glücklich darüber, ein offenes Ohr gefunden zu haben. Und dann fühlte ich mich plötzlich unbehaglich, verlegen wegen unseres Liebesakts – wenn man das überhaupt so bezeichnen konnte – in der theranischen Zelle. Ich *kannte* diese Frau nicht.

»Ihr zwei kennt euch schon von früher? Aus der Zeit vor eurer Gefangennahme?«

»Ja.«

»Entschuldigung. Ich stecke meine Nase in Sachen, die mich nichts angehen.«

»Schon gut.«

»Doch, das tue ich. Ich tue das immer, also muß ich es wissen.« Einen Augenblick lang herrschte Schweigen, dann sagte sie: »Ich muß es dir einfach sagen. Er ist ziemlich anziehend. Aber seine Augen haben irgendwas an sich. Etwas Unheimliches.«

»Ja.«

»Das gefällt dir, nicht wahr?«

Ich lachte. »Irgendwie schon.«

»Dann will ich dich mal was fragen: Wenn du diese Augen an einem anderen sähest, nicht an diesem Mann, den du schon lange kennst, sondern an einem Fremden – fändest du diesen Fremden auch anziehend?«

Eine weitere lange Pause. Ich stellte mir J'roles Augen vor. Sie schwebten in der Dunkelheit vor mir, groß und leuchtend, ganz allein, ohne J'role, ohne die

103

Erinnerungen an Späße und Abenteuer und Gelächter. Sie machten mir angst.

»Nein. Ich glaube nicht.«

»Ich weiß, was du empfindest. Meine erste Liebe. Er und ich ... Ich dachte, wir seien füreinander bestimmt. Doch mit der Zeit fand ich heraus, daß einiges nicht stimmte, daß es mit uns nicht gutgehen würde. Aber das ist hart ...«

»Ja. Hart. Etwas aufzugeben, von dessen Richtigkeit man überzeugt ist, und ...«

»Also glaubst du, mit dir stimmt etwas nicht, weil du immer noch glaubst, daß es gelingen müßte.«

»Aber es gelingt nicht.«

»Das ist hart.«

»Ich will, daß es gelingt.«

»Dagegen ist nichts einzuwenden – daß man will, daß es gelingt. Das wollen wir alle.« Sie hielt inne. »Aber gelingt es?«

»Ich weiß nicht«, antwortete ich. Aber ich sah J'roles Augen, und ich dachte nur, Nein, es gelingt nicht.

Wir schwiegen, jeder in seine Gedanken versunken, und die Pause wurde immer länger, bis ich unmerklich in die Umarmung des Schlafs glitt.

26

Einige Zeit später – es schienen nur ein paar Minuten vergangen zu sein – wurde ich von einer Frau mit langen, zu kunstvollen Zöpfen geflochtenen Haaren wachgerüttelt. Ich erkannte sie zuerst nicht, doch dann wurde mir klar, daß sie ihr Haar mittlerweile verändert hatte. Wahrscheinlich der kulturelle Brauch eines anderen Landes.

Ich verließ die Kabine gemeinsam mit Wia, und wir gingen an Deck. Wir waren von allen Seiten von Sternen umgeben, die sich bis weit unter den Schiffsrumpf erstreckten, so daß es von der Mitte des Schiffes betrachtet so aussah, als hätten wir eine Welt betreten, die nur aus Sternen bestand. Die Wirkung war niederdrückend und erregend zugleich.

Mit Worten, die ich mir langsam merkte – und vielen, vielen Gesten –, gaben uns die Kameraden mit seemännischer Erfahrung ein paar Anweisungen, wie wir die Taue straff und den Wind in den Segeln halten sollten. Geschwindigkeit war zwingend erforderlich, denn die Theraner würden selbstverständlich Schiffe aussenden, um unser Schiff zu suchen. Wir wußten alle, daß sie ein steinernes Luftschiff nicht so ohne weiteres abschreiben würden.

Wir übernahmen unsere Wache. J'role und ich standen am Achteraufbau. Der Schlaf und das Gespräch mit Wia hatten mich entspannt, und ich fühlte mich in seiner Gegenwart nicht mehr unbehaglich. J'role betrachtete die Sterne, die schon immer, seit ich ihn kannte, eine besondere Anziehungskraft auf ihn ausgeübt hatten.

»Immer noch auf der Suche nach deiner Bestimmung?« fragte ich.

»Vielleicht finde ich sie da oben«, antwortete er, ohne mich anzusehen.

Seine Theorien hatten mich immer gestört, und wir hatten uns deswegen oft gestritten. »Wieso glaubst du, in den Sternen lasse sich irgendeine Wahrheit über dich oder die Zukunft finden?«

Mir den Rücken zugekehrt, den Blick in den Himmel gerichtet, breitete er die Arme aus wie ein Magier, der seine jüngste und erstaunlichste Schöpfung vorführt. »Ich kann mir nicht vorstellen, daß dies alles nur fürs Auge sein soll.«

»Und wenn doch?«

Er drehte sich lächelnd um, schlug ein Rad und landete schließlich neben mir. »Dann habe ich mich eben geirrt. Ich habe mich schon oft geirrt.« Er nahm eine meiner Hände vom Steuerruder, führte sie an die Lippen und küßte sie zärtlich. Immer noch meine Hand haltend, sah er mir in die Augen. »Aber nicht in vielen Dingen.«

Ich entzog ihm meine Hand. »Aber in genügend vielen Dingen.«

Er tänzelte davon, seltsamerweise wieder ganz der vergnügte J'role, trotz der Umstände, trotz Eures Schicksals. Ich versuchte ihn nicht zu beachten. Doch er lehnte sich gegen die Reling, und ich fragte mich, ob er in seiner sorglosen Art zu weit hintenüber lehnen und sich zu Tode stürzen würde. Der Gedanke ängstigte mich zuerst, erfüllte mich dann jedoch mit selbstgefälliger Freude. Es würde ihm recht geschehen.

Wir schwiegen lange Zeit. Die Sterne waren tatsächlich wunderschön.

»Warum kannst du dich nicht einfach mit mir freuen?« fragte er schließlich.

»Ich bin nicht in freudiger Stimmung.«

»Wir werden die Kinder schon finden.«

»Und wenn nicht? Wenn sie bereits tot sind?« Ich spie die Worte aus, ohne nachzudenken. Im gleichen

Moment spürte ich Verzweiflung in mir aufsteigen. Den Ängsten Ausdruck zu verleihen, machte es nur wahrscheinlicher, daß sie wahr wurden.

Ich war nicht auf die schreckliche Antwort Eures Vaters vorbereitet. »Wenn sie tot sind, sind sie tot. Daran ließe sich nichts mehr ändern.«

Meine Hände lösten sich vom Steuerruder, als besäßen sie ein Eigenleben. Ich stand nur da und starrte ihn an, während sich meine Haut anfühlte, als sei sie erfroren. »Wie kannst du so etwas sagen?«

»Weil es wahr ist, Releana. Wenn sie tot sind, dann sind sie tot ...«

»Bitte hör auf. Du machst mich krank mit deinen beiläufigen Worten über den Tod.«

Seine Stimme wurde sehr ernst. »Sie sind nicht beiläufig.«

»Sie klingen aber so.«

Er zuckte die Achseln. »Ich rede so, wie ich eben rede.«

»Ich glaube nicht, daß du sie liebst.« Er öffnete den Mund, doch ich hob die Hand, um ihm Einhalt zu gebieten. »Ich weiß, du glaubst, daß du sie liebst. Du glaubst es wirklich. Aber das ist nicht dasselbe.«

»Was ist Liebe anderes als ein Gefühl, das ich einer anderen Person gegenüber zu empfinden glaube?«

Ich wußte nicht, ob ich jemals wieder den Mut aufbringen würde, ihm die Dinge zu sagen, die ich ihm sagen wollte, also fuhr ich fort. »Es gibt etwas ... Liebe – nicht die Liebe, die auf der Leidenschaft beruht, auf der körperlichen Lust –, die Liebe zwischen Mitgliedern einer Familie. Die Liebe, die ein Elternteil für ein Kind empfindet. Sie findet sich nicht nur in der Liebe, die man für jemanden *empfindet*. Sie zeigt sich in den Handlungen. Es gibt Leute, die ihre Loyalität durch das Schwenken einer Fahne zeigen, und andere Leute, die steinerne Festungen bauen, um ihre Mitmenschen vor Räubern zu schützen. Das ist der Unterschied.«

»Ich liebe sie. Ich komme sie immer besuchen!«

Ich lachte, und die anderen, die mit uns auf Wache waren, wandten den Blick von den wunderbaren Sternen ab und sahen zu uns herüber. Ich starrte sie nieder, und sie schauten weg.

»Weißt du, was du tust?« fragte ich schließlich. Ich wartete nicht auf eine Antwort. »Du siehst sie an.«

»Ja ...«

»Mehr tust du nicht. Du starrst sie an, wie sie daliegen, wehrlos, hilflos ...«

»Ich bedrohe sie doch nicht ...«

»Sie dich aber auch nicht.«

Jetzt lachte er. Es klang spöttisch. »Was soll das jetzt wieder heißen?«

Ich hatte mir die Worte noch nie überlegt, aber jetzt sprudelten sie nur so aus mir heraus. »Es reicht nicht, wenn du bei ihnen bist. Setz dich mit ihnen auseinander. Finde heraus, wie sie wirklich sind. Du brauchst von ihnen nicht enttäuscht zu sein ...«

»Ich bin nicht von ihnen enttäuscht«, sagte er abwehrend.

»Woher weißt du das?« fragte ich in scharfem Tonfall. »Du hast ihnen ja überhaupt noch keine Gelegenheit gegeben, dich zu enttäuschen.«

»Sie sind noch kleine Jungen!«

Ich wollte schreien, aber statt dessen redete ich ganz ruhig und deutlich weiter. »Sie sind Samael und Torran. Zwei sehr verschiedene kleine Jungen. Sie sind nicht das, wofür du sie hältst.«

»Und wofür halte ich sie?«

»Für zwei kleine Jungen, wie du gerade schon gesagt hast. Zwei kleine Gedanken in deinem Kopf, wie sie wohl sind. In Wirklichkeit liebst du sie nicht. Du bist nur sentimental. Du hast eine Vorstellung davon, wie kleine Jungen sein sollen. Und die liebst du: die Vorstellung. Die Vorstellung von zwei Kindern, die wohlbehütet und schlafend im Bett liegen und weder

108

sprechen noch herumlaufen, weder spielen noch denken, weder Fragen noch Forderungen stellen. Wovor hast du Angst? Daß sie sich gegen dich wenden, wenn du sie besuchen kommst und sie wach sind? Daß sie versuchen, dich umzubringen?«

Sein Gesicht wurde aschfahl. Kinn und Hände zitterten.

»J'role?«

Er wandte sich von mir ab, völlig erschrocken. Bis zum heutigen Tag weiß ich nicht, welche Wahrheit ich angerührt hatte, aber offensichtlich *hatte* ich eine Wahrheit angerührt. Er sah weg, dann hob er den Kopf und rief: »Großer Chorrolis!«

Ich fuhr herum und folgte seinem Blick. Hinter uns waren mächtige Sturmwolken aufgezogen. Sie zogen in ostwestlicher Richtung über den Himmel, vereinigten sich und jagten hinter uns her. Es war, als hätten sich die Mächte der Luft und des Wassers gegen uns verschworen, um in unsere Welt einzudringen und unser Schiff zu zerstören.

»Refft die Segel!« schrie ich. »Und holt die Seeleute an Deck!«

27

Das wenige, was wir mit unserer unerfahrenen Besatzung ausrichten konnten, taten wir. Es war nicht annähernd genug.

Der Sturm verschlang uns, zerfetzte unsere Segel, als wir sie einholten. Der Mittelmast brach an der Basis, krachte auf das Deck und begrub zwei Mitglieder unserer Besatzung unter sich. Ob sie durch den Aufprall getötet wurden oder nicht, fanden wir niemals heraus. Der Wind hob Segel und Mast wieder an und nahm die ehemaligen Sklaven dabei mit. Wir wären fast alle über Bord gegangen, denn das unglaubliche Gewirr aus Tauen und Takelage schlug und peitschte nach uns wie ein seltsames Seeungeheuer. Ich selbst entkam diesem Schicksal nur ganz knapp. Takelage, die beiden erschlagenen Besatzungsmitglieder und zwei weitere ehemalige Sklaven flogen jedenfalls über die Reling und verschwanden in der Dunkelheit.

Das Schiff neigte sich stark nach Backbord. Die meisten von uns rutschten zur Bordwand und prallten gegen die dicke Mauer, die auf dem Oberdeck als Reling diente. Der Wind heulte uns in den Ohren. Der Regen prasselte uns auf die Wangen, stach uns mit schmerzhafter Klarheit in die Haut. Ich schrie, irgend jemand solle doch etwas tun. Ein sinnloser Befehl, ich weiß, aber er zeigte, in welcher geistigen Verfassung ich mich befand. Ich verstand mein eigenes Wort nicht mehr.

Jemand packte mich an den Schultern. Wia. Sie zog meinen Kopf ganz dicht an ihren. »Nach unten!« rief sie.

Eine wunderbare Idee.

Zusammen mit den anderen kroch ich auf Händen und Knien über das Deck, da wir Angst hatten, daß uns der Wind erfassen und über Bord schleudern würde, falls wir stehenblieben. Der Steinboden wurde glitschig vom Regen, und das Schiff schaukelte von einer Seite auf die andere, so daß wir hilflos über das Deck rutschten. Manchmal eilten wir ein Stück auf die Tür zu, die wir erreichen wollten, dann verloren wir wieder ein paar Schritte des hart erkämpften Raumgewinns. Ich sah, wie zwei von uns gegen die Reling prallten und dann über Bord gingen, als sich das Schiff unerwartet auf die Seite legte. Ich verschloß mich vor derartigen Anblicken – wenn ich mir den entsetzlichen, endlosen Fall durch den düsteren Regen als tatsächliche Möglichkeit vorstellte, würde mich die Angst lähmen und mir gewiß den Tod bringen.

Ich kroch weiter und erreichte schließlich die Tür im Mittelaufbau. Wir stürzten uns förmlich hindurch und taumelten durch die kleine Kammer zur Treppe, die auf das nächsttiefere Deck führte. Das Schiff schaukelte hin und her, so daß die meisten von uns den Halt verloren und die Treppe hinunterfielen.

Wir schmiegten uns aneinander, völlig durchnäßt und verängstigt. »Was sollen wir jetzt tun?« fragte ich.

»Was können wir tun?« stellte Wia eine Gegenfrage. »Die Segel... Wir wissen nicht...« Sie verstummte, ein Zeichen ihrer sinkenden Hoffnung.

Niemand hatte eine Idee.

»Vielleicht müssen wir einfach nur warten, bis sich der Sturm ausgetobt hat«, sagte J'role.

Direkt neben dem Schiff blitzte es plötzlich. Ein Strahl blauweißen Lichts schoß die Stufen herunter und beleuchtete unsere erschrockenen Gesichter. Plötzlich aschfahl und ohnehin bereits abgezehrt, sahen wir aus wie eine Versammlung von Leichen.

»Wir werden sterben«, sagte ein Zwerg.

Die anderen aus den fernen Ländern fingen eben-

111

falls an, in ihren Sprachen aufeinander einzureden, aber letzten Endes konnten wir nichts tun. Der Sturm warf das Schiff herum wie eine Nußschale.

Plötzlich bäumte sich das Schiff auf, und ein furchtbares Knirschen hallte durch die Gänge. Das Schiff kippte scharf nach Backbord und schleuderte uns alle gegen die Wand. Dann flog es weiter, immer noch wild schaukelnd. Wir sahen einander an, bestürzt und überrascht, einen Moment lang zur Handlungsunfähigkeit erstarrt.

J'role sprang auf und rannte zur Treppe. »Wartet hier!« rief er über die Schulter. Ich achtete nicht auf seine Worte, sondern jagte ihm nach, gefolgt von einer weiteren Frau, die ein wenig Erfahrung mit Schiffen besaß.

Der Wind erfaßte uns, als wir das Deck erreichten, packte uns bei den Schultern und versuchte uns über Bord zu reißen. Wir ließen uns auf das Deck fallen. Das Schiff flog jetzt seitwärts durch die Luft, wohin uns die Winde gerade trieben.

Die Frau, dunkelhäutig, mit borstigem, lockigem Haar, schrie etwas, das ich nicht verstand. Doch ihr ausgestreckter Finger erklärte alles. Ich sah in die angezeigte Richtung und erblickte überall vor uns, nur undeutlich durch die graue Regenwand zu erkennen, die schattenhaften Umrisse eines Gebirges. Die Berge türmten sich vor uns und zu beiden Seiten, bis sie schließlich in der Dunkelheit verschwanden. Ich rutschte zur Bordwand, schaute über die Reling und sah, daß wir bereits über niedrigeren Gipfeln schwebten. Plötzlich tauchte eine zerklüftete Felswand aus der Dunkelheit auf, als hätte sie der Regen selbst entstehen lassen, und das Schiff rammte sie. Stein knirschte auf Stein, und der Aufprall schleuderte mich zurück zu J'role und der dunkelhäutigen Frau. Ein Blitz zerteilte den Himmel. Die Berge leuchteten für einen Augenblick in unzähligen Farben. »Die Zwielichtgipfel!« rief J'role. »Wir müssen die Zwielichtgipfel erreicht haben!«

Ich nickte. Wasser tränkte meine Kleidung, bedeckte mein Gesicht. Ich fror plötzlich – nicht nur wegen des Wassers. Ich war noch nie einem der Kristallpiraten begegnet, die in diesem gewaltigen Gebirge beheimatet waren, und hatte auch jetzt kein Verlangen danach.

»Wir müssen von hier weg!« schrie ich zurück. »Bemannt die Ruder! Ich übernehme das Steuer!«

J'role schüttelte den Kopf. »Zwei Leute ans Steuer! Ich komme mit!«

Er wandte sich an die Frau und imitierte die Bewegung des Ruderns, dann zeigte er auf sie. Ich zeigte auf J'role, auf mich selbst, auf den Achternaufbau, und dann tat ich so, als hielte ich das Steuerruder. Sie starrte uns überrascht an, doch schließlich nickte sie und eilte die Treppe herunter.

J'role und ich kämpften uns über das Deck, hielten uns immer wieder an Tauen fest, die überall an Messinghaken in den Steinmauern des Achternaufbaus befestigt waren. Eine letzte Kraftanstrengung, und wir hatten den Aufbau erreicht. Wir erklommen die Stufen, und ich packte das Steuer. Für kurze Zeit verlor ich J'role aus den Augen, und Panik durchflutete mich, da mir der Gedanke kam, er könne über Bord gerissen worden sein. Doch er tauchte mit ein paar Tauen in der Hand wieder auf. Rasch band er uns am Steuerruder fest. Und dort standen wir, mein rechter Arm unter seinem linken, unsere Hände ganz nahe beieinander, doch an verschiedene Speichen gebunden.

»Ich liebe dich!« schrie er.

Ich glaubte, mich verhört zu haben. Er hatte keinen Sinn für das rechte Maß. »Halt das Maul!«

Ich sah, wie sich Ruder aus den Löchern im Schiffsrumpf schoben. Glücklicherweise hatten wir sie auf Vorschlag unserer seetüchtigen Kameraden Stunden zuvor eingeholt, sonst wären sie längst entweder vom Sturm oder von der Felswand, die wir gerammt hatten, zerschmettert worden. Es war jedoch nur ein Dutzend Personen an den Rudern, und ich wußte nicht, welche Aussicht auf Erfolg wir mit einer so schwachen Mannschaft hatten. Doch die Ruder, die bemannt werden konnten, bewegten sich jetzt langsam durch die Luft.

J'role und ich gaben uns alle Mühe, das Steuerruder zu drehen. Selbst unsere vereinten Bemühungen, wie wohlgemeint sie auch sein mochten, schienen den drohenden Schiffbruch nicht abwenden zu können. Wir legten unsere ganze Kraft in den Versuch, das Schiff nach Steuerbord und von den Bergen weg zu drehen, aber es schien sinnlos zu sein.

»Weiter!« schrie J'role, mehr zu sich selbst als zu mir, glaube ich. Schließlich gelang es uns, das Ruder einen Zoll zu bewegen. Es war nur ein Zoll, aber angesichts des Erfolgs lachten wir beide begeistert auf. Wir zerrten jetzt mit Leibeskräften, und schließlich bewegte sich das Steuer so weit, daß eine Kursänderung in der von uns angestrebten Richtung nicht mehr zu übersehen war. Die grimmigen grauen Schatten glitten ein wenig nach Backbord. Wir waren ihnen mittlerweile so nahe, daß ich Felsvorsprünge und Risse im Gestein erkannte.

Dann erfaßte uns plötzlich eine entsetzliche Sturmbö und hob uns hoch. Einen Augenblick lang verließen J'role und ich das Deck, unsere Füße schwebten ein paar Zoll über dem Steindeck. Als uns der Wind losließ, drehte sich das Steuer plötzlich, J'role zu Boden und mich auf J'role. Ich hörte ein scharfes Knacken, und J'role schrie gequält auf, als seine Unterarmknochen brachen und sich durch die Haut bohrten.

Ich mühte mich nach Kräften aufzustehen. Meine Bemühungen belasteten J'roles Arm, da wir noch am Steuerruder festgebunden waren. Er schrie noch lauter. Ich zögerte, da ich seinen Arm nicht auseinanderreißen wollte, aber ich wußte, daß wir verloren waren, wenn es mir nicht gelänge, das Steuer wieder herumzureißen.

J'role schrie in schrecklicher Qual, aber ich hatte keine Wahl. Nach weiteren markerschütternden Schreien standen wir wieder auf den Beinen. Das Steuer drehte sich jetzt ganz leicht, und ich lächelte voller Erleichterung, denn einen wundervollen Au-

115

genblick lang schien es so, daß der Sturm abgeflaut war und wir das Schiff wieder unter Kontrolle bekommen konnten.

Dann wurde mir schlagartig klar, daß sich das Rad viel *zu* leicht drehen ließ. Der Mechanismus, der es mit dem Ruder verband, mußte bei unserer letzten Begegnung mit dem Sturm entzweigegangen sein, und jetzt gab es überhaupt keine Möglichkeit mehr, das Schiff zu steuern.

Ein Blitz erhellte jäh den Himmel. Ich sah auf. Eine Felswand türmte sich vor uns auf wie ein zorniger Vater, der im Begriff steht, ein Kind zu schlagen.

TEIL ZWEI

MEINE PASSIONEN NEHMEN GESTALT AN

1

Wir rammten den Berg mit der Unterstützung einer letzten mächtigen Windbö. Das Schiff erhob sich in die Luft, stieg nach oben wie auf einer riesigen Flutwelle und krachte dann gegen eine Felswand. Die Wucht des Aufpralls schleuderte mich gegen das Steuerruder. J'role schrie noch einmal schmerzgepeinigt auf.

Ich verlor meinen Gleichgewichtssinn, als das Schiff abstürzte und dabei an der Felswand entlangschrammte. Meine Handgelenke, die immer noch an die Speichen des Steuerrades gebunden waren, brachen fast, als das Schiff aufschlug.

Ich war von einer plötzlichen Stille umgeben. Froh, mit dem Leben davongekommen zu sein, doch entsetzt, daß wir auf einem fremden Berg gelandet waren, weit weg von zu Hause, weit weg von meinen Kindern, liefen mir die Tränen über die Wangen und vermischten sich mit dem Regen. Ich wußte nicht, wo wir uns befanden, und hatte keine Ahnung, wie ich zu denen gelangen sollte, die ich liebte.

J'role war ohnmächtig geworden, wahrscheinlich vor Schmerzen. Der spitze gebrochene Knochen sah bleich aus und glänzte sogar in der Finsternis des Sturms. Ich löste die Taue, mit denen ich am Steuer festgebunden war. Dann machte ich mich daran, J'role zu helfen.

Sekunden später waren wir von den anderen umringt. Sie hatten viele Fragen, aber als sie J'roles Verletzung sahen, halfen sie mir sofort, ihn unter Deck zu bringen.

Wir reinigten die Wunde und schienten den Knochen. Wir hatten keinen Questor Garlens an Bord, also konnten wir ihn auch nicht heilen. Ich durchsuchte das

Schiff von oben bis unten, riß jede Schublade auf, jeden Wandschrank, sah in jedem Kästchen nach, um einen Trank oder eine Salbe oder irgendein anderes magisches Heilmittel zu finden, doch vergeblich.

Ich wußte nicht, was ich sonst tun sollte, also legten wir J'role in eine Koje und deckten ihn mit einem Laken zu. Er hatte bereits hohes Fieber, und es war mehr als wahrscheinlich, daß er die Nacht nicht überleben würde. Er hatte eine Menge Blut verloren, und wir hatten keine Möglichkeit, seine Verletzungen richtig zu behandeln, um den anderen Krankheiten vorzubeugen, die derartige Wunden in der Regel mit sich brachten.

Ich suchte die anderen und fand sie schließlich in der Kombüse. Wir hatten zwar schon früher am Tag gegessen, aber in kleinen Gruppen über das ganze Schiff verteilt. Jetzt saßen alle beisammen, und auf der Tafel standen silberne Schalen mit Orangen, Mais und Paprikaschoten, Teller mit getrocknetem Fleisch und Metallkrüge mit Wein. Als ich eintrat, verstummten auch die wenigen, die sich noch unterhielten.

Ich nickte ihnen verlegen zu und setzte mich.

Alle bedienten sich und aßen schweigend. Das stumme Mahl ließ so etwas wie Wohlbefinden aufkommen. Wir waren seltsamerweise eine Familie, welche die Strapazen und Heimsuchungen der vergangenen Wochen und insbesondere die Erfolge und das Unglück der letzten Stunden fest zusammengeschweißt hatten.

Wir waren uns einig, daß wir vor Tagesanbruch nichts unternehmen konnten. Wir stellten Wachen auf. Ich legte mich schlafen.

Ich erwachte schlagartig. Keine Bewegung. Kein Wind. Kein Prasseln von Regen. Alles schien falsch zu sein.

Ich stützte mich auf die Ellbogen und sah nach unten. Wia schlief noch. Als ich die Füße auf den

Boden stellte, zuckte ich vor der Kälte des Steinbodens unwillkürlich zurück. Durch das kleine Bullauge fiel das goldene Licht der Morgensonne und bildete einen vollkommenen Kreis an der Wand.

Gedanken an J'role schossen mir durch den Kopf. Seine Verletzungen! Ich stöhnte laut, als ich daran dachte, was letzte Nacht geschehen war, und stürmte aus der Kabine.

Einer aus der Gruppe, bronzehäutig und immer noch kräftig, stand vor J'roles Koje und hielt ihm einen Becher mit Wasser an die Lippen. J'role hatte die Augen geschlossen. Ich kniete neben ihm nieder und legte ihm die Hand auf die Stirn.

Seine Augen öffneten sich flatternd, und er drehte ein wenig den Kopf, um mich anzusehen. Er lächelte schwach.

»Wir leben«, sagte er. Ansichtssache.

»Wir sind schiffbrüchig.«

Seine Stimme brach. »Aber wir leben.« Er freute sich über jeden Sieg, selbst wenn andere ihn als Niederlage betrachteten. Einmal hatte er zu mir gesagt: »Jeder Tag bringt genug Unheil mit sich. Wir müssen uns einfach über jede gute Nachricht freuen.«

Der Mann erhob sich und verließ die Kabine. Ich übernahm seinen Platz.

»Sterbe ich?«

»Nein.«

»Releana. Ich bin der Lügner.«

Seine Feststellung bestürzte mich, also sagte ich nur: »Wir werden Hilfe für dich finden.«

»Auf einem Berg?«

»Wenn wir uns auf den Zwielichtgipfeln befinden…«

»Hervorragend. Vielleicht gelingt es uns ja, Hilfe von ein paar Trollbarbaren zu bekommen.«

»Sie sind keine Barbaren«, sagte ich rasch, obwohl ich noch niemals einem Kristallpiraten begegnet war.

J'role schloß die Augen. »Ja. Wie auch immer.« Sein Gesicht verzog sich vor Schmerz. Dann entspannte er sich ein wenig. »Releana«, sagte er zögernd und öffnete die Augen. Ich spürte, daß er kurz davor war, etwas Bedeutsames zu sagen.

»Releana!« rief jemand vom Oberdeck herunter. In seiner Stimme schwang Panik mit.

»Ich bin gleich wieder zurück.« Ich gab ihm einen Kuß auf die Stirn und eilte aus der Kabine.

2

Während ich durch die Gänge rannte, erwachten auch andere durch den Schrei. Alle sahen erschreckt und schläfrig aus. Sie ließen mich vorbei und folgten mir dann. Mir wurde klar, daß ich zum Anführer der Gruppe geworden war. Wann war das eigentlich geschehen? Meine Mannschaft folgte mir die Treppe hinauf und auf das Deck hinaus.

Dutzende von Trollen in Rüstungen, die aus glitzernden Kristallen bestanden, näherten sich dem Schiff von der Backbordseite.

Das Schiff war so gelandet, daß sich das Deck etwa auf einer Höhe mit dem Erdboden befand. Ein gewaltiger Riß verlief durch das Vorderdeck und die Seiten des Rumpfes. Es hatte den Anschein, als sinke ein Luftschiff ebenso wie ein normales seetüchtiges Gefährt, wenn der Rumpf stark beschädigt wurde. Die Landschaft in der Umgebung des Schiffes war kahl und mit kleinen Steinbrocken und ein paar größeren Felsen bedeckt. Der Berg, auf den wir gestürzt waren, erstreckte sich noch unglaublich weit nach oben, und mir wurde schwindlig, als ich zum Gipfel hinaufblickte. Wir waren von etlichen anderen Bergen umgeben, die alle zusammen die Zwielichtgipfel bildeten. Jenseits der grauen Berge wuchsen die Urwälder Barsaives, die von hier oben nicht mehr waren als ein verwaschener grüner Teppich.

Die Trolle standen stumm und reglos in kleinen Gruppen beisammen. Sie waren etwa acht Ellen groß, aus ihrer Stirn wuchsen Hörner, und die unteren Eckzähne wuchsen über die Oberlippe. Ihre Körper waren muskelbepackt, und überhaupt schienen bei ihnen alle männlichen Qualitäten überbetont zu sein, bei den

Frauen ebenso wie bei den Männern. Der Haltung und dem Körperbau nach zu urteilen, schienen sie zu kaum mehr in der Lage, als Dinge entzweizuschlagen.

Die meisten trugen dicke Pelze, und ein paar besaßen Gewänder oder Umhänge aus Wandvorhängen, die sie bei ihren Überfällen auf das Tiefland erbeutet hatten. Viele trugen jedoch zusätzlich noch die erstaunliche Kristallrüstung, welche die Trolle so berühmt gemacht hatte.

Die Kristallrüstungen bedeckten nicht den gesamten Körper, wie ich es aufgrund der erzählten Geschichten erwartet hatte, sondern die meisten der dicken farbigen Kristalle wuchsen aus den Fell- oder Tuchrüstungen. Bei einigen Trollen waren auch die Schultern durch die Kristallrüstung geschützt. Andere trugen Schilde aus Kristall. Manche hatten sich dicke Kristallplatten mit Lederriemen vor die Brust geschnallt. Und es gab auch Waffen aus Kristall: Speere, Schwerter, Streitkolben. Die farbigen Kristalle waren glatt und hatten viele Facetten. Wenn das Sonnenlicht auf die magischen Waffen und Rüstungen fiel, schimmerten sie in blutroten, mitternachtsblauen, dschungelgrünen und anderen Farbtönen.

Die Trolle hatten ein paar hundert Ellen entfernt hinter der Deckung großer Felsbrocken und in großen Spalten im Fels Stellung bezogen.

Ich versuchte nachzudenken, aber es gelang mir nicht.

Meine Mannschaft hatte sich hinter mir versammelt. Ich nahm zur Kenntnis, daß sie sich mit den Schwertern der theranischen Matrosen bewaffnet hatte.

Gut. Das war gut.

Wir waren in der Unterzahl, schlechter bewaffnet, bei weitem nicht so kräftig wie die Trolle und ohnehin noch geschwächt von den Monaten der Sklaverei. Das war schlecht.

Ich hatte das starke Bedürfnis, kehrtzumachen und

die Verantwortung für die nächsten Minuten jemand anderem aufzuhalsen. Aber ich hatte schon erlebt, wie Anführer in Krisensituationen in Panik geraten waren, und das war in der Regel gleichbedeutend mit einer Niederlage. Ich war der Anführer. Anführer zu sein hieß, allein zu sein. Ich mußte eine Entscheidung treffen. Ich mußte etwas unternehmen. Das war alles.

»Seid gegrüßt!« rief ich. Meine Stimme klang schwach.

Ein gewaltiger, geradezu ungeheuerlicher Troll, der mindestens ein Dutzend Ellen groß war, trat vor. Er trug ein Kristallschwert, das ebenso groß wie ich war und eisblau schimmerte. Schwere, kristallbedeckte Pelzstiefel bedeckten seine Füße. An den Unterarmen trug er Kristallschützer, die aus Hunderten von Facetten bestanden, dazu einen riesigen Pelzumhang.

Vier Trolle, alle gleich gut bewaffnet, flankierten ihn.

Ich hatte wenig Zweifel, daß uns diese fünf allein mit Leichtigkeit töten konnten. Die anderen dreißig würden beim Zuschauen gewiß auf ihre Kosten kommen.

»Seid gegrüßt!« rief ich noch einmal. Ich fragte mich, ob die Trolle Throalisch sprachen.

Der riesige Troll blieb stehen, fest und unverrückbar wie ein Fels. Er sprach Throalisch, doch gebrochen und unsicher. »Ihr. Von Steinschiff?«

»Nein!« erwiderte ich, gegen alle Wahrscheinlichkeit hoffend, daß dies die Antwort war, die alle Gewalttätigkeiten im Keim ersticken würde.

Die fünf Trolle sahen einander an. Nach einer kurzen Beratung fragte der Anführer: »Wo sind Krieger von Steinschiff?«

»Tot.«

»Tot?«

»Tot.«

»Wie das?«

»Wir ... wir haben sie getötet. Und das Schiff wurde von einigen elementaren Luftbestien angegriffen.« Der Troll musterte mich verwirrt. »Elementarbestien?« wiederholte ich. Sie machten immer noch einen verwirrten Eindruck. Einer der Trolle, ein alter Bursche, auf dessen kahlem Kopf nur noch ein paar graue Haarsträhnen wuchsen, trat vor und flüsterte dem Anführer etwas ins Ohr. Er trug das Gewand eines Magiers, wie ich mit Bestürzung zur Kenntnis nahm. Die Motive auf dem Gewand zeigten Dschungelranken, die sich umeinander wanden.

Der alte Troll und der Anführer wechselten ein paar Worte, dann wandte sich der Anführer wieder an mich und fragte überrascht: »Treckas?« Er zeigte auf den Himmel und wiederholte das Wort.

Da dies meiner Ansicht nach das Beste war, was ich zu diesem Thema sagen konnte, nickte ich und sagte: »Treckas.«

Die Augen des Trolls weiteten sich. »Wo sind Treckas?«

»Tot.«

»Wer Treckas getötet?«

Meine Kameraden, die einen Halbkreis um mich gebildet hatten, zeigten auf mich.

Diese Neuigkeit schien großen Eindruck auf alle Trolle zu machen. Sie traten vor, als wollten sie mich eingehender betrachten. »Du?«

Ihre Ungläubigkeit ärgerte mich, und ich stemmte die Hände in die Hüften. »Ich!« Dann deutete ich mit dem Daumen auf meine Brust. »Ich habe die Treckas getötet!« Erst da fiel mir wieder ein, daß ich die Ungeheuer nicht getötet, sondern nur verjagt hatte. Ich kam zu dem Schluß, daß dies eine Spitzfindigkeit war, die zu erörtern sich im Moment nicht lohnte.

Sie musterten mich noch eine Weile, wobei sie abzuwägen schienen, ob sie mir glauben sollten oder nicht. Schließlich sagte der Anführer: »Verschwindet von un-

serem Berg.« Damit drehte er sich um und machte Anstalten zu gehen.

»Warte!« rief ich. Ich hatte keine Ahnung, wie man
von einem Berg hinunterkletterte. Ich wußte auch
nicht, ob jemand anderer aus unserer Gruppe diese
Ahnung besaß. Und J'role war ohnehin nicht in der
Verfassung für eine Kletterpartie. Wir brauchten Hilfe.

Er drehte sich um, sein massiges, fleischiges Gesicht
runzelte sich, und er sah mich an.

»Wir ...« Ich deutete auf die anderen. »Wir brauchen
Hilfe.«

Das schien ihn zu interessieren.

»Was braucht ihr?«

»Wir haben einen Verletzten. Und das Schiff – es ist
ein Wrack. Ohne Hilfe kommen wir nicht von diesem
Berg hinunter.«

»Ha!« sagte er, während er mit dem Finger auf mich
zeigte. »Du Treckas nicht getötet!«

»Ich habe sie verjagt«, sagte ich so leise, daß sie mich
kaum verstehen konnten.

»Das immer noch gut. Und sogar besser, weil wahr.«
Der Troll lächelte und zeigte auf sich. »Vrograth.«

Ich tat es ihm nach und nannte meinen Namen.

»Kommt«, sagte er. »Ihr gebt alle« – er hielt inne und
dachte kurz nach – »zwei Monate Arbeit. Wir bringen
euch nach unten.« Er machte wieder kehrt und ging
davon.

»Was?«

Er blieb stehen, jetzt eindeutig verärgert. »Kommt,
und ihr bekommt Hilfe. Bleibt, und verschwindet von
hier. *Sofort!*«

»Einer von uns ist verletzt ...«

»Tödlich?«

»Vielleicht. Ja.«

»Laßt ihn hier. Er stirbt. Lauf der Dinge.« Er ging zu
den anderen Trollen und überließ die Entscheidung
damit mir.

127

»*Bleib stehen!*« rief ich, plötzlich entnervt über die Wahl, die ich treffen sollte. Ich kletterte über die Reling und sprang vom Schiff. Vrograth blieb tatsächlich stehen. Als er merkte, daß ich auf ihn zuging, drehte er sich zu mir um. »Er ist verletzt. Man kann ihm noch helfen! Habt ihr einen Questor Garlens?«

»Nicht für ihn. Er Außenseiter. Keine Hilfe für uns.«

Einer der nebenstehenden Trolle sagte: »Schlecht für uns, Schwache aufzunehmen. Schwächt Troll-Clan.«

Ich erreichte Vrograth. Er war mehr als doppelt so groß wie ich. Ich kann mich erinnern, daß ich mit dem Finger auf ihn zeigte, als besäße ich irgendeine besondere Autorität. »Ich verlange ja auch gar nicht, daß er in deinen Troll-Clan aufgenommen wird ...«

»*Nein!*« donnerte Vrograth. »Ich sage noch einmal. Ihr gehört zum Troll-Clan. Zwei Monate. Alle, die helfen können. Sterbende können nicht helfen. Er stirbt.«

»*Nein!*«

Der riesige Troll starrte mich an, als wäre ich ein Kind, das soeben zum erstenmal gelogen hat. »Ich mache Regeln«, erklärte er bedächtig.

»Ich verstehe. Wir kommen mit. Wir gehören zwei Monate lang dem Troll-Clan an. Aber wir bringen den sterbenden Mann mit. Ihr heilt ihn. Dann gehören wir alle dem Troll-Clan an.«

Einer der anderen Trolle, ein grauhäutiger Krieger mit dunkelrotem Haar, sagte: »Ist schlecht, die Schwachen mitzubringen.«

»Aber du könntest es, wenn du wolltest.«

»Aber ich will nicht«, sagte Vrograth.

Ich packte seinen Umhang, als könne ich ihn durch einen kräftigen Zug auf meine Größe zurechtstutzen. »Du wirst!«

Die anderen Trolle lachten, und der alte Troll sagte etwas zu ihm in der Trollsprache. Vrograths Gesicht legte sich in tiefe Falten, während er mich nachdenklich ansah. »Du willst mich herausfordern? Für einen Sterbenden?«

»Ja.«

Er musterte mich sorgfältig, dann sagte er mit einer Spur von Mitleid: »Wir kämpfen, bis Blut fließt. Womit kämpfen wir?«

Ich muß verblüfft ausgesehen haben, denn er fuhr gleich fort: »Du mich herausgefordert, wir kämpfen. Ich lege Siegbedingungen fest, du Art des Kampfes.« Er sah mir in die Augen, suchte nach Begreifen. An seine Augen kann ich mich noch ganz deutlich erinnern. Sie waren groß und grün. So grün wie Dschungelblätter.

»Ich will nicht gegen dich kämpfen«, sagte ich in närrischer Bestürzung. Mein erster Grund für die Ablehnung war ethische Abscheu. Ich hatte zu kämpfen gelernt, weil die Welt ein gefährlicher Ort war, und nicht deshalb, weil ich eine besondere Vorliebe dafür hatte. Dann erkannte ich, daß ich wirklich nicht gegen ihn kämpfen wollte, weil er mich wahrscheinlich mit einem unglücklichen Hieb seiner gewaltigen Faust töten konnte.

Der alte Troll sagte zu mir in viel besserem Throalisch als sein Anführer: »Es ist ein Brauch. Ein Kampfesbrauch. Fordere den Kriegshäuptling heraus« – er deutete auf Vrograth –, »und du mußt kämpfen.« Er dachte einen Augenblick nach, dann fügte er hinzu: »Oder jemand mit mehr ... Macht.« Er schüttelte den Kopf. »Autorität«, sagte er bedächtig, während er sich gleichzeitig zu freuen schien, das richtige Wort gefunden zu haben. »Entschuldige. Es ist lange her. Ich bin Krattack. Wir sind der Stamm der Steinklauen. Unsere Bräuche gestatten uns, die Heimatlosen aufzunehmen, aber nicht die Schwachen. Wenn du den Sterbenden mitnehmen willst, mußt du Vrograth in einem Kampf besiegen, der so lange geführt wird, bis Blut fließt.«

Der ganze Vorgang kam mir schrecklich altertümlich und sinnlos vor. Ich fragte seufzend: »Aber warum?«

Die Trolle sahen einander an, jeder suchte in der Miene des anderen eine Antwort, fand jedoch keine.

»Weil es so Sitte ist!« donnerte Vrograth ungehalten.

»Ja, aber ...«, begann ich.

Der alte Troll unterbrach mich, um noch einmal zu versuchen, mir zu helfen. »Releana, du bist tapfer. Du bist fähig. Ihr habt die theranischen Wichtigtuer getötet und die Treckas verjagt. Sehr gut. Aber du kannst jetzt keinen Rückzieher machen. Vrograth hat euch seine ... Gastfreundschaft angeboten.« Wiederum das seltsame jungenhafte Lächeln des zehn Ellen großen Trolls, der sich über den Umfang seines Vokabulars freute. »Der Sterbende kann nicht mitkommen. Wenn du ihn mitnehmen willst, mußt du kämpfen. Du mußt. Du kannst hier bleiben oder ohne den Sterbenden mitkommen. Ohne weiteres. Aber den Sterbenden mitzunehmen, heißt ...« Er suchte nach den richtigen Worten, gab es dann auf und sagte schließlich: »Es heißt, gegen Vrograth zu kämpfen.« Seine Augen waren alt und freundlich, und er schien nicht so ruhelos wie die anderen Trolle zu sein, die ständig von einem Fuß auf den anderen traten und hierhin und dorthin schauten.

Wie es schien, hatte ich eine Wahl. Ich wollte mich vor allem deshalb den Trollen anschließen, um Hilfe für J'role zu bekommen. Wenn ich ihre Gastfreundschaft ablehnte, würde er sterben. Wenn ich sie ohne Kampf annahm, würden wir ihn zurücklassen müssen, und er würde ebenfalls sterben. Wenn ich jedoch kämpfte und versagte, verlor ich wahrscheinlich Vrograths Gastfreundschaft. Meine zusammengewürfelte Mannschaft, die ihr Schicksal in meine Hände gelegt hatte, war dann mit mir auf dem Gipfel eines öden Berges gestrandet, und zwar ohne Lebensmittelvorräte und ohne jede Möglichkeit, nach Hause zu kommen. Dieser letzte Punkt beunruhigte mich sehr, denn wer war ich schon, daß ich eine Entscheidung für alle anderen treffen konnte? Vielleicht sollte ich darüber abstimmen lassen? Und an dieser Stelle verblüffte ich mich selbst. Wenn ich darüber abstimmen ließ, mochten sie beschließen, J'role abzuschreiben, und einfach mit den Trollen gehen. Dann würde ich allein mit J'role zurückbleiben, eine schlechtere Situation als die, in der ich mich jetzt befand.

Also beschloß ich, nicht darüber abstimmen zu lassen. Mehr noch, ich sagte mir, daß sie ihr Schicksal schließlich freiwillig in meine Hände gelegt hatten. Wenn ich uns also alle ins Verderben stürzte, waren sie aus freien Stücken einem Idioten gefolgt. Also konnten sie die Folgen meiner Handlungsweise ebenso tragen, wie ich sie zu tragen hatte.

Das war die wertvolle Lektion, die ich an jenem Tag auf dem Berg lernte. Wenn man sein Schicksal in die Hände eines anderen legt, hat man keine Ahnung, wo man endet. Es ist besser, auf sich selbst zu vertrauen, und zwar mit allen damit verbundenen Unwägbarkeiten, als zu glauben, jemand anderer – der möglicherweise völlig andere Ziele als man selbst hat – könne das eigene Leben besser führen als man selbst.

»Also gut«, sagte ich, während ich vortrat, »ich kämpfe gegen dich.«

Seltsamerweise sah Vorgrath nicht im geringsten verblüfft aus. »Gut.«

Augenblicke, nachdem ich die Herausforderung angenommen hatte, umringten die Trolle Vrograth und mich und bildeten eine große Arena. Ein paar Mitglieder meiner Mannschaft arbeiteten sich durch den Ring der Trolle nach vorn, um besser sehen zu können, die anderen sahen vom Schiffsdeck zu.

»Du nimmst meine Herausforderung an«, bellte Vrograth, »ein Kampf, bis das erste Blut fließt! Und jetzt sag: Wie sollen wir kämpfen?« Die Trolle, die uns umringten, standen bereit, uns jede Waffe zu reichen, die sie bei sich hatten. Speere. Schwerter. Dolche. Streitkolben. Praktisch jede Waffe, die ich mir vorstellen konnte, würde innerhalb von Sekunden zur Verfügung stehen – und benutzt werden, um mich ebenso schnell umzubringen.

Einen Moment lang erwog ich, Magie vorzuschlagen. Vielleicht gelang es mir, genug Zauber zu wirken, um Vrograth zu fällen und Blut fließen zu lassen. Doch beim Anblick der mächtigen magischen Gegenstände um mich verwarf ich diesen Plan sehr rasch wieder. Was, wenn die Kristallrüstungen die Trolle vor Zaubersprüchen schützten? Was, wenn sie Magie besaßen, gegen die ich mich nicht wehren konnte? Was, wenn ihre Magie noch gefährlicher als ihre Muskeln war? Mir fiel etwas ein, das mich J'role vor Jahren gelehrt hatte:

»Kämpfe nur dann gegen jemanden, wenn du weißt, daß du gewinnen kannst, es sei denn, du hast keine andere Wahl. Warum soll man sich einem Kampf stellen, wenn man weiß, daß man wahrscheinlich verliert?« Ich mußte also eine Kampfmethode finden, die mir gute Gewinnaussichten einräumte. Ich betrachtete

Vrograth von oben bis unten. Groß, muskulös. Der geborene Kämpfer. Er wand sich unbehaglich unter meinem Blick.

»*Wähl endlich!*« brüllte er.

Vrograths Auftreten schien für diesen Augenblick besonders geeignet zu sein, also beschloß ich, es zu kopieren. In der tiefsten Stimmlage, die ich zuwege brachte, verkündete ich kühn: »Wir kämpfen mit Geduld!« Und hockte mich prompt auf den Boden.

Ein verblüfftes Schweigen war die Folge. Vrograth fragte mit aufrichtiger Verwirrung: »Womit?«

»Mit Geduld«, sagte ich, immer noch mit so tiefer und lauter Stimme wie möglich. »Es gibt keine härtere Prüfung!«

»Ja«, stammelte Vrograth. »Vielleicht. Aber ...« Er hielt inne, legte den Kopf schief und rief dann plötzlich: »Wie kann durch Geduld Blut fließen?«

»Ich nehme an, du hast keine Kinder«, erwiderte ich kategorisch.

»Dumm!« rief er, wobei seine Stimme den tiefen, getragenen Tonfall als Ausdruck von Machtfülle vollständig verlor. »Das ist dumm!«

»Du lehnst meine Herausforderung ab?«

»Ja! Nein!« Er trat auf mich zu, die riesigen graugrünen Arme weit ausgebreitet. »Wie können wir uns mit Geduld bekämpfen?«

»Wir setzen uns. Wer zuerst die Geduld verliert, verliert auch den Kampf.«

»Pah! Dabei kann kein Blut fließen. Und ohne Blut kein Verlierer. Deine Kampfesweise ist schlecht.«

Er hatte mich erwischt. Aber der Gedanke, tatsächlich mit ihm zu kämpfen, bis das erste Blut floß, war lächerlich. Ich war nicht nur sicher, daß ich verlieren würde – und J'role nicht die Hilfe bekam, die er so dringend brauchte –, sondern es gab auch keine Gewähr dafür, daß Vrograth aufhören würde, wenn das erste Blut floß. Ich fragte mich, ob er seine Kraft so weit zügeln konnte, daß er mich nicht mit seiner Waffe durchbohrte, wenn er eigentlich nur einen Tropfen Blut aus mir herauskitzeln wollte.

»Also gut«, sagte ich, »wir kämpfen mit Geduld und Messern.« Ein Murmeln durchlief die Reihen der um uns versammelten Trolle. »Wir kämpfen mit Geduld, wie ich bereits gesagt habe. Wenn einer von uns die Geduld verliert, kann der andere mit dem Messer zustechen.«

»Also kämpfen wir mit Dolchen!« rief Vrograth, breit grinsend.

»Nicht ganz. Derjenige, der die Geduld verliert, darf das Messer nicht parieren, und er darf auch nicht ausweichen oder sich sonstwie dagegen verteidigen.« Ein Aufstöhnen von den Trollen. Wia und Krattack, der alte Troll, hoben jeweils eine Augenbraue.

»Du nicht mehr richtig im Kopf!« rief er. Seine Enttäuschung beeinträchtigte offenbar sein Throalisch. »Das kein Kampf, was du sagst. Das nur dumm!«

»Tja, Vrograth«, sagte Krattack mit einem Anflug von Verschlagenheit. »Es ist ein Kampf, und er dauert so lange, bis Blut fließt.«

»Aber nicht mit Waffen!«

»Jetzt sind Waffen dabei«, antwortete Krattack für mich. »Sie hat Messer hinzugenommen.«

»Aber keine… Fähigkeiten, wie sie ein Krieger braucht.«

»O doch. Je fähiger der Krieger, desto besser der Stoß mit dem Messer. Und dann kann Blut fließen.«

»Wie kann ich sie verfehlen, wenn sie sich nicht wehrt?«

»Wahrscheinlich gar nicht. Aber das ist ihre Strafe, wenn sie die Geduld verliert.«

Vrograth stand versunken da, ein Bild höchster Konzentration. Seine Augen wurden schmal, und er starrte mich an. »Wie kämpfen wir mit Geduld?«

4

Wir saßen uns gegenüber auf dem Boden – Vrograths massige Gestalt überragte mich auch im Sitzen um einiges. Er hätte sich vorbeugen und mich mit seinem Gewicht zerquetschen können. Statt dessen war er gezwungen, mir einfach in die Augen zu sehen und dabei zu versuchen, nicht zu blinzeln.

Ich bin sicher, Ihr erinnert Euch an dieses Spiel.

Ich hatte Euch bei diesem Spiel schon oft zugesehen, obwohl ich selbst es noch nie gespielt hatte. Ich wußte nicht, ob ich gut darin war, was bedeutete, daß ich J'roles Grundsatz ›Kämpfe nur dann gegen jemanden, wenn du weißt, daß du gewinnen kannst‹, eigentlich nicht befolgte. Ich *wußte* nicht, ob ich gewinnen konnte.

Doch irgend etwas an Vrograths Verhalten erinnerte mich an Euch – an Jungen ganz allgemein. Euer Glaube, daß es eine Herausforderung war, stillzusitzen und jemanden anzustarren, überzeugte mich davon, daß Vrograth sich ebenfalls herausgefordert fühlen würde. Was mich betraf, so fühlte ich mich ziemlich wohl dabei, stillzusitzen und Leute anzusehen. Ich hoffte, diese natürliche Neigung würde dem Druck des Augenblicks standhalten.

Kaum hatte Vrograth sich hingesetzt, als er sich in einen Felsen zu verwandeln schien. Seine starre, fast leblose Haltung schien eine Bestätigung für die Auffassung zu sein, daß Trolle aus Stein geboren wurden und Vettern der Obsidianer waren. Außerhalb meiner Wahrnehmung, aber immer noch innerhalb meines Blickfelds stand die Menge der Trolle und ehemaligen Sklaven, die einen engen Kreis um uns gezogen hatten.

Ich saß da und hatte meine Augen mit seinen verschränkt, während ich gleichzeitig in dem Versuch, mich zu entspannen, meine Muskeln anstrengte. Nach ein paar Augenblicken erkannte ich, daß ich verlieren würde, wenn ich mich zu sehr anstrengte. Schließlich gelang es mir tatsächlich, mich zu entspannen.

Vrograths grüne Augen starrten mich an, leblos, als seien sie irgendwie von seinem übrigen Körper losgelöst: seltsame Artefakte, die aus elementarer Erde gehauen waren. Doch ich sah, wie die Haut um seine Augen zuckte, einmal, dann noch einmal.

Mich überkam der Drang zu blinzeln. Ich strengte mich an, riß die Augen weit auf, kämpfte gegen den Drang an.

Je länger der Wettstreit dauerte, desto größer wurde der Drang, und ich wurde immer verzweifelter. Vielleicht konnte ich nur ein ganz klein wenig blinzeln? So rasch, daß niemand es bemerken würde. Ich schlug mir den Gedanken aus dem Kopf, da ich das Risiko nicht eingehen durfte und im übrigen auch ganz genau wußte, daß ich mir etwas vormachte, wenn ich glaubte, ich könne blinzeln, ohne daß es bemerkt würde.

Die Anspannung wurde immer größer. Ich hatte den Eindruck, bereits eine Ewigkeit in diese grünen Pupillen zu starren. Sie starrten zurück – tatsächlich waren sie sogar sehr schön.

Länger.

Mir kam der Gedanke, aufzugeben und Vrograth einmal zustechen zu lassen.

Und dann, ganz unerwartet, blinzelte Vrograth.

Meine Kameraden stießen einen lauten Schrei aus. Vrograth hob die Hände, schüttelte sie wild und brüllte unbeherrscht. »Dumm!« schrie er mich an.

Krattack unterbrach ihn. »Aber du warst mit dem Kampf einverstanden...«

»JA!« brüllte er so laut, daß alle einen Schritt

136

zurückwichen. Seine Augen verengten sich zu Schlitzen, und er fixierte mich mit einem Blick, in dem Tod lag. »Trotzdem dumm.«

Wir standen auf, und Krattack reichte mir ein Messer. Die Trollklinge lag mir schwer in der Hand. Die spätmorgendliche Sonne brach sich in dem gelblichen Kristall, und die Klinge funkelte wie ein Gebirgsbach.

Vrograth stemmte die Hände in die Hüften und wartete. Er trug seine Rüstung, die Pelzstiefel mit Kristallbesatz, und die blau gefärbten Armschützer, doch seine Körpermitte war ungeschützt. Ich beschloß, meinen Stich direkt oberhalb seiner rechten Hüfte anzusetzen.

Ich holte aus. Krattack musterte mich mit einer sonderbaren Eindringlichkeit, als wolle er sich über irgend etwas klar werden. Sein Blick brachte mich für einen Augenblick aus der Fassung, dann stach ich zu und trieb dem Troll die Klinge mit einem geraden Stoß in die Seite.

Vrograth zuckte nicht zurück. Vielleicht weil ich glaubte, er werde ausweichen oder den Stich abblocken, geriet ich im letzten Augenblick in Panik, und das raubte dem Stoß ein wenig die Wucht. Ich stach immer noch mit ausreichender Kraft zu, um jeden Menschen zu verwunden. Aber Trolle sind zäh. Und mehr noch, ich erfuhr, daß ihre Kristallrüstung auch die Körperteile schützt, die nicht von der Rüstung bedeckt sind. Die Kristalle bilden eine magische Rüstung für den gesamten Körper, bedeckt oder nicht.

Kurz bevor ich seine Haut durchstach, traf die Klinge plötzlich auf Widerstand. Er bremste das Messer und drang in meinen Arm ein wie ein mächtiger Wind, der nur einen Teil meines Körpers erfaßte. So sehr ich mich auch anstrengte, ich konnte den Widerstand nicht überwinden. Dennoch durchdrang die Kristallspitze des Messers seine Haut. Er zuckte ein wenig zusammen, mehr aus Furcht denn vor Schmerz, nehme ich an. Die Klinge drang etwa einen halben Zoll tief ein.

Nichts geschah. Kein Schmerzensschrei. Kein Blut. Nichts.

Vrograth sah mich an, lächelte. »Wir starren uns weiter an?«

Das taten wir.

Wiederum dehnten sich die Sekunden zu Ewigkeiten. Wiederum schlug sich die Anstrengung in Überlegungen nieder, wie ich blinzeln konnte, ohne daß es auffiel. So eine Nichtigkeit – das Blinzeln eines Auges –, aber in meinem Fall war diese Winzigkeit gleichbedeutend mit einer wahrscheinlich tödlichen Wunde und J'roles Tod.

Wir starrten uns an. Seine grünen Augen bohrten sich in meine. Grün wie grüner Marmor. Grün wie verdorbenes Fleisch. Ich verlor jegliches Zeitgefühl. Die Welt schien sich um mich zu drehen, während ich das Bewußtsein für meine Umgebung verlor. Meine Augen begannen zu jucken.

Und dann geschah das Unglaubliche. Vrograth blinzelte erneut.

Mehr Gelächter. Mehr Jubel. Vrograth stieß ein furchtbares Geheul aus. Sein Schrei hallte durch die Berge. Er hämmerte mit den mächtigen Fäusten auf den Boden.

Wir standen auf. Vrograth holte tief Luft, wappnete sich. Er wußte, daß ich diesmal so fest zustechen würde, wie ich konnte.

Ich holte aus, atmete tief ein. Beim Ausatmen stieß ich einen lauten Schrei aus, legte alles in den Angriff, was ich hatte. Diesmal dachte ich nicht, nichts lenkte mich ab. Ich nahm die Bemühungen von Vrograths magischer Rüstung erst zur Kenntnis, als das Messer seine Haut erreichte. Wie zuvor versuchte sie mich wegzustoßen, aber diesmal war ich darauf vorbereitet. Mit aller mir noch verbliebenen Kraft trieb ich die

Klinge durch die seltsame Kraft und dann in Vrograths dicke Haut. Die Klinge bohrte sich jetzt tiefer hinein als zuvor, und der durchsichtige Knauf bebte in meiner Hand, als sie in seinem Fleisch versank.

Als ich die Klinge nicht tiefer hineintreiben konnte, zog ich sie wieder heraus, wobei ich sie einmal drehte. Alle beugten sich vor, um die Wunde zu betrachten, ich eingeschlossen. Einen Moment lang – nichts. Dann quoll aus der unteren Spitze des vertikalen Schnittes ein einzelner Tropfen Blut. Wie ein Rubin, der sich verflüssigt hat, rann er über Vrograths graugrüne Haut und zerfloß schließlich zu einem Fleck.

Die erstaunliche Reise des Blutstropfens rang allen Anwesenden ein anerkennendes Schweigen ab. Dann tobte die Menge los, applaudierte und jubelte vor Anerkennung und Freude, als sei sie gerade Zeuge einer von Astendar inspirierten Vorstellung geworden. Mir lief ein kalter Schauer über den Rücken – merkwürdig, erregend und warm.

Ich hatte es geschafft! Einen Augenblick lang vergaß ich alles, J'roles Bedürfnisse, mein Verlangen, die Hilfe der Trolle zu gewinnen, um von diesem Berg hinunterzukommen, sogar mein verzweifeltes Vorhaben, Euch zwei aus den Händen der Theraner zu befreien. Zwar lagen noch viele Aufgaben vor mir, aber in diesem Augenblick genoß ich den Erfolg.

»Wir müssen uns einfach über jede gute Nachricht freuen«, hatte J'role oft genug gesagt. Genau. Gute Nachrichten waren, das zu bekommen, was ich wollte. Gute Nachrichten waren, nicht zu sterben. Gute Nachrichten waren, das zu erreichen, was ich mir vorgenommen hatte. Nicht alles. Noch nicht. Aber dies war der erste Sieg auf einem Weg, der viele gute Nachrichten erforderlich machen würde.

5

Wir wanderten zur Siedlung der Steinklauen. Vrograth trug J'role persönlich auf seinen starken Armen. J'role stöhnte vor Schmerzen, da die Schritte des Trolls seinen gebrochenen Knochen erschütterten. Aber höchstwahrscheinlich genoß er die Schmerzen. Er ist so, wie Ihr jetzt wißt.

Die Siedlung war auf einer ganzen Reihe von Klippen angelegt. Eine war so groß wie ein Feld, die übrigen kleiner. Auf diesen Klippen standen ein paar Dutzend großer Zelte aus gegerbten Tierfellen und den schlanken Bäumen, die hier in den Bergen wuchsen. Die mächtigeren Stammesmitglieder lebten in Höhlen, deren Eingänge mit gegerbten Tierfellen verhangen waren. Die Höhlen waren der sicherste Schutz vor Gefahren. Wenn Piraten angriffen oder sich elementare Stürme zusammenbrauten, versammelten sich alle in den Höhlen. Die Stärksten hatten die Pflicht, die Schwächeren zu beschützen.

In der Siedlung lebten einschließlich der Kinder etwa tausend Trolle. Im Tiefland wäre dies bereits eine kleine Stadt gewesen. Doch die Trolle der Zwielichtgipfel ernährten sich ausschließlich von Überfällen. Keine Landwirtschaft, kein Handel. Kultur und Wirtschaft waren ausnehmend einfach strukturiert. Der Reichtum des Clans war nicht ohne weiteres zu erkennen.

Am Tag, als wir eintrafen, schien die Sonne. Aus Kesseln, in denen die Trolle ihr Mittagessen kochten, stieg Dampf auf. Die Kinder, die die Größe kleiner Menschen besaßen, tobten in den Felsklippen herum. Die Krieger, die in der Siedlung geblieben waren, übten sich im Gebrauch ihrer Waffen oder rangen miteinander. Ich konnte nicht ausmachen, ob die Kämpfe blutiger oder sportlicher Natur waren oder irgendeinem gewalttätigen Spieltrieb entsprangen.

Das Leben mit dem Stamm der Steinklauen war eine der anstrengendsten Erfahrungen meines Lebens. Wegen der Größe der Trolle gewinnt man leicht den Eindruck, sie seien langsam. Das ist nicht der Fall. Hinzu kommt, daß sie unermüdlich sind. Die Trolle erwarteten von uns ähnliche Leistungen und begegneten uns immer mit Mißtrauen, wenn wir langsamer wurden, als trödelten wir absichtlich.

Unsere Aufgaben umfaßten die Zubereitung der Mahlzeiten, das Ausbessern der Segel ihrer Luftschiffe – die Drakkars genannt wurden –, das Schmieden von Waffen, das Jagen des spärlichen Bergwilds, das Fällen von Bäumen, ihren Transport zur Siedlung und so weiter. Mit jedem Tag, den wir bei den Trollen abdienten, erlangten wir einen kleinen Teil unserer ursprünglichen Kraft zurück. Als Ausgleich für unsere Plackerei wurden wir von Questoren Garlens geheilt. Dadurch beschleunigte sich unsere Erholung merklich.

Wia und ich wurden sehr schnell Freundinnen. Jeden Morgen arbeiteten wir auf den Klippen der Zwielichtgipfel, während die Sonne auf ihr rotes Haar fiel und es in glühendes Feuer verwandelte. Die Steinklauen hatten sich auf der Ostseite der Gebirgskette angesiedelt, und der Sonnenaufgang verblüffte mich jeden Morgen aufs neue. Wir lebten mehrere tausend Ellen über dem Dschungel, und nichts trübte den Blick auf die Sonne, wenn sie am Horizont aufging, eine orangerote Flammenspitze, die langsam zu einer gewaltigen Scheibe heranwuchs. Wia und ich sahen mit offenen Mündern zu, wie die Wolken über der Sonne eine hellrote, dann orangefarbene und schließlich goldene Färbung annahmen. Wenn die Sonne hoch genug stand, blitzte der Himmel einen Augenblick grellgelb auf. Das Licht überflutete das ganze Land und natürlich auch den Berg, auf dem wir standen, und überzog unsere Haut mit Wärme und einem wunderbaren Leuchten, das direkt aus unserem Innern zu kommen schien.

»Einfach vollkommen«, sagte Wia.

»Ich weiß.«

»Als ich noch klein war, wollte ich die Sonne immer zwischen meinen Händen einsperren. Und wenn mir das nicht gelang, weinte ich.«

»Ja. Einer meiner Jungen wollte einmal über das Mondlicht wandern, das von einer tiefen Pfütze gespiegelt wurde, und hat dabei eine ziemlich herbe Enttäuschung erlebt.«

»Ich wußte gar nicht, daß du Kinder hast.«

Die Sonne war aufgegangen, und der Himmel erstrahlte in einem tiefen Blau. Wia spielte mit einem merkwürdig aussehenden Stein herum. »Ja, zwei Jungen. Sie sind sieben. Zwillinge.«

Zuerst lächelte sie, doch als sie mich genauer betrachtete, wich das Lächeln einer Traurigkeit. Ich wußte, daß ihr Gesichtsausdruck ein Spiegelbild meines eigenen war. Plötzlich ging mir auf, daß dies bei J'role seit der Gefangennahme der Jungen noch nicht einmal der Fall gewesen war. Wenn ich mich über ihr Schicksal erregte, sah er weg oder änderte das Thema oder sagte mir einfach, ich mache mir zu viele Sorgen um die Kinder.

»Tut mir leid. Ich wollte nicht ...«

Ich nahm ihr den Stein ab und drehte ihn zwischen den Händen. Er war schwarz mit scharfen Kanten. »Die Theraner haben sie. Der Generalstatthalter. Er ist der Ansicht, daß sie ihm Glück bringen.«

»Das waren deine Jungen?«

»Ja.«

»Die Theraner sind Ungeheuer.«

»Ich *hasse* sie.«

»Sie sind unnütz ...«

»Lebensverachtend.«

»Es ist ihm ernst mit dieser Zwillingsmagie, weißt du?« Sie nahm mir den Stein wieder ab. »Ich habe mit einem Theraner gesprochen, einem Sklaven. Er konnte ein wenig Throalisch, und wir haben uns unterhalten. Sie glauben wirklich, daß Zwillinge in Verbindung mit der richtigen Magie ihre Herren beschützen können.«

»Vielleicht können sie das.«

»Vielleicht. Magie ist eine knifflige Sache.«

Ich lächelte und nahm den Stein wieder zurück. »Ja, das ist wahr. Wenn ich ihm also die Kehle durchschneiden will, muß ich mir zuerst meine Kinder zurückholen.«

»Sieht so aus.«

»Tja, das wollte ich sowieso. Ihn umzubringen, ist zweitrangig.«

Sie beugte sich vor wie eine Verschwörerin. »Willst du ihn denn umbringen?«

»Auf eine Art schon. Eigentlich nicht. Aber ein Teil von mir will einfach ganz sicher sein, daß er Torran, Samael und mich nie mehr belästigt. Ich würde ihn töten, um das Leben für meine Familie sicherer zu machen.«

»Aber nicht, um gegen ihn zu gewinnen?«

»Was soll das heißen? Gewinnen?«

Ein Troll in unserer Nähe rief: »He! Was tut ihr da?«

Ich ließ den Stein fallen. Wir machten uns wieder an die Arbeit.

Der Heiler des Clans, ein untersetzter Troll mit blaugrünen Augen, kümmerte sich um J'role, und nach einer Woche war er wieder auf den Beinen. Nun, da er geheilt war, schien er nicht nur die Wildheit eines fünfjährigen Kindes zu besitzen, sondern auch dessen Energie, da er irgendwie mit den Trollen Schritt hielt. Es war einer seiner Tricks, und obwohl ich ihn nie gefragt habe, wie er gelang, glaube ich mittlerweile, daß er mit dem Verbergen und Ertragen von Schmerzen zusammenhängt. Zwar sog er die Schmerzen in sich ein wie ein Kind die Muttermilch, aber er ließ sich davon nichts anmerken. Er wollte die Leute mit seiner grenzenlosen Ausdauer beeindrucken und trieb sich zu unglaublichen Leistungen an, um in den Augen der anderen erstaunlich zu sein.

J'role nahm sich rasch der Kinder des Clans an. Keine schwierige Aufgabe, denn obwohl die Trolle ihren Kindern gegenüber nicht gleichgültig waren, ging man doch grundsätzlich davon aus, daß sie irgendwie *zurechtkamen*. Ihre Erziehung war eine Angelegenheit des gesamten Clans, wobei sich jeder Erwachsene um die Bedürfnisse der Kinder kümmerte, wenn welche auftraten. Da die Piraten der Siedlung oft wochenlang fernblieben, wenn sie in ihren Drakkars auf der Suche nach Beute über den barsaivischen Himmel segelten, war das ein sehr praktisches System. Ich konnte mich damit jedoch nicht anfreunden. Wenn Ihr zwei dagewesen wärt, hätte ich mich nur um Euch kümmern wollen.

Trollkinder wachsen sehr rasch und sind bereits mit vier oder fünf Jahren kräftig und stämmig. Ihre Spiele sind rauh, und J'role beteiligte sich mit dem ihm eigenen Vergnügen an ihnen. Er ersann Spiele, die neben Raufereien und Herumlaufen auch ein paar strategische Elemente enthielten, welche den Kindern neu waren. Eines ihrer Lieblingsspiele, das er erfand, war eine kompliziertere Abart des Fangenspiels, das auf dem gesamten Berg in der Umgebung der Siedlung stattfand. Er teilte die Kinder in zwei Gruppen ein, wobei jede Gruppe drei große Steine besaß, die an bestimmte Orte gebracht werden mußten. Jede Seite hatte die Aufgabe, die Steine in ihre ›Nester‹ zu bringen und gleichzeitig die andere Seite daran zu hindern, dasselbe zu tun. Die Spielregeln besagten, daß man einen Gegner nicht nur fangen, sondern auch zu Boden ringen mußte. Während also die Kinder in den Bergen herumtollten und oft drauf und dran waren, zu Tode zu stürzen, konnten die erwachsenen Trolle ihrer Arbeit nachgehen, ohne unterbrochen zu werden, und sie waren sehr zufrieden, endlich jemanden gefunden zu haben, dem es tatsächlich gefiel, sich um die Kinder zu kümmern.

Abends, wenn die Sonne untergegangen war und das Leuchten des Todesmeers den südlichen Himmel dunkelrot färbte, versammelte J'role jene um sich, die seine Geschichten hören wollten. Er hatte mir erzählt, daß sein Vater Geschichtenerzähler gewesen war. Ich nehme an, daß er sich bei seinen Vorstellungen vieler Kunstgriffe seines Vaters bediente – er erzählte die Geschichten nicht nur, sondern stellte sie auch dar. Er verwandelte sich in einen Troll, einen Berg, eine Armee. Sein Gesicht war unglaublich elastisch, was die Leute immer wieder überraschte, da seine Miene normalerweise einer starren Maske glich. Aber wenn er eine Geschichte erzählte oder mit mir allein war, verließ ihn die Anspannung, und er war voller – *Leben!* Ich kann es nicht anders ausdrücken.

Er trug Duelle mit sich selbst aus, indem er dem Publikum abwechselnd die rechte und dann die linke Seite zuwandte, so daß seine Schwerthiebe und schlagfertigen Bemerkungen (die er mit unterschiedlichen Stimmen vortrug) im glühendroten Licht des Lagerfeuers direkt vor unseren Augen die Illusion erzeugten, zwei Männer föchten einen ermüdenden Kampf aus.

Ungeheuer sprangen aus Geheimkammern. Drachen schossen vom Himmel herab und verschlangen ganze Dörfer. Magische Schwerter leuchteten im Augenblick größter Verzweiflung hell auf. Flüsternde Schurken verbargen sich in den Schatten der Nacht und heckten Verschwörungen aus. Seine Figuren schmiedeten Pläne, säten eine giftige Saat. Der Zufall brachte Verrätereien ans Tageslicht. J'role verwandelte sich in Personen, die von manischen Empfindungen und einem Hang zu Gewalttätigkeiten getrieben wurden, welche die empfindsameren Gemüter am Hofe König Varulus' erschüttert hätten.

Die Kristallpiraten sind ihrem Temperament nach ein gewalttätiges und gefühlsbetontes Volk, so daß sie selbstverständlich gespannt lauschten, wenn J'role eine seiner unzähligen Geschichten erzählte. Es hatte ganz den Anschein, als habe J'role endlich ein Publikum gefunden, das seine Talente wahrhaftig zu würdigen wußte. Ihre großen Gesichter – dunkelrot und furchtbar im Licht des Feuers – sahen mit aufgerissenen Augen zu. Wenn sie lachten oder aufstöhnten, bewegten sich ihre riesigen gelblichen Zähne wie Berge, die von einem Erdbeben erschüttert wurden.

Ich hatte ihn diese Geschichten noch nie vortragen hören. Seine Vorstellungen als Clown – die Ihr selbst gesehen habt, wenn er uns in unserem Dorf besuchen kam – enthielten nichts vom Schwung dieser Geschichten, nichts von ihrer Wut und nichts von ihrer Hoffnung. In ihnen war nichts von den finsteren Schurken und strahlenden Helden seiner Kindergeschichten zu spüren, in denen Gerechtigkeit und Triumph scharf umrissen waren. Eine Frau, die in einem Abschnitt der Geschichte edelmütig und stark war, mochte sich als rasend eifersüchtig erweisen und von ihrer Leidenschaft dazu getrieben werden, den Mord an ihrem Liebhaber zu planen. Ein durch und durch böser Krieger konnte plötzlich unbeholfene Versuche unternehmen, die Zuneigung eines Jungen zu erringen, in dem er seinen eigenen Sohn erkannte. Die innere Welt der Figuren nahm ständig moralisch vieldeutige Wendungen. Jeder konnte ihre Handlungen mit Leichtigkeit als gut oder böse erkennen, aber sie selbst schienen sich in einer ständigen Verwirrung hinsichtlich der wahren Natur ihres Herzens zu befinden.

Alle diese Geschichten dachte sich J'role spontan aus, offenbar von Gedanken und Gefühlen beseelt, die mich in den Wahnsinn getrieben hätten. Er war der Sturm über einem Vulkan, der feurige Asche durch den Nachthimmel trägt und den Dschungel in Brand setzt. Sturm und Feuer.

Eines Abends gesellte ich mich zu den Zuschauern, als er gerade einen Luftsprung vollführte und auf einem Bein landete – einem starken und wohlgeformten Bein, wie mir plötzlich klar wurde. Er breitete die Arme aus. Das gesamte Universum war jetzt sein Publikum. Er lächelte uns an, während das Feuer dunkle Schatten unter seine Augen warf – eine perfekte Dramaturgie. Er wußte ganz genau, wann er aufhören mußte. »Der Thronerbe«, sagte er, »hing über dem Rand des Abgrunds und klammerte sich an eine dünne Wurzel, während sich ihm der Schwertkämpfer langsam näherte ... Oh! Es ist schon spät!«

Ein Aufstöhnen aller Zuhörer. »Nein!« riefen alle Trolle.

»Es eilt nicht. Es eilt nicht. Morgen abend.«

»Nein, nein!« riefen ein paar, doch andere lächelten. J'role hatte es mittlerweile schon oft genug so gehand-

147

habt. Die Trolle wußten die gespannte Erwartung, die mit einer Unterbrechung an der richtigen Stelle verbunden war, durchaus zu schätzen, und so erhoben sie sich und gingen schlafen.

Wia starrte J'role mit leuchtenden Augen an, der seinerseits gelöst und zufrieden dastand, während das Feuer auf seiner Haut und den Pelzen flackerte, die ihm die Trolle gegeben hatten. In einer der seltsamen Ahnungen, welche manche Leute oft überkommt, wenn sie beobachtet werden, drehte sich Wia erschreckt zu mir um. Einen Augenblick lang sah sie schuldbewußt aus, dann sagte sie: »Auf seine Weise ist er wirklich wunderbar.«

Ich nickte mit einem merkwürdigen Gefühl des Unbehagens. Eifersüchtig. Als ich mich abwandte, fiel mein Blick auf J'role, und er lächelte mich an. Er war sehr wach, sehr lebendig, sehr anziehend. Ja, er konnte sehr anziehend sein, aber ich wußte alles, was es über ihn zu wissen gab, so daß sich seine Anziehungskraft mit den Jahren abgenutzt hatte. Die Haut über den Knochen seiner schmerzerfüllten Art war entsetzlich dünn geworden.

Er bahnte sich einen Weg durch die sich zerstreuende Menge der Trolle und kam zu mir, grinsend wie vor einem Jahrzehnt, als wir gemeinsam glücklich gewesen waren. Damals waren die Dinge im Gleichgewicht gewesen, und zwischen uns hatte die Harmonie der Elemente geherrscht.

Er nahm meine Hand. »Hallo«, sagte er mit blitzenden Augen. Ich wußte sofort, daß er mit mir schlafen wollte. Ich hatte jedoch nicht das Verlangen, mich ihm hinzugeben, oder, anders ausgedrückt, andere Dinge hatten mehr Gewicht als dieses Verlangen. Drei Wochen waren seit unserer Ankunft bei den Trollen verstrichen – laut unserer Vereinbarung mit Vrograth mußten wir noch weitere fünf Wochen hier verbringen. In dieser Zeit hatte J'role Euch Kinder lediglich ein einziges Mal erwähnt. Ich war wütend auf ihn und versuchte verzweifelt zu verstehen, wie ein derartig leidenschaftlicher Mann wie J'role seinen eigenen Kindern gegenüber solch eine Gleichgültigkeit an den Tag legen konnte.

Ich war auch wütend auf mich selbst. Warum hatte ich noch nicht zu fliehen versucht? Ich mußte Euch zwei finden. Andererseits, allein die Zwielichtgipfel hinabzusteigen und dann durch Barsaive zur Himmelsspitze zu gelangen ... vorausgesetzt, die Burg des Generalstatthalters befand sich immer noch dort ... Wir hatten Zeit benötigt, um uns auszuruhen und uns von der Zeit der Sklaverei und dem Kampf mit den Treckas zu erholen. Aber jetzt ging es uns besser, und es wurde Zeit weiterzuziehen, Vereinbarung hin oder her.

Alle diese Gedanken gingen mir durch den Kopf, wenngleich sie sich damals nicht in Worten, sondern in Empfindungen ausdrückten. Ich entzog ihm meine Hand, wandte mich von ihm ab und sagte zu ihm: »Komm mit.« Er folgte mir, und als wir ein einsames Fleckchen inmitten einiger Felsbrocken gefunden hatten, redete ich augenblicklich auf ihn ein. »Wir müssen von hier weg. Und das können wir jetzt auch. Wir müssen Samael und Torran finden.«

Er legte mir die Hände auf die Schultern, und ich schüttelte sie ab. Wie oft versuchen Männer Vertrautheit durch Vorherrschaft zu ersetzen? »Ich schaffe es vielleicht den Berg hinunter, Releana«, sagte er. »Aber ich habe die Fähigkeiten eines Diebesadepten. Ich glaube nicht, daß du es ohne Ausrüstung schaffen würdest.«

»Hör auf. Natürlich wird es nicht leicht. Wirst du mit mir kommen, um unsere Söhne zu retten?«

»In etwas über einem Monat ...«

»Sind unsere Kinder vielleicht schon tot! Sie könnten gerade in diesem Augenblick sterben. Wenn du mir nicht helfen willst, rede ich mit den anderen. Ich weiß, daß ein paar mit mir gehen werden.«

Ich wollte an ihm vorbeigehen, aber er hielt meinen Arm fest und zog mich zurück. Seine Gesichtsmuskeln spannten sich, eine Maske, die ich schon tausendmal gesehen hatte. Der Mann, der noch Minuten zuvor ein Ausbund an Lebhaftigkeit und spontanen Geschichten gewesen war, erstarrte plötzlich und konnte nicht mehr sprechen. Er gab sich alle Mühe, seine Gedanken in Worte zu kleiden, aber wie schon so oft zuvor stockten die Gedanken in seinem Kopf und blockierten sich gegenseitig auf dem Weg nach draußen.

»Ich will ihnen helfen«, sagte er schließlich sanft. Was er auch sagen mußte, diese Feststellung war es jedenfalls nicht. Er hatte sie wohlüberlegt getroffen, damit ich mich weiter für ihn interessierte. Nicht für unsere Kinder, sondern für ihn. Er hatte gesagt, was ich seiner Ansicht nach hören wollte.

Was ich hören wollte – was ich *immer* von ihm habe hören wollen –, waren alle die Gedanken, die sein Denken verstopften und ihn der Worte beraubten. Ich wollte, daß er sich Zeit nahm und sie ganz langsam aussprach, einen nach dem anderen, damit ich jedem zuhören konnte, mich ihrer wie Kinder annehmen und schließlich begreifen konnte, was meinem J'role schon seit so langer Zeit zu schaffen machte.

Vielleicht hat er mir deshalb geschrieben. Ist er endlich dazu bereit?

Wir standen lange Zeit schweigend da, er von den Ungeheuern, die an seinen Gedanken nagten, ich von Enttäuschung erfüllt.

»Ich habe keine Zeit mehr, J'role. Entweder du bist diesen Jungen ein Vater oder nicht. Aber hör endlich auf zu glauben, du könntest den Vater spielen, ohne das Problem zu haben, tatsächlich für deine Kinder verantwortlich zu sein.«

Sein Kopf ruckte hoch, und er sah mir direkt in die Augen. Ich sah, wie ihn plötzlich eine Entschlossenheit ergriff – eine Entschlossenheit, so kam es mir vor, die ebenso gekünstelt war wie alles andere an ihm. Er hielt meinem Blick für eine angemessen dramatische Zeitspanne stand und sagte dann in gemessenem Tonfall: »Also gut. Wir holen sie uns zurück.«

Um keinen Zweifel daran zu lassen, daß er sich der Verantwortung ohne Wenn und Aber stellte, ging er trotzig an mir vorbei.

Ich glaube, ich seufzte. Jedenfalls habe ich jetzt angesichts der Erinnerung geseufzt. Euer Vater war ein Narr. Er konnte nur Besorgnis *zeigen*, aber keine Besorgnis empfinden. Diese Unterscheidung ist mir noch nie besonders spitzfindig vorgekommen, aber offenbar gibt es eine Unzahl von Leuten, die das eine mit dem anderen verwechseln.

Er stürmte direkt zu Vrograths Höhle. So zornig ich war, so erleichtert war ich doch über diese Wendung der Ereignisse. Ob er mit dem Herzen dabei war oder nicht, eines stand jedenfalls fest: Wenn J'role sich etwas vorgenommen hatte, schaffte er es gewöhnlich auch.

Dunkle Pelze und blutbefleckte Schwerter und Schilde hingen an den Wänden der Höhle. Mehrere große Feuer brannten, deren rötlicher Schein über die Verzierungen flackerte – deutlich und hell auf den Waffen, matt und dunkel auf den Pelzen. Die wechselnde Beleuchtung und die seltsame Kombination der Materialien an der Wand lenkten meine Aufmerksamkeit ab und machten mich irgendwie schwindlig. Das Feuer pulsierte in einem rhythmischen Flackern, und seine rote Färbung erinnerte mich an eine blutende Wunde. Die Gegenstände an den Wänden schienen zu einem ganz bestimmten Muster angeordnet zu sein, obwohl ich es nicht ganz verstand. Der Gesamteindruck war der, daß der Berg irgendwie lebendig war.

Vrograth saß auf einem großen Haufen Pelze, von mehreren seiner besten Krieger umringt. J'role und ich standen vor ihm, nachdem wir den Häuptling und sein Gefolge geweckt hatten. Die Trolle hatten gefragt, ob unser Anliegen nicht bis morgen warten könnte. Ich wäre damit einverstanden gewesen, doch J'role wollte nichts davon wissen. Er legte sich in die Brust und ließ keinen Zweifel daran, daß die Angelegenheit keinen Aufschub duldete.

Krattack unterstützte J'role mit dem Argument, Vrograth solle uns anhören, bevor sich eine mögliche Notsituation verschlimmerte. Zwar war dieses Argument logisch, aber ich hatte den Eindruck, daß Krattack einfach grundsätzlich das Gegenteil von dem vertrat, was Vrograth wollte. Wenn Vrograth damit einverstanden gewesen wäre, J'role und mich sofort anzuhören, hätte ihm Krattack wahrscheinlich geraten, sich erst einmal auszuschlafen, bevor er sich mit Problemen auseinandersetzte und Entscheidungen traf. Wie in derartigen Situationen üblich, setzte sich Krattack durch, und Vrograth berief den Stammesrat ein.

In der Höhle war es heiß. Die Atemgeräusche der Trolle hallten durch die Höhle und verstärkten den Eindruck, daß sie lebendig war. Vrograth starrte uns an, gelangweilt und in seiner Schlaftrunkenheit irgendwie stumpfsinnig. Er behandelte uns so, wie er die Kinder seines Clans behandelte – mit Gleichgültigkeit und gelegentlichen Anflügen von Verärgerung. Nur J'roles Geschichten bewirkten, daß er etwas anderes in uns sah als Diener, und diese Auffassung verließ ihn in dem Augenblick, in dem J'role seine Geschichte beendet hatte.

Er gähnte – ein mächtiges Gähnen, das seinen Mund in eine Höhle verwandelte, die mit großen, spitzen, gelben Steinen gefüllt war. Schließlich hörte er auf zu gähnen, legte die Hände auf seine mächtigen Knie, beugte sich brüsk vor und fragte: »Was wollt ihr?« Plötzlich war seine Haltung kraftvoll und eines Anführers würdig. Sein Gehabe und seine Größe verwandelten mich augenblicklich in ein Kind, das vor seinem Vater stand und hoffte, er möge das, was es zu sagen hatte, wohlwollend aufnehmen.

Ich war beeindruckt, doch J'role war es wie üblich nicht. In einer dramatischen Geste hob er die Hand, die Finger zur Decke gerichtet. Er öffnete den Mund, um etwas zu sagen ...

»Nein, Geschichtenerzähler«, unterbrach Vrograth, »keine Geschichte.« Er beugte sich noch weiter vor und holte hörbar Luft. Als er weitersprach, war sein Tonfall sanft und bedrohlich zugleich. »Was wollt ihr?«

In diesem Augenblick wurde mir klar, daß wir für ihn noch weniger als Kinder waren: Wir waren wie Haustiere. Und obwohl man Haustieren ein gewisses Maß an Aufmerksamkeit widmen muß, ist das Aus-

154

maß dieser Aufmerksamkeit doch begrenzt. Wenn wir unser Publikum noch irgendwie für uns einnehmen wollten, mußte es schnell geschehen. Direktheit schien ein wesentlicher Bestandteil der Kultur der Kristallpiraten zu sein, und ich hielt sie für die beste Taktik.

»Häuptling«, sagte ich, indem ich mich verbeugte, »die Theraner – die Leute mit den Steinschiffen – haben vor mehreren Monaten unsere Kinder gestohlen. Sie haben sie versklavt. Wir bitten um die Erlaubnis, deinen Stamm zu verlassen und sie zurückzuholen. Wir müssen sie zurückholen.«

Vrograth sah zu Boden. Seine Augen schienen auf einen entfernten Punkt fixiert zu sein. Da wurde mir klar, daß er nicht dumm war. Nur verlangte ihm das Denken eine Menge Energie ab.

Sonderbarerweise machte Krattack einen ungeduldigen Eindruck. Er leckte sich die Lippen. In seinen Augen stand die Erkenntnis, daß er alt war, das Wissen, daß sich seine Träume, wie diese auch aussehen mochten, jetzt oder nie verwirklichen würden. Er ging einen Schritt auf Vrograth zu, und diesmal lag kein herausforderndes oder spöttisches Lächeln auf seinen Lippen. Plötzlich sehr ernst, schien er etwas sagen zu wollen, bevor Vrograth seine Entscheidung traf.

Oder zumindest war dies seine Absicht. Ohne den Kopf zu drehen, schlug Vrograth nach dem alten Troll, ein träger Schwung seiner Hand, der mir ein paar Rippen gebrochen hätte, wäre ich getroffen worden. Krattack wich im letzten Augenblick aus und wollte einen weiteren Schritt vortreten. Doch Vrograth sagte nur: »Nein.«

Einen Moment lang hielt ich den Atem an, da ich nicht wußte, ob er mit Krattack sprach oder mir sagte, daß meine Bitte abgelehnt war.

»Nein«, sagte er noch einmal, entschlossener diesmal, und plötzlich wurde mir klar, daß sein Nein uns beiden galt.

»Aber Vrograth…«, sagte der alte Troll, während er auf J'role und mich deutete.

Vrograth fuhr zu ihm herum. »Ich sagte *nein!*«

Die letzte Silbe hallte endlos durch die Höhle und wieder zurück, erfüllte mich mit Verzweiflung.

»Häuptling.« Ich nahm einen neuen Anlauf.

Da sprang Vrograth von seinem Pelzhaufen auf und baute sich vor mir auf. Er bohrte mir einen Finger in die Schulter, und ich taumelte zurück. In einem verwegenen Versuch, den Troll zu schlagen, sprang J'role vor, doch Vrograth fegte ihn beiseite wie ein lästiges Insekt. J'role wurde zu Boden geschleudert, und zwei Krieger nagelten ihn mit den Füßen am Boden fest.

Während sich J'role alle Mühe gab, sich zu befreien, sprach Vrograth mit lauter Stimme zu mir. Sein Gesicht war nur ein paar Zoll von meinem entfernt, und sein heißer Atem strich über meine Haut. »Ich habe gesprochen. Du mit Handel einverstanden.«

Krattack unternahm noch einen Versuch, mir zu helfen. »Das stimmt, Häuptling…«

Vrograth wandte sich zu dem alten Troll um, sein Gesicht eine Maske des Zorns und des Mißtrauens. Er legte den Kopf auf die Seite und betrachtete Krattack von oben bis unten. »Andere haben mich vor dir gewarnt. Willst du dich jetzt gegen mich wenden?«

Krattack versteifte sich und schüttelte schließlich den Kopf. Nur ein wenig.

»Gut. Ich gehe schlafen, und zwar *sofort!*«

Damit wandte er sich von uns ab. Die Trolle ließen J'role frei, und die Krieger bildeten eine Reihe, um ihren Anführer vor uns abzuschirmen, der sich wieder auf seinem Haufen Pelze ausstreckte. Krattack stand mit mir und J'role vor dieser Reihe und sah sehnsuchtsvoll an den Kriegern vorbei in Vrograths Richtung. Dann wandte er sich an uns und sagte: »Ich glaube, ihr geht jetzt besser.«

Wir hatten natürlich gar keine andere Wahl – wenn

wir nicht in einem verzweifelten Streit mit einem unnachgiebigen Troll unser Leben aufs Spiel setzen wollten. Wir schritten durch den Pelzvorhang am Höhleneingang und in die kalte Nachtluft. ich fröstelte, doch das war gar nichts im Vergleich zu dem eisigen Gefühl, das mich beschlich, wenn ich an Euch dachte.

»Wir müssen einfach gehen...«, flüsterte ich.

J'role antwortete: »Das können wir nicht. Und das weißt du auch...«

»Das weiß ich nicht! Erzähl mir nicht, was ich weiß!«

»Wie sollen wir denn einen *Berg* hinunterkommen?«

»Ich würde lieber sterben als gar nichts unternehmen.«

Er faßte mich bei der Schulter. Ich schüttelte seine Hand ab. Er faßte mich an beide Schultern. Ich fuhr herum. »Hör auf damit!«

»Womit?«

»Zu versuchen, mich zu zwingen.«

»Dich zu zwingen? Wozu zu zwingen?«

»Um... Mich einfach nur zu zwingen. Es geht nicht darum, wozu du mich zwingen willst. Es geht um den Zwang, um den Zwang als solchen.«

»Wir haben gerade darüber geredet, den Berg hinunterzuklettern...«

»Jetzt reden wir über das.«

»Was ist das für ein ›das‹? Wovon redest du? Zwang? Was ist mit dem Berg?«

»Vergiß den Berg...«

»Haben wir nicht gerade darüber geredet?«

»Das ist im Augenblick aber nicht wichtig.«

»Also schön. Also schön. Dann sage mir, was im Augenblick wichtig ist.« Er verschränkte die Arme vor der Brust und musterte mich schweigend. Es gab nichts zu sagen. Er würde nicht zuhören. Ich ging weg. »Releana«, sagte er überrascht, aber ich ging weiter. Ich wollte nichts mit ihm zu tun haben.

Danach hörte ich nichts mehr, nicht einmal seine

Schritte, die mich verfolgten, und das machte mich noch wütender. War er wirklich so feige? Jeder Narr kann sich einem Ungeheuer stellen – sehr oft lassen einem die Umstände keine Wahl, sei es, um zu überleben, aus einem Verlangen nach Ruhm und Reichtum oder aus dem verzweifelten Wunsch nach der endgültigen Ruhe des Todes. Doch wie viele Männer schaffen es nicht, sich ihrer Frau und ihren Kindern zu stellen? Zu viele.

Ich näherte mich einem nicht besonders gut gebauten Zelt, in dem meine Kameraden und ich schliefen. Ich schlug den Pelzvorhang zur Seite, beruhigte mich jedoch, als ich sah, daß sich die ehemaligen Sklaven um die erlöschende Glut eines Feuers ausgestreckt hatten und auf ihren Fellen schliefen.

Ich warf noch einen letzten Blick über die Schulter, um festzustellen, ob mir J'role folgte. Wenn es noch eine Auseinandersetzung zwischen uns gab, war es mir lieber, wenn sie nicht im Zelt stattfand.

Von J'role war nichts zu sehen.

Die Sterne leuchteten strahlendhell. Sie erinnerten mich an die Finger von Säuglingen – winzig, einzigartig und magisch in ihrer Rätselhaftigkeit. Niemand anderer war in der Nähe, und einen Moment lang beruhigte die tiefe Stille meinen Zorn. Es ist seltsam, wie unsere Leidenschaften, mögen sie noch so stark sein, im Angesicht der ehrfurchtgebietenden Größe des Universums erstickt und beschwichtigt werden. Wir sind nur winzige Staubkörnchen im Angesicht der Geschichte, die sich vom Augenblick unserer Betrachtung endlos vorwärts und rückwärts erstreckt. Diese Gedanken wärmten mich, und zugleich fröstelte mich. Es ist nicht sehr angenehm, sich seine Bedeutungslosigkeit einzugestehen. Aber es ist befreiend. Man kann handeln, wie man will, leben, wie man Lust hat. Unsere Passionen sind etwas Großartiges, und sei es auch nur, weil sie vor dem Hintergrund der kalten Gleichgültigkeit des Universums unbedeutend sein müßten. Aber das sind sie nicht. *Wir* verleihen ihnen Bedeutung. Wir haben diese Macht.

Plötzlich erkannte ich, daß ich doch nicht allein war. Eine reglose große Gestalt, die ich zunächst fälschlich für einen großen Felsbrocken gehalten hatte, bewegte sich. Ein Troll.

Der Schatten bewegte die Hände, um einen Zauber zu wirken, und bevor ich reagieren konnte, bildete sich ein Schimmer aus silbernem Licht um ihn und beleuchtete Krattack. Seltsamerweise konnte ich sein Gesicht trotz der Entfernung und der Dunkelheit eindeutig erkennen, insbesondere seine Augen. Er starrte mich an, und es schien, als seien wir einander plötzlich sehr nahe. »Wirst du mit mir reden?« fragte er. Seine Stimme war leise, kaum hörbar, und doch verstand ich jedes Wort ganz deutlich.

Ich hatte keine Angst. Nach der Begegnung in Vrograths Höhle wußte ich, daß mehr hinter Krattack steckte, als ich ursprünglich vermutet hatte. Ich wußte jetzt, daß Krattack ein Illusionist war, und ich wollte mit ihm reden.

Er wartete auf mich und führte mich dann ohne ein weiteres Wort einen sanft abfallenden Weg entlang. Als wir außer Sicht der Siedlung waren, schuf ich eine Flamme in meiner Hand, so daß wir nicht blind durch die Nacht stolpern mußten.

Schließlich erreichten wir eine Ansammlung von Felsen direkt vor einer steil ansteigenden Felswand. Krattack stützte sich mit einer Hand auf einen Felsen, um sich dann langsam auf einen anderen zu setzen. Wie alt war er? Im Lauf der letzten Stunde schienen die Jahre auf ihn herabgefallen zu sein wie Regentropfen aus einer Gewitterwolke. Illusionisten waren, wie ich wußte, sehr schlau und verließen sich nicht immer auf die Magie, um ihre Täuschungen zu inszenieren. Gab er sich normalerweise jugendlicher, als er tatsächlich war? In der gewalttätigen Gesellschaft der Kristallpiraten, in der Kraft eine entscheidende Rolle spielte, mochte ihm solch eine List gute Dienste leisten.

»Ich bitte um Entschuldigung für diese späte Zusammenkunft«, sagte er.

Ich breitete die Arme aus. »Das macht nichts. Ich möchte mich dafür bedanken, was du in Vrograths Höhle getan hast. Ich weiß das zu schätzen.«

»Das war doch nichts«, sagte er freundlich und erinnerte mich in diesem Augenblick ein wenig an meinen Großvater. Dann fuhr er ernster fort: »Na ja, etwas schon. Ich wäre nicht aufrichtig, wenn ich dir nicht sagte, daß ich meine Gründe hatte, als ich dir zu helfen versuchte.« Ich schwieg. Ich wußte nicht, was ich sagen sollte. »Du hörst zu. Das ist gut. Ich kann nicht gerade sagen, daß ich das bei den Steinklauen gewöhnt bin. Sie sind ein lärmender Haufen. Besonnenheit ist hier ein sehr seltenes Gut.«

Sein Throalisch war sehr gut, und ich machte eine dementsprechende Bemerkung.

»Ursprünglich stamme ich aus dem Tiefland. Im Alter von zwanzig Jahren hat man mich gefangengenommen. Die Steinklauen überfielen mein Dorf und brachten dabei ein paar Leute um, darunter auch meine Eltern. Kennst du den Brauch der *Neuclanner?*«

Ich schüttelte den Kopf.

»Komische Sache. Neuclanner sind Gefangene, die von den Kristallpiraten gemacht werden.« Er legte den kahlen Kopf in den Nacken und betrachtete den Himmel. »Es sind keine richtigen Gefangenen. Sie nehmen sie als Ihresgleichen auf. Und nicht nur Trolle, jeden. Normalerweise sind es aber Trolle. Sie können dieses rauhe Leben überstehen. Die meisten anderen Rassen würden es hier draußen nicht schaffen. Irgendwann bringt sie die Erschöpfung um.« Er hielte inne, musterte mich forschend. »Du siehst beunruhigt aus. Aber das geschieht nun einmal. Leute sterben.«

Wiederum verwirrten mich seine Worte so, daß ich nur schweigen konnte.

»Ein harter Standpunkt, ich weiß. Aber bei diesen Leuten zu leben ... der Tod meiner Eltern ... Kälte kann sich langsam aufbauen. Wenigstens hilft dein Mann – ja? –, er ist doch dein Mann, oder?« Ich nickte widerwillig. »Wenigstens hilft dein Mann dabei, die Arbeitsbelastung für euch in Grenzen zu halten. Ich weiß nicht, woher er die Kraft nimmt. Menschen haben diese Ausdauer normalerweise nicht, aber einige von euch werden dadurch überleben. Da bin ich mir sicher.«

162

»Ich bin ... Wovon redest du eigentlich?«

Er musterte mich sorgfältig. »Von den Pausen, die deine Leute machen, während die Trolle des Clans weiterarbeiten – du glaubst doch nicht, daß das normal ist, oder?«

Ich zuckte verlegen die Achseln.

Er lachte. »Nein, das ist es nicht. Ihr legt die Pausen ein, weil es euch normal vorkommt. Für ein Mitglied eines Kristallpiraten-Clans ist das alles andere als normal. Aber es ist in Ordnung, weil J'role den ganzen Tag über so viel Tamtam mit den Kindern macht und dann noch die halbe Nacht Geschichten erzählt. Dadurch erzeugt er die Illusion, daß ihr alle unglaublich beschäftigt seid. Während er sich mit seinen Mätzchen in den Vordergrund spielt, gibt er euch mehr oder weniger Gelegenheit, das zu tun, was ihr wollt. Eine einfache Ablenkung, aber es gelingt.«

Seine Worte verblüfften mich. Aus diesem Gesichtswinkel hatte ich die Sache noch nicht betrachtet, aber es war durchaus möglich, daß Krattack recht hatte. »Ich bin sicher, er tut das nicht absichtlich«, sagte ich plötzlich.

Wiederum studierte er mein Gesicht, als suche er darin die Lösung für ein faszinierendes Rätsel. »Was, in aller Welt, meinst du damit?«

»Ich ... ich meine, er spielt einfach nur mit den Kindern. Er erzählt einfach nur Geschichten. Er verfolgt damit nicht die Absicht, uns zu helfen.«

»Uns?«

»Ich meine damit nicht, daß er nicht zu uns gehört ... Es ist nur so, daß ...« Ich wußte plötzlich nicht mehr weiter.

»Was bringt dich auf den Gedanken, irgend jemand täte irgend etwas nicht ›einfach nur so‹?«

Jetzt starrte ich ihn an. »Wir alle tun das. Wir alle treffen eine Wahl, wenn wir etwas tun. Ich hätte nicht mit dir hierherzukommen brauchen. Ich hätte dich auch nicht beachten können. Aber das habe ich nicht. Ich bin dir gefolgt. Ich bin dir nicht *einfach nur so* gefolgt. Ich habe mich dazu entschieden.«

Er lächelte und nickte. Dann lachte er, stand auf und schaute über den Rand der Klippe – auf die Sterne am Himmel und den finsteren Dschungel tief unten. »Ich bin anderer Ansicht«, sagte er immer noch lachend. »Obwohl es rührend ist, daß du so denkst.«

Ärgerlich über seinen gutmütigen Spott, stürmte ich zu ihm. »Ich bin aber dieser Ansicht. Ich glaube, daß meine Art zu denken die richtige ist.«

»Warum bist du also mit mir gegangen?«

Ich baute mich vor ihm auf. »Weil ich neugierig war.«

»Ja«, sagte er, während er mich lächelnd von oben bis unten betrachtete, »du bist neugierig. Die Neugier steht dir so deutlich ins Gesicht geschrieben, daß es schon komisch ist. Deine Augen verschlingen das Universum förmlich. Unter anderen Umständen wärst du vielleicht nicht gekommen. Wenn zum Beispiel deine Kinder in dem Zelt gewesen wären und sich in Gefahr befunden hätten, als ich deine Aufmerksamkeit erregt habe. Aber unter den gegebenen Umständen war deine Neugier stärker als alles andere. Du hattest eigentlich keine Wahl.«

»Natürlich hatte ich eine Wahl.«

»Nur wenn du dich selbst verleugnetest. *Das* können wir. Wir können aufhören, wir selbst zu sein, und manchmal ist das sehr wichtig. Aber im Grunde sind wir, wer wir sind: eng umrissene Bündel von Leidenschaften, von Passionen. Und ob wir es wissen oder nicht, unsere Passionen treiben uns voran.«

»Wie die Passionen? Wie Garlen und Chorrolis? Aber wir suchen uns die Passionen aus, die wir anrufen oder denen wir folgen.«

»Wir rufen sie an oder folgen ihnen, weil wir so sind, wie wir sind. Eine Frau, die nicht habgierig ist, wird Chorrolis' Aufmerksamkeit nicht auf sich lenken können.«

»Und wenn sie das Geld für ihre Familie braucht? Was ist, wenn sie kein Geld hat, es aber *braucht*, und sich dann aufmacht, sich das Geld zu beschaffen?«

»Dann verlangt die Liebe zu ihrer Familie von ihr, daß sie habgierig wird.«

»Aber sie ist nicht habgierig, sie ist großzügig.«

»Ah, jetzt versuchst du, alles in hübsche Worte zu kleiden. Die Gründe sind mir egal. Was ist sie im Moment?«

»Aber sie ...«

»Sie braucht dringend Geld. Sie ist je nach den Umständen vielleicht sogar bereit, dafür zu lügen. Vielleicht sogar zu töten. Chorrolis, der seine Passion der Habgier jetzt ganz stark in ihr spürt, wird ihre Handlungen beeinflussen, sie vielleicht sogar zu furchtbaren Taten anspornen.«

»Ja, aber nicht jeder, der Not leidet, ist bereit zum Töten.«

»Genau. Und warum nicht? Was hält die Frau vom Töten ab?«

»Sie entschließt sich, nicht zu töten.«

»Und woher kommt dieser Entschluß?«

»Sie ist entschieden. Sie ist besonnen ...«

»Und woher *kommt* diese Entschiedenheit?«

»Aus ihr selbst ...«

»Vielen Dank.«

»Aber sie hat es beschlossen.«

»Wie?«

»Sie tut es einfach.« An dieser Stelle kam meine Beweisführung sogar mir selbst schwach vor.

»Du sagtest, du seist eine neugierige Person. An deiner Stelle dächte ich darüber einmal nach. Und ich erinnere dich daran, daß es Fälle gibt, in denen sich die Passionen ohne Einladung manifestieren. Wenn eine Person in gewissen Dingen stark ist, erscheint ihr die

165

entsprechende Passion und lädt sie ein, ihr Questor zu werden.«

»Wer bist du?« fragte ich aufgebracht.

»Ich bin Krattack, Illusionist, zufälliges Mitglied des Kristallpiraten-Clans der Steinklauen und Vrograths Ratgeber.«

»Ratgeber? Du scheinst ihn mehr zu verspotten als alles andere.«

»Das tue ich. Ja, das tue ich. Manchmal macht es mir sogar Spaß. Ich weiß ehrlich gesagt nicht, warum er mir das durchgehen läßt. Aber ich habe einen merkwürdigen Blick. Manche Leute verwechseln ihn mit Weisheit, und er glaubt, daß es ganz gut ist, mich um sich zu haben. Nein, ich bin nicht eitel. Ich bin nur aufmerksam. Die Leute glauben, ich wüßte, was in den dunkleren Nischen des Schicksals verborgen ist. Aber in Wahrheit bin ich genauso unwissend wie alle anderen. Nur erzähle ich das nicht allzu vielen Leuten. Und ich würde es begrüßen, wenn du das für dich behieltest.«

Ich wußte nicht, ob er scherzte oder nicht, aber als Krattack weitersprach, war er sehr ernst. »Ich will, daß du deine Kinder findest. Wirklich. Ich habe meine Eltern verloren, als ich noch ein Kind war. Natürlich sind die beiden Situationen verschieden – meine Eltern tot, deine Kinder versklavt. Aber das Leid ist vergleichbar. Also wünsche ich es dir aus Mitgefühl. Aber ich habe auch eigene Gründe, Vrograth gegen die Theraner aufzuhetzen. Ich glaube, unsere Interessen überschneiden sich, also möchte ich dich bitten zu warten, bevor du den Berg hinunterrennst und versuchst, deine Kinder auf eigene Faust zu retten. Ich garantiere dir, du würdest es nicht überleben. Alles wäre umsonst.«

Seine Kenntnis von meinen unmittelbaren Plänen stützte jedenfalls die Vorstellung, daß er sich mit den ›dunkleren Nischen des Schicksals‹ auskannte. Ich fragte: »Warum sollte ich warten?«

»Erstens, und da wiederhole ich mich, kämst du den Berg nicht lebendig hinunter. Du hast keine Magierrobe, also wäre es ziemlich gefährlich, Zauber zu deinem Schutz zu wirken. Hier wird dir niemand eine Robe geben, die du dann neu einstimmen könntest, und ich glaube nicht, daß du auch nur die geringste Möglichkeit hast, dir eine Robe von jemandem aus dem Clan zu stehlen. Wir haben auch sonst keinerlei Hilfsmittel übrig, die du dir aneignen könntest. Der Abstieg selbst ist unglaublich gefährlich. Es gibt Ungeheuer. Und Vrograth wird dich verfolgen, wenn er entdeckt, daß du deinen Vertrag gebrochen hast. Auf diesem Berg leben auch noch andere Piraten-Clans, die nicht so freundlich wie Vrograth sind – das kannst du mir glauben. Und der Berg selbst ... Laß es mich einmal so ausdrücken: Es gibt gute Gründe, warum wir Luftschiffe zur Fortbewegung benutzen. Der zweite Grund, warum du warten solltest, ist folgender: Ich glaube, du wirst nicht nur bald Gelegenheit bekommen, deine Kinder zu befreien, sondern meiner Ansicht nach wird Vrograth dir auch noch dabei helfen.«

»Warum sollte er? Er scheint kein Interesse an den Theranern zu haben.«

»Richtig, bislang sind sie für ihn höchstens denkbare Ziele für Überfälle. Aber ich bohre jetzt schon seit Jahren, und ich glaube, daß ich ihn mittlerweile dazu gebracht habe, über den Rand der Clansangelegenheiten hinauszublicken.«

Hochmütig fragte ich: »Warum sollte er irgend etwas tun, das er gar nicht will?«

Krattack lächelte. »Siehst du, genau das ist es. Er muß nicht gegen die Theraner kämpfen und dir helfen. Wenn er nicht will, wird er es auch nicht tun. Aber wenn die richtigen Ereignisse stattfinden, wird er gegen die Theraner kämpfen, weil er der ist, der er ist. Ihm wird gar nichts anderes übrigbleiben.«

»Und welche Ereignisse sollen das sein?«

»Ja, habt ihr euch denn das Schiff nicht angesehen, in dem ihr gekommen seid? Vergleich seine Größe mit der unserer Drakkars. Es hat eine wesentlich höhere Lade- und Besatzungskapazität als unsere Schiffe. Und es besteht aus *Stein*. Das Schiff ist stabiler als alles, was wir bisher gebaut haben. Meine Studien der magischen Theorie sind ziemlich vielfältig, wenn man meine Lebensumstände bedenkt, und ich habe *keine* Ahnung, wie sie ein Schiff aus Stein in die Luft bekommen. Das Ähnlichkeitsgesetz spricht dieser Vorstellung hohn.«

Ich nickte. »Als Elementaristin müßte ich eigentlich zumindest eine ungefähre Ahnung haben, aber ich bin auch völlig perplex.«

»Perplex?«

»Ratlos.«

»Aha. Weißt du, mein Throalisch ist ganz gut, obwohl mein Wortschatz etwas beschränkt ist. Jedenfalls ist das der Grund. Vrograth hat sich seine Verblüffung bei eurer ersten Begegnung nicht anmerken lassen – kein Kristallpirat würde das tun –, aber das Schiff, in dem ihr gekommen seid, hat ihn völlig aus der Fassung gebracht. Wir haben von Leuten, die wir angegriffen haben, einiges über die Theraner erfahren, aber er hatte bis dahin noch nie eines ihrer Schiffe gesehen. Vrograth ist den Theranern noch nicht begegnet. Sein Stolz wird ihm keine Ruhe lassen, bis er eines dieser Schiffe angegriffen hat. Und der Angriff wird scheitern. Wenn er überlebt, wird ihn sein Zorn verzehren, und er wird die Theraner dort angreifen müssen, wo er sie am härtesten treffen kann.«

»Warum… warum warnst du ihn nicht?«

»Und was soll ich ihm sagen? ›Mächtiger Vrograth, trotz deines Stolzes und deines Zorns bist du solchen Gegnern nicht gewachsen.‹ Alles, was ich in dieser Situation sagen könnte, würde ihn nur noch mehr anstacheln. Nein, er wird tun, was er tun muß, und ich versuche ihn in die richtige Richtung zu lenken. Aber ich wäre dir sehr dankbar, wenn du bliebest. Das würde alles vereinfachen.«

»Ich will keine Marionette in deinen Plänen sein.«

»Marionette!« bellte er. »Ich biete dir nur an, dir zu helfen, genau das zu bekommen, was du haben willst.«

»Wobei du an den Fäden ziehst, um deine eigenen Ziele zu erreichen.«

»Eine Zweckgemeinschaft. Was ist falsch daran?«

Ich konnte darin wirklich nichts Falsches erkennen. »Und was willst du erreichen?«

»Ich? Ich will, daß die Theraner aus Barsaive verschwinden.«

Während Krattack und ich zur Siedlung zurückgingen, drehte und wendete ich das Wort ›Barsaive‹ in Gedanken hin und her. Von J'role und anderen wußte ich, daß der Name Barsaive eine große Landmasse am Rande des Theranischen Imperiums bezeichnete und noch aus der Zeit vor der Plage stammte. Das Gebiet reichte vom ehemaligen Wyrmwald – jetzt Blutwald – bis zum Todesmeer und von Iopos nach Travas. Obwohl ich einen Großteil dieses Landes im Laufe meiner Abenteuer bereist hatte, stellte ich es mir nicht als ›Barsaive‹ vor. Ich nahm immer nur die örtliche Geographie und die regionalen Namen der Orte zur Kenntnis, die ich besuchte. Daß alle diese Gebiete ein Ganzes darstellten, war mir nie wirklich in den Sinn gekommen. Viele Leute hatten jedoch die von den Theranern vor Generationen gezogene Grenze tief verinnerlicht, und sie betrachteten nicht nur die Gegend, in der sie zufällig lebten, sondern die gesamte Provinz als ihre Heimat.

Wir erreichten die Siedlung und verabschiedeten uns. Krattack entfernte sich mit schwerfälligen Schritten und gebeugten Schultern. Ich ging zu meinem Zelt. Ich würde den Abstieg nicht allein versuchen, weil Krattacks Worte vernünftig waren. Und nun, da er mir einiges von sich und seinen Plänen mitgeteilt hatte, vertraute ich ihm.

13

Als ich am nächsten Morgen erwachte, stellte ich fest, daß die Siedlung der Steinklauen bereits mitten in umfangreichen Vorbereitungen steckte. Die Darstellung, die J'role und ich Vrograth in der Nacht zuvor geliefert hatten, war doch nicht ohne Wirkung geblieben, obwohl diese nicht unseren Absichten entsprach. Vrograth würde uns nicht von unseren Verpflichtungen befreien, aber sein Stolz war verletzt worden. Eine menschliche Frau war gewillt, die Theraner anzugreifen, während er dazu bisher nicht bereit gewesen war.

Die Vorbereitungen hielten uns fast den ganzen Tag auf Trab, und ich hatte keinen Kontakt mit J'role, wenngleich ich sein Gelächter und die Sieges- und Enttäuschungsschreie der Kinder hörte, mit denen er wieder in den Klippen herumtobte.

Mehrere Dutzend Trolle und ich kletterten einen steilen Anstieg zu einer Reihe langer schmaler Höhlen hinauf, die sich von diesem Hang aus in den Berg bohrten. Einer der Trolle erzählte mir, die Höhlen seien vor Jahrzehnten ausdrücklich zu dem Zweck in den Fels gehauen worden, die Drakkars darin unterzubringen. Schiffe, die in Höhlen inmitten einer steilen Felswand lagen, konnten kaum gestohlen werden. Dennoch hielten immer mehrere Trolle in den Höhlen Wache. Insgesamt waren fünfzehn Höhlen in den Fels gehauen, und ich sollte zusammen mit einer Gruppe von vier Trollen in einer der tiefer gelegenen arbeiten.

Ich wußte zwar, daß es sich bei dem Schiff um ein Luftschiff handelte, aber der Anblick des frei über dem Höhlenboden schwebenden Gefährts verblüffte mich dennoch. Ich mußte lächeln. Das morgendliche Licht strömte in den länglichen Tunnel und beleuchtete den

Drakkar – ein etwa hundert Ellen langes und fünfzehn Ellen breites Luftschiff. Das helle gelbe Licht ließ das glänzende dunkle Holz erstrahlen, in das die Trolle komplizierte Muster geschnitzt hatten.

Plötzlich fiel mir auf, daß ich sehr wenig Kunsthandwerkliches bei den Trollen gesehen hatte – ein paar große Ringe aus grünem oder blauem Kristall, einiges an sorgfältig gestaltetem Kochgeschirr, ebenfalls aus farbigem Kristall. Doch alles andere, was die Trolle besaßen – Wandteppiche, die an den Höhlenwänden hingen (und alle rasch vermoderten, weil sie nicht gepflegt wurden), Pokale, silberne und goldene Ringe (die die Trolle als Ohrringe trugen, nachdem sie ihre Form ein wenig verändert hatten), Statuen aus Holz und Stein –, waren Beutestücke, die sie den Opfern ihrer Überfälle auf das Tiefland abgenommen hatten.

Das Schiff verriet, wo ihre Interessen lagen. Anders als bei den glatten und nichtssagenden theranischen Schiffen war das Holz des Drakkar derart mit Schnitzereien übersät, daß es beinahe lebendig wirkte. Wirbel und Höcker und Bilder der Sonne, der Wolken und der Berge flossen ineinander und auseinander, so daß sich unmöglich sagen ließ, wo ein Muster endete und ein anderes begann. Man betrachtete vielleicht einen Teil des Musters und glaubte, es stelle die Sonne dar, die über den Zwielichtgipfeln aufging, aber wenn sich die Perspektive nur ein wenig änderte, waren die Gipfel plötzlich verschwunden, da sie sich in Wolken verwandelten, welche über der aufgehenden Sonne hingen.

Der dicke Mast ruhte zwischen den zwei Bankreihen auf beiden Seiten des Schiffes und wartete darauf, in die gut gesicherte Öffnung in der Schiffsmitte eingepaßt zu werden. Es gab insgesamt dreißig Bänke, fünfzehn auf jeder Seite. Auf jeder Bank war Platz für zwei Trolle, die sich ein Ruder teilten. Es kam mir merkwürdig vor, daß die Trolle mehr Ruder für ihre

Drakkars benötigten als die Theraner für ihre Schiffe, die viel größer und noch dazu aus Stein waren. Aber dank ihrer Magie vermochten die Theraner natürlich wesentlich wirksamere Schiffe zu bauen. Außerdem entzogen die theranischen Schiffe den Ruderern die Lebenskraft, um mehr Antriebskraft zu erzeugen – einer magischen Leistung, derer sich die Trolle nicht bedienten.

Mehrere der Trollmatrosen – oder besser Adepten mit Talenten, die ihnen gestatteten, diese Schiffe zu bedienen und zu steuern – kletterten an Bord. Einer von ihnen befahl mir, in den hinteren Teil der Höhle zu gehen und die Taue loszumachen, mit denen der Drakkar an schweren, in den Felsen getriebenen Metallhaken befestigt war. Die Barschheit in der Stimme des Trolls konnte mir ebensowenig Angst einjagen wie seine Lautstärke. Ich hörte Ungeduld aus seinen Worten heraus – eine Ungeduld, die sich darauf bezog, endlich wieder in der Luft zu sein –, und seine Ungeduld steckte mich an. Zu keinem Zeitpunkt während meines Aufenthalts in der Trollsiedlung hatte ich irgendeine besondere Verbundenheit mit der Arbeit verspürt, die ich verrichtete. Wenn ich hart arbeitete, dann nur deshalb, damit meine Kameraden und ich Nahrung und Unterkunft hatten, solange wir auf dem Gipfel eines Berges gestrandet waren. Doch diese neue Aufgabe weckte eine Empfindung in mir, die ich seitdem niemals wieder erfahren habe.

Wir leben in einem Zeitalter des magischen Denkens. Gewisse Aufzeichnungen deuten darauf hin, daß dieses magische Denken nicht immer bei uns war, und einige Gelehrten vertreten die Meinung, daß es eines Tages wieder verschwinden kann. Aber jetzt besitzen wir es, und ich glaube nicht, daß wir die Wunder, über die wir verfügen, immer zu schätzen wissen. Manchmal denke ich, daß wir, wenn unsere Welt mit Juwelen statt mit Erde überzogen wäre, verzweifelt nach Dreck und Lehm suchen würden. Folglich war die Vorstellung fliegender Schiffe an sich nicht besonders aufregend – war ich nicht bereits auf einem gesegelt? Die Aufregung, die mich erfaßte, als ich die Taue von den Metallhaken löste, war daher ein wenig verwirrend. Meine Schultern strafften sich. Das dicke, rauhe Seil in meiner Hand fühlte sich erstaunlich vielschichtig an, da mein Empfindungsvermögen mit wachsender Erregung zunahm.

Darüber dachte ich nach, als ich das Tau aufwickelte, und mir wurde klar, daß Wunder an sich noch kein Staunen bewirken. Auf dem theranischen Schiff hatte es kein Staunen gegeben – das Schiff selbst war glatt und grau und langweilig. Die Matrosen hatten sich auf ihm bewegt, als wären sie gerade aus ihren Häusern auf ein ausgedörrtes leeres Feld getreten, das völlig uninteressant war. Doch die Kristallpiraten schufen durch die Leidenschaft, mit der sie den Start ihrer Flotte vorbereiteten, eine ganz eigene Atmosphäre der Faszination. Die Liebe zu ihren Schiffen – die Anerkennung der Großartigkeit des Fliegens – erfüllte die Höhle und packte auch mich.

Wir definieren Wunder. Wir erschaffen sie. Ohne uns würde die Welt existieren, doch bar aller Schönheit und Pracht. Zu behaupten, die Sterne wären ohne unsere Augen, die sie betrachten, noch genauso schön, heißt, das Entscheidende zu übersehen: Niemand wäre da, der die Sterne sehen könnte. Sie wären nur das, was sie sind, ohne die zusätzliche Bedeutung, die wir ihnen verleihen. Das ist der Grund, warum das Universum uns Namensgeber erschaffen hat: um der Pracht einen Namen zu geben und damit die wahre Magie zu schaffen.

Ich legte ein aufgewickeltes Tau über die Bordwand des Drakkars, dann ein zweites und schließlich ein drittes. Die Trolle an Bord des Schiffes hatten das Segel entrollt, das säuberlich unter den Ruderbänken verstaut war. Während sie beschäftigt waren, berührte ich immer wieder das Holz des Schiffes, wenn ich sicher war, daß kein Troll hinsah. Meine Fingerspitzen glitten über das polierte glatte Holz, und es kam mir so vor, als könne man auf dem harten Holz bequem schlafen.

Einer der Trolle sah mich und rief: »Fertig?«

Ich zog die Hand weg wie ein Kind, das gerade beim Stehlen einer Süßigkeit erwischt worden ist. Ich nickte hastig.

Die Trolle schienen mein Betätscheln des Rumpfes nicht bemerkt zu haben, und zwei von ihnen sprangen vom Schiff und lehnten sich dagegen. »Hilf uns, es rauszuschieben!« bat einer von ihnen. Es war eine Trollfrau, und sie sah mir in die Augen und lächelte mir zu, wobei sich die Wangen in ihrem massigen graugrünen Gesicht aufplusterten und die großen Zähne hervortraten, als sich ihre Lippen strafften. Sie hatte meine Bewunderung bemerkt und fand daran Wohlgefallen.

Wir begannen alle zu schieben.

Ich stemmte mich in der Erwartung gegen das Heck, das Schiff würde sich leicht bewegen. Schließlich bestand es aus Holz und schwebte in der Luft. Auf jeder Seite des Schiffes stand ein Troll und schob ebenfalls. Doch das Schiff bewegte sich nur ein paar Zoll. In meiner Überraschung rutschte ich ab, prallte mit der Schulter gegen das harte Holz (das nicht annähernd so bequem war, wie ich es mir Augenblicke zuvor noch vorgestellt hatte) und schrie auf.

Vier Paar große Trollaugen drehten sich langsam in meine Richtung, um festzustellen, was der Krawall sollte. Ich gab keine Erklärung – nicht einmal ein Schulterzucken –, und sie schienen nicht sonderlich versessen darauf, die Angelegenheit weiterzuverfolgen. Die beiden Trolle außerhalb des Schiffes stemmten sich wieder gegen die Bordwand, und ich preßte die Hände flach gegen den Rumpf. Diesmal war ich

auf die schwerfällige Bewegung des Schiffes vorbereitet.

So schoben wir das Schiff vorwärts, und als wir in die Nähe des Höhleneingangs kamen, stach mir das Sonnenlicht in die Augen und blendete mich mit seiner Helligkeit. In diesem Augenblick entschwand mir mein früheres Leben – meine Kinder, mein Mann, die Abenteuer, die ich erlebt hatte. Es schien so, als hätte ich mein ganzes Leben lang inmitten der Trolle der Zwielichtgipfel gearbeitet und sei ganz zufrieden mit diesem Leben. Das Sonnenlicht glitzerte auf dem dunklen Holz, und die Schnitzereien im Holz funkelten wie silberne Juwelen am Handgelenk einer feingliederigen Dame. Ich hatte noch nie etwas so Wunderschönes gesehen und lächelte aus schierer Freude.

Ich wollte unbedingt an Bord des Schiffes klettern, unter eine der Bänke kriechen und mich dort falls nötig verstecken, damit ich auf ihm durch den Himmel segeln konnte. Weg von J'role und seiner Vorliebe für Schmerzen. Weg von meiner Sorge um die anderen ehemaligen Sklaven, bei deren Befreiung ich mitgewirkt hatte. Weg von meinem Drang, Euch zwei zu retten. Ich schäme mich, da ich diese Worte niederschreibe, aber das habe ich damals empfunden, und wenn ich ehrlich in bezug auf J'role bin, muß ich auch ehrlich in bezug auf mich sein. Meine einzige Erklärung ist diese – ich wollte nicht alles für immer hinter mich lassen, sondern nur für eine kleine Weile. Ich wollte mich nur davon erholen, daß ich mich so sehr um so viele Leute kümmern mußte.

Habt Ihr schon jemals so empfunden? Habt Ihr schon jemals jemanden unsagbar geliebt und Euch trotzdem danach gesehnt, Euch davonzumachen, und sei es nur für eine kleine Weile? Ich habe einmal geglaubt, in der Liebe könne es keinen derartigen Widerspruch geben. Als Kind habe ich mir immer vorgestellt, jemanden zu finden, mit dem ich den Rest meines Lebens verbringen würde, und zwar in Glück und völliger Zufriedenheit. Und obwohl ich jedem Kind diesen Traum gönne, glaube ich nicht, daß er sich erfüllen kann. Es stimmt, in gewisser Hinsicht habe ich J'role gefunden und den Rest meines Lebens mit ihm verbracht, zumindest in Gedanken, denn niemand hat je so sehr Besitz von meiner Vorstellungskraft ergriffen wie er. Seit dem Ende des Theranischen Krieges war ich mit vielen Männern zusammen, da ich Euren Vater in den starken Armen und unter den zärtlichen Küssen anderer vergessen wollte. Aber das konnte niemand leisten. Sie waren eben alle nicht J'role.

War Euer Vater so eine seltsame Hingabe überhaupt wert? Wenn ich daran denke, was ich bisher über ihn geschrieben habe, sicher nicht. Doch wie können wir einen Wert messen, wenn er mit der intimen Beziehung zwischen zwei Personen zu tun hat? Tatsache ist, ich habe mich immer danach gesehnt, bei ihm zu sein, aus welchem Grund auch immer.

Doch jetzt wird mir gerade etwas klar. Ständig habe ich Eurem Vater sein sinnloses Herumziehen übelgenommen. Aber hat mir seine Abwesenheit nicht auch gefallen? Hatte nicht auch mein Verhalten etwas Perverses an sich? Und damit meine ich nicht nur die Tatsache, daß ich immer auf ihn gewartet habe, sondern insbesondere die Erleichterung, die ich empfand, wenn er weg war. Euer Vater war schwer zu nehmen – seine absonderlichen Leidenschaften erfüllten mich mit einer merkwürdigen Energie – wie die Umarmung eines verdorbenen Elfs aus dem Blutwald.

Vielleicht habe ich die Zeiten seiner Abwesenheit ebensosehr genossen wie er. Oder sie zumindest auf eine Weise gebraucht, die mir bis jetzt unbekannt war.

Ist es möglich, daß die Beziehung, die wir hatten, genau die Beziehung war, die wir beide wollten? Oder vielmehr – da ich bezweifle, daß einer von uns eine solche Beziehung wirklich wollte – die einzige, die jeder von uns eingehen *konnte*? Ich muß wieder an Krattacks Bemerkungen über Leidenschaften und unseren Mangel an Herrschaft über die eigenen Handlungen denken. Ich war so lange böse auf Euren Vater, weil ich immer geglaubt habe, er sei dafür verantwortlich, daß uns das Glück abhanden gekommen ist. Doch in meinem Herzen bin ich bei ihm geblieben. Was geschehen ist, ist ebensogut meine Schuld. Wie könnte ich ihm allein die Schuld für das geben, was mit unserer Beziehung geschehen ist, wenn ich mich doch durch mein Verhalten mitschuldig gemacht habe?

Der Drakkar schwebte langsam aus der Höhle und schaukelte sanft in der nichtvorhandenen Dünung. Die beiden Trolle, die das Schiff mit mir hinausgeschoben hatten, sprangen auf, kurz bevor es die Höhle endgültig verließ. Sie schenkten mir keine Beachtung mehr, und so stand ich jetzt allein gelassen auf dem Steilhang und sah den Trollen zu, wie sie den Mast hochhievten. Immer mehr Schiffe schwebten jetzt in unmittelbarer Nähe des Steilhangs in der Luft. Es schien ein wunderbares Leben zu sein – den Strömungen der Luft zu folgen und seine Kraft aus dem Verlangen zu ziehen, zu irgendeinem unbekannten Ort zu fliegen. Ich sehnte mich nach dieser Herrlichkeit.

Während einige Trolle an den Segeln arbeiteten, übernahmen andere die Ruderpinne und brachten die Schiffe zur tiefer gelegenen Siedlung. Ich verstehe immer noch nicht ganz, wie die Adepten unter den Matrosen die Flughöhe der Schiffe kontrollieren. Aber wahrscheinlich muß man selbst ein Adept in der Disziplin des Luftsegelns werden, um den Vorgang wirklich zu begreifen. Um eine Disziplin zu verstehen, muß man sie leben, und zwar Augenblick für Augenblick. So schwergewichtig und massig die Trolle auch waren, sie begriffen die sonderbare Magie, die hinter der Kontrolle von Luftschiffen steckte.

Eines nach dem anderen kam jedes Schiff in einer weiten Spirale herein und landete auf dem großen Plateau wie ein Vogel, der sich beiläufig auf einer Stange niederläßt. Dutzende und Aberdutzende von Trollkriegern warteten bereits auf die Schiffe. Manche trugen mehrere Lagen dicker Pelze und Felle, die ihnen als Rüstung dienen würden. Andere hatten sich Teile von

Lederrüstungen zusammengenäht, die sie den Opfern ihrer Überfälle abgenommen hatten. Und ein paar besaßen Brustpanzer und Armschützer aus Metall. Am auffälligsten waren jedoch jene Rüstungen, in die Kristalle eingearbeitet waren. In den letzten Wochen hatte der Clan an Kristallen aller Größen und Farben gearbeitet und sie mit Zaubern verstärkt, die ich nicht begriff.

Die Kristalle waren rot und blau, grün, violett und orangefarben. Manche hatten die Größe von Kieselsteinen, andere waren so groß wie mehrere Fäuste. Manche Kristalle waren in Gruppen angeordnet, während andere ganz allein standen. Noch mehr waren über die ganze Rüstung verteilt wie funkelnde Samenkörner auf einem Feld. Viele Kristalle waren länglich geformt und schienen seit Jahren aus der Rüstung gewachsen zu sein.

In ihren Gürteln trugen die Trolle Schwerter und Streitkolben, ebenfalls aus Kristall, die durch Magie verstärkt waren und mit denen die Trolle furchtbare Hiebe austeilen konnten. Die Waffen waren noch auffälliger als die auf den Rüstungen verteilten Kristalle. Wuchtig und gezackt, hatten sie ihre kristallinen Eigenschaften behalten, konnten jedoch mit Leichtigkeit töten, wenn sie richtig eingesetzt wurden. Jede Waffe war groß und offensichtlich schwerer als eine vergleichbare Metallwaffe. Nur Wesen, die so stark wie Trolle waren, konnten diese Waffen mit Erfolg benutzen.

Während die Trolle herumliefen und die letzten Vorbereitungen für ihre Schiffe trafen, brachen die Kristalle das Sonnenlicht und verwandelten das Gelände unter mir in ein Farbenmeer, das einem bewegten Regenbogen glich, doch in mehr Farben glitzerte, als ich jemals am Himmel gesehen hatte.

Ich setzte mich in den Höhleneingang, da ich befürchtete, ich würde tatsächlich versuchen, mich an

Bord eines Schiffes zu schleichen, wenn ich nahe genug an eines herankam. Im Vergleich mit der rohen Pracht der Existenz des Clans kam mir mein Leben langweilig und banal vor. Sicher, ich hatte auch meine Abenteuer erlebt, aber nicht in den letzten Jahren. Mein jüngstes Abenteuer war der Versuch gewesen, Euch zwei einigermaßen vernünftig großzuziehen.

Krattack erschien plötzlich neben mir. »Ich bin nicht wirklich hier«, sagte er. »Also versuch erst gar nicht herauszufinden, wie ich mich unbemerkt an dich anschleichen konnte.« Er deutete auf die Siedlung, und ich sah ihn in einiger Entfernung von den Schiffen an einem großen Feuer sitzen. Er sah zu mir hoch. Die Täuschung belustigte mich, und ich winkte ihm zu. Er winkte zurück.

»Soll ich zu dir hinunterkommen?« fragte ich die Illusion.

»Das ist nicht nötig. Außerdem kann mir ein wenig Übung nicht schaden«, sagte die Illusion. Das Abbild war ein wenig jünger als Krattack und bewegte sich mit mehr Energie. Entweder hatte Krattack eine falsche Vorstellung von sich, oder es handelte sich um eine gut ausgedachte Idealisierung. »Mir ist aufgefallen, daß du die Vorbereitungen mit sehr sehnsuchtsvollen Blicken betrachtest.«

»Es ist wunderschön.«

»Ja, erstaunliche Leute.«

»Du redest so, als würdest du nicht hierhergehören.«

»Ein Teil von mir gehört hierher, aber ein anderer Teil nicht. Man vergißt nie, woher man kommt. Und man verzeiht auch nur selten den Mördern von Personen, die man liebt.«

»Ich glaube nicht, daß ich das könnte – jemandem verzeihen, daß er meine Eltern umgebracht hat. Hast du ihnen verziehen?«

»Um ehrlich zu sein, ich weiß es nicht.«

Die Illusion und ich saßen eine Weile schweigend da. Ich sah hinunter zu den Trollen und betrachtete den echten Krattack, der Brühe von einem steinernen Teller schlürfte.

»Du willst mit ihnen gehen«, sagte die Illusion.

Ich nickte verlegen.

»Das wirst du auch. Bald. Aber nicht jetzt. Diese Expedition ist zum Untergang verurteilt. Nicht alle werden sterben. Aber doch so viele, daß es vernünftiger ist zu warten.«

Seine bedächtig gesprochenen Worte erschütterten mich so, daß ich zu der Illusion herumfuhr.

Sie war verschwunden.

Mein Blick fiel auf den echten Krattack.

Dann verschwand *er*.

Die Brust krampfte sich mir zusammen. Ich suchte die Siedlung nach dem echten Krattack ab, da mich plötzlich die Angst überkam, daß der Troll gar nicht existierte. Einige Minuten lang betrachtete ich das geschäftige Treiben unter mir. Als ich ihn schließlich fand, ging er gerade zu Vrograth, um mit ihm zu reden. Er sah nicht zu mir auf, und ich hatte den Eindruck, als sei er sich nicht einmal meiner Anwesenheit bewußt. Ich hatte offenbar keine Möglichkeit, in Erfahrung zu bringen, ob dieser Eindruck richtig war, da Kattack offenbar viele seiner Wesenszüge – körperliche wie gefühlsbedingte – verschleiern konnte.

Und er wollte mir dies offenbar zu verstehen geben.

16

Die davonsegelnde Flotte bot einen prächtigen Anblick. Die Trolle in ihren glitzernden, funkelnden Rüstungen ergriffen die Schiffsruder, schwangen sie in weiten Bögen vor und zurück, und die fünfzehn Schiffe erhoben sich in den Himmel. Die Segel waren gerefft. Sie würden erst gesetzt werden, wenn es die Situation erforderlich machte, den Wind auszunutzen, um eine größere Geschwindigkeit zu erzielen. Die Trolle, so erfuhr ich, zogen das Rudern vor, da die langen schmalen Schiffe kentern konnten, wenn heftige Winde die Segel blähten.

Sie brachen am späten Nachmittag nach Westen auf, die Schiffe trieben träge der Sonne entgegen und verwandelten sich rasch in erstaunliche Silhouetten. Die Kommandos »Rudert! Rudert! Rudert!« wurden immer leiser. Als die Schiffe nur noch dunkle Striche am Himmel waren, machte ich mich auf den Weg zur Siedlung. Da der größte Teil des Clans unterwegs war, gäbe es für uns übrige jetzt noch mehr Arbeit, bis sie Tage oder Wochen später zurückkamen.

Ich hörte mir an diesem Abend nicht J'roles Geschichten an, sondern verbarg mich entlang des Weges, wo ich in der Nacht zuvor mit Krattack gesprochen hatte. Zwar sagte ich mir immer wieder in Gedanken, daß ich mit niemandem etwas zu tun haben wollte, aber insgeheim hegte ich doch den Wunsch, daß Krattack vorbeikommen und eine weitere Unterhaltung mit mir führen würde. Die ›Oohs‹ und ›Aahs‹ von J'roles Publikum schallten zu mir herauf, und ich redete mir immer wieder ein, wie stumpfsinnig J'roles Geschichten waren und wie er jedermanns Zeit verschwendete.

Unter mir lagen die Dschungel Barsaives so dunkel da wie vergiftetes Wasser. In den dreißig Jahren seit dem Ende der Plage waren sie rasch zu einer fast undurchdringlichen Dichte herangewachsen. Davor war die Welt völlig verödet gewesen, von den Dämonen verheert, die sich wie eine Flut über sie ergossen hatten. Als ich noch ein Kind war und wir das Kaer gerade verlassen hatten, in dem wir uns vor den Dämonen verbargen, hatten wir lediglich Felder anlegen können, um darauf Getreide anzubauen. Doch mit der Hilfe der Passion Jaspree gelang es uns, dieses Getreide auch zum Wachsen zu bringen, und wir fanden in uns die Kraft und die Motivation, die Welt um uns zu kultivieren und zu beschützen. Die Erde selbst schien nach Leben zu verlangen, und sehr bald wuchsen überall Dschungel heran. Mittlerweile liebte ich den Überfluß des Lebens, der die Welt überschwemmt hatte. Doch in dieser Nacht kam mir der Dschungel alptraumhaft vor. Die Dinge waren einfach zu kompliziert, und die dichten Dschungel dieser Komplikationen waren finster, undurchdringlich und gefährlich.

»Releana?« fragte J'role. Er hatte seine Geschichte beendet, doch eingehüllt in meine düsteren Gedanken war es mir nicht aufgefallen. Jetzt stand J'role direkt über mir und sah von einem Pfad oberhalb meines Kopfes zu mir herab. »Ich habe nach dir gesucht.« Lächerlicherweise machte er einen Schritt ins Leere und glitt den Steilhang hinunter, der uns trennte, wobei er sich auf seine Diebesmagie stützte, um das Gleichgewicht zu halten. Er landete auf dem Pfad, auf dem ich stand, und ich griff reflexartig nach ihm, um zu verhindern, daß er abstürzte. Eine derart dramatische Rutschpartie hätte so gut wie jeden anderen über den Pfad und in die Arme des Todes gerissen. Doch J'roles Fähigkeiten als Diebesadept bewahrten ihn vor diesem Schicksal.

Er lächelte mich an, belustigt über meine ausgestreckten Hände, mit denen ich ihn hatte retten wollen, als wolle er sagen: ›Also machst du dir doch etwas aus mir, und jetzt habe ich dich erwischt.‹ Ich zog die Hände zurück. Ich haßte mich selbst, weil ich wieder einmal seinen Gleichgewichtssinn unterschätzt und meine Besorgnis enthüllt hatte.

»Du hast mich übersehen«, sagte er.

»Ja, und ich habe es genossen.« Ich wandte mich von ihm ab und ging weiter den Pfad entlang.

Eine für ihn ungewöhnliche Panik schlich sich jetzt in seine Stimme, als er rief: »Warte! Was ...?« Er rannte hinter mir her und blieb mir dicht auf den Fersen. »Ich verstehe dich nicht. Ich habe dich gestern abend verärgert. Ich habe irgend etwas Falsches getan. Ich bin sicher, daß es so war. Bei dir mache ich immer irgendwas falsch. Aber diesmal weiß ich wirklich nicht, was.«

Er legte mir eine Hand auf die Schulter in der Hoffnung, mich damit zum Stehenbleiben zu bewegen. Ich schüttelte seine Hand ab und ging weiter. Wie ich es genoß, daß er hinter *mir* herlief, anstatt daß ich mich beständig nach ihm sehnte.

»Releana, ich will es wirklich wissen. Bitte.«

Im Gehen sagte ich: »Ich bin wütend, weil du glücklich darüber warst, daß Vrograth uns nicht wegen der Kinder freilassen will.«

Hinter mir stockten seine Schritte, um sich dann wieder zu beschleunigen. »Ich war ...« Dann fragte er mit aufrichtiger Verwirrung: »Ich war glücklich?«

»Du hattest einen Hüpfer.«

»Ich hatte einen Hüpfer?«

»In deinem Schritt. Einen Hüpfer in deinem Schritt, als wir Vrograths Höhle verließen.«

Wir erreichten eine kleine Lichtung – eine Sackgasse, die von mächtigen Felswänden und einem steilen Abgrund gebildet wurde. Das trübe Mondlicht überzog unsere Haut mit einem bläulichen Schimmer. Ich fuhr zu ihm herum, als beabsichtige er, mich von hinten zu schlagen.

»Ich glaube nicht, daß ich gehüpft bin.«

»Du bist gehüpft, aber ich bin sicher, daß du das gar nicht bemerkt hast. In dieser Hinsicht bist du sehr seltsam. Du bist so daran gewöhnt, deine Miene zu kontrollieren und der Welt nur das zu zeigen, was sie sehen soll. Aber die Wahrheit äußert sich auf seltsame Weise. Ich kenne dich zu gut, um es nicht zu bemerken. Ein Hüpfer in deinem Schritt. Eine kaum merkbare Handbewegung in Hüfthöhe. Der Ansatz einer Drehung auf dem Fußballen, die du im letzten Augenblick abbrichst. Du hast zuviel Energie, J'role. Die Hinweise quellen aus dir heraus wie Rauch aus einem Feuer. So sehr du dich auch bemühst, du kannst dich nicht vollständig kontrollieren ...«

»Ich glaube, du legst zuviel in diese Dinge hinein ...«

Ich hob die Hand, worauf er augenblicklich verstummte. »Tu das nicht. Versuch nicht, mir einzureden, ich würde mir diese Dinge nur einbilden. Ich kannte zu viele Männer im Dorf, die das die ganze Zeit getan haben – die Eindrücke ihrer Frauen einfach so abzutun. Wenn du wüßtest, wer du bist, würde ich vielleicht mit dir darüber reden. Aber du weißt es nicht. Du weißt nicht, wer du bist, oder?«

»Ich ...«, begann er und stockte. Er wandte sich von mir ab, breitete die Arme aus und ließ sie dann wieder sinken. »Ich glaube, ich kenne mich nicht in der Beziehung, die du meinst. In gewisser Hinsicht ist das alles, was zählt.« Er lächelte mich an, während die Tränen in seinen Augen im trüben Mondlicht glitzerten. »Du erwartest mehr von mir als von allen anderen. Dafür liebe ich dich. Aber ich kann deinen Erwartungen nicht entsprechen. Ich werde dich immer wieder enttäuschen. Irgend etwas stimmt nicht ...« Er brach ab.

Mein erster Impuls war, ihn einfach stehenzulassen,

da er wieder in diese mitleidheischende Pose ge-
schlüpft war, in der er meinem Zorn mit Verzweiflung
begegnete. Doch dann ging mir auf, daß ich von ihm
tatsächlich mehr erwartete als von anderen. Die anderen wollten von ihm nur eine Geschichte hören, die sie
rührte – um sich aufgeregt vorbeugen oder sich lachend zurücklehnen zu können oder in einem traurigen Moment eine Träne zu vergießen. Ich verlangte
von ihm, daß er ein menschliches Wesen, ein Vater
und Ehegatte war. Vielleicht konnte er das ganz einfach nicht sein.

»Warum machst du dir um Samael und Torran nicht
solche Sorgen wie ich?«

»Sie sind in Sicherheit. Das hast du selbst gesagt.
Dem Generalstatthalter liegt etwas an ihnen. Ich bin sicher, er hat die Macht, sie zu beschützen.«

»Darum geht es doch gar nicht. Sie sind nicht bei
mir – bei uns!«

»Aber ihnen kann nichts geschehen.«

»Würdest du bitte damit aufhören.«

»Womit?«

»Das Thema zu wechseln.«

»Das tue ich doch gar nicht.«

»Doch, das tust du. Ich rede davon, warum ich sie
zurückhaben will. Du erzählst mir, es sei kein Problem. Hör auf damit!«

»Es ist ein Problem, aber nicht so, wie du glaubst.
Wir holen sie uns zurück. Das ist das Problem. Sich
Sorgen um sie zu machen ...«

»Ich mache mir aber Sorgen um sie. Schließlich sind
sie noch kleine Kinder, die man ihrer Mutter entrissen
hat.«

»Und ihrem Vater.«

»Du hast dich selbst von ihnen losgerissen.«

»Wer wechselt jetzt das Thema?«

»Es ist dasselbe Thema.«

Er warf die Hände in die Luft. »Welches denn?«

»Das Thema ist, ob dir an ihnen etwas liegt oder nicht.«

»Mir liegt eine Menge an ihnen.«

»Warum verhältst du dich dann nicht entsprechend?«

»Releana, furchtbare Sachen passieren andauernd. Den Zwillingen ist jetzt eine furchtbare Sache passiert. Das kommt vor. Sie kommen darüber hinweg. Das gehört eben zum Leben.« Ich starrte ihn an. »Es stimmt. Wir leiden alle. Das ist einfach ein Teil dessen, was Leben bedeutet. Man muß damit rechnen. Das ist *mein* Standpunkt. Sie leiden. Aber was sollen wir tun? Das Leiden von ihnen fernhalten? Wofür? Damit sie denken, die Welt sei ein wunderbarer, sicherer Ort, wenn sie es in Wirklichkeit nicht ist?« Seine Stimme bekam jetzt einen angespannten Unterton, und seine Fäuste ballten sich. »Damit sie denken, das Leben ist gut und erfüllt und daß man glücklich sein kann, wenn es in Wirklichkeit soviel, soviel ... Ich meine, es ist besser, sie lernen es von uns als später von der Welt. Besser jetzt als später, weil die Welt nicht der Ort ist, für den du sie hältst, Releana. Sie fügt dir Schnitte und Narben zu. Und die tun weh ...«

»J'role ...?«

»Aber das ist auch ganz gut so. Weil uns die Narben zu dem machen, was wir sind. Die Narben des Lebens bestimmen uns. Ohne die Schmerzen und die Narben wüßten wir nicht, wer wir sind.«

»Nein ...«

»Das ist das Erstaunliche. Das Leben tut so weh, aber genau daraus schöpfen wir unsere Kraft. Aus dem Schmerz ...«

»Nein ...«

Er starrte in den Himmel, zu den Sternen hinauf, während die Worte aus ihm heraussprudelten und er versuchte, sich von irgend etwas zu überzeugen. Seine Augen wurden feucht und glänzend, obwohl er nicht weinte. »Es geht ihnen gut, aber nicht, weil alles in Ordnung ist. Sondern weil das einfach ein Teil dessen ist, was es ist: ihr *Leben*.«

»J'role, bitte ...«

»Du hast die Theraner gesehen. Die Schönheit ihrer Burgen, ihre körperliche Schönheit. Generalstatthalter Povelis ist makellos bis zu dem Punkt, an dem es widerwärtig wird. Das ist falsch. Das ist ihre Art der Verdrehtheit. Sie versuchen so viel Vollkommenheit in ihr Leben einzubauen, daß sie unnatürlich werden. Und der Zauber, von dem du mir erzählt hast – daß es nötig ist, Torran und Samael möglichst vollkommen zu erhalten. Das ist pervers. Sie sollten Narben haben. Wir alle sollten Narben haben. Das ist natürlich. Das ist der Lauf der Dinge.«

»J'role, bitte! Du machst mir angst!«

Er hielt inne und sah mich verwirrt an. »Du weißt das wirklich nicht?«

Seine Augen. Ich dachte an Wias Bemerkung über seine Augen. Irgend etwas stimmte nicht mit ihnen. Er schien mich von einem anderen Ort zu betrachten, aus einer anderen Welt. Als stünde er an einem Aussichtspunkt einer anderen Ebene, die nur ihm Platz bot, und betrachte die Welt auf eine Weise, die kein anderer je verstehen konnte.

»J'role, du hast noch nie ... du hast noch nie etwas derartiges gesagt ...«

»Ich dachte, du wüßtest es.« Er berührte seine Brust mit den Fingerspitzen.

Ich schüttelte den Kopf.

Sein Kopf sank auf die Brust, die Schultern sackten nach vorn. »Ich ... Manchmal bin ich ... Manchmal werden die Leute nicht schlau aus mir.« Damit drehte er sich um und ging, sein Körper der sichtbare Ausdruck einer gebrochenen Seele.

»J'role ...«, sagte ich, aber er ging weiter. Ich folgte ihm nicht. Ich hatte keine Ahnung, was ich sagen sollte.

Stunden vergingen. Der düstere Dschungel unter mir kam mir noch dunkler vor. Gefährliche Teiche voller Tinte, die darauf warteten, daß jemand mit ihr eine Geschichte von Verstümmelung, Verrat und Tod schrieb.

Ich wartete und wartete auf irgendeinen Impuls, der mich dazu veranlassen würde, aufzustehen und zur Siedlung zurückzugehen. Doch vergeblich. Die Dinge, die das menschliche Gemüt betrafen, schienen so hoffnungslos. Ich erinnere mich, in dieser Nacht gedacht zu haben: Und wenn ich meine Söhne rette, werden sie dann nächstes oder übernächstes Jahr an einer Krankheit oder einem Schwerthieb sterben? Welchen Sinn hatte alles, fragte ich mich, wenn nichts zusammenlief?

Das Leben in der Siedlung der Kristallpiraten ging seinen gewohnten Gang, indem jeder von uns seine üblichen Arbeiten verrichtete. Es hat keinen Sinn, die Einzelheiten dieser Arbeiten zu schildern – nicht daß sie langweilig gewesen wären, denn wenn ich arbeitete, ging ich vollkommen darin auf und war irgendwie glücklich. Arbeit ist für mich schon immer ein Trost gewesen.

Also will ich nur folgendes anmerken: daß J'role seine Geschichten jeden Abend mit derselben Begeisterung vortrug, aber nur bei diesen Vorstellungen und wenn er mit den Kindern spielte, wirkte er wahrhaft lebendig. Ansonsten schien ihm jegliche Energie zu fehlen, als würde er langsam von einer Krankheit dahingerafft.

Und er sprach mich nicht mehr an. Was mich betraf, so schwieg ich ebenfalls. Worüber sollten wir uns auch unterhalten? Es hatte den Anschein, als bliebe jetzt nur noch die Auflösung unserer Ehe, und obwohl mein Verstand immer wieder darauf drängte, mich endgültig von ihm zu trennen, weigerte sich doch ein anderer Teil von mir ebensooft. Vermutlich derselbe Teil, der immer sehnsüchtig auf ihn gewartet hatte.

Zwei Wochen verstrichen.

Ein paar Trolle hatten sich auf eine Expedition in die Höhlen der Zwielichtgipfel begeben und waren mit Säcken voller Kristalle zurückgekehrt. Ich sortierte die Steine nach Größe und Form – eine Aufgabe, die ich nach Meinung der Trolle einigermaßen bewältigen konnte –, als einer der auf einer Klippe oberhalb der Siedlung postierten Trolle einen Ruf ausstieß. Die

Wachposten dienten in erster Linie dem Zweck, ein Auge auf die benachbarten Kristallpiraten zu haben, die als mögliche Angreifer galten. Doch in der letzten Woche waren die Hoffnungen jeden Tag ein wenig gestiegen, daß sie bald Vrograth und die Flotte sichten würden.

Die Trolle stellten plötzlich ihre Arbeit ein, wie diese auch aussah, und standen nur so herum. Dann redeten alle in der Trollsprache aufeinander ein, und der Gesprächslärm fegte durch die Siedlung wie eine Vogelformation. Dann trat eine jähe Stille ein, als die Trolle alle zugleich nach Westen sahen, während sie mit ihren knorrigen Händen die Augen vor dem Licht der untergehenden Sonne abschirmten. Das bernsteinfarbene Licht des frühen Abends machte ihre reglosen Gestalten zu steingemeißelten menschenähnlichen Formen.

Ich stand ebenfalls reglos da und starrte in dieselbe Richtung. Augenblicke später sah ich eine Linie am Himmel, bis mir klar wurde, daß die Linie eine optische Täuschung war. In Wirklichkeit handelte es sich um eine Reihe nebeneinander schwebender Punkte. Plötzlich spürte ich, daß jemand anderer anwesend war, und drehte mich um. Krattack stand vor mir. Ich wußte nicht, ob es eine Illusion war oder er selbst, aber ich war bereits vor ein paar Tagen zu dem Schluß gekommen, daß diese Unterscheidung unwichtig war.

»Es ist nicht gut gelaufen«, sagte er. Der Wind erfaßte ein paar Strähnen seines grauen Haars und wirbelte sie ihm über den kahlen Kopf. Er trug seine ausgefranste blaue Magierrobe, die mit Motiven von Dschungelranken bestickt war.

Er klang bestürzt, und das überraschte mich. Meinte er, daß nicht genug Schiffe verlorengegangen wären, um seine Pläne durchsetzen zu können? Oder trauerte er um die verlorenen Schiffe? Ich schaute noch einmal in die Richtung der untergehenden Sonne und sah zwischen fünf und zehn Schiffe. »Ich kann nicht genau erkennen, wie viele ...«

»Es sind nur neun Schiffe. Sechs sind auf der Strecke geblieben. Wie viele Krieger und Matrosen tot sind, weiß ich nicht.«

»Mit wie vielen verlorenen Schiffen hast du denn gerechnet?«

»Mit sechs. Es ist dennoch ein trauriger Tag, ob ich richtig geraten habe oder nicht. Die Männer und Frauen, die gestorben sind, haben Familien hier. Es wird große Trauer herrschen.« Seine Stimme verlor sich. Seine sarkastische Distanz zu den unerfreulichen Realitäten politischer Machenschaften schien verschwunden zu sein, und er machte jetzt einen ziemlich betroffenen Eindruck.

Als die Schiffe näher kamen, erkannte ich, daß er recht hatte – neun Schiffe insgesamt. Die Trolle reckten die Hälse und hielten nach dem Rest der Flotte Ausschau. Ein leises Murmeln setzte ein, und sie stellten sich gegenseitig Fragen, auf die sie keine Antworten fanden.

Die Schiffe segelten näher heran, und den Kehlen der Trolle entrangen sich erregte Rufe, wenn sie die Wimpel oder die Motive auf den Segeln einzelner Schiffe erkannten und ihnen klar wurde, daß ihre Väter oder Mütter, ihre Söhne oder Töchter, ihre Brüder oder Schwestern wahrscheinlich überlebt hatten, da ihr Schiff noch segelte. Diese Trolle entspannten sich, erwachten aus ihrer steinernen Starre. Doch viele Trolle blieben still und reglos. Manche senkten einfach den Kopf, und ich sah, wie sich ihre Lippen bewegten, wohl weil sie Garlen anflehten, ihnen in dieser Stunde der Verzweiflung Trost zu spenden. Andere sanken auf die Knie, als habe sich eine böse Vorahnung bestätigt, die sie bereits die ganzen letzten zwei Wochen gehegt hatten.

Jene, die in sich noch die Fähigkeit entdeckten, sich

zu freuen – oder sich zumindest ihren Optimismus zu bewahren –, machten sich daran, Kräuter, Salben und andere Arzneien für die Behandlung von Wunden zu holen. Andere entzündeten Feuer, bereiteten Eintopf und brieten Ziegen für die zurückkehrenden Krieger.

Als die Schiffe den Berg erreichten, schwebte eines nach dem anderen sanft auf das gewaltige Plateau herab, welches das Herz der Siedlung bildete, und landete, bis alle Schiffe nebeneinander standen. Dann gellten Schreie in den Himmel – Schreie des Schreckens und Schreie der Reue –, als sich die Befürchtungen hinsichtlich der Toten bestätigten. Die Laute der Trauer stiegen zu den Sternen herauf, die mittlerweile am Abendhimmel standen, aber die Lichtfünkchen waren kalt und teilnahmslos. Die Trolle reckten die Arme in den Himmel und trommelten sich auf die Brust und jammerten und wehklagten.

Glückliche Trolle zerrten ihre überlebenden Verwandten geradezu von den Drakkars herunter. Diese Trolle umarmten einander innig oder tanzten gemeinsam im Kreis herum, wenn die Familie groß war.

Mir fiel jedoch auf, daß diese Ausbrüche von Gefühlen und körperlicher Energie nur unter Erwachsenen stattfanden. Die Kinder standen in mehreren Reihen etwa fünfzig Ellen von der Zone entfernt, wo die Schiffe festgemacht hatten. Ihre kleinen untersetzten Körper – klein für einen Troll, da manche nur fünf Ellen groß waren – blieben fast reglos, doch ich sah, wie angespannt sie waren, wie gern sie bei den Erwachsenen gewesen wären. Auf manchen Gesichtern bildete sich ein zögerndes Lächeln, als hätten sie Angst, durch die Zurschaustellung von Freude das Tabu zu brechen, das die emotionalen Ausdrucksmöglichkeiten eines Kristallpiratenkindes begrenzte (was in der Tat der Fall gewesen wäre). Andere Gesichter waren sehr starr, und ich sah viele zitternde Kinne und Augen, die sich an den Rändern mit Tränen füllten.

Keiner der um die Drakkars versammelten Trolle, weder die Erwachsenen noch die älteren Kinder, nahm Notiz von den Kleineren. Selbst meine Kameraden vom theranischen Schiff schienen weit mehr von den dramatischen Bildern der Verzweiflung und der überschäumenden Freude im Zentrum der Siedlung gefesselt zu sein. Und ich war nicht viel besser, da ich die Kinder zwar zur Kenntnis nahm, aber nicht handelte.

Doch J'role war anders.

Euer Vater war schon immer anders.

Er trat hinter ein jüngeres Mädchen, das völlig reglos dastand und mit einer Hand die Augen bedeckte, um seinen Kummer nicht zu verraten. Es war stämmig gebaut und trug ein rotes Wams, dessen Halsausschnitt mit Pelz besetzt war. Ich hielt nicht besonders viel von diesem Kleidungsstück, aber ich wußte, daß alle Trollkinder stolz darauf waren, derartige Kleidung zu tragen.

J'role berührte die Schultern des Mädchens. Als habe er es mit einem Zauber belegt, hoben und senkten sich seine Schultern, immer schneller, bis es plötzlich herumfuhr, J'roles Beine umklammerte und sich an ihn schmiegte.

Dann entfaltete ich noch mehr Magie. Ohne ihn anzusehen, setzten sich die leidenden Kinder wie auf ein geheimes Stichwort alle gleichzeitig in Bewegung und gingen zu J'role und dem Mädchen. Er kniete nieder und breitete die Arme aus, und die Kinder versammelten sich um ihn. J'role versuchte sie alle zu umarmen, ein lebender Blitzableiter für Kummer, Schmerz und Leid. Bald hockten sie alle aufeinander, ein Knäuel der Verzweiflung, und schluchzten und zitterten.

Die Kehle schnürte sich mir zusammen, denn es war so ein unglücklicher Anblick und zugleich ein wunderschöner. Entsetzen und Schönheit, die sich vollendet die Waage hielten.

Diese Gedanken wurden jedoch durch Vrograths an den Clan – und an die Zwielichtgipfel und die Sterne – gerichteten Schrei unterbrochen.

»Wir werden uns rächen!« rief er. »Die Eindringlinge werden unser Leid am eigenen Leib kennenlernen!«

18

Scheiterhaufen brannten, hoch und mächtig, knisternde Hitzesäulen, deren unruhiges Flackern den Trollen nachzueifern schien, die sie umtanzten. Fünf Feuer waren es insgesamt, aus den Stämmen großer Bäume errichtet, die man mehrere hundert Ellen tiefer gefällt und in den Drakkars heraufgeschafft hatte. Die Stämme lehnten gegeneinander, und ihre Anordnung erinnerte an gewaltige Kegel, die in den Himmel wiesen. Innerhalb dieser Kegel wurden diejenigen toten Kristallpiraten verbrannt, deren Leichen man hatte mit zurückbringen können.

Vrograths Flotte hatte die fliegende Burg und ihre aus zwei Steinschiffen bestehende Eskorte angegriffen. Die Disziplin der theranischen Soldaten hatte Vrograth nicht bedacht. Auch nicht die Feuerkanonen, die einen Drakkar auseinanderreißen konnten, wenn sie einen Volltreffer landeten. Und auch nicht die massiven Steinrümpfe der Begleitschiffe, die einen Drakkar noch rammen und zerschmettern konnten, während die Trolle bereits versuchten, sie zu entern.

Viele Trolle hatten ihr Leben gelassen, und die meisten Leichen waren nicht mit zurückgekommen. Der Verlust der Leichen war für die Trolle besonders kummervoll. Krattack erklärte, daß es bei den Kristallpiraten Sitte sei, die Toten auf Scheiterhaufen in ihrer Siedlung zu verbrennen. Daß so viele Trolle im Kampf getötet worden waren und ihre Leichen jetzt irgendwo zerschmettert am Boden lagen, war eine Tragödie.

Also wurden jene Leichen verbrannt, die zurückgebracht worden waren, fünfzehn insgesamt, und dichter Qualm und der Gestank nach verbranntem Fleisch hingen schwer in der Luft. Meine Augen tränten von

dem beißenden Qualm, der von den Flammen aufstieg, obwohl ich die Zeremonie aus einiger Entfernung beobachtete, wie dies auch meine Kameraden
taten, da wir nicht zum Clan gehörten.

Die Kinder waren jetzt auf ihre Weise mit einbezo-
gen und bildeten einen großen Kreis um die Feuer und
ihre Eltern. Der Kreis bewegte sich in eine Richtung,
und die Kinder stampften mit den Füßen, hoben die
Hände und klagten dem Himmel ihr Leid. Die Bewegungen waren rhythmisch und kontrolliert, aber das
Wehklagen bildete einen auf und ab schwellenden, un-
heimlichen akustischen Hintergrund. Ich mußte an die
Dörfer am Fuß der Zwielichtgipfel denken, die unter
dem Dschungeldach begraben waren. Konnte man
dort das seltsame Wehklagen hören, das von den Klippen um die Siedlung der Steinklauen widerhallte?
Fragte man sich gerade, welche merkwürdigen Ungeheuer in unsere Welt eingedrungen waren, und ver-
barrikadierte man Türen und Fenster, während man
die Kinder mit gezwungenen Worten des Trostes ins
Bett schickte? Oder kannte man die Trolle und wußte,
dieses Jammern bedeutete nichts anderes, als daß ein
paar von ihnen gestorben waren? Doch selbst wenn
man sie kannte, wußte man dort, daß die Zeremonie
nicht nur dem Zweck der Trauer diente? Wußte man,
daß sich die Steinklauen absichtlich in eine Raserei
versetzten, um anschließend in den Kampf zu ziehen?

Die Kinder bildeten einen dünnen Kreis um die Erwachsenen. Die Erwachsenen, mehrere hundert, trugen nur ihre Kristallrüstungen. Jene, die keine derartige Rüstung besaßen, waren nackt. Es war eine Zeit
des Krieges, hatte Krattack erklärt, und für die Kristallpiraten bedeutete dies, daß nichts anderes mehr
wichtig war, nicht einmal Kleidung.

Krattack befand sich innerhalb des Rings der Kinder und umtanzte mit den anderen Erwachsenen die
Scheiterhaufen. Auch die Erwachsenen stampften mit

den Füßen, schüttelten die Hände und klagten dem Himmel ihr Leid. Doch hin und wieder blieb Krattack stehen und begann einen langsamen Tanz, den er mit wohlbedachten Gesten und abrupten Armbewegungen begleitete. Wenn er mit seinem Tanz begann, bemerkten ihn die Umstehenden und taten es ihm nach. Nur diejenigen in Krattacks unmittelbarer Umgebung konnten sehen, was er tat, und nur diese Trolle folgten ihm, so daß die Masse der Trolle lärmend und wild herumtobte, während in einer kleinen Nische, in deren Zentrum sich Krattack befand, Stille herrschte. Irgendwann stieß der alte Troll, dessen nackte Haut bereits grau vom Alter war, dessen Muskeln jedoch immer noch dick und kräftig waren, plötzlich einen lauten Schrei aus. Dann tat es ihm sein Gefolge nach, und alle Trolle fingen wieder an zu stampfen und zu schreien.

Die von den Trollen erzeugte Energie war fast greifbar, und obwohl ich es noch nie zuvor in einer Gruppe erlebt hatte, wußte ich doch, was geschah. Sie riefen eine der Passionen an, die ihre Seelen mit Energie aufladen sollte. Offenbar Thystonius, die Passion des Konflikts und der Auseinandersetzung. Plötzlich wurde mir klar, daß Krattack ein Questor dieser Passion war, was ich niemals vermutet hätte.

Wir alle rufen während unseres gesamten Lebens auf die eine oder andere Weise die Passionen an. Manchmal mit Vorbedacht, manchmal nicht. Ein Mann, den es nach einer Frau gelüstet, die er auf dem Markt sieht, ist erfüllt von der Passion Astendar, ob er nun die Absicht hatte, sich an Astendar zu wenden oder nicht. Manchmal tun wir es mit Vorbedacht. Ein Mann, der seinen Körper parfümiert, um so eine Frau besser umgarnen zu können, ruft Astendar mit Vorbedacht an, da er sich ganz darauf konzentriert, attraktiv zu sein.

Und dann gibt es die Questoren, jene, die sich zu

den Idealen einer Passion bekennen. Sie führen ein unausgeglichenes Leben, da sie Konflikte, Kreativität, Habgier oder Herrschaft auf Kosten der anderen Passionen, die sich in einer vollständigen Person finden, zu gut kennen. Doch sie werden für diese Unausgeglichenheit auch belohnt, da die Passionen ihre Questoren mit gewissen Kräften segnen, die den magischen Kräften ähneln, doch nur dem Zweck dienen, die Ideale der betreffenden Passion auf der Erde zu manifestieren.

Doch ich hatte nie zuvor eine Menschenmenge gesehen, die gemeinsam auf dieses Ziel hinarbeitete. Alle Gedanken und körperlichen Anstrengungen waren auf den Konflikt ausgerichtet. Sehr bald prallten Trolle aufeinander und schleuderten sich gegenseitig durch den riesigen Kreis, den die Kinder bildeten. Das Wehklagen nahm immer mehr den Charakter von Kampfgebrüll an, und die einzelnen Trolle gerieten immer heftiger aneinander.

Der wilde Tanz erregte mich, sprach mich irgendwie an, obwohl ich rückblickend nicht mehr sagen kann, warum. Mein kleiner menschlicher Körper hätte dieser Wutorgie nicht lange standgehalten. Doch die Intensität war so stark, daß ich mich danach sehnte, daran teilzunehmen, als sei ich in der Lage, die Energie aufzunehmen und mich von der Atmosphäre der Gewalt zu nähren.

Und so schritt ich durch den Kreis der Kinder. Ich kann Euch nicht sagen, was letztlich den Ausschlag für diese Entscheidung gab. Zumindest war dies eine Gelegenheit, nach Wochen des Wartens körperlich aktiv zu werden, und ich war mehr als bereit, etwas zu unternehmen.

Aber diese Erklärung klingt zu vernünftig, und ich glaube nicht, daß mein Verstand so arbeitete, wie dies normalerweise der Fall ist. Der Lärm, die Schreie und die scheinbar ziellosen Bewegungen der Menge, dazu der Kontrapunkt von Krattacks eher feinsinnigem rituellen Tanz, das alles ergriff Besitz von einem anderen Teil meines Verstandes.

Ich schlängelte mich zwischen zwei tanzenden Trollkindern hindurch. Sie schienen zugleich wach zu sein und zu schlafen. Kaum hatte ich den Kreis betreten, als meine Sinne an Schärfe gewannen, und einen Augenblick lang schien mir die Hitze der Feuer das Fleisch von den Knochen zu sengen. Der Kreis der Kinder bewahrte die Hitze irgendwie und hielt sie davon ab, in die Nachtluft zu entweichen.

Mir wurde schwindlig, da vor dem Hintergrund der ständigen Bewegung der Trolle, die mit den Füßen stampften und aufeinanderprallten, alle Orientierungspunkte verschwanden.

Ein Krieger rammte mich. Sein Brustpanzer aus rotem Kristall – jetzt blutschwarz im Schein der Scheiterhaufen – krachte gegen meinen Schädel und schickte mich zu Boden. Dutzende mächtiger Trollfüße stampften durch mein Blickfeld, und ich wälzte mich auf den Rücken. Der Schmerz in meinem Kopf war stechend, als sei ein langer Glassplitter in meinen Schädel eingedrungen. Meine Zunge fühlte sich merkwürdigerweise pelzig und geschwollen an.

Eine Hand packte mein Handgelenk, groß und stark, und zog mich auf die Beine. Krattack starrte mich an. Plötzlich fühlte ich mich sicherer, besser. Mehrere Trolle standen um uns herum. J'role war ebenfalls in der Nähe, obwohl ich nicht wußte, wie er so tief in den Kreis hatte eindringen können, ohne daß ich Notiz davon genommen hatte. Ich hatte ihn eine ganze Weile nicht gesehen. Seine Augen waren große schwarze Kreise. Ich glaube nicht, daß er mich erkannte.

Ich selbst schien immer unempfindlicher zu werden. Den Sturz hatte ich bereits vergessen, und ich gab mich wieder dem wonnevollen Gefühl hin, mich in

202

der Masse der gefährlichen Trolle zu befinden. Die intensive Hitze innerhalb des Kreises kam mir jetzt eher angenehm vor, fast wie ein Fieber, das nicht von einer Krankheit begleitet wurde.

Krattack und mehrere andere Trolle sowie J'role waren in den schleppenden Tanz vertieft, den ich Krattack bereits zuvor hatte aufführen sehen. In diesem Augenblick wußte ich zwei Dinge ganz genau: Erstens, wenn ich Krattack bei seinem Tanz folgte, würde ich von der Passion Thystonius erfüllt werden. Zweitens, ich wollte unbedingt, daß dies geschah. Ich hatte keine Ahnung, woher ich das wußte, aber ich sehnte mich danach, stärker zu sein, in der Lage zu sein, mich in den Kampf zu werfen und unbeschadet daraus hervorzugehen. Nicht aus Gründen der Selbsterhaltung, sondern weil ich einfach die Grenzen meiner körperlichen Leistungsfähigkeit sprengen wollte. Dieses Verlangen überfiel mich förmlich. Es war nicht mein Verlangen. Oder vielmehr war es das Verlangen eines Teils von mir, der Thystonius war.

Mein Blick fiel auf J'role.

Ein Gedanke ...

Schmerz. Ich wollte einen intensiven Schmerz erleben und überleben. Ich wollte mit der Erinnerung an unsagbare Qualen entkommen, die sich tief in meinen Verstand eingebrannt hatten. J'role hatte das getan. Das wußte ich plötzlich. Das war das Geheimnis aus seiner Vergangenheit, das er mir nie mitgeteilt hatte. Qual.

Einst war er stumm gewesen. Er war in die Ruinen Parlainths eingedrungen und hatte dort seine Stimme wiedergefunden. Er hatte mir nie erzählt, was dort geschehen war.

Schmerz. Irgend etwas, das sich tief in seine Gefühle gebohrt hatte, ein silberner Haken mit scharfer kalter Spitze. Er hatte sich tief in seine Gefühle gebohrt und irgend etwas herausgerissen. Die Narben hatten ihn härter gemacht.

Manchmal haßte ich ihn, aber dieser Haß war zu einem Teil auch Neid.

Ich tanzte.

Ich folgte Krattack und bewegte langsam den rechten Arm. Zuerst schwang ich ihn vor das Gesicht, dann hinter den Rücken. Eine einfache Bewegung. Doch in der seltsamen Umgebung, in der der Tanz stattfand, *spürte* ich die Muskeln auf eine Weise, wie ich sie noch nie zuvor gespürt hatte. Krattack hob ein Bein wie ein Vogel, der losfliegen will. Die um ihn versammelte kleine Gruppe tat es ihm ebenso nach wie ich, und wiederum spürte ich meine Muskeln – und Knochen – auf eine unglaublich *deutliche* Weise.

Und um mich herum setzten sich die Schreie fort. Grunzen und Stöhnen und hastige Bewegungen und das rote Glühen der mächtigen Flammen. Der Geruch von verbranntem Fleisch hing in der Luft. Ich schmeckte ihn jetzt sogar bitter auf der Zunge schmecken, und dieser Geschmack des Todes brachte ein neues Lebensgefühl hervor. Ich zitterte am ganzen Körper, nicht wie im Fieber, sondern als bebe der Boden – der Berg –, und diese erderschütternden Vibrationen pflanzten sich durch mich fort, umklammerten mein Herz und schüttelten es, schüttelten das Überflüssige, das Nutzlose heraus und ließen nur den Kern übrig, das Wesen des Lebens.

Meine Sorge um meine Söhne, mein Selbstmitleid und alles in meinem Herzen, was mich herunterzog, das alles fiel von mir ab, als mein Fleisch, meine Muskeln und meine Knochen abhoben. Als letztes schloß sich auch mein Herz an, und als ich fortfuhr, Krattacks Bewegungen zu imitieren, erfüllte mich eine neue Art von Heiterkeit. Es war keine Freude – die ich aus Augenblicken der Liebe oder von der Geburt meiner Kinder oder dem Erlernen meines ersten Zaubers kannte –, sondern das Versprechen des Sieges.

Ich sah auf – verblüfft.

Mitten im Zentrum des Wirbelsturms aus Trolleibern stand eine riesige menschliche Frau, mindestens sechzig Ellen groß.

Sie trug eine silberne Rüstung, die so blank poliert war, daß sie das Geschehen mit völliger Klarheit widerspiegelte, wenngleich die Rundungen der Rüstung die Einzelheiten verzerrten. Die Flammen und die entfesselten Trolle wanden sich um das Metall, bis es von rotglühendem Feuer verzehrt zu werden schien, während gleichzeitig die Körper der Trolle über die silberne Oberfläche huschten.

Ihr Haar war lang und schwarz und wand sich um ihren Hals, als sei es lebendig. Ihr Gesicht, stark, aber mit strahlend weißen Zähnen lächelnd, sah auf mich herab. Ihre großen Augen waren haselnußbraun und erinnerten mich an die Mischung aus Blau und Grün, die man nach klaren Nächten manchmal bei Sonnenaufgang sieht.

Ich hätte mich fast zu den anderen umgedreht, weil ich mich fragte, ob sie ebenfalls die phantastische Erscheinung inmitten des Tumults sehen konnten, tat es jedoch nicht – aus Angst, sie werde verschwinden, wenn ich mich abwandte. Am Rand meines Blickfelds konnte ich keine Veränderung in den Vorgängen um mich herum feststellen, so daß ich vermutete, daß sie ganz allein meine Vision war.

An ihrer Hüfte hing ein mindestens dreißig Ellen langes Schwert, dessen Knauf mit Rubinen von der Größe eines Säuglings besetzt war. Die Frau beugte sich zu mir herab, die ausgestreckte Hand steckte in einem Handschuh aus silbernen Kettengliedern. Als sie sich bückte, wurde sie von den Flammen der Scheiterhaufen der Länge nach beleuchtet, und ich erkannte eindeutig, daß ihr Bauch eine mächtige Wölbung aufwies.

a
, da
utzte.
Ich läch
wurde n
näher –
schieße s
mich zu –
bewegt h
ich hätte
ber beweg
Ihre Finge
spürte ei
mich bran
Besorgnis
die Euch
wältigend
irgendwie
war unwi
war, mein
einanderse
anzusporn
Es konnte
Schmerz
Schmerz i
Nicht Schr
deutend m
viel Schme
größere He
reres?
Meine Si
mischte sic
Schreie der
dunklen Sc
im Rhythm
ten. Ich sc
sich meiner

r schwanger, und die Rüstung war so ge-
ß sie das Kind in ihrem Bauch besonders gut

elte sie voller Entzücken an, und ihr Lächeln
ch breiter. Ihre behandschuhte Hand kam
ihre Größe vermittelte den Eindruck, als
e mit unglaublicher Geschwindigkeit auf
aber sie traf mich nicht. Nicht daß ich mich
tte. Die Erscheinung faszinierte mich, und
nich nicht einmal im Austausch gegen Zau-
t, von deren Besitz ich nur träumen konnte.
strichen mir sanft über die Wange, und ich
e Woge von hundert Ungeheuern durch
den. Ich dachte an Euch zwei, und anstatt
um Euch oder Wut auf jene zu verspüren,
ersklavt hatten, empfand ich nur ein über-
s Verlangen zu *verletzen*. Das Verlangen war
an die Theraner gekoppelt, aber das Ziel
htig. Eure Freiheit war unwichtig. Wichtig
Muskeln zu bewegen und sie in der Aus-
tzung mit anderen zu äußerster Leistung
n. Die Theraner waren nur ein Vorwand.
ndere geben. Es würde andere geben.

würde mein Maßstab sein. Je mehr
h empfand, desto erfolgreicher war ich.
erz bis zum Tod, denn das war gleichbe-
it einer endgültigen Niederlage. Aber so
z, wie ich ertragen konnte. Gab es eine
rausforderung? Gab es etwas Wunderba-

ne verschmolzen miteinander, Sehen ver-
mit Hören, Riechen mit Schmecken. Die
Trolle in meiner Umgebung wurden zu
atten, die mit wilder Hemmungslosigkeit
s der stampfenden Füße hin und her wog-
rie vor Vergnügen, obwohl der Laut, der
Kehle entrang, als scharlachrotes Gespenst

vor mir Gestalt annahm, sich um meinen Körper wickelte, meine Arme und Beine hob und mich in eine Marionette brutalen Vergnügens verwandelte.

Das Denken hatte keinen Platz mehr in meinem Verstand. Mein Körper war zu erhitzt. Ich wußte kaum noch, was ich tat, als ich hochsprang und mit einem Troll zusammenprallte, der eine mit spitzen Kristallen besetzte Fellrüstung trug. Die Kristalle bohrten sich in meine Haut, und der Schmerz war köstlich. Was soll ich sagen? Es hört sich verrückt an, aber der Schmerz hatte etwas Wunderbares an sich. Er erinnerte einen daran, lebendig zu sein. Er bedeutete, daß man dieses Lebendigsein hinnahm, daß man sich ihm unterwarf. Denn das Leben ist so voller Schmerz und hängt so sehr von unserem schwachen, verletzlichen Fleisch ab.

Trolle stießen mit mir zusammen und schleuderten mich zu Boden. Ihre scharfkantigen Kristallrüstungen schnitten mir den rechten Arm auf, und aus der Wunde lief ungehindert das Blut. Die bloßliegenden Nerven prickelten in der Nachtluft, als tanzten silberne Nadeln über meine Haut. Ich fing das Blut mit der linken Hand auf und führte sie dann an meine Lippen.

Mir schwindelte ob des Geschmacks. So süß. Die Tropfen rollten mir über die Zunge, lebendig, wie Insekten, die in meinem Mund umherkrochen.

Ich schrie und schrie und warf mich immer wieder den Trollen entgegen, geißelte mein Fleisch, blutete. Kannte jede Stelle an mir, die leicht verletzlich war, und entdeckte dann jene, die besser geschützt waren.

Keinen Augenblick lang hatte ich das Gefühl, ohnmächtig zu werden. Thystonius gab mir Kraft. Meine Wunden heilten bereits, wenn ich mich dem nächsten Troll entgegenwarf. Und so war es für uns alle. Das Blut floß in Strömen. Wir lernten alle den Schmerz kennen. Doch keiner starb, und die Verletzungen waren nur vorübergehend. Sie waren echte Wunden, Wunden, die von unserer Passion des Konflikts inspiriert worden waren. Sie gaben uns einen Vorgeschmack auf die Schlacht, und wir hungerten nach dem echten Erlebnis.

Vrograth warf den Kopf in den Nacken und lachte. Er stand auf einer kleinen Erhebung in der Mitte des Tumults. »Meine Krieger!« rief er. Seine Stimme klang heiser und müde und doch so lebendig! Die Energie traf uns alle mitten ins Mark und hob unsere Lebensgeister. Ich gehörte nicht einmal zu seinen Kriegern, aber in diesem Augenblick hätte ich alles getan, was er verlangte. »Wir werden Rache nehmen. Der Steinsegler wird büßen. Wir werden töten. Heute nacht brechen wir auf. Heute nacht segeln wir zu ihrem falschen Berg und vernichten sie!«

Mit dem ›falschen Berg‹ meinte er natürlich Himmelsspitze. Endlich! Es war so, wie Krattack gesagt hatte. Endlich könnte ich mich um die Rettung meiner Kinder kümmern. Vrograths Wut war so groß, daß die Theraner keine Chance hatten. Ich würde mit Vrograth fliegen. Ich wußte es. Es gab keine andere Möglichkeit. Ich würde sie begleiten, und sie würden mich die Theraner töten lassen. Und wenn ich bei dem Versuch starb, hatte ich wenigstens gelebt.

Doch an dieser Stelle überraschte mich Krattack erneut. »Großer Vrograth!« sagte der unergründliche Illusionist. »Wie viele sollen der Macht der Theraner noch zum Opfer fallen?«

Vrograth entging die eigentliche Frage, die in den Worten seines Ratgebers lag, und rief: »So viele, wie nötig sind, um sie zu vernichten!« Ein Lärm wie von einem Sturm erhob sich aus unseren Kehlen, als wir die Antwort bejubelten.

»Nein, großer Vrograth!« sagte Krattack, dessen Stimme jetzt von überallher zu kommen schien. Die Wirkung war irgendwie unheimlich, und viele von

211

uns beruhigten sich ein wenig. »Du wirst alle verlieren. Vor ein paar Tagen bist du den Theranern im direkten Kampf begegnet. Sie haben ein Drittel deiner Streitmacht vernichtet. Wenn du das wiederholst, wirst du ein weiteres Drittel verlieren. Und dann noch ein Drittel. Und noch eins. Du wirst jedesmal ein Drittel verlieren, bis nur noch du selbst und die Kinder des Clans übrig sind!«

»Dann gebe ich den Kindern Schwerter, und sie werden ebenfalls sterben!«

Wir alle hielten das für die wunderbarste Idee auf der ganzen Welt und jubelten wieder, um unsere Zustimmung zu bekunden.

Krattack war niemand, der sich von den Worten anderer einschüchtern ließ, und so redete er weiter. »Großer Vrograth! Deine Begeisterung für den Krieg ist ein Wunder, und dein Volk ist stolz auf dich. Aber du mußt die Energien des Krieges konzentrieren. In ihrem augenblicklichen Zustand werden sie nur vergeudet.«

Die schwangere Riesin musterte Krattack argwöhnisch, als erwäge sie, ihn hinwegzuwischen, um die Orgie wieder beginnen zu lassen.

»Ich will *töten*!« schrie Vrograth, und wir wiederholten die Worte.

»Aber wie willst du sie töten? Überleg dir das gut. Geduld könnte der beste Weg sein, mächtiger Krieger!«

»Geduld. Pah! Geduld! Was kann Geduld schon ausrichten?«

Plötzlich warf Krattack seinen Arm in meine Richtung – buchstäblich. Sein Arm löste sich von seinem Körper und flog auf mich zu. Trolle sprangen beiseite und schufen so eine Gasse für ihn. Der Arm packte mich an der Schulter und schob mich vorwärts. Der einarmige Krattack sagte: »Sie kann dir sagen, was Geduld ausrichten kann!«

Vrograth und die Riesin starrten mich an. Mein Körper brannte vor Schmerzen und dem Drang, die innere Raserei abzureagieren, aber ich spürte Krattacks Hand auf meiner Schulter, und ihr harter Griff kühlte mich irgendwie ab und verhalf mir wieder zu einigermaßen klarem Denken.

Zuerst hatte ich keine Ahnung, wovon Krattack überhaupt redete, doch dann erkannte ich mit seltsamer Klarheit meinen Platz in seinem Plan. Ich beschloß, dem alten Troll zu helfen, da ich den Eindruck hatte, daß ich mir damit auch selber helfen würde. »Großer Vrograth«, begann ich leise, irgendwie überwältigt und verwirrt.

»Lauter, bitte«, flüsterte mir Krattack ins Ohr, obwohl er ein paar Dutzend Ellen weiter weg stand. »Auftreten ist alles.«

»Großer Vrograth!« rief ich. »Geduld hat dich vor einigen Wochen besiegt, als du und ich einander gegenüberstanden.« Vrograth machte eine wegwerfende Bewegung mit einer seiner mächtigen Hände, doch ich fuhr rasch fort: »Du bist mächtig, Vrograth! Ich bin klein! Aber mit Geduld habe ich dich besiegt. Ich wartete, und als ich dich schließlich traf, traf ich dich entscheidend.«

Ich wußte nicht, woher ich plötzlich die Worte nahm, und vermutete, daß mich Krattack mit seiner Magie beeinflußte. Aber ich konnte mich auch in späteren Jahren immer gut an diesen Augenblick erinnern und erkannte irgendwann, daß wir oft mit der Gabe des Redens gesegnet sind, wenn wir es am wenigsten erwarten, wenn die Worte es wirklich wert sind, ausgesprochen zu werden.

Woher die Inspiration auch kam, die Worte übten jedenfalls eine deutliche Wirkung auf die Menge aus. Alle wurden ruhiger, wenngleich sie immer noch schwer atmeten. Sogar die Riesin schien zufrieden zu sein, da sie mir zulächelte.

»Hör ihr gut zu!« rief Krattack, der plötzlich wieder zwei Arme besaß. Er ging mit festen Schritten auf Vrograth zu, während er fortfuhr. »Diese Frau ist nicht wie wir – sie ist keine von uns. Sie kann sich nicht auf ihre Körperfülle und ihre gewaltige Kraft verlassen. Und doch überlebt sie. Und doch gewinnt sie. Für die Theraner sind wir das, was sie für uns ist. Wenn wir siegen wollen, müssen wir von ihrer Weisheit lernen.«

Vrograth traute dieser Logik nicht. »Was kann mir diese Kleine schon beibringen?« Doch um mich herum hörte ich auch gemurmelte Zustimmung für Krattacks Worte.

Daß Vrograth mich als ›Kleine‹ bezeichnet hatte, brachte mich in Wut. Ich bin klein, selbst für einen Menschen, und ich mache mir diesbezüglich nichts vor, aber er benutzte den Ausdruck auf eine verächtliche Art und Weise. Wenngleich unter Kontrolle, kreisten mir die Energien der Passion Thystonius immer noch in den Adern. Ich stürmte geduckt die Erhebung hinauf. Vrograth breitete die Arme aus, bereit, mich zu fangen, wenn ich versuchte, ihn über den Haufen zu rennen.

Aber ich hatte gar nicht die Absicht, ihn über den Haufen zu rennen. Jedenfalls nicht so, wie er glaubte. Zum erstenmal in meinem Leben wußte ich ganz genau, wie ich meine magischen Kräfte wirksam einsetzen konnte, und vor meinem geistigen Auge entstand rasch ein Plan, der Magie und Muskelkraft miteinander verschmolz.

Während ich ihm entgegenstürmte, hauchte ich auf den Boden und wirkte den Zauber Vereiste Oberfläche. Das Eis bildete sich hinter mir, als ich weiterrannte. Vrograth bemerkte es nicht, da er sich darauf konzentrierte, mich zu fangen. Als ich ihn erreichte, tauchte ich blitzschnell zwischen seinen stämmigen Beinen hindurch, wobei ich meinen Zauber immer noch aufrechterhielt. Das Eis breitete sich auf den

Hügel und unter seinen Füßen aus. Er keuchte überrascht auf, als ich ihm einen Fußtritt in den Allerwertesten verpaßte und ihn damit aus dem Gleichgewicht brachte. Er rutschte vorwärts und ruderte heftig mit den Armen. Dann glitten die Beine unter ihm weg, und er rutschte den Hügel hinunter, an dessen Fuß er schließlich auf dem Hinterteil zur Ruhe kam.

Unter den Trollen erhob sich großer Jubel.

Und noch mehr Jubel, als Vrograth aufstehen wollte und noch einmal auf dem Eis ausglitt. Diesmal begleitete Gelächter das Klatschen.

Ich war schrecklich glücklich, aber selbstverständlich war die Sache damit noch nicht ausgestanden. Vrograth rutschte bis an den Rand des Eises und erhob sich dann, rasend vor Wut. Auch in ihm war die Passion Thystonius noch sehr stark. Er machte Anstalten, auf mich loszustürmen. Unwillkürlich hob ich ein wenig Erde von einer nicht vereisten Stelle des Hügels auf. Wenn er auf mich losging, würde ich ihm ein paar Erdpfeile durch die Stirn jagen.

Doch Krattack tauchte plötzlich zwischen uns auf – plötzlich und mit einem silbrigen Blitz. »Großer Vrograth! Sicherlich kannst du sie angreifen und gewinnen. Genau das werden die Theraner mit uns anstellen. Aber wir haben Releanas Größe, und wir müssen schlau sein und nach Möglichkeiten suchen, die Theraner schlagen zu können, wie Releana dich geschlagen hat. Willst du von ihr lernen?«

Vrograth starrte die Illusion an, bereit, dessen war ich mir sicher, durch sie hindurchzustürmen und mich in Stücke zu reißen. Doch plötzlich traten mehrere andere Trolle hinter ihren Anführer. Sie berührten seine Arme. Er schüttelte sie ab. Sie flüsterten ihm etwas zu. Er schüttelte den Kopf.

Immer mehr Trolle näherten sich ihm, bis er von seinen Leuten umringt war, die alle erregt auf ihn einredeten. Unzählige Stimmen versuchten, ihn umzustimmen.

215

»Genug!« bellte er schließlich, und alle Trolle wichen rasch zurück. Er sah zu mir hoch und sagte: »Also gut. Krattack sagt, ich soll dir zuhören. Ich höre zu. Aber ich bin der Häuptling. Hast du verstanden?«

Ich nickte, während mir plötzlich klar wurde, wieviel leichter es für jemanden ist, aus Eitelkeit Anführer zu sein als aus Achtung vor den Leuten, die ihm folgen.

21

Er breitete die Arme aus, als wolle er Großzügigkeit demonstrieren, doch in seinem Gesicht sah ich nichts als Gehässigkeit. »Welche Weisheiten hat die kleine Menschenfrau anzubieten?«

»Die erste Weisheit ist diese: Wir müssen sie in kleinen Gefechten besiegen. Ihre Festung, Himmelsspitze, ist zu gut verteidigt, um sie direkt anzugreifen. Wir müssen zuerst ihre Flotte dezimieren.« Die Worte kamen aus meinem Mund, aber ich hatte noch nie zuvor strategische Dinge erörtert. Es schien nur gesunder Menschenverstand zu sein – aber Krattack schien zu glauben, daß mein gesunder Menschenverstand den Ausschlag geben könnte. »In Himmelsspitze befindet sich der wahre Reichtum der Theraner – die theranische Magie, der theranische Schatz aus Stein und Metall. Aber das ist die wertvollste Beute. Das Zweitwertvollste sind die fliegenden Burgen, die ebenfalls mit Schätzen gefüllt sind. Bleiben ihre Steinschiffe. Die müssen wir zuerst angreifen, und zwar einzeln, denn sie sind das schwächste Glied ...«

»Welche Herausforderung liegt darin, die Schwächsten anzugreifen?« wollte Vrograth wissen.

»Die Herausforderung«, rief Krattack, der einen Moment lang so aussah, als wolle er Vrograth mit seinen alten Händen erwürgen, »liegt im langfristigen Ziel! Im Bewahren der Geduld. Sie spricht weise. Laß sie ausreden.«

»Geduld ist nicht der Weg der Kristallpiraten!« schrie Vrograth, und plötzlich kam er mir trotz seiner Größe wie ein kleines Kind vor, vier oder fünf Jahre alt, dem man viel zu lange seinen Willen gelassen hatte. Es schien so, als fange er jeden Augenblick an, mit den Füßen aufzustampfen. Ein paar Trolle in seiner Nähe nickten weise, doch die meisten wirkten unsicher.

Krattack sagte: »Sehr oft ist Geduld nicht unser Weg. Aber unsere Welt hat sich verändert. Die Theraner ...«

»Theraner, Theraner, Theraner! Seit Monaten redest du von den Theranern! Als ich ein Junge war, hast du auch von den Theranern geredet. Dein Leben lang hast du uns erzählt, daß die Theraner kommen. Jetzt sind sie da. Warum sollten sich die Dinge geändert haben? Wir greifen an. Wir töten. Wir plündern.«

»Sie haben sich geändert, weil die Theraner jetzt hier sind. Sie leben anders als wir, und sie wollen uns dieses Leben aufzwingen.«

»Wir werden sie töten!«

»Wir werden sie *vielleicht* töten«, stieß Krattack zwischen zusammengebissenen Zähnen hervor. »Aber vielleicht auch nicht. Die Ankunft der Theraner ist die entscheidende Prüfung für alle Völker, die in diesem Land leben – in Barsaive. Das ganze Land wird sich durch ihre Anwesenheit verändern. Entweder sie werden über uns herrschen, oder wir vertreiben sie – aber wir werden uns alle verändern.«

»Wen meinst du mit *wir*?« fragte J'role laut, da er schon zu lange nicht mehr im Mittelpunkt gestanden hatte. »Meinst du die Steinklauen? Die Trolle der Zwielichtgipfel? Wer ist *wir*?«

»Das ist jetzt nicht von Bedeutung«, erwiderte Krattack rasch, während er J'role einen vernichtenden Blick zuwarf, der besagte: »*Sei still!*«

Krattack hatte offenbar seine Gründe, auf bestimmte Gesichtspunkte der Angelegenheit nicht näher einzugehen. Der Clan hatte starre Verhaltensweisen, und der alte Illusionist wollte sie an jede neue Idee erst ganz langsam gewöhnen. Mir wurde jetzt klar, daß Krattack meine Geduldsprobe gegen Vrograth unterstützt hatte, um dem Clan die Wirksamkeit der Geduld zu zeigen. Jeder Schritt mußte sorgfältig vorgetragen werden, damit die Trolle nicht gleich vor dem Gesamtplan zurückscheuten.

An die Gruppe der Trolle gewandt, sagte ich: »Die zweite Weisheit ist folgende: Erkennt ihre Stärken, und macht sie euch zu eigen.«

»Wir sind stark genug«, sagte Vrograth.

»Ihre Schiffe sind aus Stein, eure aus Holz. Sie werden euch schlagen.«

»Wir benutzen keine Steine für unsere Schiffe!« sagte Vrograth, und ich wußte sofort, daß ich einen empfindlichen Punkt angesprochen hatte.

»Nein«, sagte Krattack, »das tun wir nicht. Wir besitzen weder das Wissen noch die Mittel, solche Schiffe zu bauen.«

»Aber da ist noch das Schiff, mit dem wir gekommen sind«, erklärte ich.

»Genau«, sagte der alte Illusionist. »Es kann vielleicht ausgebessert werden, und ...«

»Mit einem solchen Schiff werden wir nicht segeln. Der Erde ist es nicht bestimmt zu fliegen!«

»Weisere Worte habe ich noch nie gehört«, sagte Krattack bedächtig. »Und keine Steinklaue soll sich die Hände mit dieser Arbeit schmutzig machen. Aber es sind welche unter uns – Releanas Leute vom Schiff –, die diesem Verbot nicht unterliegen. Sie könnten das Schiff ausbessern und sich uns anschließen. Sie könnten das theranische Schiff auch bemannen. Und warum sollten nicht ein paar Trolle mit diesem Schiff segeln, wenn sich welche finden, die dazu bereit sind?«

Ein Gefühl der Erregung breitete sich in meiner Brust aus. Das konnten wir tatsächlich. Vielleicht. Ich wußte nicht, ob wir die Fähigkeiten besaßen, das Schiff auszubessern. Aber es war immerhin möglich, und dann würden wir unser eigenes Schiff besitzen. Das Schiff würde bei der Suche nach Euch eine unschätzbare Hilfe sein.

Und mehr als das. Der Gedanke, das Schiff zu beherrschen, hatte an sich schon etwas Erregendes an sich. Ich erinnerte mich an mein Verlangen, mich an Bord eines Drakkars zu verbergen, und jetzt schien es so, als könne ich lossegeln, ohne mich verstecken zu müssen. Mein eigenes Schiff zu besitzen, zu segeln, wohin ich wollte, und meine beiden Jungen zu befreien. Was konnte ich mehr verlangen?

Für Vrograth war der Fall erledigt. »Wie lange für Ausbesserungen?«

Krattack wandte sich an mich. »Wie lange dauern die Ausbesserungen?«

Ich war eine elementaristische Magierin, also glaubten sie, ich müsse es wissen. Aber ich hatte keine Erfahrung, was die Arbeit an Luftschiffen betraf. Da ich jedoch befürchtete, daß Vrograth mir die Möglichkeit versagen würde, das Schiff wieder flugtüchtig zu machen, wenn ich zögerte, sagte ich rasch: »Zwei Wochen.«

»Zwei Wochen«, wiederholte Vrograth höhnisch. »Wir müssen jetzt in den Krieg ziehen.«

»Geduld«, sagte Krattack.

»Ich hasse diese Geduld.«

»Ja«, sagte Krattack, »aber du haßt die Theraner noch mehr. Zwei Wochen.«

Mit einem tiefen verzweifelten Seufzer nickte Vrograth.

Die Riesin war verschwunden. Aber ich hatte das Gefühl, daß ich sie bald wiedersehen würde.

22

Zwei Wochen waren nicht genug Zeit, um die Arbeit vernünftig zu erledigen, aber mehr stand uns nicht zur Verfügung. Wir mußten eben damit zurechtkommen.

Ich studierte das Schiff ein paar Tage lang, wobei mich eine Schiffbauerin der Trolle begleitete. Sie erklärte mir, wie Drakkars gebaut wurden, indem man zuerst das Holz zuschnitt und dann das Schiff zusammensetzte. Dann wurde elementare Luft hinzugefügt, die von Elementaristen in das Holz eingegliedert wurde, und zwar unter Benutzung dunkler, mir unbekannter Zauber. Ich erwähnte das der Trollfrau gegenüber, die mich daraufhin überrascht ansah.

»Krattack behauptet, du seist eine ausgezeichnete Schiffbauerin. Er sagt es uns schon, solange ihr bei uns seid.« Sie war ziemlich drall und stemmte die Hände in die Hüften wie eine Mutter, die die erste Lüge ihres Kindes zu durchschauen versucht.

Krattacks Worte verblüfften mich, aber ich hatte mittlerweile schnell zu handeln gelernt, wenn ich mich mit den Täuschungen des alten Illusionisten auseinandersetzen mußte. »Ja, schon. Aber ich meine ... Ich bin es gewohnt, auf einer Werft für Steinschiffe zu arbeiten. Die Anlagen hier ... Deine Leute wissen viel mehr über die Arbeit mit Kristallen als ich. Und wir werden für die Ausbesserungsarbeiten welche brauchen ... Das habe ich gemeint.«

Sie musterte mich eingehend, dann wandte sie sich wieder dem Schiff zu. »Ja«, sagte sie, während ihre dicken Finger eine der Bruchstellen im Rumpf entlangfuhren. »Wir können die Kristalle benutzen, um die Risse zu füllen.«

»Genau«, sagte ich, obwohl ich bis zu diesem Augenblick nicht gewußt hatte, ob so etwas überhaupt möglich war.

Wir arbeiteten hart. Die Trolle – diejenigen, die Krattack überreden konnte, uns zu helfen – schnitten Kristalle für uns zu und gaben mir Anweisungen für den Luftschiffbau. Sie wußten, wie man hölzerne Luftschiffe baut und wie man die Kristalle mit Magie auflädt, aber sie hatten diese beiden Dinge noch nie miteinander verbunden. Der Gedanke, daß Stein fliegen sollte, machte ihnen doch sehr zu schaffen. Meine Aufgabe bestand darin, alle Informationen zu sammeln, die sie über diese beiden Bereiche besaßen, und sie in praktische Erkenntnisse für die Schiffsausbesserung umzusetzen.

Mit großer Vorsicht paßten J'role und die anderen ehemaligen Sklaven die Kristalle in die Bruchstellen ein und ordneten sie so an, daß sie eine glatte Oberfläche bildeten. Es blieb keine Zeit, darauf zu achten, daß die Farben zusammenpaßten, so daß sich bald bunte Streifen über den Schiffsrumpf zogen. Als alle Risse und Spalten gefüllt waren, belegte ich die Kristalle mit dem elementaren Luftzauber, der sie untereinander verband.

Ich hätte beim Weben der Magie ein wenig konzentrierter sein sollen, als ich tatsächlich war. Schließlich hing unser aller Leben von der erfolgreichen Ausbesserung des Schiffes ab. Außerdem zapfte ich die ätherische Ebene immer noch ohne den Schutz einer Magierrobe an. Es hätte viele Monate gedauert, eine Robe für mich herzustellen, von den fehlenden magischen Hilfsmitteln im Steinklauenclan einmal ganz abgesehen. Mir hätte auch die Robe von einem der Clanmagier gereicht, die ich auf meine Aura hätte neu einstimmen können. Doch keiner der Magier, nicht einmal Krattack, wollte mir diese Gefälligkeit erweisen.

Daran seht ihr, wie wertvoll vor dreißig Jahren die Roben noch waren.

Doch ich fand mich mit dem Wagnis ab. Mir blieb auch kaum eine andere Wahl. Und die Arbeit machte Spaß. Die damit verbundene Herausforderung war herrlich. Schließlich bedeutet Magie die Verschmelzung meiner Sinne mit dem Universum, und es gibt keine schönere Erfahrung. (Euch beide in meinem Bauch zu tragen, war jedoch eine ebenbürtige Erfahrung, weil Eure Sinne mit mir verschmolzen und damit *mich* zum Universum machten. Eine Erfahrung, über die man nicht so einfach hinweggehen sollte.)

J'role und ich waren im Umgang miteinander so vertraut, daß wir sehr gut wortlos zusammenarbeiten konnten. Wenn ich zum Beispiel auf einen Haufen Erde sah, den ich für einen Zauber benötigte, hob J'role eine Handvoll für mich auf. Er erwartete keinen Dank und bekam auch keinen. Wenn er Hilfe brauchte, um die Kristalle an Ort und Stelle zu halten, während er sie mit einem besonderen Klebstoff bestrich, den die Trolle für ihre Kristallarbeiten benutzten, war ich zur Stelle. Dann standen wir da, während sich unsere Hände fast berührten, unsere Gesichter nur ein paar Zoll auseinander, grimmig dreinblickend und ganz auf die Arbeit konzentriert. Die anderen Mitglieder unserer Gruppe lachten oft und scherzten miteinander. Wir nicht. Wir waren von einem gemeinsamen Interesse erfüllt, das uns zu unglaublicher Schnelligkeit antrieb. Und das war gut so, da unsere Zeit äußerst knapp bemessen war.

Ich erinnere mich ganz genau an unseren letzten Arbeitstag. Meine zwei Wochen waren um, und ich mußte an diesem Tag fertig werden, denn Vrograth wollte Blut. J'role und die anderen hatten alle Bruchstellen mit Kristallen ausgefüllt, und ich brauchte nur noch das Gestein des Schiffsrumpfes mit den Kristal-

223

len zu verweben und dann die elementare Luft an das Schiff binden.

Gewitterwolken und Regen sorgten für einen ausgesprochen trüben Tag. Der Schiffsrumpf war naß und glänzte. Ich trug ein Tuch über dem Kopf, das rasch durchnäßt war. J'role war bei mir, stumm wie immer, und trug einen Kasten mit meinen magischen Hilfsmitteln, die er mit dem Körper vor dem Regen schützte. Der Rest der Gruppe wohnte bereits seit einiger Zeit im Schiff, und im Moment bereiteten sie das Schiffsinnere vor, indem sie Wände und Boden von Blutflecken säuberten und Proviant verstauten, den die Trolle bereitstellten. Krattack hatte dafür gesorgt, daß ein paar der wagemutigeren Trolle auf unserem Schiff Dienst taten, da wir ehemaligen Sklaven allein es nicht vollständig bemannen konnten. Diese Trolle arbeiteten drinnen mit den anderen. Darüber war ich froh, da unsere kleine Mannschaft, die aus zwölf ehemaligen Sklaven und zehn Trollen bestand, auf diese Weise Gelegenheit fand, sich vor der Schlacht gegenseitig kennenzulernen. Ständig hörte ich kehliges Gelächter aus dem Schiff hallen.

Die Steine mit den Kristallen zu verbinden, war leicht, da zwischen beiden eine elementare Verwandtschaft bestand. Ich ließ meine magischen Gedanken einfach in die Astralebene und von dort aus in die elementare Ebene der Erde gleiten.

Aus meiner Astralsicht sah das dicke graue Gestein des Schiffsrumpfes wie eine Reihe von Punkten aus, die so dicht gepackt waren, daß ich mich anstrengen mußte, um sie auseinanderzuhalten. Die Theraner benutzten schweres Gestein, das dichter war als alles andere Gestein, welches ich bisher gesehen hatte, und wiederum staunte ich über ihre Fähigkeit, die Steinschiffe in die Luft zu bekommen. Glücklicherweise war der größte Teil der Schiffsmagie noch intakt, so daß ich diesen Vorgang nicht vollständig wiederholen mußte.

Die Kristalle waren ebenfalls Punkte, aber sie bildeten Linien und zarte Muster. Die unterschiedlichen Farben der Kristalle spiegelten sich in der Darstellung der Winkel wider, die je nach Farbe anders waren, wie unterschiedliche Holzsorten verschieden gemasert sind.

J'role war nicht mehr als ein Geist neben mir. Natürlich erkannte ich seine Aura, und ich sah, was ich immer gesehen hatte, wenn ich ihn mit meiner Astralsicht betrachtete. Er war bei ausgezeichneter Gesundheit. Doch sein Gefühlszustand glich dem eines Kindes, und innerhalb dieses Kindes befand sich eine Blume – eine große Sonnenblume –, doch geschwärzt und durch den Mangel an Sonne und Wasser vertrocknet. Oder zumindest war dies meine Lesart. Die Magier behaupten, daß die Aura einer Person die Wahrheit darstellt. Das stimmt meiner Ansicht nach auch, aber diese Wahrheit ist in merkwürdige Symbole gekleidet, die von dem Magier, der die Aura betrachtet, gedeutet werden müssen. Die astrale Untersuchung von Lebewesen ist eine sehr ungenaue Kunst, und die Magie hilft dabei nur ein wenig.

Ich legte die Hände auf das Schiffsgestein und spürte, wie sich meine astralen Finger in das Material drückten wie in zähen Schlamm. Natürlich würde ich den Rumpf nicht durchdringen können. Doch mein Astralkörper konnte den Stein bearbeiten wie Ton. Sanft schoben meine Finger das dichte Gestein auf die wunderschönen Kristallinien zu und vermischten die beiden Strukturen. Die Verbindung würde nie vollkommen sein, aber die beiden Materialien brauchten auch nur an den Rändern zu verschmelzen. Wie ein Maurer, der Mörtel und Steine verbindet, um eine Mauer zu errichten, nahm ich die beiden Elemente Stein und Kristall und schmiedete sie zu einem Ganzen. Anders als der Maurer benötigte ich jedoch keinen Mörtel. Die Steine selbst würden unter meiner Magie miteinander verschmelzen.

Rasch vermischten sich die Ränder. Ich wiederholte den Vorgang bei allen Bruchstellen, und als ich schließlich aus der Astralebene glitt, war ich entzückt über die Wirkung, die meine Arbeit auf der weltlichen Ebene zeigte. Der Kristall war mit dem grauen Stein des Schiffes verschmolzen und bildete jetzt wunderbare Adern in glitzernden Farben. Wenngleich sonderbar, wirkte alles doch sehr natürlich. Was es auch war, nachdem ich meine Magie gewirkt hatte.

»Fertig«, sagte ich.

J'role schwieg auch weiterhin, und ich betrachtete ihn. Er trug keinen Schutz vor dem Regen, und das Wasser hatte sein Haar durchnäßt und lief ihm über das Gesicht. Er sah bemitleidenswert aus, und ich konnte mich nicht des Gedankens erwehren, daß er das bei seinem schauspielerischen Feingespür auch ganz genau wußte. »Ich wollte dich immer nur glücklich machen.«

Ich wandte mich ab. Ich hatte genug von diesem Mann. Er konnte mir helfen, Euch zwei zu retten, oder auch nicht, aber ich würde meine Zeit nicht mehr mit dem Versuch vergeuden, sein erschüttertes Selbstwertgefühl zu stärken. Er konnte sich jemand anders dafür suchen.

»Releana!«

Ich blieb stehen. Ich spürte Tränen in den Augenwinkeln, und der Regen schien mich zusätzlich zum Weinen anzuhalten. Warum mußte es so sein? Warum hatte ich so viele Jahre mit ihm vergeudet? Warum konnte ich einfach nicht die Mittel finden, ihn aus meinem Leben zu verbannen? Was haben wir an uns, das uns zusammenhält, wenn wir eigentlich doch nichts anderes wollen als die Trennung?

»Bitte, kehr mir nicht den Rücken. Bitte nicht … Ich habe niemanden außer dir.«

Ich kehrte ihm weiterhin den Rücken. Der Regen war kalt auf meinem Rücken, und ich zitterte unter

226

dem roten Tuch, das ich mir um den Kopf gewickelt hatte. »Du hast deine Söhne.«

»Ich kann kein Vater sein.« Er traf einfach eine Feststellung, ein wenig überrascht, als könne er nicht glauben, daß ich diese offensichtliche Tatsache nicht schon vor Jahren erkannt hatte.

Jetzt drehte ich mich zu ihm um. »Du *bist* ein Vater.«

»Ich liebe *dich*.«

»Ich will deine Liebe nicht, wenn du deine Söhne nicht lieben kannst. J'role, was stimmt nicht mit dir? Warum bist du so? Was ist los mit dir?«

»Ich...« Es war einer dieser seltenen Augenblicke, in denen ihm die Worte fehlten.

»Das ist doch nicht normal. Eltern lieben ihre Kinder.«

»Ich weiß.«

»Woran liegt es dann?« Ich trat näher. Ich wollte ihn so gern verstehen. Auf seine Art war er ein guter Mann. In ihm gab es soviel Liebe und Fürsorge. Zu allermindest Mitgefühl. »Du kannst dich um die Kinder der Steinklauen kümmern. Warum nicht um deine eigenen?«

Er ballte die Fäuste, sein Kinn zitterte, und der Regen auf seinem Gesicht vermischte sich mit Tränen. Sein Gesicht, das immer so ausdrucksvoll war, schien jetzt alles Leid des Universums widerzuspiegeln. »Ich habe Angst.«

»Angst wovor?« Ich spürte es. Irgend etwas kam. Er würde mir jetzt etwas erzählen, mir irgendeinen Hinweis geben. Oder mir vielleicht sogar die ganze Geschichte mitteilen. Irgend etwas war ihm zugestoßen. Bevor wir uns begegnet waren. Oder vielleicht auch in Parlainth. Als er seine Stimme wiedergefunden hatte...

Als er seine Stimme wiedergefunden hatte.

»J'role«, sagte ich rasch, da ich befürchtete, er würde mich unterbrechen, »du hast mir die ganzen Jahre etwas verheimlicht. Ich bin deine Frau. Und diese Sache... Sie hält dich davon ab, der Vater zu sein, den deine Kinder brauchen?«

Er nickte. Seine Schultern waren jetzt eingefallen.

»Als du deine Stimme wiedergefunden hattest, konntest du endlich sprechen, und du warst auf eine Weise frei wie nie zuvor. Aber jetzt mußt du sie auch benutzen. Du hast die ganzen Jahre dafür geübt. Und jetzt ist es an der Zeit zu reden. Jetzt ist es an der Zeit zu sagen, was wirklich wichtig ist.«

Ein unglaubliches Ringen fand in seinen Gedanken statt, und unter seiner nassen Haut spannten sich die Muskeln und lockerten sich wieder, verkrampften sich und spiegelten das Hin und Her seiner Inneren Zwiesprache. Sein Gesicht glich einer lebenden Darstellung dieses Ringens. Es war nicht so, als sähe man einer Person beim Nachdenken zu. In diesem Augenblick war J'role ein Dutzend Personen zugleich. Jeder Gesichtsausdruck verwandelte seine Züge – durch irgendeinen Trick, den nur J'role begriff – in die einer anderen Person. Ich fragte mich mehrfach, ob er sprechen würde, und wenn ja, ob mit der Stimme einer anderen Person, derjenigen nämlich, die sein Gesicht gerade darstellte.

Ich fragte mich, ob viele Personen in seinem Kopf waren. Ich weiß, in meinen Gedanken wohnen zwei Stimmen, die Person, die ich als mein Ich bezeichne, und eine andere, die mich manchmal ermutigt und manchmal ermahnt. Ich fragte mich, wie vielen Stimmen J'role lauschte.

Schließlich stammelte er: »Ich kann nicht.«

»Warum nicht?«

Er sah mir direkt in die Augen, und ich glaube, ich habe weder vorher noch hinterher jemals wieder ein derart verängstigtes Wesen gesehen. »Es ist zu furchtbar, Releana. Bitte. Bitte mich nicht, darüber zu reden.«

So, wie er das sagte, konnte ich einfach nicht weiter in ihn dringen.

»Schon gut. Schon gut. Aber ich kann nicht mehr deine Frau sein, J'role. Ein Ehemann kann nicht ... Mir fehlen die Worte. Entweder du verstehst es oder nicht.«

Er nickte, um mir zu zeigen, daß er es verstand. Aber er verstand es nicht.

Der Regen hielt auch noch am nächsten Tag an, als wir starteten, um nach theranischen Schiffen zu suchen, die wir überfallen konnten. Es regnete in Strömen, und wir waren zwar in Luftschiffen unterwegs, schwammen aber letzten Endes doch in einem Meer aus Wasser.

Bestürzenderweise war J'role glänzender Laune. Seine Haltung mir gegenüber ähnelte jetzt der eines etwas zurückgebliebenen Freundes des Familie, der heimlich in mich verknallt war. Oder der eines neuen Bekannten, der mich anziehend fand, sich aber noch nicht offenbaren konnte, weil wir einander noch nicht so gut kannten. Zum Erstaunen und zur Freude der übrigen Besatzung tollte er auf dem schlüpfrigen Steindeck herum und unterhielt alle.

Alle außer mir.

Krattack war die letzte Ergänzung unserer Besatzung. »Dieses Schiff ist viel sicherer«, sagte er, als er an Bord kam.

»Ich wußte gar nicht, daß du dich an Raubzügen beteiligst.«

»Das tue ich auch nicht. Das hier ist Krieg.«

»Die Suche nach meinen Kindern ist ein Krieg? Eine winzige Flotte von Schiffen gegen die Macht der Theraner ist ein Krieg?«

»Du hast eine ganz falsche Vorstellung.« Krattack sah jetzt mehr denn je so aus, als könne er ein Weiser sein. Ein grau-grauer Weiser mit tiefen Runzeln und Falten, dessen gewaltiger Mund mächtige gelbe Zähne beherbergte. »Du stellst dir den Krieg so vor, wie er ist, wenn er mitten im Gange ist. Oder, genauer ausgedrückt, wie man über ihn denkt, wenn er in den Geschichtsbüchern verzeichnet ist, wenn er Vergangenheit ist und alle sagen können: ›Nun, das war ein Krieg.‹ Und diese Vorstellung entspricht natürlich ganz und gar nicht dem, was hier und heute geschieht. Es ist beinahe absurd zu glauben, diese Ereignisse würden zu einem Krieg führen.«

»Aber sie werden es?«

»O ja. Denk immer daran, daß es keinen Grund gäbe, sich mit dem Anfang und der Mitte abzugeben, wenn wir immer schon von Anfang an genau wüßten, wie sich die Dinge entwickeln. Wir könnten uns ganz einfach immer mit den Ergebnissen zufriedengeben. Doch die Dinge, die wir beginnen, verwandeln sich unvermeidlich in etwas anderes.«

»Du scheinst deiner Sache sehr sicher zu sein.«

»Das bin ich auch. Aber nur weil ich sicher bin, daß ich noch viele Überraschungen erleben werde, bevor alles vorbei ist.«

Plötzlich besorgt, sah ich mich nach J'role um. Er war nirgendwo zu sehen. Jeder arbeitete. Ein paar Besatzungsmitglieder kümmerten sich um das Segel und sorgten dafür, daß es straff im Wind hing. Andere beobachteten den Kompaß und bemannten das Steuerruder. Und die übrigen waren unten und ruderten. Wahrscheinlich war J'role bei dieser Gruppe. Arbeiten.

Dann sah ich ihn in der Mastspitze an einer Rahe hängen. Er hatte die Füße an der Querstange eingehakt und hing mit dem Kopf nach unten. Er hing so weit außen, daß sich sein Körper nicht mehr über, sondern neben dem Schiff befand. Und er lachte und lachte und lachte.

Ein weiterer Brief von Eurem Vater, eine weitere Anfrage, mich besuchen zu dürfen. Ich habe bislang nicht einmal die Zeit gehabt, mir seine erste Bitte durch den Kopf gehen zu lassen.

Doch mit diesem Brief ist noch etwas ganz Außergewöhnliches gekommen: Ein langes Manuskript von einem Drachen namens Bergschatten. Oder jedenfalls wird das behauptet. Es könnte sich auch um einen komplizierten Schabernack Eures Vaters handeln.

Das Manuskript gibt vor, von J'roles Vergangenheit zu erzählen.

Ich muß mir darüber klar werden, ob ich diese Vergangenheit jetzt noch kennenlernen will.

Je mehr ich von dieser Geschichte aufschreibe, desto mehr will ich ihn einfach vollkommen vergessen. Mir bleiben noch ein paar Jahre. Könnte ich die nicht verbringen, ohne daß J'role ständig durch meine Gehirnwindungen spukt?

TEIL DREI

NARBEN UND BLUT

Obwohl mich Krattack zum Propheten der Geduld gemacht hatte, verzehrte mich die Ungeduld von innen heraus. Ich wollte gegen die Theraner kämpfen. Ich wollte meine Kinder retten. Und in dieser ganzen Zeit war ich nicht einmal sicher, ob Ihr zwei überhaupt noch am Leben wart, aber diese Frage verdrängte ich aus meinen Gedanken. Ich wußte, wenn ich so dachte, verlöre ich jegliche Entschlossenheit – oder würde zu einer hirnlosen Furie, die sich von ihrem Blutdurst leiten ließ. Das wollte ich nicht. Trotz meiner ständig wachsenden Kampfeslust wollte ich keine Kristallpiratin werden.

Wir segelten eine Woche lang durch die Lüfte, wobei wir auch ein paarmal theranische Schiffe und fliegende Burgen in der Ferne sichteten, doch niemals ein einzelnes Schiff, das unserem Zweck hätte dienen können. Wir sahen auch die Drakkars mehrerer anderer Kristallpiraten-Clans. Zwischen den Trollen schien ein unbeständiger Frieden zu herrschen. Solange sie unbehelligt das Tiefland plündern konnten, hielten sie sich voneinander fern. Doch Krattack versicherte mir, daß ein notleidender Kristallpiraten-Clan nicht zögern würde, einen anderen Clan zu überfallen.

Die Gewitter kamen und gingen, wenn auch kein derart heftiges wie jenes, welches uns zwei Monate zuvor zur Landung in den Zwielichtgipfeln gezwungen hatte. Der Dschungel unter uns leuchtete grellgrün. Unter dem Blätterdach verborgen befanden sich Dutzende von Dörfern und Ortschaften. Hin und wieder sah ich Ackerland, das sich dem lebensspendenden Licht der Sonne darbot. Vom Schiff aus betrachtet, wirkte die Welt ruhiger. Alles war verkleinert. Wenn ich unter mir Leute sah, waren sie so klein, daß ich ihre Gesichter nicht erkennen konnte, sondern nur kleine Gestalten sah, die sich um ihre Angelegenheiten kümmerten. Ihr Leid und ihre Eifersucht, ihre Ängste und ihre Befürchtungen blieben mir verborgen.

Kapitän des Schiffes zu sein, erfüllte mich mit einem völlig unerwarteten Gefühl. Während ich im Bug des Schiffes stand und unter mir das Land und über mir die Wolken vorbeiziehen sah, hatte ich plötzlich eine merkwürdige Anwandlung. Ich hatte plötzlich dasselbe Gefühl wie in einem Traum, in dem man fliegt – nur daß es kein Traum war.

Unerwartet befand ich mich plötzlich in einer verantwortlichen Position, und dies war überhaupt nicht schlimm. Als ich mir vor Wochen vorgestellt hatte, mich an Bord eines Drakkars zu schleichen, bestand ein Teil des Reizes darin, frei von jeglicher Verantwortung zu sein, alles und jeden hinter mir zu lassen und mich um nichts mehr *kümmern* zu müssen. Und jetzt stand ich hier und traf Entscheidungen. Ich teilte die Leute für die Ruderschichten ein und regelte die Ausgabe des Proviants, wobei ich mir alle Mühe gab, die grundlegenden Techniken des Luftsegelns zu erlernen. Dies alles machte mir nicht das geringste aus. Tatsächlich machte es mir sogar Spaß. Denn mit der Verantwortung kam das Gefühl, daß sie die *meine* war. Ich war nicht in irgendein schreckliches Leben gezwängt, obwohl mich eine perverse Wendung des Schicksals zum Kapitän gemacht hatte. Anstatt meine Suche nach Euch als Aufgabe zu betrachten, die mir von den Theranern aufgezwungen worden war, begriff ich sie als Wahl, die ich selbst getroffen hatte. So sah ich auch die Tatsache, daß ich Euch zur Welt gebracht hatte, ebenso wie die, daß ich mich in J'role verliebt hatte.

Bislang hatte ich alle, die irgend etwas von mir gewollt hatten, als Leute betrachtet, die mit Forderungen in mein Leben eindrangen, welche zu stellen sie kein

Recht hatten. Jetzt begriff ich meinen Anteil an diesen Vorgängen. Ich hatte den Forderungen nachgegeben und war daher Mittäter und kein Opfer. Es hing nur von mir ab, wie ich verfuhr. Ich konnte so oder so durchs Leben treiben. Natürlich würden mich die Winde hierhin und dorthin verschlagen. Und vielleicht erreichte ich mein Ziel nicht. Aber es lag ganz allein an mir, den Kurs festzusetzen.

Ich suchte nicht deshalb nach Euch, weil Ihr hilflos wart. Nicht weil die Theraner Euch geraubt hatten. Nicht weil J'role nicht dagewesen war, um Euch zu beschützen. Das waren nur die Umstände. Ich suchte nach Euch, weil ich es wollte.

Eines Morgens bei Tagesanbruch wurde ich von Wia geweckt. »Wir haben zwei theranische Schiffe gesichtet. Keine weiteren Schiffe in der Nähe.«

Durch die Bullaugen fiel rosafarbenes Licht in die Kabine und verlieh den Wänden die Farbe eines Traums. Erregung durchflutete mich, mein Atem beschleunigte sich. Ich erinnere mich jetzt, daß ich keinen Gedanken an die Möglichkeit des Todes verschwendete – weder meines eigenen noch den von Mitgliedern meiner Mannschaft. Es schien so, als sei nichts leichter, als zwei theranische Luftschiffe anzugreifen.

»Weck die Mannschaft auf!« befahl ich Wia, und sie verschwand rasch aus der Kabine. Ich schlüpfte in meine Rüstung – Pelze, die mir die Trolle zur Verfügung gestellt hatten – und ging an Deck. Die Sonne war soeben hinter uns am Horizont aufgegangen. Vor uns und im Norden trieben Wolkengebirge, die in feurig goldenes Licht getaucht waren. Es hatte den Anschein, als könne man zu ihnen segeln, anlegen und eine neue Welt aus reiner Schönheit entdecken.

Unser Schiff warf einen Schatten durch den vor uns liegenden leichten Nebel, der wie ein düsteres Fanal auf zwei theranische Schürfschiffe zeigte. Das Sonnenlicht verwandelte ihren Rumpf in feuriges Gold.

Es gibt Augenblicke im Leben, in denen man plötzlich aus dem alltäglichen Einerlei herausgerissen wird und sich als Teil von etwas Größerem erkennt – als Faden im Gewebe des Universums, der einen mit etwas Größerem verbindet, als man sich je hätte träumen lassen. In diesem Augenblick wußte ich, daß ich plötzlich ein Teil der Geschichte meines Landes war. Krattacks Krieg würde stattfinden, und ich würde daran teilnehmen.

Zu beiden Seiten der *Steinregenbogen* – so hatte ich mein Schiff getauft, und zwar nach den vielfarbigen Kristallen, die überall über den Rumpf verliefen – trieben die neun verbliebenen Drakkars der Steinklauen. Unsere Schiffe flogen alle in verschiedenen Höhen und mit mindestens fünfhundert Schritten Abstand voneinander.

Die Trolle verständigten sich normalerweise durch Rufe oder, wenn sie dafür zu weit auseinander waren, durch einfache Signale mit einem roten Tuch. Die von Vrograths Schiff übermittelten Signale waren von uns nicht auszumachen, da wir zu weit von ihm entfernt waren. Das Signal wurde von Schiff zu Schiff weitergegeben, bis es ein Troll auf meinem Schiff klar erkennen konnte. Die Trolle hatten die Signale zwar erklärt, aber ich hatte beschlossen, sie immer von einem Clanmitglied lesen zu lassen. Ich hatte Angst, einen kleinen Fehler mit möglicherweise schrecklichen Folgen zu begehen.

Während der Troll auf die Signalflaggen starrte, übersetzte er. »Wir greifen jetzt an.« Dann blinzelte er, als könne er die Signale nicht verstehen, und sagte schließlich: »Jetzt, jetzt, jetzt.« Lächelnd fügte er hinzu: »Vrograth sehr blutdurstig.«

Das war ich auch. Ich schmeckte das Verlangen nach Blut auf der Zunge, und ich hieß den Geschmack willkommen. Ich hatte in den vergangenen Jahren nur Kämpfe mit hirnlosen Ungeheuern oder den grausam intelligenten Dämonen ausgetragen. Oder mit jenen, die mich zuerst bedroht hatten, worauf ich sofort mit Gewalt reagiert hatte. Nie zuvor hatte ich den Kampf auf diese Weise gesucht. Mein Atem beschleunigte sich. Ich spürte, wie sich meine Haut in der kühlen Höhenluft erwärmte. Ich berührte den Dolch am Gürtel. Einen Dolch, den ich der Leiche eines theranischen Matrosen abgenommen hatte.

»Fertigmachen zum Kampf!« schrie ich. Der Ruf hallte durch das Schiff, als ihn meine Mannschaft aufnahm und weitergab.

Unten im Ruderraum stimmten die Trolle einen rhythmischen Schlachtgesang an. Ihre tiefen, grollenden Stimmen gingen mir durch Mark und Bein, und ich mußte an die Zeit denken, als ich noch ein kleines Mädchen gewesen war und mein Vater mich immer in den Schlaf gesungen hatte. Bis heute hatte ich gedacht, es sei die Sanftheit seiner Stimme gewesen, die mich so friedlich hatte einschlafen lassen, aber jetzt erkannte ich, daß es seine *Stärke* war.

Die Schiffe nahmen Fahrt auf, und der Wind peitschte mir über das Gesicht. Ich rief J'role, und wir eilten zur Feuerkanone, die im Bug des Schiffes montiert war. Die Trolle waren mit dieser Waffe nicht vertraut, aber J'role und ich kannten sie von verschiedenen Reisen auf Flußbooten der T'skrang. Zwar fehlte uns die Übung, doch wir hatten sie schon in Aktion gesehen und außerdem das Abschießen der Kanone während der Ausbesserungsarbeiten an der *Steinregenbogen* geübt.

Neben der Kanone befand sich ein Stapel goldener Orichalkumkästen, die elementares Feuer enthielten. J'role öffnete die Rückseite der Kanone, während ich den Deckel des ersten Kastens hob, dem augenblicklich ein Hitzeschwall entwich. Der feurige Glanz der Kohle blendete mich trotz des hellen Morgenhimmels.

Ich schloß die Augen und nahm die Welt nicht mehr mit meinen normalen fünf, sondern mit meinen Astralsinnen wahr. Vor mir glühte das elementare Feuer, das irgendwann von theranischen Schürfern aus einer Spalte zwischen unserer Welt und der Elementarebene des Feuers geholt worden war. Von der Astralebene aus betrachtet, brannte die Kohle weißglühend und sprühte Funken wie Sternschnuppen.

Ich schaufelte die Kohle heraus, wobei ich meine magischen Kenntnisse benutzte, um mich vor der Hitze zu schützen, und stopfte sie in die Kohlenkammer der Kanone. Dann griff ich in den Sack an meiner Hüfte, entnahm ihm ein wenig elementare Luft – die ebenfalls aus den Lagerräumen des Schiffes stammte – und verdrehte sie zu einer Zündschnur, die ich vorsichtig in das schmale Rohr schob, das in die Feuerkohlenkammer führte.

Als ich fertig war, richtete ich die Kanone auf das nähere der beiden theranischen Schiffe. Bei unseren Übungsrunden auf den Zwielichtgipfeln hatten wir versucht, einen Berghang zu treffen, nur um festzustellen, ob wir die Kanone vernünftig abschießen konnten. Jetzt, als mein Blick dem Lauf der Kanone zu einem Schiff folgte, das nicht viel größer aussah als ein Karren, wurde ich von Verzweiflung gepackt. Es war unmöglich, daß ich das Schiff traf. Ich mühte mich jedoch nach Kräften und bewegte die Kanone ein wenig nach links, dann wieder nach rechts.

»Beeil dich!« rief J'role. »Wenn wir noch länger warten, geraten uns die Trolle in die Schußlinie.«

Ich warf einen raschen Blick über die Schiffsreling. Er hatte recht. Die anderen Schiffe näherten sich den Theranern jetzt sehr rasch.

»Ich habe ihnen doch gesagt ...«, begann ich.

»Egal. Wir haben unseren Schuß jetzt. Also schieß endlich!«

Ich visierte das theranische Schiff noch einmal an und richtete die Kanone genau darauf aus. Im letzten Augenblick erinnerte ich mich daran, ein wenig höher zu halten. Ein T'skrang-Matrose hatte mir einmal erklärt, daß man um so höher zielen mußte, je weiter das

240

Ziel entfernt war. Wie jeder andere Gegenstand beschrieb auch der Feuerball eine nach unten zeigende Flugkurve.

»Jetzt.«

J'role konnte die Zündschnur aus elementarer Luft zwar nicht sehen, aber er hielt einfach seine Fackel an die Rückseite der Kanone.

Die Flammen der Fackel jagten die Zündschnur entlang wie Feuer in einer Winternacht durch einen Kamin. Ein merkwürdiger Anblick, da es für das Auge so aussah, als kröche eine kleine Flamme durch die Luft. Schließlich erreichte sie die Röhre, die in die Kanone hineinführte.

Ein Augenblick der Stille. Ich nahm noch einmal eine leichte Zielkorrektur vor.

Dann ein gewaltiges Tosen, als sich die elementare Luft in der kleinen Kohlenkammer entzündete und das elementare Feuer noch mehr aufheizte. Die Kanone donnerte, als sie einen Feuerball ausspie.

Gespannt verfolgte ich seinen Flug. Der Feuerball sprühte Flammen und Funken und schrumpfte in Sekundenschnelle zu einem winzigen Punkt. Feuerball und sonnenbeschienenes Schiff verschmolzen miteinander, und dann traf der Feuerball das Schiffsdeck.

Die Trolle brachen in lauten Jubel aus, und ihre Stimmen hallten durch die Luft wie entfernte Echos. »Laß uns noch einen Schuß abgeben, bevor sie zu nahe kommen«, sagte ich.

»Sie sind bereits ...«, begann J'role.

»Zu dumm. Los, mach schon!«

Er sagte nichts mehr, und wir luden, zielten und feuerten noch einmal. Erfahrene Matrosen hätten es schneller geschafft, aber wir kamen gut genug zurecht. Diesmal traf der Feuerball den Mittelaufbau. Wiederum spritzte das Feuer über das Schiff wie ein Blutregen. Ich sah Schatten über das Deck flitzen und dann einen Matrosen mit brennender Kleidung vom

Schiff fallen und zur Erde stürzen. Seine Arme und Beine schlugen hektisch hin und her, als hoffe er, seinen Fall dadurch irgendwie aufhalten zu können.

Der Anblick schockierte mich. Ich begriff jetzt, wie Vrograth so viele Drakkars und Krieger verloren hatte. Tatsächlich wunderte ich mich, daß so viele zurückgekehrt waren. Der Anblick hätte mich von dem Gedanken abbringen können, den Kampf fortzusetzen, doch statt dessen wurde ich nur innerlich kalt. Ein anderer Teil von mir übernahm – ein Teil, dessen Existenz mir zwar bewußt war, den ich aber nicht mochte – und verdrängte das Mitleid. Ich konnte alles tun, ohne an die Konsequenzen denken zu müssen, bis alles vorbei war.

Die Drakkars waren jetzt alle herangekommen. Beide theranischen Schiffe schossen einen Feuerball ab. Einer traf einen Drakkar und tauchte seinen dünnen hölzernen Rumpf in Flammen. Einige Trolle sprangen auf und versuchten die Flammen mit ihren Umhängen zu ersticken. Der andere Schuß – von dem Schiff, das ich zweimal getroffen hatte – ging weit an Vrograths Drakkar vorbei und fiel harmlos zur Erde.

Die theranischen Matrosen, die viel geübter im Abschießen ihrer Kanonen waren als wir, gaben Augenblicke später zwei weitere Schüsse ab. Zwei Feuerbälle rasten auf uns zu. »Hinunter!« schrie ich. »Alles hinunter!« Dann warf ich mich auf das Deck, rollte mich vorwärts und drückte mich gegen die Bugspitze.

Grellrotes Licht flog über mich hinweg, dann war ich von unerträglicher Hitze umgeben. Ich schrie auf vor Schmerzen, als mir Feuer über die Beine leckte. Einen Augenblick später war J'role bei mir und erstickte die brennenden Pelze, die ich trug. Er wälzte mich heftig hin und her, aber ich nahm die Bewegung kaum zur Kenntnis. Fast meine gesamte Aufmerksamkeit galt meinen Beinen: Die Flammen hatten meine Haut weggebrannt, und der Gestank meiner eigenen

243

Verbrennungen überwältigte meinen Geruchssinn. Das rohe Fleisch meiner Muskeln, das jetzt schutzlos der kalten Luft ausgesetzt war, kam mir zugleich eiskalt und glühendheiß vor.

Ich verspürte ein Ziehen in der Kehle, bevor mir klar wurde, daß ich einen langgezogenen, endlosen Schrei ausstieß. J'role rief nach Crothat, dem Questor Garlens an Bord. Er war ein junger Troll und daher noch ziemlich unerfahren, aber ein unerfahrener Heiler war immer noch besser als gar keiner.

Doch Crothat kam nicht. Als ich lange genug mit dem Schreien aufhörte, um Luft zu holen, hörte ich mehrere Schreie von der anderen Seite des Mittelaufbaus.

»Ich hole Crothat«, sagte J'role und stand auf.

Ich griff nach seiner Hand und hielt ihn zurück. Ich biß mir auf die Lippen, während ich mich darauf konzentrierte, zusammenhängend zu reden. »Nein. Entweder hat er selber Probleme... weil er stirbt oder bereits tot ist... Oder er hilft den Sterbenden...«

Er löste sich von mir. »Er wird dir zuerst helfen...«

Meine Hand verkrampfte sich um seiner wie die eines Säuglings, der sich ins Haar seiner Mutter krallt. »Laß mich nicht allein. Bitte.« Erst als ich die Worte ausgesprochen hatte, erkannte ich, wie tief sich Entsetzen und Verzweiflung in mich gebrannt hatten.

Mein Körper war bereits gefühllos – nicht nur dort, wo mich das Feuer verbrannt hatte, sondern überall. J'role versuchte immer noch, sich von mir zu lösen, was mir völlig absurd vorkam, da ich nur wollte, daß er bei mir blieb und mich ansah. Ich spürte, wie ich aus dem Leben in eine Welt ohne Fleisch und Farben und Liebe glitt. Ich wollte nicht sterben, ohne daß jemand mein Dahinscheiden zur Kenntnis nahm.

»Releana, ich muß Hilfe holen.« Jetzt sah er mich an, und in seinem Gesicht stand eine schreckliche Angst. »Stirb nicht. Hast du mich verstanden? Du darfst nicht

244

sterben!« Er hatte noch mehr Angst als ich, wenn das überhaupt möglich war.

Ich ließ seine Hand los. »Hol Hilfe.«

Die *Steinregenbogen* hielt weiterhin auf die theranischen Schiffe zu. Ich hörte viel Geschrei von den Trollen auf den anderen Schiffen. Die Entermanöver standen bevor. Die Stimmen theranischer Matrosen drangen ebenfalls zu mir herüber. Sie brüllten Befehle und bereiteten sich auf den Nahkampf vor. Ich hörte noch mehrfach das Donnern ihrer Kanonen, und Feuerbälle krachten in unseren Mittelaufbau und zerschmetterten ihn, so daß dicke Steinsplitter über das Deck flogen.

J'role kehrte mit Crothat zurück. Die rechte Gesichtshälfte des jungen Trolls war von furchtbaren Verbrennungen entstellt, die sich über den Hals bis zur rechten Schulter zogen. Die Flammen hatten seine graugrüne Haut weggebrannt, so daß jetzt Streifen verkohlten Muskelgewebes zu sehen waren. Die Muskeln hatten Blasen geworfen, die langsam einsanken, während er mich untersuchte. Er sah schrecklich verängstigt, doch zugleich wild entschlossen aus.

»Du mußt dir selbst helfen«, begann ich.

»Still, Kapitän«, sagte er mit vor Anstrengung und Schmerzen piepsiger Stimme. »Laß mich dir zumindest ein wenig helfen.«

Er legte mir die Hände auf die Schultern, und ich sah ein Schimmern in der Luft hinter ihm.

Weitere Rufe. Das Abschießen von Kanonen. Schreie.

Ich kam mir vor wie in jener Art von Alptraum, in dem man selbst handlungsunfähig ist und sein Schicksal von den chaotischen Handlungen anderer abhängt.

Und dann tauchten plötzlich drei theranische Matrosen über uns auf, die, getragen von Magie, den Abgrund zwischen unseren Schiffen überwunden hatten. Sie flogen wie Akrobaten durch die Luft, die Schwerter gezogen. Dann landeten sie auf dem Deck, und ihre blauen Rüstungen glänzten im Licht der Morgensonne.

Trotz der Tatsache, daß sie gekommen waren, um mich zu töten, keuchte ich bei ihrem Auftauchen vor Erstaunen auf. Ich kann mich noch erinnern, wie mir der Gedanke kam, über welche verblüffenden und zugleich schrecklichen Fähigkeiten unsere Völker doch verfügten.

J'role und Crothat kehrten den Theranern den Rücken, bemerkten jedoch beide mein erstauntes Keuchen. J'role drehte sich in dem Augenblick um, als die Theraner landeten.

J'role fuhr herum, während er gleichzeitig sein Schwert zog und hochriß. Zwei der theranischen Matrosen ließen ihre Klingen auf J'role hinabsausen. Die drei Schwerter klirrten aufeinander, und die Wucht der theranischen Hiebe zwang J'role in die Knie.

Der dritte theranische Matrose hieb nach Crothat. Der Troll duckte sich, aber nicht schnell genug, und die Schneide fuhr ihm in die Brandwunde an der rechten Schulter. Der junge Troll heulte vor Schmerzen auf, warf sich dem Theraner jedoch ohne Innehalten entgegen und packte ihn mit einer Hand. Der Theraner setzte zu einem verzweifelten Hieb an, verfehlte Crothat aber in seiner Angst. Mit überraschender Plötzlichkeit rammte Crothat dem Theraner die Faust gegen den Hals, so daß dieser gegen die Schiffsreling geschleudert wurde und über Bord ging. Sein Aufschrei verhallte rasch.

Die anderen beiden Theraner nahmen keine Notiz vom Schicksal ihres Kameraden, denn J'role hatte sich wieder gefangen, und die drei waren in einen heftigen Kampf verwickelt. Alle drei grunzten, während ihre Schwerter gegeneinanderklirrten. Crothat zog sein Kristallschwert aus der mächtigen Gürtelscheide. Das blaue Gestein reflektierte das Sonnenlicht und blendete mich vorübergehend.

Als ich wieder sehen konnte, lag ein Theraner mit aufgeschlitztem Bauch auf Deck, während eine Blutfontäne den Mittelaufbau besprizte. Der andere Theraner machte kehrt und floh. J'role verfolgte ihn.

Crothat ließ sich neben mir auf die Knie sinken, wobei er vor Schmerzen in der Schulter zusammenzuckte. Er bettete mich um, bis mein Kopf in seinem

Schoß ruhte, und sagte: »Schließ die Augen, und laß Garlen zu dir kommen.«

»Du bist verwundet ...«

»Bitte, Mensch. Du redest zuviel. Tu es einfach.«

Ich schloß die Augen. Er murmelte ein paar Worte in seiner Trollsprache, und obwohl die Worte ihre harten, gutturalen Konsonanten behielten, beruhigten sie mich durch ihren sanften Tonfall. Schreie und Rufe gellten auch weiterhin durch die Luft, aber ich entspannte mich. Die großen Hände des Trolls berührten meine Arme, und Wärme durchflutete meinen Körper. Die Wärme erreichte rasch meine verbrannten Beine, und selbst dort breitete sich eine wohltuende Kühle aus.

Ich spürte die Anwesenheit eines hellen Lichts und öffnete die Augen.

Die schwangere Riesin in der silbernen Rüstung war zurückgekehrt. In der Rüstung spiegelten sich die Morgensonne und alle Kämpfe auf den anderen Schiffen. Sie war jetzt kleiner, vielleicht neun Ellen groß, und stand vor meinen Füßen, von wo sie mit ernster Miene zu mir herabsah.

»Ich dachte, du seist Thystonius«, sagte ich zu ihr, da ich wußte, daß Crothat Garlen anrief. Meine Stimme klang belegt und schien von weither zu kommen, und obwohl ich wußte, daß der Vorgang Wirklichkeit war, wußte ich auch, daß er weit, weit entfernt von der *Steinregenbogen* stattfand.

»*Dieser* Windbeutel wahlloser Gewalt? Wohl kaum.« Sie klang wie eine Mutter, deren Zeit zu sehr beansprucht wird – nicht wütend oder verächtlich, sondern kurz und bündig. »Und ich habe dich noch nie zuvor gesehen. Ich habe dich schon gespürt, ich war früher schon einmal da, als du verletzt warst. aber wir sind uns noch nie begegnet.«

»Aber ich habe dich doch gesehen ...«

»Du hast gesehen, was du sehen zu müssen glaubtest. Wir sind Passionen. Wir sehen nichts und niemandem *ähnlich*. Du hast an dieser Stelle deines Lebens entschieden, daß sich das Wesen des Konflikts und das Wesen der Fürsorge ähneln. Also sehen wir einander ähnlich. Das ist schon öfter vorgekommen.« Sie beugte sich vor, jetzt sehr ernst. »Einer meiner Questoren versucht dich zu heilen.«

»Ja.«

»Es fällt ihm nicht leicht, weißt du? Er leidet selbst. Er könnte sich selbst heilen.«

»Ja. Ich habe ihm gesagt ...«

»Aber er wollte nicht hören. Er ist jung und ein wenig einfältig. Weil er seine Zeit mit jemandem vergeudet, der gar nicht notwendigerweise leben will.«

Mein Mund öffnete sich vor Überraschung, da ich keine Ahnung hatte, wovon sie sprach.

»Tu das nicht. Ich mag das nicht. Wenn eine Passion die Wahrheit spricht, sollte man verlangen können, daß die Leute zuhören, es auch als Wahrheit erkennen. Ich bin eine Lebenskraft, die in *jedem* steckt. Das sollte mir einige Autorität verleihen.«

Sie hielt inne. Ich wußte nicht, was ich sagen sollte, also schwieg ich.

»Nun?«

»Ich weiß nicht ...«

»Horch in dich hinein, Frau! Ich bin der Teil von dir, der beschützen und sich um dich und andere kümmern will.«

»Ja, ich weiß, aber ...«

»Was führst du für ein Leben? Was ist das für eine Art, Liebe und Blut zu vermischen? Schmerzen und Zuneigung?«

Ich hatte noch nie mit jemandem darüber gesprochen, es niemals in Worte gekleidet. Nicht einmal J'role gegenüber. Und jetzt stand Garlen vor mir und nannte die Jahre verwirrter Gefühle hinsichtlich J'roles geschlechtlicher Begierden – und meiner Mitwirkung – beim Namen und stürzte mich in völlige Verwirrung.

Diesmal wartete sie jedoch. Die Schreie waren verklungen, obwohl ich in ihrer silbernen Rüstung immer noch Reflexionen der Schlacht erkennen konnte. Wenn mein Kopf immer noch in Crothats Schoß lag, war ich mir dessen jedenfalls nicht mehr bewußt.

»Ich ... J'role hat damit angefangen.«

Ein Teil von mir hatte gehofft, Garlen werde das Thema fallenlassen, wenn ich die Schuld abwälzte. Sie wartete darauf, daß ich fortfuhr.

»Zuerst gefiel es mir nicht. Aber mit der Zeit ... Es gefiel ihm so sehr.«

»Moment mal, wie war das vor ›Es gefiel ihm so sehr‹? ›Aber mit der Zeit‹ was? Mit der Zeit war *was*?«

»Mit der Zeit gefiel es mir auch.«

»Aus Neugier, aus meinem Verlangen herauszufinden, ob du mir *jemals* zuhören wirst, wenn ich dir nicht in derart dramatischer Form erscheine: Hast du das je vor dir selbst zugegeben? Oder hast du dir immer eingeredet, du seist J'roles Opfer, und er habe dich zu etwas gezwungen, was du gar nicht wolltest ...«

»Aber ich will es doch gar nicht ...«

»Aber es gefällt dir! Du hast gerade gesagt ...«

»Es gefällt mir, wenn ich es tue. Aber wenn ich es nicht täte, würde ich es auch nicht vermissen.«

Sie kniete jetzt vor mir, ihr schwangerer Bauch war mir ganz nahe, ihr großes Gesicht nur eine Elle von meinem entfernt. Ich war ein Kind gegen sie. Ein Kind, das in einem Netz der Täuschung gefangen war, welches ich selbst geknüpft hatte, um zu rechtfertigen, warum der süße Inhalt fehlte. Eine Täuschung, die ich nicht zunichte machen konnte, ohne mein ganzes bisheriges Leben zunichte zu machen.

Sie sagte leise: »Du kannst nicht einmal die Worte aussprechen, nicht wahr? Ihr Namensgeber habt diese wunderbare Sprache vom Universum bekommen, und ihr redet mit Ungenauigkeiten wie ›es‹ und ›Sache‹ um den heißen Brei herum. Unklarheit ist eure letzte Zuflucht, wenn die Passionen in euren Seelen an die Oberfläche drängen, um euch gegenüberzutreten.« Ich stammelte irgend etwas Belangloses. Sie winkte ab. »Was tust du mit ihm? Was ist dieses ›es‹?«

»Ich tue ihm weh.«

»Ja?«

»Beiße. Kratze ihn mit den Fingernägeln. Bis Blut fließt.« Während ich die Worte aussprach, spürte ich, wie sie mich erregten.

»Dein Verlangen wird selbst jetzt geweckt, nicht wahr? Du willst es tun. Trotz allem, was du gesagt hast.«

»Ja.«

»Was willst du mit ihm tun?«

»Ihm weh tun.«

»Und?«

»Ihn demütigen.«

»Und?«

»Er soll wissen ...«

»Ja?«

»Was er mir antut.«

»Er tut dir weh?«

»Ja.«

»Ja«, wiederholte sie.

»Er tut mir nicht körperlich weh. Er verläßt mich. Er tut *mir* weh.«

»Ja. Was willst du tun?«

»Ihm weh tun.«

»Und dadurch fühlst du dich besser?«

»Ja.«

»Ja?«

Plötzlich standen mir Tränen in den Augen. »Nein. Nein, ich fühle mich nicht besser. Ich fühle mich quitt mit ihm. Wir kratzen einander nur gegenseitig. Nicht besser. Quitt. Quitt in unserem Schmerz.«

»Ja.«

»Ja.«

»Wodurch fühlst du dich besser?«

»Durch meine Kinder.«

»Ja.«

»Durch mich selbst, wenn ich Magie lerne.«

»Ja.«

»Dadurch, daß ich den Leuten in meinem Dorf helfe. Horvaks Schmiedeofen baue. Mir überlege, woraus das Universum besteht, und dieses Wissen anwende. Leuten helfe.«

»Ja.«

»Mache.«

»Ja.«

»Beschütze.«

»Ja.«

Ich streckte die Hand aus und berührte sie ganz leicht. »Ich weiß nicht, wie man heilt. Ich will mich selbst heilen. Irgend etwas ist ganz furchtbar mißlungen.«

»Ja.« Sie hielt inne und sah mich freundlich, aber auch ein wenig traurig an. »Dir steht eine Wahl bevor. Sei bereit.«

Sie verschwand.

Meine Verletzungen waren geheilt, obwohl die Haut an den verbrannten Stellen rosafarben und zart aussah. Mir blieb nur ein winziger Augenblick, die Abwesenheit des Schmerzes zu genießen, bevor Crothat mich mit einem Aufschrei von seinem Schoß stieß. Blut spritzte auf mich herab, und der Troll fiel mit einem dumpfen Knall auf das Deck, die großen Augen weit aufgerissen und leblos.

Instinktiv wälzte ich mich über das Deck und preßte den Rücken gegen die Schiffsreling. Ein rascher Blick auf Crothat zeigte mir, daß ihm zwei dicke Armbrustbolzen aus dem Hinterkopf ragten.

Ich sah auf und entdeckte die Mörder. Eines der beiden theranischen Schiffe war leicht gestiegen – nur so weit, daß uns die Reling keinen Schutz mehr bot. Das Schiff hatte seinen Steigflug gerade erst begonnen. Mir wurde klar, daß meine Unterhaltung mit Garlen wenig – wenn nicht gar keine – Zeit in Anspruch genommen hatte.

Mir blieb kaum Zeit zum Nachdenken. Die beiden Armbrustschützen – eine Elfe und eine Zwergin – grinsten mich an, während sie ihre Waffen spannten und Anstalten machten, einen neuen Bolzen einzulegen und auf mich zu schießen. Für einen Augenblick erwog ich, einen Zauber zu wirken, entschied mich dann jedoch dagegen. Die Begegnung mit Garlen hatte mich aus dem Gleichgewicht gebracht, und die Vorstellung, die Aufmerksamkeit eines Dämons zu erregen und ihn in meinem Kopf zu spüren, war einfach zu schrecklich. Ich sehnte mich so sehr nach einer neuen Magierrobe! Was nützte einem magisches Wissen, wenn seine Anwendung in die Katastrophe führen konnte?

Ich rappelte mich auf und rannte zum Heck der *Steinregenbogen*, wobei ich darauf achtete, den Mittelaufbau zwischen mir und dem Schiff zu haben. Vom Heck drang mir Schwerterklirren an die Ohren, und ich zog meinen Dolch aus der Scheide.

Als ich um die Ecke des Mittelaufbaus bog, sah ich mehrere verbrannte Trolle auf dem Deck liegen. Einige waren tot. Andere lagen im Sterben. Andere, Trolle von der *Steinregenbogen*, Elfen und Menschen vom theranischen Schiff, lagen blutend da. J'role und vier Trolle standen mit dem Rücken zur Heckreling. Sieben theranische Matrosen, alle mit Schwertern bewaffnet, hatten sie dort festgenagelt. Die Sonne, die jetzt auf einer Höhe mit der Luftschlacht war, warf den Schatten des aufsteigenden theranischen Schiffes auf den verbissenen Schwertkampf.

Ich eilte vorwärts, lautlos, wie J'role es mir beigebracht hatte. »Ein Kampfruf«, hatte er einmal zu mir gesagt, »ist etwas für Leute, die groß genug sind, um allen anderen auch ohne Kampfruf Angst einzujagen. Leute wie du und ich sollten so leise und wirkungsvoll wie möglich vorgehen und die Betreffenden töten, bevor sie wissen, wie ihnen geschieht.«

Also schlich ich mich so lautlos wie möglich an. Aber auch schnell, da das theranische Schiff bald über den Mittelaufbau der *Steinregenbogen* gestiegen wäre und ich dann ohne Deckung dastünde. J'role und die Trolle aus meiner Mannschaft sahen mich kommen, doch keiner sagte etwas oder verzog auch nur eine Miene.

Ich hatte die Theraner fast erreicht, als sich das Schiff über unseren Mittelaufbau schob und Warnrufe erschollen. Die Theraner vor mir fuhren herum, aber ich stieß einem von ihnen meinen Dolch in den Rücken. Er schrie auf und brach zusammen.

Während er zu Boden ging, zog ich die Klinge aus seinem Rücken. Seltsame, schwindelerregende Emp-

254

findungen überkamen mich. Erinnerungen an blutige
Liebesnächte mit J'role überfluteten meine Gedanken.
Das eine ein Mord, das andere ein Akt geschlechtlicher Erregung. Wie war das möglich? Was hatte ich
getan?

Was *hatte* ich getan? Ihr Geister! Seit dem Ende des Theranischen Krieges, als Euer Vater und ich uns trennten, habe ich so viele Gedanken und Fragen verdrängt.

Der dicke Brief des Drachen liegt auf meinem Schreibtisch, immer noch ungelesen, nicht weit von meiner Hand, die diese Worte niederschreibt. Er wartet wie ein Dämon, zusammengerollt und bereit, mich anzuspringen. Es ist so, als stünde ich wieder auf den Zwielichtgipfeln, starrte auf den tintenschwarzen nächtlichen Dschungel und fühlte mich ganz wohl am Abgrund, da ich weder in die Tiefe stürzte noch mich vor Angst zurückzog, sondern einfach unfähig war, mich zu rühren.

Der Brief des Drachen droht mich in den Abgrund zu reißen.

6

Armbrustbolzen prallten gegen das Steindeck und zerbrachen oder flogen als Querschläger davon. Einer der Trolle sprang vor und fing einen Bolzen mit der Schulter auf, der meinen Schädel gespalten hätte. Er stöhnte auf, riß sich den Bolzen heraus, hob mich mit einem Arm auf und rannte mit mir zum Eingang des Mittelaufbaus.

Meine Mannschaft bestand noch aus fünf Trollen, J'role und mir selbst, jene nicht mitgerechnet, welche unten die Ruder bemannten – eine gemischte Gruppe aus Trollen und Mitgliedern meiner ursprünglichen Mannschaft.

Weitere Armbrustbolzen prallten um uns auf den Steinboden. Das theranische Schiff segelte weiter. Schwarzer Rauch wogte durch die Luft. Viele Drakkars brannten.

»Wir müssen ein Ende machen«, sagte ich.

»Uns zurückziehen?« fragten ein paar Trolle erstaunt.

»Nein, nein. Allem ein Ende machen.« Ich hatte nicht die Absicht, mich zurückzuziehen. Und mir wurde klar, daß ich lieber bei dem Versuch sterben wollte, den Theranern zu schaden, als lebend zurückkehren und nichts erreicht zu haben. »Wir müssen den Kurs ändern und das theranische Schiff verfolgen. Es darf uns nicht entkommen.«

Ich kam gar nicht dazu, konkrete Befehle zu geben. Die Trolle fühlten sich einfach dazu berufen, *sofort* zu handeln. Mehrere rannten zu den Segeltauen, andere ans Ruder. »Komm«, sagte ich zu J'role, »laß uns zur Kanone gehen! Wir sind in guter Schußweite.« Wir rannten zum Bug. Ein Feuerball verfehlte uns nur um ein paar Ellen, und ein Hitzeschwall schlug mir entgegen.

Die Ruderer hatten das Tempo verlangsamt, als wir uns den theranischen Schiffen genähert hatten, und jetzt rief ich immer wieder: »Rudert! Rudert! Wir müssen *sofort* Fahrt aufnehmen!«

Im Ruderraum stimmten die Trolle wieder ihre Schlachtgesänge an, und das Schiff schoß vorwärts, so daß J'role und ich ins Straucheln kamen. Sie hatten irgendeine Magie gewirkt, um ihre Geschwindigkeit zu erhöhen, und die Magie zeigte beeindruckende Wirkung. Die Segel schwangen nach Steuerbord und blähten sich in einer frischen Brise. Wir machten uns auf die Verfolgung des flüchtenden theranischen Schiffes.

Als unser Schiff herumschwang, konnten wir auch die anderen in die Schlacht verwickelten Schiffe besser sehen. Zu meiner Überraschung hatten nur zwei Drakkars Feuer gefangen. Die Mannschaften dieser beiden Schiffe arbeiteten wie verrückt, um das Feuer zu löschen, und es sah so aus, als würde es ihnen auch gelingen. Drei unbeschädigte Drakkars hatten das andere theranische Schiff umzingelt. Mehrere Dutzend Trolle hatten es geentert, und es war klar zu erkennen, daß der Kampf zum Erliegen kam. Der graue Stein des Schiffes war an vielen Stellen rot vor Blut. Überall lagen Leichen und abgetrennte Körperteile herum. Trolle mit furchtbaren Wunden lehnten an der Reling und versuchten nach dem verzweifelten Kampf wieder zu Atem zu kommen. Die Theraner, die ich sah, waren alle tot oder lagen im Sterben.

Weitere Trolle sprangen auf das theranische Schiff, gesund und zum Plündern bereit. Natürlich bedeutete dies, daß uns weniger Trolle bei dem Schiff helfen konnten, das wir verfolgten. Ich nahm mir vor, nach diesem Kampf – wenn ich ihn überlebte – mit Vrograth ein paar Worte hinsichtlich der Reihenfolge zu wechseln: Geplündert wurde erst, *nachdem* der vollständige

Sieg gewährleistet und sichergestellt war. Zwei der Drakkars lösten sich jedoch von der möglichen Beute und schlossen sich der Verfolgung an.

J'role und ich luden die Kanone, und als sich der Bug unseres Schiffes auf das fliehende theranische Schiff richtete, zielte ich sorgfältig. »Feuer!« rief ich, und J'role setzte die Zündschnur aus elementarer Luft mit einer Fackel in Brand. Mit einem gewaltigen Zischen schoß der Feuerball davon. Ich hatte versucht, die Segel des theranischen Schiffes zu treffen, doch aufgrund meiner Unerfahrenheit raste der Feuerball jetzt auf das Ruder zu. Dies erwies sich als Glücksfall, da der Feuerball das Ruder tatsächlich traf und ein Stück von ihm abbrach. Durch den Aufprall drehte sich das Ruder zudem noch, so daß der Matrose am Steuer zu Boden geschleudert wurde, als sich das Rad wie wild zu drehen begann.

Die Wirkung all dessen war, daß sich das theranische Schiff stark nach Backbord neigte. Die Matrosen wurden hin und her geworfen, und manche verloren völlig den Halt. Der plötzliche Schwenk brachte das Schiff auf einen Kurs, der im rechten Winkel von der *Steinregenbogen* wegführte, was es uns gestattete, näher zu den Theranern aufzuschließen. Ich hantierte mit den elementaren Feuerkohlen herum und brauchte diesmal viel länger für das Nachladen, denn ich war sowohl erregt als auch ein wenig besorgt.

J'role schrie plötzlich auf und griff sich an die Brust. Ein Blick auf das theranische Schiff zeigte mir, daß ein Magier in einer schwarzen, mit silbernen Regentropfen bestickten Robe auf dem Mittelaufbau des Schiffes saß und nach einem weiteren Opfer Ausschau hielt. Er sah mich, lächelte und begann mit den Gesten für einen Zauber. Ich hob die Fackel auf, die J'role hatte fallenlassen, und setzte die Zündschnur in Brand. Dann griff ich nach der Kanone, um sie noch auszurichten, bevor sich der Schuß löste.

Ich zielte auf den Magier, dann ein wenig höher, um die Abweichung in der Flugbahn des Feuerballs auszugleichen. Im gleichen Augenblick verkrampfte sich mein Körper, als seien plötzlich meine Knochen eingefroren. Dann bewegten sich meine Arme gegen meinen Willen. Mir war sofort klar, daß der Magier Knochentanz gegen mich gewirkt hatte.

Doch ich versuchte dem Zauber zu widerstehen und hielt die Kanone auf mein Ziel gerichtet. Stechende Schmerzen schossen mir durch die Glieder. Die Zeit dehnte sich, und Gedanken an Blut und aufgeschlitzten Körpern und Liebe und Leidenschaft gingen mir durch den Kopf. Wenn ich mich diesen Gedanken unterworfen hätte, wäre ich dann dankbar für die Kontrolle gewesen, die der Magier über mich ausübte? J'role jedenfalls genoß es, wenn er sich mir unterwarf. Er überantwortete sich jemand anderem, was bedeutete, daß er nicht mehr verantwortlich war. In dieser Vorstellung lag durchaus eine gewisse Anziehungskraft.

Außerhalb meiner Gedanken verging nur ein Augenblick. Unter dem Einfluß des Zaubers versuchten meine Hände, die Kanone umzudrehen, sie auf meine eigene Mannschaft abzufeuern.

Nadeln stachen mich von innen, als ich mich widersetzte.

Sekunden verstrichen.

Der Schuß löste sich.

Der Magier sprang auf, als der Feuerball auf das Schiff zuflog. Ich hätte ihn auch so nicht getroffen – so genau konnte ich nicht zielen. Statt dessen krachte der Feuerball gegen den steinernen Mast, der sich augenblicklich mit einem komplizierten Netz aus Sprüngen und Rissen überzog. Eine herabfallende Flammenzunge setzte die Robe des Magiers in Brand, der sich sofort auf das Deck warf und sich herumwälzte, um das Feuer zu ersticken.

»Schneller!« schrie ich aus Leibeskräften.

»Wir werden sie rammen!« rief J'role, als das Schiff noch schneller wurde. Er war wieder auf den Beinen, da die Wirkung des Zaubers beendet war.

»Genau«, erwiderte ich. Dann rief ich in Richtung Steuermann: »Etwas höher!« Andere Besatzungsmitglieder gaben den Befehl weiter, bis er ihn erreichte. Die *Steinregenbogen* stieg ein wenig. »Das reicht!« rief ich in der Hoffnung, daß sich meine Berechnungen trotz meiner Unerfahrenheit als richtig erweisen würden. »Fertigmachen zum Entern!«

Die *Steinregenbogen* hielt Kurs und Flughöhe, während wir weiter zu dem theranischen Schiff aufschlossen. Wir zogen unsere Waffen – ich meinen Dolch. Ich hatte nur ein Ziel: den Magier. Wenn die Robe nicht zu stark verbrannt war, gelang es mir vielleicht, sie auf meine eigene Aura einzustimmen, um endlich wieder gefahrlos Magie wirken zu können.

Diejenigen Trolle, die nicht mit dem Rudern und der Steuerung des Schiffes beschäftigt waren, scharten sich um J'role und mich. Wir waren insgesamt zu siebt. Glücklicherweise war die theranische Besatzung durch die Bemühungen der Drakkars bereits stark dezimiert worden. Und einer der beiden Drakkars, die sich der Verfolgung angeschlossen hatten, machte rasche Fahrt und würde uns bald erreichen.

Ob sinnlos oder nicht, gefährlich oder nicht, ich würde jedenfalls über die Reling der *Steinregenbogen* springen und angreifen. Ich spürte, wie die Kampfeslust in mir wuchs, und meine Muskeln waren vom Kriegstanz beseelt. Ich schaute nach vorn, schluckte. Dicht hinter dem theranischen Schiff schwebte die schwangere Riesin mit der silbernen Rüstung in der Luft.

Sie lächelte mir zu.

Thystonius? Mir schien, als müsse ich die Passion des Konflikts von der Passion des Heilens unterscheiden können, und doch stellte ich sie mir identisch vor. Waren sie gleich? Oder nur für mich gleich?

Ich hatte keine Ahnung.

Armbrustbolzen pfiffen durch die Luft, als der Bug der *Steinregenbogen* das theranische Schiff rammte, dessen ohnehin angeschlagener Mast durch den Anprall brach. Er stürzte krachend auf das Deck und zerquetschte einige der dort liegenden Leichen.

Ich wollte über die Schiffsreling springen, überzeugt, die Trolle seien bereits unterwegs. Doch sie warteten auf meinen Befehl. Einer von ihnen grinste mich an. »Kapitän?« sagte er.

Ich lachte. »Angriff!« schrie ich.

»*Angriff!*« wiederholten J'role und die Trolle, und wir stürzten uns alle über die Reling und hingen einen Augenblick lang scheinbar reglos in der Luft, in dem mir die schiere Dummheit dessen, was ich tat, zu Bewußtsein kam und ich noch einmal auflachte.

Dann stürzten wir hinunter auf das Deck des theranischen Schiffes. Die Landung war hart, und um mich herum hörte ich das gutturale Grunzen der Trolle, die es mir nachtaten. Ihre kristallenen Rüstungen, Schwerter und Streitkolben glitzerten in der Sonne. Der Schatten der *Steinregenbogen* fiel über uns, als das Schiff weitersegelte, jetzt nur noch von Steuermann und Ruderern bemannt.

Theraner eilten uns mit gezogenen Schwertern entgegen, wobei sie Verwünschungen in einer Sprache ausstießen, die ich nicht verstand. Elfen, Menschen und Zwerge stellten sich gegen uns. Sie waren gut, sehr gut sogar. Aber ich kann Euch eines sagen: Ein Kristallpirat, der das tut, was ihm am besten gefällt –

262

nämlich um Beute kämpfen –, ist wie Feuer in einem Meer aus Öl.

Wir drängten die Theraner zurück zur Backbordreling. Kurz darauf tauchten noch mehr Theraner auf, die sich von hinten auf uns stürzten. Kleinigkeit. Die Trolle mähten sie rasch nieder, und mir wurde schlecht, als ich sah, wie ein Theraner nach dem anderen von den Trollen niedergemetzelt wurde. Dann kam ein Drakkar längsseits. Weitere Trolle enterten das Schiff. Ich sah Panik in den Augen der Theraner. Natürlich wollte jeder überleben, doch viele erkannten erst jetzt, daß sie den Sonnenuntergang vielleicht nicht mehr erleben würden.

Nun, da meine Kampfgefährten die Herrschaft über das Schiff übernahmen, beschloß ich, den Magier zu suchen. Ich befürchtete, das Schiff könne bald sinken, und wollte mir die Robe holen, bevor ich das Schiff verlassen mußte. Der Magier hatte sich noch nicht wieder gezeigt, nachdem er verschwunden war, und so nahm ich an, daß ihn der Feuerball verwundet hatte und er vielleicht unter Deck Schutz gesucht hatte.

Ich wartete, bis ich eine Lücke im Getümmel erspähte. Die Lücke ›wanderte‹ mit den Kämpfenden, aber mit einigen raschen Haken und Wendungen gelang es mir, mich durch das Getümmel zu arbeiten, ohne von einem Theraner getroffen zu werden. Als ich die Tür zum Mittelaufbau erreichte, fand ich sie unverschlossen und wertete das als gutes Omen. Bei dem Gedanken, mir eine neue Magierrobe zu beschaffen, kribbelte mein ganzer Körper vor Aufregung.

Glücklicherweise kannte ich mich auf dem Schiff gut aus, da es sich um dieselbe Konstruktion wie bei der *Steinregenbogen* handelte. Da Magier in den meisten Gesellschaften einen hohen sozialen Status genießen, war er wahrscheinlich in einer der besseren Kabinen auf der Backbordseite untergebracht.

Und jetzt kommt etwas, wofür ich mich schäme, wenn ich daran denke.

Als ich durch die schmalen Gänge rannte, kam mir plötzlich der Gedanke, daß es sich bei den Ruderern auf diesem Schiff um Sklaven handeln würde, so wie ich einer gewesen war. Und jeder einzelne würde sich ebensosehr nach Freiheit sehnen, wie ich mich nach der Freiheit vom Joch der Theraner gesehnt hatte. Ich – oder zumindest ein Teil von mir – wußte, daß ich zuerst nach unten eilen und die Sklaven befreien sollte, bevor ich mich um meine persönlichen Bedürfnisse kümmerte.

Doch ein anderer Teil von mir wußte auch, daß es selbst mit Vrograths Wohlwollen Monate dauern konnte, bis sich für mich eine neue Gelegenheit ergab, wenn ich diese verpaßte.

Ich wußte so viele Dinge, alles Rechtfertigungen für meinen Egoismus. Dieses Wissen trieb mich an der Treppe vorbei, die zu den Sklaven führte, und weiter zu den Kabinen, wo meiner Ansicht nach der Magier auf mich wartete.

Ich bog um eine Ecke. Eine theranische Elfin stieß mit mir zusammen. Ich hatte den Dolch noch in der Hand, während sie mit allen Anzeichen der Panik im Gesicht ihr Schwert erst ziehen mußte. Zu spät. Es war nicht einmal zur Hälfte aus der Scheide, als ich ihr bereits meine Klinge in die Brust trieb und den Dolch umdrehte, wie mein Vater es mich gelehrt hatte.

Ein langgezogenes Stöhnen entrang sich ihrer Kehle, und ihr längliches Gesicht wurde plötzlich starr. Blut aus der Wunde floß über meine Hand. Ihre Leiche kippte mir entgegen. Ich fing sie auf und ließ sie sanft zu Boden gleiten. Was ich getan hatte, ließ sich unmöglich übersehen. Ich war der Leiche zu nahe. Ich wußte nicht, warum wir einander so oft furchtbare Dinge antun, aber ich hatte gelernt, daß sich nichts mehr rückgängig machen ließ, was man

einmal getan hatte, und man am besten einfach wei-
termachte.

Mir kam der Gedanke, die Elfin könnte den Magier
zu seiner Kabine gebracht haben, was bedeutete, daß
er ganz in der Nähe sein konnte. Ich durchsuchte die
Kabinen, eine nach der anderen ...

In der fünften fand ich ihn.

Er lag mit dem Rücken zu mir auf dem Bett. Die schwarze Robe mit den silbernen Tränen und kaum sichtbaren glänzenden schwarzen Augen trug er immer noch. Er stöhnte leise, als ich die Tür öffnete, und drehte sich um, als ich eintrat.

Er war ein kräftiger Mann mit einem hübschen Gesicht. Ein Mittvierziger.

»Vestrial!« rief der Magier, und ich glaubte, etwas in die Kabine eindringen zu sehen, den Schatten von Vestrial, der Passion der Manipulation und Täuschung.

Irgend etwas drang in meinen Verstand ein. Ein Dämon, dachte ich zuerst. Doch der Mann sagte: »Bring mich mit deinen Kräften heil und unversehrt zur Erde.«

Als sei ich plötzlich aus einem Traum erwacht, prallte ich mit einer neuen Wahrheit zusammen. Es kam mir völlig normal vor, daß ich ihn zur Erde bringen wollte. Ich hatte keine Ahnung, wie ich das anstellen sollte, aber es war alles sehr klar. Ein Teil von mir wehrte sich gegen den Befehl, wußte, daß das Verlangen, dem Mann zu Willen zu sein, der Traum war. Doch die Kräfte, die Vestrial dem Mann verliehen hatte, behielten die Oberhand.

»Ich weiß nicht, wie«, sagte ich.

Er setzte sich auf, wobei ihn die Brandwunden an seinem rechten Arm zusammenzucken ließen. Mit zusammengebissenen Zähnen sagte er: »Wirke Metallflügel, dann fliegen wir nach unten.«

»Ich kenne diesen Zauber nicht.«

Er musterte mich verblüfft. In dieser Gesprächspause hallten die Schreie der Matrosen zu uns herun-

ter. Das Klirren der Schwerter und der Kampflärm näherten sich, und ich kam zu dem Schluß, daß sich die Theraner in den Schutz der tiefer gelegenen Decks des Schiffes zurückzogen.

»Du bist eine Elementaristin! Ich habe deine Aura gesehen. Du mußt Metallflügel kennen. Was hättest du ohne Metallflügel auf einem Luftschiff verloren?«

»Ich bin nicht freiwillig hier. Es ist mehr ein Zufall.« Irgendwo im Hinterkopf wollte ich auf ihn losgehen und ihn töten. Der Gedanke ließ meine Muskeln zucken, doch mein Verlangen, ihn zur Erde zu bringen, war stärker als alles andere. Zuerst mußte ich herausfinden, wie ich das schaffen konnte, und dann mußte ich es tun.

»Dort drüben«, sagte er, mit dem Kopf auf eine Steinvitrine in der Kabinenwand deutend. Er umklammerte seinen verbrannten Arm.

Ich ging zu der Vitrine und fand dort mehrere Lederbeutel und Metallkästchen in einer Vielzahl von Formen und Größen.

»Das silberne Kästchen«, sagte er. »Mit dem Rubin auf dem Deckel.«

Ich nahm das Kästchen heraus. Es war kühl, doch das Metall fühlte sich glatt und angenehm an.

»In dem Kästchen findest du ein Grimoir. Ich glaube, es enthält auch Metallflügel. Wenn du den Zauber liest, kannst du ihn wirken.«

»Ich habe keine Robe.«

»Nein, du hast keine. Das ist dein Risiko. Und glaube nicht, ich wüßte nicht, warum du nach mir gesucht hast. Und jetzt hilf mir auf. Es hört sich so an, als werde das Schiff bald an die Trolle fallen.«

Und das tat es auch. Die Kämpfe schienen beendet zu sein, und ich hörte den Jubel der Trolle vom Oberdeck. Ich trat zu dem Magier und stützte ihn, indem ich seinen Arm über meine Schulter legte. Dann verließen wir die Kabine. Wiederum wollte ich schreien und um Hilfe rufen, aber ich konnte nur solche Dinge tun, die mir dabei halfen, ihn zum Erdboden zu bringen.

Wir folgten einem Gang, und als wir den Laderaum erreichten, betraten wir ihn. Er wies mich an, ihn zu einer großen Tür zu führen, und sagte: »Hier.« Ich lehnte ihn gegen die Wand. Dann sagte er: »Verriegele die Tür, durch die wir gerade gekommen sind.«

Das hatte nichts damit zu tun, ihn zum Erdboden zu bringen, also weigerte ich mich. Ich wollte die Kristallpiraten nicht daran hindern, uns zu finden.

»Tu es, oder ich töte dich mit einem Zauber. Das wäre eine Art zu sterben, wie sie dir in deinen schlimmsten Alpträumen noch nicht begegnet ist, das verspreche ich dir. Bisher war jeder, gegen den ich diesen Zauber gerichtet habe, ziemlich überrascht.«

Nicht seine melodramatische Drohung brachte mich dazu, seinem Befehl zu gehorchen. Er war ein Geisterbeschwörer, und ich wußte, daß die Magier dieser Disziplin die übelsten Zauber beherrschen. Doch wenn ich starb, konnte ich ihn nicht mehr zum Erdboden bringen. Ich verriegelte die Tür und kehrte zu ihm zurück.

»Jetzt öffne diese Tür.« Er atmete schnell und stoßweise, und seine Haut war totenbleich. Wenn er starb, fragte ich mich, wäre ich dann gezwungen, seine Leiche zur Erde zu schaffen, oder würde seine Macht über mich erlöschen?

Ich entriegelte die breite Tür, die daraufhin nach außen fiel und eine Laderampe bildete. Doch die Rampe öffnete sich jetzt nur in die Weite des Himmels. Draußen sammelten sich Gewitterwolken. Über uns schwebte ein Drakkar längsseits.

»Öffne das Kästchen, und lerne den Zauber.«

Ich öffnete das Kästchen und fand drei glatte flache Steine. Auf jeden Stein war in winziger ordentlicher Schrift ein Zauber niedergeschrieben: Metallflügel, To-

269

desregen und Wirbelwind. Todesregen kannte ich bereits, aber nicht die anderen beiden.

»Beeil dich!«

Ich beeilte mich. Ich nahm die Steintafel mit Metallflügel heraus und stellte das Kästchen auf den Boden. Dann kniete ich mich hin und studierte die Tafel. Der Besitzer des Grimoirs hatte die magische Schrift an den Stein gebunden, und es dauerte eine Weile, bis ich damit zurechtkam.

Ich hörte die tiefen Stimmen der Trolle vor dem Laderaum und dann ihr Hämmern an der Tür.

»Beeil dich!« wiederholte er. Seine Stimme war jetzt kaum mehr als ein Wispern.

Nach etwa einer Minute verstand ich die Worte. Ich ›kannte‹ den Zauber nicht, weil ich nicht die Zeit hatte, ihn in mein eigenes Grimoir zu übertragen, aber ich konnte ihn jetzt lesen und auf diese Weise wirken. Ich stand auf und wirkte den Zauber.

Ein seltsames Gewicht bildete sich auf meinem Rücken. Es überraschte mich, obwohl ich die Wirkung des Zaubers kannte. Es wurde immer schwerer, bis ich spürte, wie sich meine Knochen zu etwas völlig Unvertrautem verformten. Meine Schulterblätter wuchsen zusammen, und ich mußte mich ein wenig vorbeugen, um das Gleichgewicht zu halten. Ich wandte den Kopf nach rechts und links und sah die grauen Metallflügel, die aus meinem Rücken wuchsen. Die Federn sahen aus, als seien sie von den Händen eines erfahrenen Kunsthandwerkers gestaltet worden.

Der Magier lächelte und humpelte dann hinter mich. Er faßte mir unter den Armen hindurch und verschränkte die Hände in meinem Nacken. Es war unbequem, aber nicht unerträglich. »Jetzt«, zischte er. »Los!«

Ich hopste vorwärts auf die Laderampe. Von oben hörte ich Rufe, und als ich aufblickte, sah ich mehrere Trolle, die sich über die Reling des Drakkars gebeugt hatten und zu uns herabstarrten. Als ich ihre Gesichter sah, zögerte ich.

Der Magier versetzte mir einen Stoß, und wir fielen von der Planke und wirbelten durch die Luft. Die Welt drehte sich um mich, ein Mischmasch aus Dschungelgrün und Gewittergrau.

»Beweg die Flügel!« schrie der Magier, in dessen Stimme jetzt unüberhörbar Angst mitschwang. Seine verschränkten Hände lockerten sich für einen Augenblick, dann krampften sie sich wieder fest zusammen. Er stöhnte vor Schmerzen – sich angesichts der Schmerzen seiner Brandwunden auf meinem Rücken zu halten, war nicht leicht.

Der Befehl, ihn heil und unversehrt zur Erde zu bringen, hallte mir noch in den Ohren, und mein eigener Überlebensinstinkt beeinflußte mich ebenfalls, so daß ich die Flügel ausbreitete. Ich hatte den Zauber zwar noch nie zuvor angewandt und keine Erfahrung mit dieser Art des Fliegens, aber ich stellte rasch fest, daß ich ebensogut fliegen wie laufen konnte. Unser Fall wurde gebremst, und dann stiegen wir plötzlich in den Himmel wie Adler.

»Hinunter!« zischte der Magier.

Ich gehorchte. Die Gefühle, die mich an Bord des Luftschiffs noch überwältigt hatten, konnten sich mit dieser Erfahrung nicht messen. Ich ruhte auf *nichts*. Das Gefühl absoluter Freiheit wurde lediglich durch den nörgelnden Magier auf meinem Rücken beeinträchtigt. Ich sehnte mich danach, niemanden zu haben, der mich brauchte. Frei von der Schwerkraft und von jeder Verantwortung zu sein, kam mir wie ein wunderbares, erstrebenswertes Ziel vor.

Wir näherten uns dem Erdboden in einer weiten Spirale. Als ich aufschaute, sah ich die theranischen Schiffe und die Drakkars. Der Kampf schien mit dem Sieg der Trolle geendet zu haben.

Doch wohin war ich jetzt unterwegs?

9

Wir landeten unsanft am Rande eines Dschungels.

Die Flügel und die Magie halfen mir nur beim Fliegen, so daß ich mich bei der Landung nur auf die Kraft meiner Beine und meine Gewandtheit verlassen konnte. Ich näherte mich der Erde in flachem Winkel, und als meine Füße in Kontakt mit dem Boden kamen, versuchte ich zu laufen, aber ich verschätzte mich und stolperte. Der Magier und ich stürzten zu Boden, er mit einem lauten Aufschrei.

Ich wand mich wie eine Schlange und fuhr zu ihm herum, da ich jetzt keinem Befehl mehr unterstand, bereit, ihn notfalls mit den Fingernägeln zu zerfetzen. Doch er hatte sich auf diesen Augenblick vorbereitet und beschrieb mit den Händen bereits die Gesten eines Zaubers. Ich hob etwas Erde auf, um Erdpfeile zu wirken.

Zu spät. Die Luft, die seine Hände umgab, begann zu schimmern, und dann war mein Verstand von einem ungeheuren Schmerz erfüllt. Ich wurde ohnmächtig.

Regen tropfte auf mein Gesicht, und es dauerte ein paar Augenblicke, bis mir einfiel, was vorgefallen war.

Ich rappelte mich auf. Die Flügel waren verschwunden, und ich konnte mich wieder ganz normal und mühelos bewegen. Ich war vom tiefen Dschungel umgeben, der dunkel und mit endlosen Grauzonen durchsetzt war.

Ich hielt nach dem Magier Ausschau und drehte mich einmal um mich selbst. Dort stand er, an einen Baum gelehnt, und lächelte. Er hatte mich in den Dschungel geschleppt, um mich vor den Trollen zu verstecken, die vielleicht nach mir suchten.

Ich stürzte mich auf ihn.

Er rief erneut Vestrial an.

Diesmal gelang es nicht.

Das Lächeln verschwand von seinem Gesicht. Er hob die Hände, um sich vor den Schlägen zu schützen, mit denen ich sein Gesicht bearbeitete. Ich war von einer derartigen Wut erfüllt, daß ich nur noch die verschwommenen Bewegungen meiner Hände wahrnahm, die immer wieder auf ihn einschlugen. Dann legten sie sich plötzlich um seinen Hals und würgten ihn.

In meiner Wut hörte ich gerade noch, wie er etwas zu mir sagte. Seine Stimme klang erstickt, da ich alles in meiner Macht Stehende tat, um ihn zu erwürgen. Doch sein Tonfall blieb gelassen und – was noch wichtiger war – überzeugend.

»Mir weh zu tun, ist das letzte, was du willst«, sagte er. »Eigentlich willst du dich nur entspannen. Du willst mir nichts antun. Weißt du eigentlich, was ich für dich tun kann? Denk mal darüber nach. Was kann ich dir anbieten?«

Ich dachte nicht darüber nach. Ich gab mir alle Mühe, mir seine Worte aus dem Kopf zu schlagen, denn ich weiß, daß die Questoren Vestrials sogar eine Lüge über das Wetter erzählen könnten und ihnen die meisten Leute glauben würden.

Doch trotz aller meiner Bemühungen, mich seinen Worten zu verschließen, schlängelten sie sich in meine Gedanken. Rasch hatte sich mein Griff um seinen Hals gelockert. Nicht weit genug, um ihn loszulassen, aber doch so weit, daß er sich ein wenig entspannen konnte.

Und diesen Moment nutzte er, um Vestrial noch einmal anzurufen.

Ich hörte ihn sprechen, und gleichzeitig ertönte seine Stimme in meinem Kopf.

»Flieg mich heil und unversehrt nach Vivane.«

Ich gehorchte.

10

Wir brauchten mehrere Tage für den Flug, da ich mich zwischendurch immer wieder ausruhen mußte. In regelmäßigen Abständen, wenn die Wirkung seiner Vestrial-Kräfte nachließ, kämpfte ich gegen den Magier an und versuchte, wegzulaufen oder ihn zu töten, aber er behielt stets die Oberhand. Seine Willenskraft in Verbindung mit Vestrials Hilfe und meiner Erschöpfung machten ihn zu einem unüberwindlichen Gegner.

Ich war also wieder versklavt. Zuerst Rudersklave bei den Theranern, dann bei den Kristallpiraten gestrandet und schließlich in der Hand eines Geisterbeschwörers. Wenn ich dazu noch die Jahre des gemeinsamen Wahnsinns mit J'role rechnete, schien es so, als sei ich in meinem ganzen Leben noch keinen einzigen Tag frei gewesen.

Die Verachtung, die der Magier mir entgegenbrachte, wuchs von Tag zu Tag, bis ich kaum mehr als ein Packtier für ihn war. Und offenbar hatte er nicht das geringste Interesse an der Gesundheit seines Packtiers. Als die blauen Zinnen Vivanes am Horizont sichtbar wurden, klammerte er sich derart achtlos an mich, daß sich seine Hände tief in meinen Nacken gruben. Er schien vergessen zu haben, daß ein Körper nicht unbegrenzt elastisch ist und meiner dadurch, daß er meinen Kopf nach vorn drückte, schmerzhaft verdreht wurde. Meine Proteste stießen auf taube Ohren. »Flieg einfach geradeaus weiter«, pflegte er nur zu sagen. »Ich sage dir schon, wenn du die Richtung ändern mußt.«

Infolgedessen war es ein reiner Zufall, daß ich die Stadt vor uns überhaupt erspähte. Ein Aufwind hatte meine Metallflügel erfaßt und trieb uns aufwärts. Für einen Augenblick geriet ich in eine vertikale Lage, und da sah ich die Stadt. Die rote Abendsonne verwandelte das glänzende Blau der Türme in ein funkelndes Schwarz. Aus der Luft war der Anblick äußerst eindrucksvoll, und ich stieß ein überraschtes Keuchen aus. »Genug!« sagte der Magier und zwang meinen Kopf wieder nach unten. »Bring mich einfach nur hin!«

Ich flog weiter. Ich wußte, daß sich südlich der Stadt Himmelsspitze befand. Und noch weiter südlich, hinter dichten Dschungeln, befand sich das Dorf, wo ich mit Euch beiden gelebt hatte. Ich fragte mich wieder einmal, wo Ihr wart und ob ich Euch je wiedersehen würde. Ich war sicher, daß man mich hinrichten würde, sobald wir in Vivane gelandet waren. Die Aufgabe, Euch zwei zu finden, würde Eurem Vater zufallen, und ich glaubte nicht, daß er ihr gewachsen war. Ich fürchtete um Euch beide. Ich fürchtete um Euren Vater, da sein Geheimnis, das wie ein Dorn in seiner Seele begraben war, ihn davon abhielt, das Leben zu finden, das er meiner Ansicht nach in seinen Geschichten so verzweifelt suchte. Und ich fürchtete um mich, da ich wußte, wenn ich stürbe, hätte ich Euch im Stich gelassen. Eine häßliche Grabinschrift.

Als wir näher kamen, sah ich, daß eine fliegende Burg an der höchsten Zinne festgemacht hatte – die Burg des Generalstatthalters!

Die Zinne gehörte zu einem riesigen Palast, in dem, wie ich wußte, Yorte Pa residierte, der Magistrat der Stadt. Wie es schien, hatten die Theraner den Palast übernommen. Sehr wahrscheinlich hatten sie die ganze Stadt übernommen. Wenn die Burg am Palast festgemacht hatte, mochte der Generalstatthalter dort Quartier bezogen haben. Wenn das der Fall war, wärt Ihr zwei ebenfalls dort gewesen.

Als wir die Stadtmauern erreichten, schlug ich ein paarmal mit den Flügeln, um unsere Geschwindigkeit zu erhöhen. Die Wächter auf der Mauer, ein Gemisch aus Theranern und Eingeborenen, richteten ihre Armbrüste auf uns. Doch sie erkannten den Magier, und der Befehlshaber der Wachen befahl, die Waffen zu senken.

»Dort«, sagte der Magier, »auf der Burgmauer.«

Doch ich brauchte ihn nur heil und unversehrt zur Stadt zu bringen. *Ich* würde den Landeplatz auswählen.

Ich legte mich in eine Kurve und steuerte den Palast an. Mein Ziel war ein riesiger Balkon, in dessen Zentrum ein großer Springbrunnen stand. Wasser sprudelte aus dem Maul eines Drachen, der sich um einen eisernen Berg wand.

»Was tust du denn?« rief der Magier.

Ich überhörte ihn.

Ein Paar Glastüren führte in den Palast, und als ich darauf zuflog, konnte ich mein Spiegelbild darin erkennen: klein und rund, mit großen grauen Flügeln, die mir aus dem Rücken wuchsen. Dann sah ich, daß sich hinter den Glastüren Wachen versammelten.

Ich legte mich in eine Kurve, da ich glaubte, schnell genug zu fliegen, um den Armbrustbolzen der Wachen auszuweichen, gab dieses Vorhaben jedoch augenblicklich auf, als ich Euch beide hinter den Wachen auf der anderen Seite der Glastür sah ...

Ich konnte Euch nicht sehr deutlich sehen, aber ich erkannte Euer blondes Haar und Eure Gesichtsform. Ihr wart mit einer kurzen weißen Tunika bekleidet und trugt jeder ein silbernes Tablett.

Ich beschleunigte.

»Anhalten!« schrie der Magier. Ich spürte ein Zerren in meinen Gedanken. Ich mußte ihn heil und unversehrt in die Stadt bringen.

Das hatte ich bereits.

Ich lächelte.

Kurz vor den Glastüren warf ich mich herum und

krümmte mich zu einem Ball zusammen. In seiner Panik klammerte sich der Magier noch fester an mich.

Wir durchschlugen das Glas, wobei der Rücken des Magiers den Großteil der Aufprallwucht auffing. Er schrie vor Entsetzen und Schmerz auf. Ich rollte mich ab und sprang auf. Der Magier krümmte sich auf dem Boden, und sein Rücken blutete. Die Wachen wichen vor Überraschung einen Schritt zurück, und Ihr zwei ließet Eure Tabletts fallen, als Ihr die Silhouette eines geflügelten Ungeheuers auf Euch zueilen saht.

Ich hatte einige Zeit bei den Trollen gelebt. Mein Gesicht war blut- und schmutzverkrustet, ich selbst irgendwie verwildert. Ich glaube, ich stieß einen Schlachtruf der Kristallpiraten aus, aber ich kann mich nicht mehr erinnern.

Ihr fingt beide an zu weinen.

Die theranischen Wachen faßten sich, hoben ihre Armbrüste und schossen. Ein Bolzen verfehlte mich. Der andere traf mich in den Arm.

Ein brennender Schmerz schoß bis in meine Schulter hinauf, aber ich ließ mich nicht aufhalten.

Die Wachen ließen die Armbrüste fallen und zogen ihre Schwerter.

Ich schwang mich mit einem einzigen Schlag meiner Flügel in die Luft und über die Schwerter hinweg, die wirkungslos durch die Luft pfiffen. Zwar war der Raum ziemlich groß, aber natürlich war die Decke nicht hoch genug, um mir tatsächlich das Fliegen zu erlauben. Ich prallte mit Kopf und Flügeln gegen die Decke und stürzte zu Boden.

Doch wenigstens war ich jetzt in Eurer Nähe. Auf den Knien kroch ich auf Euch zu, die Arme ausgestreckt. Ich rief Eure Namen. Ich wollte mit Euch davonfliegen, und wenn das nicht möglich war, wollte ich Euch wenigstens noch einmal umarmen, bevor mir die Wachen ihre Schwerter in den Rücken trieben.

Ihr zwei wicht voller Entsetzen zurück.

»Samael, Torran«, flüsterte ich und hielt inne.

Eure Mienen veränderten sich, wurden weicher. Torran, Du tratest vor und nahmst Samael bei der Hand. Eure Gesichter waren immer noch mit silbrigen Schuppen verziert und bildeten verwickelte, gleichartige Muster. »Mama?« sagtest Du und legtest den Kopf ein wenig schief. Dein Gesichtsausdruck war plötzlich sehr erwachsen, als sei ich das verschollene Kind.

Eine Tür flog krachend auf. Ich stand auf, da ich glaubte, weitere Wachen seien eingetroffen, doch es war nur Generalstatthalter Povelis, der in den Raum gestürmt kam. Seine vollkommene weiße Haut schien sich auf seinem Körper zu winden. »Was geht hier vor?« Vier Wachen begleiteten ihn, alle mit Schwertern bewaffnet. Ich befürchtete, Ihr zwei könntet getötet werden, wenn ich Euch einfach ergriff und zu fliehen versuchte. Ich rührte mich nicht, sondern wartete auf eine günstige Gelegenheit zum Handeln. Die Spannung des Augenblicks in Verbindung mit meiner Erschöpfung ließen mich zittern wie im Fieber. Ihr standet direkt vor mir, und doch konnte ich Euch nicht an mich drücken.

Als mich der Generalstatthalter erblickte, blieb er stehen. »Wer ist *das*?«

Ich weiß nicht, ob Du Dich noch daran erinnern kannst, Torran, aber Du tratest entschlossen vor und sagtest: »Meine Mutter. Und du läßt sie in Ruhe!«

»Ah, ja«, sagte der Generalstatthalter, der mich jetzt wiedererkannte. »Du bist also gekommen, um sie zu retten.«

Ich antwortete nicht.

»Eigentlich«, sagte der Geisterbeschwörer, dem die Wachen mittlerweile aufgeholfen hatten, »hat sie mich hergebracht. Sie hat einer Gruppe Trollpiraten bei einem Angriff auf zwei von unseren Schürfschiffen geholfen. Sie haben eines unserer Schiffe benutzt, Generalstatthalter. Die *Stolz*. Das Schiff, das wir vor ein paar Monaten in dem Sturm verloren haben.«

Der Generalstatthalter dachte nach, dann erinnerte er sich.

»Die Trolle haben uns nicht nur mit ihren normalen Langschiffen angegriffen«, fuhr der Magier fort, »sondern auch mit der *Stolz*. Diese Frau ist mehr als eine Gefangene. Wahrscheinlich ist sie ein ehemaliger Rudersklave von der *Stolz* und kann uns einiges über den organisierten Angriff der Trolle berichten.«

Der Generalstatthalter hob die Hand. »Augenblick. Vielleicht habe ich etwas falsch verstanden. Haben diese barbarischen Piraten etwa *gewonnen*?«

»Ja, sie haben sich zwei Schürfschiffe herausgepickt. Diese Frau hat mit der Kanone der *Stolz* auf uns geschossen.«

Er starrte mich an, als sei ich ein widerwärtiges Insekt. »Wofür hältst du dich?«

Ich fuhr herum, wobei ich ihn mit einem meiner Flügel traf, und packte Euch zwei, jeden mit einem Arm. Er fiel mit einem Aufschrei zu Boden. Die Wachen stürzten sich auf mich.

Ich rannte zum Fenster, und Ihr fingt beide an zu schreien. Doch es endete alles sehr rasch, da die Wachen dicht hinter mir waren und mit ihren Schwertern nach mir hieben. Eines traf mich genau über der Hüfte und schnitt sehr tief. Ein jähes Schwindelgefühl überkam mich, und ich verlor das Bewußtsein.

Sie sperrten mich in einen kleinen Kasten mit einer winzigen Tür darin. Das einzige Licht fiel durch Ritzen im Türrahmen. Jeden Abend öffnete sich ein schmaler Schlitz, und ein Teller mit Reisbrei wurde hindurchgeschoben.

Tage vergingen, dann Wochen.

Dies entdeckte ich aber erst viel später. In der Enge meiner Zelle verlor die Zeit bald jegliche Bedeutung. Nach mehreren Tagen war es so, daß ich irgendwann einschlief, irgendwann wieder aufwachte und nicht wußte, ob ich zwanzig Minuten oder acht Stunden lang geschlafen hatte. Eine Panik überkam mich, und ich glaubte, ich sei vergessen worden – von allen außer den Händen, die mir jeden Abend das Essen durch den Schlitz schoben. (War es überhaupt jeden Abend? Vielleicht änderten sie auch die Essenszeiten? Ich hatte keine Ahnung.) Der Kasten stand aufrecht und war nicht breit genug, um sich setzen zu können, also hockte ich mit angezogenen Beinen an der Wand.

Wenn ich es nicht mehr aushielt, schrie ich, um Aufmerksamkeit zu erwecken. Nach dem Tod geraten wir alle mit der Zeit in Vergessenheit. Aber vergessen zu werden, wenn wir noch leben, ist zu entsetzlich, um es sich auch nur vorzustellen. Die Dunkelheit in der Zelle hüllte mich ein wie ein Mantel, und oft war ich nicht sicher, ob meine Lider geöffnet waren oder nicht. Manchmal wußte ich nicht einmal, ob ich wachte oder schlief.

Bald brachte ich durcheinander, wo und in welcher Zeit ich mich befand. Eine Zeit durchlebte ich mit besonderer Regelmäßigkeit immer wieder. Ich glaubte, wieder im Blutwald zu sein und mit J'role als Gefangene in einer tiefen Grube zu hocken. Dort waren wir uns zum erstenmal begegnet, J'role und ich, als Gefangene der Elfenkönigin. Euer Vater war damals noch stumm gewesen, und in seinen Augen hatte eine schreckliche Wut gestanden. Aber ich erinnere mich auch, gedacht zu haben, noch nie so viel Traurigkeit in jemandes Augen gesehen zu haben. Doch er hatte irgend etwas an sich, das versprach, niemals aufzugeben. Er mochte niedergeschlagen werden, aber er würde immer wieder aufstehen. Das war es, was mich anzog, was mich an ihm fesselte.

In meiner Verwirrung begann ich mit ihm zu reden.

»Warum läßt du uns immer wieder allein?« fragte ich ihn.

»Ich muß gehen.«

»Warum?«

»Zwing mich nicht, dir darauf zu antworten.«

»Warum nicht?«

»Wegen dem, was in mir ist. Es ist mehr, als du ertragen könntest.«

Ich hieb immer wieder mit der Faust gegen die Tür, bis ich sie nicht mehr spürte. Meine Beine waren schon längst gefühllos geworden. »Wie kannst du es wagen... Wie kannst du es wagen, mir zu sagen, was ich ertragen kann und was nicht. Liebst du mich denn nicht? Bedeuten wir dir denn gar nichts?«

Er berührte meine Hände, und ich spürte, wie sich mir hundert Nadeln in die Haut bohrten. »Doch. Deswegen kann ich es dir ja nicht erzählen. Verstehst du denn nicht? Wenn ich es dir erzählte, würdest du mich verlassen.«

»J'role, wenn du es mir *nicht* erzählst, verläßt *du* mich. Du verläßt mich immer. Wenn du es mir erzählst, bleibe ich vielleicht bei dir.«

»Es ist meine Sache. Ganz allein meine Sache. Verlang nicht von mir, es dir zu erzählen.«

»Es ist unsere Sache. Wir sind verheiratet. Es ist *unsere* Sache.«

Seine Hand zog sich von mir zurück. Er verschwand.

Meine Hilferufe waren vergeblich. Und so blieb ich lange Zeit eingesperrt, allein mit J'role.

Als sich die Tür öffnete, wurde ich von grellem Fackellicht geblendet.

»Habe ich es dir nicht gesagt?« bemerkte eine Frau.

»Habe ich dir widersprochen?« fragte ein Mann.

»Du sagtest, das sei sie nicht.«

»Ich sagte, ich wüßte es nicht.«

»Schon gut. Also dann, nach oben mit ihr!«

Ich hielt die Augen fest geschlossen, sah aber dennoch einen grellroten Schein. Zwei Paar Hände packten mich grob bei den Handgelenken und zerrten mich aus dem Kasten.

»Ich wußte doch, daß der Papierkram hier unten langsam überhandnimmt«, sagte die Frau.

»Hab ich was anderes behauptet?«

»Du sagtest, wir hätten sie nicht verloren.«

»Hatten wir ja auch nicht. Sie war ja hier. Die ganze Zeit.«

»Bin ich frei?« fragte ich, wenngleich die Worte nur als heiseres Flüstern herauskamen.

Meine Häscher lachten. »In gewisser Hinsicht«, sagte die Frau. »Zumindest frei von diesem Kasten.«

»Wohin bringt ihr mich...? Wo sind meine Kinder?«

»Wir bringen dich zu Generalstatthalter Povelis«, sagte der Mann. »Und ich weiß nicht, wo deine Kinder sind.«

»Er hat sie. Er hat meine Kinder.«

»Dann werdet ihr ja bald wieder vereint sein.«

Die Sonne brannte heiß vom Himmel und auf die Stellen, wo meine Haut entblößt war. Um mich herum der Gestank und der beständige Lärm der Stadt.

Ich konnte jetzt wieder sehen, wenn auch nicht viel.

Von der Plattform auf dem Marktplatz sah ich blinzelnd auf die Händler und Kaufleute und Bettler von Vivane herab. Um die Plattform hatte sich eine Menge versammelt, und viele Passanten blieben stehen, um mich anzugaffen. An der Plattform befestigte Ketten hielten meine Arme hoch über dem Kopf. Meine Kleider waren nur noch Lumpen, und ich fühlte mich furchtbar verletzlich. Der Generalstatthalter stand neben mir. Rechts von ihm warteten zwei Wächter. Einer hielt eine Peitsche. Die Plattform war von weiteren Wachen umringt, die auf militärische Art strammstanden.

Und natürlich standet Ihr zwei auf dem Balkon, wo ich vor Wochen gelandet war. Von dort oben konntet Ihr die Vorgänge genau beobachten, und Ihr weintet und weintet und weintet.

»Du weißt, daß ich dich töten kann, wann immer ich will.«

Ich nickte.

»Es ist uns bis jetzt nicht gelungen, deine Trollfreunde zu finden. Wo sind sie?«

»Was kümmert dich das?«

»Sie … haben sich zu einem Ärgernis entwickelt.«

Ich betrachtete ihn aufmerksam, sah, daß er etwas zu verheimlichen versuchte, irgend etwas zwischen Angst und Wut. Mir wurde klar, daß die Trolle mehr sein mußten als nur ein Ärgernis. »Ich habe dir nichts zu sagen.«

»Ja, ja, ja. Aber lassen wir doch einmal die edle Gesinnung beiseite, ja? Ich kann dich töten. Und deine Kinder. Ich kann dich foltern. Und deine Kinder. Ich frage mich, womit wir dir die Zunge lösen können. Sag es mir lieber gleich, und wir sparen eine Menge Zeit.«

Ich sah ihm in die Augen. Seine bleiche Gesichtshaut schien nur locker angeklatscht zu sein, und plötzlich hielt ich es für möglich, daß er irgendein Ungeheuer war, das sich als Mensch verkleidet hatte. Alles schien ihm viel zu leichtzufallen.

»Du gibst dir keine besondere Mühe, mich zur Mitarbeit zu überreden.«

»Ich werde dich nicht zur Mitarbeit überreden, sondern dazu zwingen. Also, wir wissen, daß es sich bei den Trollen um Kristallpiraten aus den Zwielichtgipfeln handelt, aber nicht, um welchen Clan. Die Expedition, die wir in die Berge geschickt haben, ist nicht zurückgekehrt, und uns ist klar, daß sich bei einem offenen Angriff alle Piraten-Clans gegen uns stellen könnten – was wir *nicht* wollen. Wir wollen nur *deinen* Clan.« Er beugte sich vor, so daß ich seinen Atem heiß auf der Haut spürte. »Welcher Clan ist es? Und wo ist er beheimatet?«

Ich fand die Kraft für ein schrecklich blasiertes Lächeln. »Sie schaden euch gewaltig, nicht wahr?«

»Unbedeutende Probleme.«

»Aber dein Volk mag keine unbedeutenden Probleme, habe ich recht? Ich wette, irgendwo in deinem Heimatland sitzt ein hohes Tier und liest sich die Berichte durch, die du hinsichtlich der Fortschritte in diesem Gebiet schreibst, und fragt sich, warum du diese ›unbedeutenden Probleme‹ hast. Ich wette, er fragt sich, wie es überhaupt zu diesen unbedeutenden Problemen kommen konnte und ob du wirklich der Richtige bist, um damit fertig zu werden. Und du wirst dich nicht mehr lange halten, wenn die Trolle so weitermachen. Ist es nicht so?«

Er wich einen Schritt zurück, und plötzlich fiel die Maske, hinter der er alle seine Gefühle verbarg, von ihm ab und enthüllte Wut und Angst. »Los«, sagte er zu den Wachen, »nehmt sie euch vor, und reißt ihr die Haut vom Leib.«

13

Eine der Wachen, eine Frau, drehte mich um, so daß mein Rücken dem Generalstatthalter und der Menschenmenge zugewandt war. Die Ketten, mit denen meine Handgelenke gefesselt waren, wickelten sich um meinen Arm und zogen sich so straff, daß sich die Glieder tief in meine Haut bohrten. Ich hörte die Peitschenschnur über den Boden gleiten, als die andere Wache sie zurückzog, dann das Pfeifen, als sie ausholte. Ich wappnete mich gegen den Schlag – versuchte es wenigstens –, aber Schmerzen erschüttern Körper und Herz selbst dann, wenn wir wissen, daß sie kommen.

Ich biß die Zähne zusammen, und mir entschlüpfte nicht mehr als ein Grunzen. Ihr zwei fingt an, nach mir zu rufen...

Es ist nicht nötig, den Vorgang weiter zu schildern. Ihr habt alles gesehen und gehört. Das Blut, meine Schreie, die ich irgendwann nicht mehr zurückhalten konnte. Immer wieder biß sich die Peitsche in meinen Rücken, und der Schmerz war überwältigend. Als ich schließlich um Gnade flehte, gab der Generalstatthalter den Befehl, mit dem Auspeitschen aufzuhören. Er kam zu mir und fragte: »Wie lautet der Name des Clans? Wo ist er beheimatet?«

In dieser Atempause sammelte ich mich und fand neue Kraft, obwohl mein Rücken schmerzte, als säßen Tausende beißender und stechender Insekten darauf. Ich hing nur schlaff in den Ketten, die mich aufrecht hielten.

»Weiter«, sagte der Generalstatthalter.

Die Peitsche pfiff wieder durch die Luft knallte dann auf meinen Rücken. Wieder und wieder und wieder.

»Holt die Kinder!« befahl der Generalstatthalter schließlich ein paar Wachen am Fuß der Plattform. Dann befahl er den anderen Wachen, mich herumzudrehen.

Sie taten es. Ich stand plötzlich einer gebannt starrenden Zuschauermenge gegenüber. Die Scham, halbnackt und hilflos vor einem Haufen Fremder zu stehen, war in seelischer Hinsicht ebenso schmerzhaft wie zuvor das Ausgepeitschtwerden in körperlicher.

»Nicht die Kinder!« stieß ich hervor, kaum in der Lage, zusammenhängend zu reden.

»Doch, die Kinder«, sagte der Generalstatthalter verächtlich. »Ich sagte dir, was geschehen würde ...«

»Nicht die Kinder.«

Er sprang förmlich auf mich zu. »Dann sag es mir.«

»Nicht die Kinder.«

»Weiter«, sagte er.

Ich glaube, der Generalstatthalter hielt meine Weigerung fälschlicherweise für körperliche Stärke, die Folter tatsächlich zu ertragen. In Wahrheit war ich dem Tod höchstwahrscheinlich sehr nahe. Die Peitschenhiebe trafen mich jetzt von vorn, also Gesicht, Hals und Brüste. Es war wie Ertrinken. Die Peitschenspitze schnellte auf mich zu wie Wasser, und ich wandte das Gesicht ab, um ihr auszuweichen.

Ich schaute zum Balkon, hoch zu Euch, doch die Wachen hatten Euch bereits abgeführt. Ich glaubte, Euch nie wiederzusehen.

Dann erregte etwas anderes meine Aufmerksamkeit. Jenseits des Palasts sah ich ein paar schwarze Punkte am Himmel, die rasch auf die Stadtmauern zuflogen. Zuerst hielt ich die Punkte für Einbildung, denn durch das Blut in meinen Augen und die unerträglichen Schmerzen sah ich nur noch verschwommen. Doch als ich mich auf die Punkte konzentrierte, klärte sich mein Blick ein wenig, und aus den Punkten wurden Schiffe.

Drakkars.

Und ein theranisches Steinschiff mit regenbogenfarbenen Linien, die quer über den Rumpf liefen.

Die Wachen auf den Stadtmauern stießen Warnrufe aus. Die Menge wandte sich von mir ab und den sich nähernden Schiffen zu. Vereinzelt wurden überraschte Rufe laut. Der Generalstatthalter trat an den Rand der Plattform, als könne er die Situation von dort aus besser einschätzen.

»Holt einen Magier!« befahl er den Wachen. »Und schickt eine Nachricht nach Himmelsspitze. Wir brauchen die Schiffe hier, und zwar sofort.«

Die zwei Wachen zögerten. Schließlich sagte der Mann: »Generalstatthalter, die Schiffe sind nicht in Himmelsspitze. Sie stehen nicht zur Verfügung.«

Mit zusammengebissenen Zähnen fragte der Generalstatthalter: »Wo sind sie?«

»Sie sind in der Luft ...«, sagte die Frau. »Sie suchen nach den Trollpiraten.«

Ich war vergessen. Über mir besetzten Matrosen zwei theranische Luftschiffe, die an hohen Zinnen festgemacht waren. Die Kapitäne riefen ihrer Mannschaft Anweisungen zu. Matrosen warfen Taue über die Reling. Die Menschenmenge vor der Plattform schüttelte ihre Überraschung ab und hüllte sich statt dessen in einen Mantel der Panik. Die Kaufleute schlossen ihre Geschäfte. Kunden, Sklaven und fliegende Händler verließen fluchtartig den Basar.

Doch nicht alle waren in Panik. Trotz meines jämmerlichen Zustands fiel mir auf, daß sich einige Leute in der Menge zulächelten. Hände legten sich auf Schwertknaufe. Ein paar Männer und Frauen versammelten sich und tuschelten wie Verschwörer miteinander, dann eilten sie in verschiedene Richtungen davon.

»Tötet sie!« befahl der Generalstatthalter. »Schnell.« Mit diesen Worten verließ er die Plattform. Die Art, wie sich seine Hände zu Fäusten verkrampften und wieder entkrampften, ließ auf Ekel schließen, als sei die ganze Situation schon zuvor abscheulich genug gewesen, aber jetzt unerträglich geworden. Er schien seine Hände von allem reinwaschen zu wollen.

Nun, da ich diese Zeilen schreibe und ihn wieder deutlich vor Augen habe, wundere ich mich doch über die Verwirrung, die seine Passionen ergriffen zu haben schien. Er erweckte immer den Eindruck, im Begriff zu stehen, etwas anderes zu tun. Ich habe keinen Zweifel, daß er sich in seinem verzweifelten Bemühen, seine Vorgesetzten zufriedenzustellen, unzählige Male selbst verraten haben muß, so daß *er* in Wahrheit gar nicht mehr am Leben war, als sich schließlich der Erfolg einstellte.

Mehrere Wachen nahmen ihn in die Mitte und begleiteten ihn zum Palast. Die Wachen waren äußerst aufmerksam und ließen die Menge keinen Augenblick lang aus den Augen. Ich erkannte, daß die Theraner Vivane zwar beherrschten, sich dort aber keinesfalls sicher fühlten.

Die männliche Wache zog ein Messer aus dem Gürtel und kam auf mich zu. Die Klinge fing das Sonnenlicht ein, und in diesem Licht sah ich mein Leben, ein rasches goldenes Flackern, das mit dem Stoß der Klinge ausgelöscht sein würde. Dann drang mir lautes Geschrei und Kampfgebrüll an die Ohren, und die Wachen drehten sich um. Ein halbes Dutzend mit Schwertern bewaffnete Männer und Frauen hatten uns umringt. Bevor die Wachen etwas unternehmen konnten, wurden sie von den Rebellen niedergemacht, und ihr Blut sickerte in das trockene Holz der Plattform.

Eine Frau schnitt einen großen Schlüsselring vom Gürtel der weiblichen Wache und probierte die Schlüssel an den Ketten aus, die meine Handgelenke fesselten. Während sie sich an den Schlössern zu schaffen machte, nannte sie mir ihren Namen.

»Releana«, murmelte ich.

Schließlich fand sie den passenden Schlüssel und befreite mich. »Nun, jeder Feind des Generalstatthalters ist ...« Sie wich einen Schritt zurück, während sich ein Lächeln auf ihrem Gesicht bildete. »Sagtest du Releana?«

Ich nickte und ließ vorsichtig die Arme sinken. Ich wollte meine Handgelenke reiben, aber ich hatte einfach keine Kraft mehr.

»J'role sagte uns, wir sollten nach dir suchen.«

»J'role?«

»J'role.«

Das Donnern von Feuerkanonen hallte durch die Stadt. Ich blickte zum Himmel und sah, daß die Steinklauen eingetroffen waren und die beiden therani-

291

schen Schiffe kurz nach dem Ablegen abgefangen hatten. Die Trolle hatten die theranischen Luftschiffe bereits geentert und metzelten die Mannschaft nieder.

Doch die eigentliche Kraftprobe stand noch aus: Wie würden sich die Trolle gegen die fliegende Burg schlagen, die nach wie vor am Palast angedockt war. Ich sah Dutzende von Soldaten auf den Burgmauern, die sich an ihren Feuerkanonen zu schaffen machten.

»Meine Kinder. Meine Jungen.«

»Zwillinge, nicht wahr?« fragte ein Mann.

Ich nickte. »Der Generalstatthalter hat sie zu seinen persönlichen Sklaven gemacht.«

»Dann sollten wir uns beeilen. Er könnte versuchen, mit dem *Bewahrer* zu fliehen.«

Ich sah ihn fragend an.

»Mit dem *Bewahrer*. Der Burg. Sie taufen sie wie Schiffe.«

»Ja. Beeilen«, sagte ich und taumelte vorwärts.

»Wir kriegen sie«, sagte die Frau, die mich befreit hatte. »Du, bring sie zu Quarto ...«

Ich sammelte meine letzten Kraftreserven und richtete mich trotz meiner schmerzenden Muskeln auf. »Nein, mir geht es gut. Ich komme mit. Sie sind meine *Kinder*.« Meine Stimme klang tief und schmerzerfüllt, und die anderen musterten mich aufmerksam.

»Also gut«, sagte die Frau. Es war klar, daß sie keine Zeit mit Streiten verschwenden wollte. »Dann los.«

Während wir durch die Straßen der Stadt eilten, zählte ich die angreifenden Drakkars und kam auf annähernd zwanzig. Entweder hatten sich die Steinklauen Schiffe gestohlen oder mit einem anderen Clan ein Bündnis geschlossen. Mir fiel wieder ein, daß der Generalstatthalter eine Expedition erwähnt hatte, die zu den Zwielichtgipfeln geschickt worden und nicht zurückgekehrt war. Vielleicht hatten sich die Theraner bei einem Clan der Kristallpiraten zuviel herausgenommen und sie sich zu Feinden gemacht. Zweifellos war Krattack in der Lage, eine solche Situation auszunutzen und ein Bündnis zwischen den Steinklauen und dem betroffenen Clan zustande zu bringen.

Ein paar der Drakkars griffen die beiden theranischen Luftschiffe an, andere setzten Trolle auf den Stadtmauern ab, und der Rest der Drakkars näherte sich zusammen mit der *Steinregenbogen* dem *Bewahrer*.

Diese letzte Gruppe flog den *Bewahrer* in einem sehr steilen Winkel an. Die Burg war immer noch am Palast angedockt, hoch genug, um von überall in der ganzen Stadt gesehen zu werden, und dadurch nicht manövrierfähig. Die *Steinregenbogen* flog voran und schirmte mit ihrem steinernen Rumpf die hölzernen Drakkars so gut wie möglich vor den Feuerkanonen ab.

Die Matrosen an den Feuerkanonen des *Bewahrers* richteten ihre Waffen nach oben, aber in der Zeitspanne, die sie dafür benötigten, waren die Schiffe der Trolle bereits viel näher gekommen. Die Kristallpiraten stürzten förmlich aus dem Himmel auf die Burg herab. Die Matrosen feuerten die Kanonen ab, aber nur ein paar trafen die Schiffe der Trolle und noch weniger richteten ernsthaften Schaden an.

Gerade als es den Anschein hatte, die Schiffe würden die Burg rammen, fingen sie den Sturzflug ab und ließen eine Perlenschnur von Trollen zurück, die von den Schiffen auf die Burgmauern sprangen.

In der Zwischenzeit rannte meine Gruppe durch die Straßen. In der ganzen Stadt waren Kämpfe ausgebrochen. Theranische Soldaten und Stadtwachen fochten mit Städtern in Lederrüstungen, die sich mit alten Schwertern bewaffnet hatten. Ganz Vivane erhob sich gegen seine Unterdrücker.

Wir erreichten den Palast. Die Burg schwebte über uns, so daß ihr gewaltiger Schatten auf uns fiel. Die Trolle hatten ihre Drakkars in sichere Entfernung von der Burg zurückgezogen. Ich suchte den Himmel nach der *Steinregenbogen* ab, fand sie jedoch nicht.

»Macht schon!« rief einer der Rebellen. »Wir müssen den Generalstatthalter finden!«

Wir stürmten in den Palast...

Oder vielmehr stürmten die anderen hinein. Die Wochen, die ich im ›Kasten‹ verbracht hatte, und die Folter, unter der ich vor wenigen Minuten noch gelitten hatte, machten es mir unmöglich, mit ihnen Schritt zu halten, und sie vergaßen mich einfach im Tumult des Augenblicks. Trotzdem humpelte ich weiter, wobei ich mich an den Mauern stützte. Meine Hände fühlten sich naß und klebrig an, und als ich genauer hinsah, erkannte ich, daß das Blut aus meinen Wunden an meinen Armen herunterlief und ich eine Blutspur an den Wänden zurückließ.

Von allen Seiten drang Kampflärm auf mich ein – Schwerterklirren, Todesschreie, Hilferufe. Am Ende eines Ganges sah ich Köche mit langen Küchenmessern gegen Palastwachen kämpfen. In einem anderen überwältigten Sklaven die Wachen durch ihre schiere Anzahl und schlugen sie tot. Ich schleppte mich weiter und zog dabei kaum Aufmerksamkeit auf mich. Um die ernstlich Verwundeten kümmerte sich niemand der Anwesenden.

Ich erreichte den Fuß einer gewaltigen Treppe. Die Stimme des Generalstatthalters hallte von einem Balkon über mir zu mir herunter. »Das Wie interessiert mich nicht! Bahnt mir nur eine Gasse! Bringt mich zum *Bewahrer!*« Ich stolperte auf die andere Seite der breiten Treppe und sah ihn mit mehreren Gardisten – ein paar Trollen und einem Elf – auf dem Balkon stehen. Ihre roten Rüstungen und ihre Gesichter waren blutbespritzt. Alle hatten Schrammen und Wunden davongetragen. Der Befehl des Generalstatthalters galt den Gardisten auf der anderen Seite des Balkons, die durch die Treppe von ihm getrennt waren.

»Ja, Generalstatthalter«, riefen die Gardisten, »wir holen Verstärkung!« Sie rannten davon.

»Ich kann nicht auf sie warten«, sagte der General-statthalter zu den vier Gardisten, die ihn umgaben. »Wir müssen sofort zum *Bewahrer*. Es könnte sein, daß sie sonst ohne uns losfliegen müssen. Kommt. Wenn wir den anderen Turm erreichen, können wir ihnen Zeichen geben, daß sie uns abholen. Der Rest der Palastwache wird für die notwendige Ablenkung sorgen.«

Er setzte sich in Bewegung, und ich sah, daß zwei der Gardisten jeweils ein Kind hielten – Euch zwei. Du, Torran, wehrtest dich mit aller Kraft gegen den Troll, der Dich festhielt. Du, Samael, wehrtest Dich nicht, doch Deine Augen waren ständig in Bewegung, als hielten sie nach einer Fluchtmöglichkeit Ausschau. Dann sahst Du mich. Beinahe hättest Du geschrien, aber ich hob den Finger an die Lippen und bedeutete Dir gerade noch rechtzeitig zu schweigen.

Während sich die Gruppe des Generalstatthalters in Bewegung setzte, eilte ich so schnell wie möglich die Treppe hinauf. Meine Beine fühlten sich an, als seien sie seit einer Ewigkeit nicht mehr bewegt worden, als sei ich kürzlich von den Toten erwacht und hätte mich noch nicht richtig an das Leben gewöhnt.

Als ich das Ende der Treppe erreichte, war von Euch und den Theranern nichts mehr zu sehen. Aber mein Blick wurde wie magisch von einem silbernen Glitzern auf dem Boden angezogen. Ich erinnerte mich an den Silberstaub auf Euren Gesichtern. Ein Stück weiter den Gang entlang fand ich weiteren Staub.

Ich folgte der silbernen Spur.

Die Kämpfe waren fast zum Erliegen gekommen, und ich hörte kaum noch Kampflärm. Ich streifte ungehindert durch die Gänge. Manchmal folgte ich einem falschen Weg, aber letzten Endes fand ich die silberne Spur auf dem Boden – manchmal nur ein paar Staubkörner, die im rötlichen Fackellicht glitzerten – immer wieder.

Schließlich stand ich vor einer Wendeltreppe, die sich einen Turm hinaufwand. Zwar sah ich ein silbernes Funkeln auf der zweiten Stufe, doch jetzt brauchte ich diese Spur nicht mehr, da ich Euch beide laut schluchzen und jammern hörte. Ich hätte vor Enttäuschung laut schreien mögen. Ihr klangt so weit entfernt, und ich hatte keine Ahnung, wie ich Euch in meinem geschwächten Zustand je einholen sollte. So weit gekommen zu sein und Euch dann doch nicht zu erreichen, weil ich einfach keine Kraft mehr hatte, war zu grausam.

Ich spürte jemanden hinter mir.

Sie war wieder da. Keine Riesin mehr, doch immer noch schwanger und immer noch in ihrer silbernen Rüstung. Ihr schwarzes Haar wand sich um ihren Nacken. Ihr wohlgerundeter, gerüsteter Körper war wie ein Zerrspiegel, so daß mein Spiegelbild nicht nur elend, sondern auch noch mißgebildet aussah.

»Wer bist du jetzt?« krächzte ich. Ich fürchtete mich vor ihr, da ich sicher war, sie würde zuviel von mir erwarten oder mich des Versagens anklagen.

Sie lächelte. »Ich bin Thystonius. Wer sollte ich sonst sein?«

»Garlen ist mir schon begegnet, und sie sah genauso aus wie du jetzt.«

296

Sie blinzelte. »Du mußt eine sehr verwirrte junge Frau sein.«

Ich fühlte mich alles andere als jung und sagte ihr das auch.

»Dreißig«, erwiderte sie. »Du bist noch ein Kind. Die Passionen sind immer noch sehr lebendig in dir ...«

»Meine Kinder!« fiel ich ihr ins Wort. Ich machte mich an den Aufstieg, zog mich mehr am Geländer hoch, als daß ich die Stufen mit den Beinen erklomm.

»Warte.« Sie berührte mein Gesicht, und nach dieser Berührung schmolz meine Müdigkeit dahin. Mehr als das: Ich sehnte mich nach mehr Müdigkeit. Ich hungerte förmlich nach der Erschöpfung, die ich gerade erlebt hatte. Ich wollte mich mit dem Generalstatthalter und seiner Garde messen und mich dabei völlig verausgaben. Ich sah auf meine Schrammen und Wunden. Sie waren alle noch da. Dies war die Passion des Konflikts, nicht die des Heilens und des Trostes.

»Danke.«

»Was wirst du tun, wenn du sie zurückhast?«

»Nach Hause gehen, sie aufziehen«, flüsterte ich heiser, während ich die Stufen hinaufraste.

Eine Windung höher erwartete sie mich.

»Und die Theraner?«

»Was ist mit ihnen?« In diesem Augenblick hörte ich Euch zwei nach mir rufen, und ich rannte noch schneller, während mich der möglicherweise bevorstehende Kampf in immer größere Erregung versetzte.

Ich erklomm eine weitere Windung, und sie stand erneut vor mir. »Mußt du deine Kinder nicht vor ihnen beschützen?«

»Das werden andere tun. Ich muß sie nur großziehen.«

Ich hastete weiter. »Nein, wirklich«, sagte sie und verschwand.

Alle meine Schmerzen waren wieder da. Ich taumelte noch ein paar Stufen weiter und sank dann auf die Knie. Ich sah, daß das Ende der Treppe nicht mehr weit war. Auf die Wand über mir fiel Sonnenlicht. Ich hörte Euer Jammern und Weinen jetzt ganz laut und ebenso die gutturalen Stimmen der Trolle, die »Hierher! Hierher!« riefen.

»Thystonius«, hauchte ich.

Nichts.

Ich wisperte ihren Namen, ließ gerade so viel Luft aus meinem Mund entweichen, um einen Laut von mir zu geben.

Immer noch nichts.

»Bitte.«

Mir wurde plötzlich klar, daß ich fast winselte. Passionen lassen sich durch Betteln nicht herbeirufen. Mir blieb nichts anderes übrig, als es allein zu versuchen.

Ich erhob mich, setzte schwerfällig einen Fuß vor den anderen und arbeitete mich zur Turmspitze herauf. Ich hörte viele Stimmen – und Kampflärm. Ich bewegte mich schneller.

»Beeilung!« rief der Generalstatthalter.

Die Treppe mündete in der Mitte einer großen runden Kammer, die aus einem einzigen Fenster zu bestehen schien. Nach Westen öffneten sich große Glastüren auf einen Balkon. Vor diesem Balkon schwebte die Burg. Ihre Zugbrücke war herabgelassen und bot Euch und den Theranern Zugang.

Ihr gingt alle über die Zugbrücke. Auf der anderen Seite des Burggatters sah ich zahlreiche Leichen im Burghof liegen – Theraner und Kristallpiraten. Doch der Angriff der Kristallpiraten war zurückgeschlagen worden. Die Trolle waren dabei, die Burg zu verlassen, und sprangen von den Mauern in ihre Drakkars, die sich dem Beschuß der Kanonen aussetzten, um ihre Kameraden aufzunehmen.

Doch die Schlacht war noch nicht beendet. In dem Augenblick, als Ihr alle auf der Zugbrücke wart, stieß die *Steinregenbogen* wie ein Raubvogel vom Himmel auf die Burg herab. J'role und ein halbes Dutzend Trolle sprangen auf die Zugbrücke und versperrten dem Generalstatthalter und seiner Leibwache den Weg.

»Du«, sagte J'role, während er auf den weißhäutigen Mann zeigte, »hast etwas von mir, das ich zurückhaben will.«

Der Generalstatthalter betrachtete J'role von oben bis unten, während sich alle anderen zum Kampf bereitmachten. »Du bist der Vater?«

»Überrascht dich das?«

»Ich hätte mit jemand Kräftigerem gerechnet. Du wirst deiner Frau nicht gerecht.«

Ich stolperte zum Balkon. Ich hatte die Turmkammer nicht einmal zur Hälfte durchquert, als Soldaten aus dem Burghof auf die Zugbrücke rannten. Ein Blutbad stand bevor. Die vielen Waffen in Verbindung mit der Gleichgültigkeit der Kristallpiraten Kindern gegenüber konnten leicht zu Eurem Tod durch ein paar achtlose Schwerthiebe führen.

Ich mobilisierte meine allerletzten Kraftreserven, um so rasch wie möglich auf die Zugbrücke zu gelangen, und traf dort in dem Augenblick ein, als der Kampf begann. Keiner der Theraner bemerkte mich, da sie mir den Rücken zudrehten. Die Trolle, die Euch getragen hatten, ließen Euch los, und der Generalstatthalter nahm Euch bei den Händen und hielt Euch fest. Der Gedanke, daß sein bleiches weiches Fleisch meine Kinder anfaßte, stieß mich derartig ab, daß ich mich von hinten auf ihn stürzte und ihn zu Boden warf.

Die Zugbrücke erbebte. Der *Bewahrer* legte ab.

Ich nahm Euch bei der Hand und sah mich nach der *Steinregenbogen* um. Sie hatte sich mehrere hundert Schritte von der Burg entfernt, um dem Beschuß ihrer Kanonen auszuweichen. Doch jetzt segelte sie wieder heran, um uns aufzunehmen. Das Problem war, daß uns der Generalstatthalter und seine Trollgarde von Eurem Vater und den Kristallpiraten abschnitten.

Der Generalstatthalter sprang auf und zog einen silbernen Dolch aus dem Ärmel seiner Tunika. »Ich hatte doch befohlen, dich zu töten«, sagte er mit unüberhörbarem Widerwillen. Er kam auf uns zu. Eure kleinen Hände klammerten sich verzweifelt an mich. »Mama! Mama! Laß uns gehen, laß uns gehen, bitte, laß uns gehen!«

Die *Steinregenbogen* war noch nicht nahe genug. Ich drehte mich um. Wir waren erst ein paar Schritte vom Turm entfernt. Wäre es mir doch nur gelungen, den Metallflügel-Zauber in mein Grimoir zu übertragen, um ihn nach Belieben wirken zu können...

Meine Beine gaben unter mir nach, als sich der Generalstatthalter auf mich warf und mir seinen Dolch in den rechten Oberschenkel stieß. Ich wälzte mich herum und schlug ihm mit der Faust ins Gesicht, bis ihm rotes Blut über die bleiche Haut rann. Ihr zwei halft mir, indem Ihr auf ihn sprangt. Ich schrie Euch zu, Ihr solltet auf den Dolch aufpassen, aber es fehlte nicht viel, und Dir, Torran, der Du so eifrig bemüht warst, ihn dem Generalstatthalter zu entreißen, wäre der rechte Arm aufgeschlitzt worden.

Der Generalstatthalter schrie auf, da er beinahe einen seiner kostbaren Sklaven verunstaltet hätte. Diesen Augenblick nutzte ich aus, um ihm einen Tritt ins Gesicht zu versetzen, der ihn zum Rand der Zugbrücke zurückwarf. Er wäre fast abgestürzt, und Ihr zwei ranntet zu ihm, um ihn endgültig hinunterzustoßen. Eure kleinen Körper hatten jetzt die harte Kriegerhaltung angenommen – Fäuste geballt, Zähne zusammengebissen, das Gesicht zu einer Grimasse erstarrt. Es hätte komisch ausgesehen, hätte ich nicht solche Angst um Euch gehabt.

Der Generalstatthalter und ich riefen gleichzeitig los – er nach seiner Leibwache, ich nach Euch beiden. Einer seiner Trolle drehte sich um. Sein Schwert war blutverschmiert, und als er sah, was geschah, wandte er sich vom Kampfgeschehen ab und rannte auf mich zu. Als Ihr den mächtigen, kampfeslüsternen Krieger saht, der da über die Zugbrücke stürmte, kehrtet Ihr beide sofort zu mir zurück. Ich rappelte mich auf. Von rechts näherte sich die *Steinregenbogen*. Wir würden tot sein, bevor sie die Burg erreichte. Hinter uns ...

»*Mama!*« Du warst es, Torran, der mir ins Ohr schrie. »Wir müssen *springen!*« Du zerrtest an meinem Arm und zogst mich zum anderen Ende der Zugbrücke. Da ich keine andere Möglichkeit sah, hob ich euch beide auf, und augenblicklich hatte ich ein Gefühl, als würden mir die Schultern aus den Gelenken gerissen. Ich hätte fast das Gleichgewicht verloren. Aber eben nur fast, und ich rannte jetzt aus Leibeskräften auf den Turm am Ende der Brücke zu. Wir waren jetzt etwa zehn Ellen vom Balkon entfernt, und die Kluft vergrößerte sich mit jedem Augenblick. Ich glaubte nicht, daß wir eine Chance hatten, aber ich mußte es versuchen. Ich mußte Euch zwei in Sicherheit bringen. Ihr hattet Eure kleinen Ärmchen um mich gelegt, und ich kann mich erinnern, daß Du, Samael, mich auf den Hals geküßt hast.

Ich erreichte das Ende der Zugbrücke und sprang ab.

Und da sah ich sie – ich weiß nicht, ob es Thystonius oder Garlen war –, nur einen Augenblick lang. Sie schwebte in der Luft, und ihre riesige Hand war unter meinen Füßen und trug mich über den Abgrund zum Balkon.

Wir stürzten zu Boden. Ich schaute mich um und sah den Troll, der uns verfolgt hatte und jetzt stehenzubleiben versuchte. Sein Schwung trug ihn über den Rand der Zugbrücke. Einen Augenblick lang ruderte er mit den Armen wie ein Vogel, dann stürzte er ab – in den Tod.

J'role reckte den Hals, versuchte durch das Kampfgetümmel zu erkennen, ob mit uns alles in Ordnung war. Ich winkte ihm zu. Er lächelte. Die *Steinregenbogen* segelte unter der Zugbrücke hindurch, und er und die Kristallpiraten sprangen auf das rasch vorbeisegelnde Schiff.

Die Theraner rannten in die Burg, ließen die Fallgatter herab und holten die Zugbrücke ein. Während sie davonsegelten, schleppte ich mich in den Schutz des Turms für den Fall, daß der Generalstatthalter aus Gehässigkeit beschloß, mit den Feuerkanonen auf uns zu schießen. Wir schafften es bis in die Turmkammer, und vor den Stufen der Wendeltreppe brach ich endgültig zusammen.

Ihr fragtet mich, ob alles in Ordnung sei. Ich sagte Euch die Wahrheit. Ihr knietet Euch neben mich und strich mir sanft über die Stirn, wie ich es so oft bei Euch getan hatte, wenn einer von Euch im Fieber lag.

16

Von einem Augenblick zum anderen begann das Plündern.

Später erfuhr ich, daß J'role in den vergangenen drei Monaten – der Zeit, die ich im ›Kasten‹ verbracht hatte – den Angriff der Kristallpiraten mit den Rebellengruppen in Vivane geplant und abgesprochen hatte. Er war während meiner Gefangenschaft tatsächlich in der Stadt gewesen, hatte jedoch keine Ahnung gehabt, daß ich so nahe war. Krattack hatte dafür gesorgt, daß sich der Kristallpiraten-Clan der Blutsteine dem Angriff anschloß.

Jetzt befanden sich Hunderte von Trollen in einer Stadt, die sie als erobert betrachteten. Wie es bei ihnen Brauch war, nahmen sie sich, was sie wollten. Sie widmeten sich insbesondere dem Palast, dessen Räumlichkeiten allen möglichen hübsch anzusehenden Tand und Krimskrams enthielten, der zum Teil aus der Zeit vor der Invasion stammte und zum Teil erst danach angeschafft worden war.

Die Einwohner Vivanes betrachteten sich jedoch als befreit und nicht als erobert, und die Handlungsweise der Trolle traf sie völlig überraschend. Es dauerte nicht lange, bis beide Seiten um Schätze kämpften, die sie jeweils als ihr Eigentum betrachteten.

Während dieser neue Konflikt tobte, führte ich Euch auf der Suche nach dem Stadttor durch die Straßen. Ich hatte genug von Trollen und Piraten und Theranern und wollte einfach nur nach Hause. Zahlreiche Feuer erhellten die Stadt, da die Nacht hereinbrach, und ich hörte die Schreie theranischer Soldaten und jener, die ihre Stadt an die Eroberer verraten hatten. Die Straßen waren fast völlig leer, da sich die meisten

Bürger hinter der Sicherheit ihrer verriegelten Türen verbargen.

Was ich auf keinen Fall wollte, war ein Zusammentreffen mit Eurem Vater. Ich war zu schwach, um es mit seinen Worten, seiner besonderen Logik und seinen erschöpfenden Bitten um Zuneigung aufzunehmen. Irgendwie hatte mein Verstand die Erinnerungen so verdreht und verzerrt, daß die Ereignisse der letzten Monate ausschließlich seine Schuld waren. Ihr erinnert Euch vielleicht noch, wie müde und zerschlagen ich war.

Ein Tuch aus tiefem Violett bedeckte den Himmel. Die Sterne begannen zu funkeln.

Und plötzlich stand Euer Vater vor uns, eingerahmt von einem riesigen Freudenfeuer, das hinter ihm brannte. Rauch stieg in den Himmel, ballte sich zu kleinen Wolken, die von einer leichten Brise gebeutelt wurden, um schließlich in die Nacht zu verschwinden. Zuerst sah J'role mich an, lächelte glücklich, weil ich alles einigermaßen heil überstanden hatte. Dann fiel sein Blick auf Euch, und seine Züge wurden so weich, daß ich glaubte, er werde gleich zu weinen anfangen.

»Wo warst du, Releana? Ich habe überall nach dir gesucht.«

»Laß uns jetzt nicht reden. Ich will sie nach Hause bringen.«

»Wir können fliegen.« Er lachte. »Was hattest du vor? Wolltest du nach Hause laufen?«

Ich hatte tatsächlich vorgehabt zu laufen. Doch Fliegen schien eine bessere Idee zu sein. Es war leichter. In dem Augenblick, als ich mich mit dem Gedanken zu fliegen anfreundete, überfiel mich die Müdigkeit mit Macht. Ja, fliegen war besser.

Plötzlich fiel mir auf, daß Ihr beide sehr angespannt wart. Ihr kanntet diesen Mann nicht und wolltet mich beschützen.

»Schsch, schsch«, machte ich, um Euch zu beruhigen. »Das ist ...« Ich zögerte, da ich nicht wußte, was ich sagen sollte.

J'role trat vor, das Feuer hinter ihm umgab ihn mit einer roten Aura. Mit ausgestreckten Armen sagte er: »Ich bin euer Vater.«

Ihr erstarrtet und saht dann in Erwartung einer Bestätigung oder Verneinung dieser verblüffenden Feststellung zu mir. Ich weiß nicht, was in J'role gefahren war, Euch jetzt plötzlich mit dieser Tatsache zu konfrontieren. Vielleicht war er einfach nur glücklich, daß Ihr noch am Leben wart. Vielleicht war es die Tatsache, daß sich ihm schließlich die Gelegenheit geboten hatte, Euer Leben zu retten – oder zumindest eine wichtige Rolle bei Eurer Rettung zu spielen. Ich habe schon seit langem den Verdacht, daß Euer Vater und überhaupt alle Männer glauben, Liebe müsse man sich mit vergossenem Blut und Rettung aus Todesgefahr verdienen. Vielleicht glaubte er jetzt, ein Recht auf Eure Zuneigung zu haben.

Aus welchem Grund auch immer, er sagte es jedenfalls. Ihr drücktet beide meine Hand, ob aus Aufregung oder Angst, wußte ich nicht. Torran sagte, »Mama?«, und Samael fragte, »Papa?«, und in diesem Augenblick, da ich zum erstenmal hörte, wie unsere Kinder diese beiden Worte im Zusammenhang äußerten, war ich genauso verwirrt wie Ihr zwei.

J'role kniete vor uns nieder. Er faßte Euch nicht an, sondern hielt nur die Arme ausgebreitet, als biete er eine Umarmung an.

»Warum tust du das?« flüsterte ich, zu müde, um lauter zu sprechen.

Er betrachtete Euch zwei, ein Lächeln auf den Lippen. Ich wünschte ich könnte sagen, es war ein freudiges Lächeln. Ein vergnügtes Lächeln. Aber er hätte ebensogut Beute betrachten können. Trophäen für eine Leistung aus seiner verlorenen Jugend. Sein Lächeln

305

galt, wie so vieles an ihm, nicht Euch, sondern sich selbst, da er sich in Euch wiedererkannte.

Ja, Ihr wart dabei, also ist es unnötig, Euch zu erzählen, was Ihr bereits wißt. Aber vielleicht wart Ihr als Kinder noch nicht in der Lage, alle Feinheiten zu begreifen. Außerdem weiß ich, daß Ihr einen Großteil der von mir geschilderten Ereignisse vergessen habt.

Und ich tue es, um Euch gegen ihn einzunehmen.

»Ich war lange genug nicht bei ihnen, Releana.« Euer Vater sah von einem von euch zum anderen. Ich sah, daß er Euch mit Namen anreden wollte, doch immer wieder zögerte. Dann wurde mir klar, daß er Euch nicht auseinanderhalten konnte. Er wußte nicht, wer von Euch Samael und wer Torran war.

»Bist du wirklich unser Papa?« fragte Torran mit tiefer Stimme in dem Versuch, so stark und gerissen wie ein Erwachsener zu klingen.

Mit kaum mehr als einem Krächzen antwortete J'role: »Das bin ich.«

»Du bist der Clown, der immer in unser Dorf kommt«, sagte Samael plötzlich lachend. »Wie kannst du unser Papa sein?«

»Ich ...«

»Clowns können doch auch Papas sein«, konterte Torran.

»Nicht dieser Clown.«

»Warum nicht?«

»Er hat bis jetzt noch nie gesagt, daß er unser Papa ist.«

»Das bedeutet nicht, daß er es nicht ist.«

»Mama, warum sollte ein Clown nicht sagen, daß er unser Papa ist, wenn er es doch ist?«

Die Frage überforderte meine Phantasie – mich, die ich normalerweise sehr geschickt darin war, mir blitzschnell Antworten auf die sehr schwierigen Fragen auszudenken, die Kinder andauernd den Erwachsenen stellen. Mehr als das, ich sah auch keinen Grund, mir eine Antwort zu überlegen. Schließlich hatte J'role mit seiner Eröffnung alles begonnen. Ich beschloß, ihm die Möglichkeit zu geben, eine Zeitlang ein wenig Vater zu spielen. »Fragt den Clown«, sagte ich.

Ihr zögertet einen Augenblick, dann fragte Torran: »Wenn du unser Papa bist, warum hast du es uns dann nicht gesagt?«

»Tja ...«

J'role sah mich hilfesuchend an. Ein tief in mir vergrabener Teil wollte ihm zu Hilfe kommen. Ich verschloß mich gegen ihn.

»Tja, ich bin euer Vater. Ich bin euer Papa. Ich war ... Ihr wißt, wie das ist, wenn euch irgend etwas sehr beschäftigt?«

Ihr starrtet ihn unsicher an.

»Releana!« rief eine Stimme. Ich drehte mich um und sah Wia auf uns zurennen. Sie kam sofort zu mir und sah meine Wunden. »Ach, ihr Geister! Releana, es tut mir so leid. Bist du einigermaßen in Ordnung?«

Ich nickte.

Dann sah sie J'role, der sie anstarrte. Sie spürte sofort, daß sie in irgend etwas hineingeplatzt war. »Was sollen wir tun?« fragte sie mich.

»Laß uns heimkehren«, erwiderte ich.

»In Ordnung.«

Nun, da mir Wia zur Seite stand, schob ich Euch zwei vorwärts und an J'role vorbei.

»Ist das Papa, Mama?« fragte Torran, und Samael fügte hinzu: »Was ist mit Papa?«

Im Gehen sagte ich: »Papa und ich hatten Schwierigkeiten.«

»Du meinst, ihr liebt euch nicht«, sagte Torran, der niemals ein Blatt vor den Mund nahm, wenn er zu wissen glaubte, was los war.

J'role, der noch dort stand, wo wir ihn hatten stehen lassen, rief: »Wir lieben uns immer noch!« Er sah zu Boden, die Fäuste geballt. Er folgte uns nicht.

»Ich weiß es wirklich nicht«, sagte ich leise.

»Aber es ist doch Papa«, sagte Samael.

»Papa und ich müssen einiges ins reine bringen.«

»Aber ...« Und damit fing Samael an zu weinen.

»Sei doch still!« herrschte Torran ihn schroff an.

»Ist schon gut«, sagte ich und wollte mich neben Euch knien. Statt dessen stürzte ich und landete mit dem Hinterteil auf der Straße. Ich nahm Euch beide in die Arme und drückte Euch fest an mich. Aber ich spürte, daß Eure Gedanken bei dem Mann hinter uns waren.

Samael sagte leise: »Ich will meinen Papa.«

Ich kann Euch sagen, ich war wütend. Darüber, daß ein Mann, der bisher überhaupt nicht in Eurem Leben gewesen war, soviel Aufmerksamkeit gebot. Ich wollte Euch aufheben und so lange schütteln, bis ich diejenige war, welche die Macht über Leben und Tod für Euch besaß. Nicht dieser Hochstapler von einem Vater, der aus einer Laune heraus plötzlich wieder in Euer Leben getreten war und nicht einmal seine Abwesenheit erklären konnte.

Ich beherrschte mich jedoch. »Ich will Papa auch«, sagte ich, obwohl ich nicht glaube, daß ich es ernst meinte. Oder vielleicht doch. Ich wünschte, ich wüßte es. »Aber nicht jetzt. Vielleicht irgendwann.«

»Bald?«

»Irgendwann.«

Wia half mir auf. Wir gingen weiter. J'role kam uns nicht hinterher und sagte auch nichts mehr. Und das galt lange, lange Zeit auch für Euch.

17

Wir reisten zu Fuß und dann dank der Gutmütigkeit eines Karawanenführers per Wagen. Ich wurde sehr krank. Ein Questor Garlens kümmerte sich um meine Wunden und um meine Krankheit. Die Passion manifestierte sich in dieser Zeit nicht vor mir, und ich glaubte, sie nicht mehr wiederzusehen.

Schließlich erreichten wir unser Dorf. Natürlich fanden wir nur verbrannte Häuser und Ruinen. Unkraut und Ranken wuchsen auf Mauerresten, die einmal die Dorftaverne, eine Scheune, ein Heim gewesen waren. Unbestattete Skelette, die schon vor Monaten von Aasfressern abgenagt worden waren, lagen halb begraben unter Erdhügeln, die in der Zwischenzeit von den Regenfällen angeschwemmt worden waren. Auf den Feldern wuchsen Wildblumen und Unkraut. Sonst war nichts mehr übrig.

»Wo sind denn alle?« fragte einer von Euch.

Weg natürlich. Versklavt oder geflohen. Es war mir nie in den Sinn gekommen, daß es unser Zuhause nicht mehr gab.

»Es tut mir so leid«, sagte ich laut.

»Ist schon gut, Mama. Du kannst nichts dafür.«

»Sie ist nur traurig, Torran«, sagte Wia. »Sie ist voller Sorge. Das meint sie damit.«

Wir zogen weiter und fanden schließlich in einem Dorf im Westen in der Nähe des Todesmeers eine neue Heimat. Ich wurde die Dorfmagierin, da der bisherige Magier verschwunden war, während er an der Küste des Todesmeers nach elementarem Feuer gesucht hatte.

Ich hatte einen Trost: J'role hatte keine Ahnung, wo wir uns befanden.

Wir wurden Mitglieder der Gemeinde, und Ihr zwei fandet rasch neue Freunde. Das galt auch für mich, und die bereits bestehende Freundschaft zu Wia verfestigte sich.

Verglichen mit der Rauhheit der Trolle und ihrem Leben, kam uns das geschwätzige Dorf, das wir unser Zuhause nannten, wie ein Segen vor. Das Hauptaugenmerk lag nicht mehr auf Prügeleien und Prahlereien und Überfällen, sondern darauf zu gewährleisten, daß wir alle gut genug miteinander zurechtkamen, um uns gegenseitig vor Gefahren von außen zu beschützen.

Ihr hattet Alpträume, und ich tröstete Euch, so gut ich konnte. Bis dahin hatte ich immer geglaubt, Kinder seien den Schrecknissen des Lebens gegenüber am widerstandsfähigsten. Dieser Ansicht war ich, weil ihre Persönlichkeiten noch nicht vollständig entwickelt sind, so daß die schlichte Behaglichkeit eines Zuhauses alle schmerzlichen Erfahrungen kurieren kann. Doch das war bei Euch nicht der Fall. Wie oft bin ich nachts in Euer Schlafzimmer gelaufen, weil Ihr im Schlaf hemmungslos geweint habt.

Die Schrecknisse der Kindheit tragen dazu bei, eine Persönlichkeit zu *formen*. Sie werden zu einem Teil dessen, wer oder was die Person ist. Sie lassen sich nicht einfach abschütteln, weil es nichts gibt, das stabil genug ist, um sich während des Abschüttelns daran festzuklammern.

Also nahm ich Euch in den Arm und versuchte mein Bestes, um mit Liebe alle die Schrecknisse auszugleichen, die Ihr erlebt hattet: Man hatte Euch Heim und Mutter entrissen und dann versklavt, Ihr wart Zeuge schrecklicher Morde und Tode geworden, und Ihr hattet die zerschmetterten Knochen von Leuten gesehen, die einmal Eure Nachbarn gewesen waren. Ich weiß wirklich nicht, ob meine Umarmungen und meine tröstenden Worte halfen, aber mehr konnte ich nicht tun.

Monate vergingen.

18

Nach dem Angriff auf Vivane zogen sich die Theraner nach Himmelsspitze zurück. Ihre Bodentruppen wurden zwischen Vivane und Himmelsspitze aufgerieben. Die Flotte war zersplittert und durch die Angriffe der Steinklauen geschwächt. Alles in allem waren sie viel schwächer. Der Sklavenhandel verzeichnete einen stetigen Rückgang, und viele rechneten damit, daß die Theraner diese Gegend bald verlassen würden.

Dem war jedoch nicht so. Ganz im Gegenteil.

Eines Tages, an Eurem achten Geburtstag, kehrten die Theraner zurück.

Die Kinder des Dorfes hatten sich zu Eurer Feier im Hof der Taverne versammelt. Ihr zwei tolltet mit den anderen jüngeren Kindern des Dorfes herum und spieltet Spiele, die anscheinend alle mit lautem Schreien verbunden waren. Ein Großteil der Mädchen sah Euren gewagten Mätzchen zu oder fand sich zu kleinen Gruppen zusammen und unterhielt sich darüber, wer von Euch beiden netter war.

Dann wurden überraschte Rufe laut, und Finger zeigten in den Himmel. Nicht eine, sondern *drei* Burgen flogen auf uns zu, begleitet von einem Dutzend kleinerer Luftschiffe. Meiner Schätzung nach befanden sie sich gerade über dem Dorf Branthan, als die Burgen plötzlich einen Hagel von Feuerbällen herabregnen ließen. Sie warfen sie einfach auf dem Dorf ab.

Augenblicklich erhoben sich gewaltige Rauchsäulen. Ich konnte mir nicht vorstellen, warum ein kleines Dorf Ziel eines Großangriffs sein sollte, aber dann sah ich, daß die Schiffe weiterflogen – in unsere Richtung. Der Angriff auf Branthan war lediglich im Vorbeiflug erfolgt.

»Wir müssen uns verstecken!« rief ich. Nur wenige der anderen Dorfbewohner waren den Theranern schon begegnet, und so begriffen sie nicht, was die Anwesenheit der Luftschiffe und ihrer Feuerkanonen bedeutete. Sie rührten sich nicht, sondern starrten mich nur verständnislos an, zuerst mich, dann die fliegenden Burgen und steinernen Schiffe.

Ich sprang auf ein Faß und sprach zu ihnen: »Hört mir zu. Sie sind zurückgekommen. Die Theraner. Sie haben mehr Schiffe geholt. Dies könnte nur ein kleiner Teil ihrer Flotte sein! Ihre Schiffe sind vielleicht über das ganze Land verteilt. Aber das Entscheidende ist, daß diese Schiffe kommen, um uns möglichst großen Schaden zuzufügen.«

Eine Frau sagte: »Aber wir besitzen keine...«

»Das spielt keine Rolle. Sie wollen uns vernichten. Wahrscheinlich wollen sie sich auch für den Angriff auf Vivane rächen. Sie sind darauf aus, uns zu schwächen, zu zerstören...«

»Aber was...«

»*Nicht jetzt!*« Ich war verlegen, weil ich mich so erregt und in den Mittelpunkt gestellt hatte. Die Blicke der Dörfler durchbohrten mich, was mein Unbehagen noch erhöhte. Jeder schien schweigend zu fragen: Wer ist diese Frau? Wer ist sie, daß sie uns einfach herumkommandiert, während sie doch erst vor ein paar Monaten zu unserer kleinen Gemeinde gestoßen ist? Wofür hält sie sich?

Doch während meiner Zeit bei den Trollen hatte ich in dieser Hinsicht Erfahrung gesammelt. Auf lange Sicht mochte ich in der Gemeinde an Gesicht verlieren, meinen Status als nette Frau verlieren, aber es gab Zeiten, in denen man davon Abstand nehmen mußte, nett zu sein, und ich hatte auf den Zwielichtgipfeln gelernt, wie man das machte. Alle Augen waren auf mich gerichtet, als ich sagte: »Ich schlage vor, daß wir uns in den Dschungel zurückziehen. Wenn sie uns nichts tun wollen, um so besser. Aber wir können uns nicht darauf verlassen.«

Ein paar von den anderen nickten und scharten ihre Kinder um sich. Der Dorfälteste schickte ein paar der schnellsten Läufer des Dorfes zu den nahegelegenen Bauernhöfen, um die dortigen Familien zu warnen. Wir anderen taten, was wir konnten. Wir trugen die Alten und Kranken. Während die Schiffe immer näher kamen, mußte ich manche Leute geradezu von ihren Feldern schleifen, da sie sich keine Vorstellung von der Gefahr machen konnten, in der wir alle schwebten.

Schließlich wurden wir aus der Sicherheit des Dschungels Zeuge der furchtbaren theranischen Vergeltung. Feuerbälle regneten vom Himmel und krachten in Häuser, Scheunen und die Dorftaverne. Die Feuerbälle durchschlugen die Dächer der Gebäude, und dann sahen wir den grellen Schein glühendroter Explosionen durch die Fenster. Sie warfen Feuerbälle auf unsere Reisfelder, so daß gewaltige Dampfsäulen in den Himmel schossen, und vernichteten unsere Ernte. Bei unseren Obstbäumen sprangen die Flammen von Ast zu Ast, als wüchsen sie wie Früchte auf ihnen. Als würden wir uns von Feuer und Gewalt ernähren.

Überall fingen jetzt Leute an zu weinen. Manche rannten einfach los, um ihre Häuser zu schützen, doch andere hielten sie zurück, indem sie sich auf sie stürzten und in einigen Fällen mit Gewalt festhielten.

Ich bemerkte, daß die Feuerbälle immer näher kamen. Bald krachten sie ein paar hundert Schritte entfernt durch das Blätterdach des Dschungels. »*Bewegt euch!*« schrie ich. »*Wir müssen weiter zurück!*«

Das Entsetzen des Augenblicks packte jeden, und mit klopfendem Herzen, keuchendem Atem und unterdrückten Angstschreien flohen wir tiefer in den Dschungel. Hinter uns wurde das Prasseln der Flammen lauter. Die Hitze, die sich unter dem Blätterdach staute, breitete sich rasch aus und legte sich wie ein

Mantel um mich. Ich hielt Euch an der Hand und rannte mit Euch, so schnell wie möglich, aber Ihr fielt mehrmals zu Boden. »Bitte!« flehte ich, als könntet Ihr dadurch Eure kleinen Beinchen schneller bewegen. Aber ich konnte an nichts anderes denken, als Euch zu beschützen. Ich mußte weiter. Weiter. Weiter.

Rasch wurden wir von den anderen getrennt. Ich hörte ihre panikerfüllten Schreie nur noch als schwache Echos durch den dichten Dschungel hallen. Unsere lärmende Flucht durch den Wald und das Feuer hatten sämtliche Dschungeltiere verscheucht. Schließlich brachen wir erschöpft zusammen. Ich weinte und konnte gar nicht mehr aufhören. Samael rollte sich in meinem Schoß zusammen und weinte mit. Torran stand vor mir, vier Ellen groß, die Hände in die Hüften gestemmt und bereit, mich gegen jede auftauchende Bedrohung zu verteidigen.

Hinter uns war der leuchtende Schein des Feuers zu sehen, obwohl er nicht näher zu kommen schien. Wir warteten lange Zeit, dann machten wir uns auf den Rückweg. Mittlerweile war die Dunkelheit hereingebrochen. Die Gerippe unserer Häuser, verbranntes Holz, glänzten silbrigschwarz im Mondlicht. Der warme Wind trieb mir das Jammern und Wehklagen von Leuten zu, die ich nicht sehen konnte.

Ihr zwei hieltet nur stumm meine Hand, während ich mich hierhin drehte und dorthin drehte und das zerstörte Dorf betrachtete, ohne wirklich etwas zu sehen. Was kann Leute nur dazu bringen, so etwas zu tun? dachte ich immer wieder, denn der Angriff auf ein friedliches Dorf überstieg mein Begriffsvermögen. Es schien so, als seien die Dämonen aus ihrer absonderlichen Ebene der Folter und der Qualen zurückgekehrt. Aber die Theraner waren keine Dämonen, keine übernatürlichen Ungeheuer. Sie waren Bewohner meiner eigenen Welt.

314

Als Euer Vater uns drei Wochen später fand, dachte ich, das Universum habe irgendwie beschlossen, sich mit mir als seinem Zentrum in sich selbst zu krümmen und mich aus meiner Vergangenheit herauszuquetschen. Ich wollte nicht frei von jeglicher Verantwortung sein wie noch bei den Trollen. Ich wollte einfach nur frei von allen Dingen sein, die auf schlimme Weise auf mir lasteten. J'role, die Theraner, sogar Krattack, sie alle zogen mich in Pläne und Intrigen hinein, die meinem Wesen zuwiderzulaufen schienen. Es war nicht so, daß ich mich nicht daran beteiligen *konnte*. Nur kamen sie mir einfach *fremdartig* vor.

Ich hatte die Welt immer als einen Ort betrachtet, wo man Bande anstrebte, die auf Vertrauen und Intimität beruhten. Wo das Lebensziel nicht Eroberung hieß, sondern Sicherheit. Zwar hatte ich in den Jahren vor Eurer Geburt ein abenteuerliches Leben geführt, aber in meinen Augen hatten diese Abenteuer dazu beigetragen, der Welt mehr Ordnung zu bringen. Wenn weniger Ungeheuer herumliefen, half das den meisten Leuten. Und ich hatte helfen wollen. Aber ich hatte auch mit J'role Schritt halten wollen. Ich glaubte damals, wenn er Abenteuer bestehen wollte und sich in eine tödliche Gefahr nach der anderen stürzte, sollte ich das ebenfalls tun, und sei es nur, um unsere Ehe zu stärken. In den letzten Monaten war mir der Verdacht gekommen, daß J'role diese Abenteuer aus ganz anderen Gründen suchte als ich, wenngleich ich nicht sicher war, was mich auf diesen Gedanken brachte. Doch die Bestätigung dafür erhielt ich nach seiner Ankunft in unserem Dorf. Sein Lächeln verriet mir alles.

Die *Steinregenbogen* landete auf dem Dorfplatz und

erregte eine derartige Aufmerksamkeit, daß Euer Vater viel länger auf der Bugspitze stehenblieb, als es wahrscheinlich seine Absicht gewesen war. Die Hände in die Hüften gestemmt, ähnelte er einer Statue.

Die Mannschaft bestand aus Trollen und mehreren ehemaligen Sklaven. Sie hatten vor langer Zeit ihre ursprüngliche Heimat verloren, und so war das Schiff zu ihrer Zuflucht in einer rauhen Welt geworden. Ich sah sie auf dem Schiff werkeln – Segel reffen, Feuerkanone reinigen – und mußte lächeln. Es war offensichtlich, daß aus ihnen in wenigen Monaten vollendete Matrosen geworden waren. Sie bildeten jetzt eine zuverlässige Mannschaft, und ich war stolz auf sie.

Als sich J'role lange genug aufgeplustert hatte, sprang er vom Bug auf den Boden. Er rollte sich bei der Landung ab und kam mit ausgebreiteten Armen in den Stand. Das Kunststückchen entlockte den Zuschauern einen kurzen Applaus, und er verbeugte sich.

Ich stand ein Stück weit entfernt und war froh, daß Ihr zwei fortgegangen wart, um Euren Freunden auf dem Feld zu helfen. Während sich J'role in der Bewunderung der Menge sonnte, überlegte ich mir meine Verteidigung. Nur weil er mich wiedergefunden hatte, mußte ich ihn noch lange nicht wieder in mein Leben lassen. Genug war genug.

Als er allen die Hände geschüttelt hatte, kam er direkt auf mich zu. Ich hatte nicht einmal bemerkt, daß er mich am Rande des Platzes gesehen hatte. Aber er hatte eben ein unheimliches Gespür für meinen jeweiligen Aufenthaltsort.

Er lächelte – oh, wie er lächelte. Sein Lächeln hatte eigentlich nichts Beunruhigendes an sich, und als er sagte, »Ich bin so froh, dich zu sehen«, konnte ich fast glauben, daß er aus Freude lächelte, mich wiederzusehen.

Aber dem war nicht so. Die wahre Freude lauerte hinter seinen Augen, irgendwo ganz tief in ihm begraben. Ich zögere, ihr einen Namen zu geben, da es mir anmaßend vorkommt. Aber dieses ›irgendwo‹ schien der *Mann* in ihm zu sein. Es gibt die Dinge, die uns als Namensgeber alle verbinden, und dann gibt es die Dinge, die uns trennen. Das Geschlecht ist eines dieser Dinge.

Er lächelte und sagte: »In ganz Barsaive herrscht Krieg. Ihr befindet euch in großer Gefahr. Sie suchen nach euch. Nach dir und den Kindern.«

Und ich kann euch helfen.

Es stand in seinen Augen, brannte sich ebenso in mich hinein wie sein Lächeln. *Und ich kann euch helfen.*

Mir wurde etwas klar, und bei dieser Erkenntnis schwindelte mir. Ich wich sogar einen Schritt zurück. Plötzlich kam es mir so vor, als *gefielen* Männern Kriege. Aber nicht aus den allgemein angeführten Gründen hinsichtlich ihrer Lust am Krieg – daß sie darin ihren Mut beweisen können oder daß es sich um eine Art von Wahnsinn handelt, der sie packt und von dem sie sich nur mit Gewalt befreien können.

Plötzlich schien mir völlig klar zu sein, daß Männer den Krieg lieben, weil er die Welt gefährlich macht und ihnen dadurch die Rolle des Beschützers zufällt. Im allgemeinen sind Männer größer und stärker als Frauen und gewiß stärker als Kinder. Wenn es in der Welt gefährlich zugeht, haben sie einen Platz. Einen Platz, der sie sehr wichtig macht. J'role lächelte, weil ich ihn jetzt brauchte.

Ich sagte: »Sie haben Feuerbälle abgeworfen. Einfach so.«

»Das ist nur die Spitze des Eisbergs. In der Zeit, in der wir bei den Steinklauen waren, haben die Theraner versucht, ein Handelsabkommen mit dem Königreich Throal auszuhandeln. So wie vor der Plage. König Varulus sagte, er würde sich mit den Theranern nicht einmal an einen Tisch setzen, bevor sie nicht die Sklaverei abschafften.«

»Das konnten sie sich natürlich nicht gefallen lassen«, entschlüpfte mir wie in Trance die übliche Beschreibung des Vorgeplänkels zum Krieg.

»Natürlich nicht. Sie bemühten sich noch eine Woche lang um Verhandlungen und griffen schließlich Karawanen der Zwerge und das um Throal gelegene Ackerland an.«

»Die Zwerge schlugen zurück.«

»Ja«, erwiderte J'role aufgeregt und erzählte von diesem Punkt an weiter, eine Geschichte geisttötender Einzelheiten und Fakten über das Wesen der Politik und des Krieges und das alles überfrachtet mit verallgemeinernden Theorien darüber, wie Politik funktioniert, wie Krieg funktioniert, wie die Leute funktionieren. Doch nur selten verirrte sich irgendein Individuum in seine Geschichte außer als Stellvertreter einer historischen Kraft – ein Soldat, ein Politiker, ein Tyrann.

Während er drauflos schwadronierte, fragte ich mich, ob diese Leute auch Eltern waren. Hatten sie Eltern, die ihnen etwas bedeuteten? Oder die sie haßten? Kämpften sie um jemanden, den sie liebten? Was fingen sie mit ihrer Zeit an, wenn sie nicht das Verderben von uns anderen planten, denen ihre blutigen Gelüste egal waren?

»Wenn du deine Geschichten erzählst, hört sich das alles immer ganz anders an.«

Er geriet ins Stottern. »Was?«

»Deine Geschichten hören sich anders an. Besonders diejenigen, die du auf den Zwielichtgipfeln erzählt hast. In deinen Geschichten handeln die Leute immer aus irgendwelchen Leidenschaften heraus. Sie handeln aus Liebe. Alle diese Handlungen werden aus persönlichen Beweggründen vollbracht.«

»Ich … ich erzähle hier keine Geschichten … Das ist die Wirklichkeit …«

»Die Wirklichkeit? J'role, was ist so wirklich daran?

Deine oberflächlichen Theorien darüber, wie die Welt funktioniert? Oder daß du Namensgeber – Namensgeber! – in seelenlose, mechanische Objekte ohne Bindung zu ihrem Zuhause und ihren Nachbarn verwandelst?«

Ein paar Dorfbewohner blieben stehen und hörten zu, da sie rasch mitbekamen, daß ein Streit stattfand. Die Männer versammelten sich dicht um uns. Die meisten Frauen bildeten einen zweiten lockereren Ring.

J'role starrte mich an, plötzlich völlig verblüfft. »Was redest du? Die Bürger Throals haben eine feste Bindung zu ihrem Königreich.«

»Nein, das haben sie nicht. Sie haben eine feste Bindung zu ihrem Zuhause. Zu ihren Kindern.«

»Sie kämpfen für die Ideale der Regierung.«

»Nur damit sie mit jenen, die sie lieben, in Frieden leben können. Die wenigsten Leute kämpfen aus Liebe zu etwas Abstraktem, und das sind diejenigen, die niemanden haben, den sie lieben können.«

»Das ist nicht *wahr* ...«

»Das sagst du. Du hast eine Menge gesagt, J'role. Ich bin immer davon ausgegangen, daß du die Wahrheit sagst. Jetzt weiß ich, daß es deine eigenen Wahrheiten waren und sind.«

Allen Umstehenden wurde klar, daß es sich um eine persönliche Auseinandersetzung handelte oder daß ich zumindest versuchte, eine solche daraus zu machen. Die Männer sahen zu Boden, in die Luft, überallhin, nur nicht nach vorn, und machten sich dann davon, als seien sie eigentlich ohnehin nicht interessiert gewesen. Die Frauen gingen ebenfalls, aber viel zögernder.

»Meine Wahrheiten?«

»Was du für Liebe hältst. Was du für Gewalt hältst.«

»Gewalt?«

»Was willst du? Warum bist du hergekommen?«

Er sah auf, und seine braunen Augen glitzerten, als

319

sie einen Augenblick lang das Sonnenlicht widerspiegelten. Er erinnerte sich. »Der Generalstatthalter. Er ist hinter euch her. Er will die Kinder. Seine Soldaten durchkämmen das ganze Land nach euch.«

»Danke für die Warnung.«

»Releana … Du brauchst Hilfe …«

»J'role, ich will nicht mehr von dir beherrscht werden.«

Er wich einen Schritt zurück und führte seine Hände an die Brust. »Ich will dich nicht beherrschen. Ich will dich beschützen.«

Ich starrte ihn an und gab ihm einen Augenblick, um selbst dahinterzukommen. Er sagte nichts. Ich schüttelte den Kopf, zuckte die Achseln, drehte mich um und ließ ihn stehen.

»Releana!«

Er rannte auf mich zu.

»Was tust du denn? Sie werden euch finden.«

»Bestimmt sogar. Schließlich wollen sie ganz Barsaive beherrschen. Bestimmt werden sie keine Mühe haben, mich zu finden.«

»Du kannst hier nicht einfach abwarten. Was geschieht, wenn sie euch finden? Wer wird sich um euch kümmern?«

Ich verpaßte ihm eine Ohrfeige. Nein – ich schlug ihn. Ich wollte ihm eine Ohrfeige verpassen, dachte auch, daß ich es tun würde, aber unterwegs ballte ich die Faust. Ich traf ihn mitten ins Gesicht und spaltete ihm die Lippe. Ein dünner Blutfaden rann ihm am Kinn hinunter. Er wischte sich über den Mund, und seine Augen weiteten sich, als er das Blut sah, als überrasche es ihn festzustellen, daß er doch sterblich war.

»Ist dir jemals der Gedanke gekommen, daß ich mich um mich selbst kümmern kann?«

»Aber du … *verdammt noch mal!* Jeder braucht Hilfe! Ich will doch nichts Schlimmes. Wir brauchen alle Hilfe!«

»Ich habe Wia. Ich habe das Dorf. Wir helfen uns gegenseitig.«

Seine Stimme war plötzlich ein paar Töne tiefer. »Gegen die Theraner werden sie dir nicht helfen.«

Ich wollte ihm widersprechen, konnte es aber nicht. Mir ging auf, daß ich das gesamte Dorf in Gefahr brachte, wenn ich blieb.

»Weißt du überhaupt, was dort draußen vorgeht?« fragte er. Er zeigte nach Norden und schwenkte den Arm, um das ganze Land in die Geste mit einzubeziehen. »Die Theraner belagern die Throalischen Berge. Nichts kommt herein oder heraus. Sie hungern das Königreich aus!«

Ich biß die Zähne zusammen. Das hatte ich nicht gewußt. Unser Dorf war zu weit entfernt, als daß sich die Nachricht bis hierher hatte verbreiten können.

»Ich rede hier nicht über irgendein Spiel. Throal ist die einzige Macht, die den Theranern Paroli bieten kann, aber die Theraner haben Varulus überrumpelt. Es ist ihm nicht mehr gelungen, die Bündnisse zu schmieden, die er braucht, um die Theraner zurückzuschlagen. Aber wenn Throal jetzt vernichtet wird, ist alles vorbei. Die Theraner würden danach nur noch auf kleine, örtlich begrenzte Widerstandsherde stoßen.«

»Das habe ich nicht gewußt.«

»Nein, das hast du nicht.« Gekränkt verschränkte er die Arme vor der Brust, sorgte dafür, daß ich wußte, wie gekränkt er war. »Ich bin nicht nur hergekommen, um dich zu beschützen – obwohl mir natürlich viel daran liegt, dich in Sicherheit zu wissen –, ich bin auch gekommen, um dich um Hilfe zu bitten. Wir brauchen dich. Wir brauchen jeden.«

»Was habt ihr vor?«

»Die Belagerung zu durchbrechen. Wir haben keine andere Wahl.«

20

Die Mannschaft der *Steinregenbogen* half jetzt ehemaligen Sklaven, die sie von einem theranischen Schiff gerettet hatten, beim Aussteigen. Einige von ihnen konnten kaum gehen. Bei manchen war der Rücken so vernarbt, daß man keine normale Haut mehr sehen konnte. Die Theraner hatten auch ein paar verstümmelt – sie geblendet, ihnen die Zunge herausgeschnitten. Die Strafen waren seit meiner Zeit als Rudersklaven noch drastischer geworden.

Ich hatte wirklich keine Wahl.

»Ich muß ein paar Sachen zusammenpacken«, sagte ich zu J'role.

»Und denk an die Kinder!«

Ich schloß die Augen. Wie konnte ich Euch zwei mit in diese Sache hineinziehen? Dann sagte ich: »Ich denke an die Kinder.«

Als ich nach Hause kam, erzählte ich Wia, was los war.

»Du kannst sie nicht mitnehmen«, sagte sie zu mir. Wir saßen am Tisch und sahen einander an, während sich unsere Knie fast berührten. Warmes, freundliches Sonnenlicht fiel auf ihr Gesicht und verlieh ihrem Haar einen goldenen Schimmer.

»Ja. Ich weiß, was du meinst. Aber es geht nicht anders. Povelis sucht nach ihnen. Er betrachtet sie als sein Eigentum.«

»Es ist nicht leicht, eine Wahl zu treffen, wenn man solche Alternativen hat ...«

»Ich kann sie nicht zurücklassen, Wia. Ich muß sie beschützen.«

»Das ist hart ...«

»Ja, den richtigen Entschluß zu fassen, *wie* ich sie am

besten beschützen kann, ist genauso schwer wie das Beschützen an sich.«

»Wir dürfen das nicht vergessen ... Krieg. Ich meine, wir werden uns bald im Krieg befinden.«

»Wir? Was ... Ich hätte nicht gedacht ...«

Eine Pause trat ein. Niemand von uns wußte, was er sagen sollte.

Schließlich sagte Wia: »Ich gehe auch. Ich bleibe nicht hier.«

»Natürlich. Du willst gehen – genau wie ich. Aber ... ich dachte, du wolltest auf Samael und Torran aufpassen. Mir war nicht klar, daß du auch gehst.«

»Nein. Ich muß gehen. Was sie meiner Familie angetan haben ...«

»Ich weiß.«

»Ich weiß, warum du gehen willst. Du willst sie aufhalten. Du willst deine Familie beschützen. Aber ich habe keine Familie mehr, die ich beschützen kann. Ich habe nur ... Ich will ihnen nur schaden. Weißt du? Wir sind gleich und doch grundverschieden, weil du etwas bewahren willst. Etwas aufbauen. Ich will nur zerstören.«

Ich berührte ihre Hand. »Das ist nicht wahr. Du hast uns.«

»Ja.« Sie lächelte. Ich fühlte mich durch dieses Lächeln geehrt. »Wir haben einander. Aber ...«

»... Ja. Das ist etwas anderes ...«

»Ja. Etwas anderes.«

Wiederum Schweigen. Einen Augenblick lang stellte ich mir Wia im Krieg vor, wie das Leid sie in eine Schlacht trieb, aus der sie vielleicht nicht mehr zurückkehrte, wie sie kämpfte, bis nichts mehr von ihr übrig war. Nichts, was man noch als lebendig betrachten konnte. Schließlich sagte ich: »Ich will nicht ohne dich gehen.«

Sie lachte, und ich fiel in das Lachen ein. »Nein«, sagte sie. »Nein. Und ich würde nicht ohne dich gehen wollen. Weißt du, es war gar nicht das Kämpfen, was zuviel für mich war. Zuviel für mich war, wie alle anderen das Kämpfen *gesehen* haben. Ich kann töten. Ich kann tun, was getan werden muß. Aber bei den Trollen war es fast so, als kämpfte ich allein, weil ich das Kämpfen anders sah als alle anderen. Weißt du ...«

»... Ja ...«

»Die Trolle kämpfen auf eine ganz bestimmte Weise, sogar die Frauen ... Deshalb will ich dich bei mir haben. Jemand, der es genauso sieht wie ich. Es ist nicht das Kämpfen an sich, das mich stört. Es ist dieses Gefühl, irgend etwas falsch zu machen, weil man anders reagiert als alle anderen. Die Passion Thystonius. Nur Wettstreit. Immer dieser *Wettstreit*. Was soll das? Ich kämpfe, um irgend etwas zu schaffen, um jemandem zu helfen. Nicht, um zu beweisen, daß ich ein besserer Kämpfer bin als die Person neben mir.«

Während Wia redete, fiel mir wieder meine Thystonius-Erscheinung bei dem Kriegstanz der Trolle ein. Ich hatte weder Wia noch sonst jemandem davon erzählt. Es war zu seltsam gewesen. Und zu persönlich. Aber ich wollte, daß Wia wußte, was sie mir bedeutete. Ich erzählte ihr von der Vision und auch von der Vision Garlens.

Sie hörte mir gespannt zu. Als ich geendet hatte, sagte sie: »Wie seltsam.« Ich sah sie an und fing an zu lachen. Sie fiel ein.

»In der Tat«, sagte ich. Dann: »Ich glaube nicht, daß uns die Passion Thystonius völlig fremd ist. Aber wir nehmen die Passionen so wahr, wie wir sie betrachten. Ich brauchte diese Passion des übernatürlichen Wettstreits, um Samael und Torran zu retten. Aber mir ist sie als eine Frau mit Kindern erschienen, die sie zu beschützen hat.«

»Ja, Thystonius ist nicht allein gekommen. Ich habe natürlich schon davon gehört, daß die Leute Garlen als schwangere Frau wahrnehmen. Aber Thystonius ...

324

Für dich war die Passion nicht allein. Sie hatte etwas bei sich. Das Kind in ihrem Bauch. Ich wette, für die Trolle manifestiert sich die Passion des Konflikts nie als etwas anderes als ein Haufen Muskeln.« Wir lachten wieder. »Die Passion ist ganz wie sie und nur sie. Allein.«

»Ich glaube, du hast recht.«

Die Tür öffnete sich. Ihr zwei kamt herein. Torran sagte: »Mama, der Clown ist hier. Er will dich sprechen.«

Natürlich gingen wir alle. Nach dem Gespräch mit Wia erkannte ich, daß ich nicht wußte und auch gar nicht wissen konnte, wie ich mein Verlangen, Mutter, und die Notwendigkeit, Kriegerin zu sein, trennen sollte, also verband ich beides und flog mit der *Steinregenbogen*.

Trotz meiner Ängste ließ ich Euch über die Reling schauen und die grüne Landschaft Barsaives betrachten. Die Sonne tauchte die Dschungel unter uns in ihr Licht, während im Norden und Westen Gewitterwolken aufzogen und den Himmel grau färbten.

Samael sagte: »Mama, wir sind so groß! Wir können alles sehen!«

J'role kam zu uns und sah nachdenklich über den Bug. »Releana«, sagte er leise, »ich will ...«

»Ja.«

»Unterbrich mich nicht.«

»Ich habe dich nicht unterbrochen, sondern nur ja gesagt.«

Er schüttelte den Kopf. »Ich wollte nur ...«

Er hielt verwirrt inne.

»Samael, Torran«, sagte ich, »das ist euer Vater.«

Ihr drehtet Euch um und betrachtetet den Fremden. Er war nicht mehr wie ein Clown gekleidet. Er trug jetzt eine schwarze Rüstung, die blank poliert war und glänzte, offenbar von einem theranischen Soldaten erbeutet. Ein langes, silbernes Schwert hing an seiner Seite. Ihr zwei betrachtetet es begehrlich. Ich wurde nervös.

J'role lächelte, als ihm Euer Interesse auffiel. »Wollt ihr lernen, wie man damit umgeht?«

Ihr nicktet beide enthusiastisch, und saht dann rasch mich an, um festzustellen, was ich von Eurer Antwort hielt.

»J'role, ich will, daß sie Elementarmagie studieren.«

»Sie sollten wissen, wie man mit einem Schwert umgeht, egal, was sie studieren.«

Ich schluckte. Ich wollte nicht streiten. Nicht vor den Kindern. »Komm mit«, sagte ich und führte ihn auf die andere Seite des Decks. »Was man früh lernt, beeinflußt das, was man später lernt«, sagte ich zu ihm. »Wenn sie lernen, wie man mit einem Schwert kämpft, werden sie wie Kämpfer denken.«

»Du willst nicht, daß sie lernen, sich zu verteidigen?«

»Ich will nicht, daß sie lernen, nach Problemen zu suchen, gegen die sie sich verteidigen können.«

Daraufhin nickte er. »Gut. Ich verstehe. Aber wenn sie es lernen wollen ...«

»Wir sind die Eltern. Wir können nein sagen.«

»Warum sollten wir? Wir ziehen in den Krieg, Releana. Die Theraner. Sie sollten Bescheid wissen.«

Jetzt fehlten *mir* die Worte. »Ja. Ja, ja, ja.« Ich betrachtete Euch. Ihr wurdet langsam groß, und Eure Muskeln entwickelten sich. »Man hat wirklich kaum eine Wahl, wie?«

»Schiffe voraus!« rief der Ausguck.

Vor uns waren jetzt kleine schwarze Punkte in der Luft zu sehen, Dutzende von Schiffen. »Was sind das für Schiffe?«

»Drakkars«, erwiderte J'role lächelnd. »Krattack ist es gelungen, ein gutes Dutzend Kristallpiraten-Clans zu mobilisieren, um die Belagerung zu durchbrechen.«

»Wird das reichen?«

»Nein. Aber viele Schiffe der T'skrang, die den Schlangenfluß befahren, beliefern uns mit Nachschub. Sie haben uns auch Geld geliehen, um Orkreiterei als Söldner anzuwerben.«

»Orkreiterei als Söldner?«

»Ja«, sagte er mit einem Lachen. »Eine ganz neue Entwicklung bei den Ork-Brennern. Sie haben sich überlegt, daß es leichter und normalerweise auch einträglicher ist, sich für das Kämpfen bezahlen zu lassen, als plündernd herumzuziehen. Das gilt zumindest für einige Stämme.«

»Sieht so aus, als hättet ihr alles Nötige veranlaßt.«

»Nein.«

»Nein?«

»Nein. Wir müssen noch gewinnen.«

327

21

Wir segelten viele Tage lang nach Norden zu den Throalischen Bergen. Die Berichte der Späher deuteten darauf hin, daß sich die Hauptstreitmacht der Theraner um Throal versammelt hatte, wenngleich ein Teil ihrer Schiffe und Bodentruppen die wahllosen Angriffe auf die Bewohner Barsaives fortsetzte. Offenbar wollten sie den Willen unseres Volkes brechen, so daß wir alles tun würden, um das Gemetzel zu beenden. Ich bin sicher, daß die Angriffe diese Wirkung auch bei einigen Leuten erzielten. Doch bei den Leuten, mit denen ich zusammen war, verstärkten sie nur die Entschlossenheit, die Theraner aus unserem Land zu vertreiben.

Ich war immer dabei, wenn J'role Euch beiden Unterricht im Schwertkampf erteilte. Ihr übtet mit stumpfen Schwertern, aber das konnte meine Ängste nicht beschwichtigen. Ich hatte gar nicht einmal solche Angst davor, daß Ihr Euch verletzen könntet, sondern davor, wie Ihr Euch jetzt entwickeln würdet.

J'role kniete auf dem Vorderdeck und arbeitete mit Euch. Er brachte Euch die Grundbegriffe bei, die einfachsten Hiebe und Paraden, und Ihr wiederholtet sie immer wieder. Zuerst gingt Ihr beide so wild und unbeherrscht mit den Schwertern um, daß ich glaubte, J'role werde die Geduld verlieren und aufgeben. Ihr schient nicht so sehr lernen zu wollen, wie man mit einem Schwert kämpft, als vielmehr vorgeben zu wollen, große Schwertkämpfer zu sein.

Doch J'role wußte, wie er mit diesem Problem umzugehen hatte. Oder vielmehr schien er damit gerechnet zu haben. Seine Wesensverwandtschaft zu Kindern erstreckte sich auch auf das Lehren, und wenn einer von Euch aus der Reihe tanzte, bedachte er ihn einfach mit einem langen Blick, mit dem er sowohl Unwillen als auch Enttäuschung zum Ausdruck brachte.

Und es gelang! Ihr beruhigtet Euch dann sehr rasch, saht zu Boden und dann zu Eurem Vater und erwartetet neue Anweisungen. Ich konnte es nicht glauben und war unsagbar eifersüchtig. Es kam mir schrecklich ungerecht vor, daß dieser Mann, der bisher praktisch gar keine Rolle in Eurem Leben gespielt hatte, so großen Einfluß auf Euch hatte.

Dieser *Fremde* kam einfach daher, und Ihr erwiest ihm wachsenden und aufrichtigen Respekt. Er hieß Euch irgend etwas tun, und Ihr gehorchtet, nicht aus Angst vor seinem Zorn oder davor, daß Ihr seine Liebe verlieren würdet, sondern weil Ihr ihn zufriedenstellen wolltet. Ich verspürte ein seltsames Gefühl im Magen, als löse sich die Verbindung, die seit Eurer Empfängnis zwischen uns bestand, langsam auf.

Natürlich blieb es nicht aus, daß er dann und wann unzufrieden mit Euch war. Ich kann mich noch daran erinnern, als Ihr am Tag, bevor wir die Orkreiterei treffen sollten, Paraden übtet. Ich sah Euch nicht mehr regelmäßig zu, weil bei dieser Tätigkeit kein Platz für mich war. Doch bei dieser Gelegenheit stand ich nicht weit, um mir anzusehen, wie Ihr vorankamt.

Der Rest der Mannschaft war beschäftigt. Ich stand am Mittelaufbau und lehnte mich gegen die Mauer, während mir der Wind kühl über das Gesicht strich. Wir waren von dichtem Nebel umgeben, und auf meiner Haut und Kleidung setzten sich winzige Wassertröpfchen ab. Keiner von Euch dreien hatte mich bemerkt, und ich nehme an, Ihr glaubtet, ganz allein zu sein.

Samael mißlang eine Parade, und J'roles Schwert traf ihn an der Schulter. Der Treffer tat nicht weh, weil J'role seine Übungsschläge immer sehr vorsichtig ansetzte. Doch auf seiner Miene zeichnete sich eine sol-

che Wut ab, wie ich sie noch nie an ihm gesehen hatte,
und ich holte tief Luft.

Er hob die Hand und schlug Samael so heftig, daß er
auf das Steindeck fiel. »Was willst du?« schrie er.
»Willst du sterben? Verstehst du denn gar nichts?«

Zu bestürzt, um etwas zu sagen, lief ich zu ihnen.
Bevor ich Euch erreichte, hatte Euer Vater Samael bei
den Schultern gepackt, ihn hochgezogen und ihm
dann die Schwertklinge an die Kehle gesetzt. »Willst
du, daß *das* passiert? Alle sind hinter euch her. Versteht ihr? Ihr dürft keinen Augenblick lang in eurer
Wachsamkeit nachlassen!«

»*J'role!*«

Er fuhr herum, bestürzt, mich neben sich zu sehen.
Er erbleichte, und seine Augen verdrehten sich, als sei
er gerade in Trance gefallen. Er faßte sich rasch. »Tut
mir leid«, sagte er.

»Wofür entschuldigst du dich bei mir?« Ich sprach
beherrscht, wenn auch in scharfem Tonfall, und ich zitterte nicht. Aber innerlich spürte ich, wie mir das Gefühl für die Wirklichkeit entglitt. Ich spürte, wie ich
mich auflöste, wie mir ein Schrei in der Kehle saß, der
aus mir hervorbrechen wollte. Ich rang das Gefühl nieder, weil ich wußte, wenn ich schrie, verlöre ich die
Kontrolle über *alles*. Ich hatte keine Ahnung, was ich
dann anstellen würde.

Ich glaubte, Euren Vater zu kennen, seine guten und
schlechten Seiten. Ich glaubte, mit allem fertig werden
zu können. Darum hatte ich es so lange mit ihm aus-
gehalten. Doch plötzlich hatte sich eine neue Seite an
ihm offenbart. Er hatte einem Kind ein Schwert an die
Kehle gehalten, seinem eigenen Sohn! Wenn er dazu
fähig war, wozu dann sonst noch? Erinnerungen an
seine Bitten, ihn zu beißen, bis er blutete, kamen mir in
den Sinn, und in Verbindung mit diesem Vorfall
wurde mir klar, daß ich ihn nie wieder mit einem von
Euch alleinlassen wollte. Ich hatte geglaubt, eine be-

sondere Macht zu haben, sein Leid auf mich zu konzentrieren, es aufzusaugen – das heißt, die restliche
Welt vor seinem Zorn zu bewahren.

Warum ich das glaubte? Ich weiß es nicht. Ich
glaubte die Macht zu haben, ihn zu heilen. Ich weiß
nicht. Ich weiß es einfach nicht. Ach, wenn ich das
alles doch nur früher gewußt hätte. Wenn ich doch
nur hätte vorhersehen können, was noch geschehen
sollte...

Ihr zwei wart in Tränen aufgelöst. Ihr hattet die
Schwerter fallen lassen und wart außer Euch. J'role
kniete vor Euch. Die Panik wurde stärker in mir, und
ich glaubte, Euren Vater auf der Stelle erwürgen zu
können. Ich kannte die Macht seines perversen Char-
mes und seiner Fähigkeit, sich für *alles* zu entschuldi-
gen. Ich wollte nicht, daß er anfing, Euch ebenfalls
damit einzuwickeln.

»Kinder!« sagte ich scharf, und meine ganze pani-
sche Energie entlud sich in diesem einen Wort.

Ohne Zögern kamt Ihr zu mir, und wir drehten uns
auf dem Absatz um und gingen zu unserer Kabine.
J'role blieb auf dem Deck und auf den Knien, in den
dichten Nebel gehüllt.

22

Zwei Tage später brach der Theranische Krieg aus und war nach drei Tagen beendet.

Ihr wart nicht nur dabei, sondern habt die Einzelheiten schon hundert- und tausendmal gehört, also will ich sie hier nicht wiederholen. Und, um die Wahrheit zu sagen, die Einzelheiten des Krieges interessieren mich auch gar nicht. Ja, natürlich entwickelten die Beteiligten sehr viel Scharfsinn, und es wurden auch Taten des Mutes und der Stärke vollbracht. Die eigentliche Strategie – die Flußboote der T'skrang die Windung aufwärts und direkt nach Throal fahren zu lassen – war glänzend. Durch dieses Unternehmen wurden nicht nur Throals Vorräte aufgefrischt, sondern das Königreich bekam auch die erforderlichen Kriegsmaterialien, um einen Zweifrontenkrieg gegen die Theraner zu führen – von Throal aus und von außen.

Wir hätten auch verlieren können, und es war reines Glück, daß wir schließlich gewannen. Aber die Kriegslisten und strategischen Theorien interessieren mich nicht.

Ich habe zu viele Leute sinnlos sterben sehen. Luftschiffe, die von den Feuerkanonen der Theraner zerschossen wurden. Flußboote der T'skrang, die auf ihrer Fahrt die Windung hinauf versenkt wurden. Bodentruppen, die aufeinanderprallten, wie Wogen gegen eine Klippe branden, die sich in einem gigantischen Kräftemessen gegenseitig zerschmetterten.

Andere haben sich hinterher noch jahrelang mit diesem Thema beschäftigt und sind die Ereignisse immer wieder durchgegangen. Für mich war der Krieg einfach etwas, das ausgefochten und gewonnen werden mußte, um mich wieder dem *Leben* widmen zu können.

Also will ich Euch nur von zwei Vorfällen berichten, von dem einen, weil ich stolz darauf bin, und von einem anderen, der mit Eurem Vater zu tun hat. Der erste fand vor dem eigentlichen Ausbruch der Kampfhandlungen statt, der zweite kurz vor Kriegsende.

23

Am Tag, bevor die entscheidende Schlacht begann, hielten wir auf der *Steinregenbogen* eine Beratung ab. Sie hatte sich in den letzten Monaten einen außergewöhnlichen Ruf erworben, und da es sich zugleich um ein von den Theranern erbeutetes Schiff und einen relativ sicheren Ort handelte, hatte die Entscheidung, die Versammlung aller beteiligten Parteien auf ihr stattfinden zu lassen, sowohl symbolische als auch praktische Gründe.

J'role hatte die Tische in der Messe zu einem großen U zusammengeschoben, damit sich während der Beratung alle sehen konnten. Anwesend waren Söldner der Orkreiterei, deren massige Körper in federn- und farbengeschmückten Kettenpanzern steckten. Kristallpiraten, die angesichts der Würde und Großartigkeit der Versammlung zappelig und nervös waren. Scharfsinnige T'skrang, die mit ihren spitzen Zähnen freundlich lächelten, während ihre Reptilienkörper entspannt auf den Stühlen ruhten. Zwerge mit vernarbten Gesichtern, die soeben erst die theranische Blockade durchbrochen hatten, um uns einen Bericht über Throals Abwehrmaßnahmen zu geben. Windlinge, die es vorzogen, sich auf den Tisch zu setzen. Elfen und andere, alle entschlossen, den Würgegriff der Theraner zu durchbrechen, um sie und ihre Armada aus Barsaive zu vertreiben.

Der Grad der Zusammenarbeit verblüffte mich, da ich noch nie gehört hatte, daß so viele verschiedene Parteien je auf ein gemeinsames Ziel hingearbeitet hatten. Sie waren aus der ganzen Provinz gekommen und arbeiteten nicht auf ihren eigenen Vorteil hin, sondern für das Wohl aller.

Über der Beratung hing eine Atmosphäre der Spannung, als ein Elfenkrieger aus Throal, General Oshia, die Einzelheiten des bevorstehenden Kampfes vortrug. In manchen Fragen gab es abweichende Meinungen, doch niemand unterschätzte die Gefahr. Die Beteiligten wollten einfach sichergehen, daß sie das Leben ihrer Gefolgsleute nicht einfach wegwarfen.

In einer Pause traf ich zufällig Krattack draußen auf Deck, obwohl ich es für mehr als wahrscheinlich halte, daß Krattack mich gesucht hat. Einerlei, denn ich mochte ihn sehr. Von allen Leuten, die mir begegnet waren, seitdem vor mehreren Monaten die theranische Burg über mein Haus geflogen war, war er der ehrlichste und auch der interessanteste. Er sah jetzt schrecklich alt aus. Die graugrüne Haut über seinen Muskeln war schlaff und runzelig. Sein einstmals durchdringender Blick wirkte verschwommen, und in seinen Augen glaubte ich einen weißen Schatten zu erkennen. Sein sanftes Lächeln – mit einer Spur seines Humors – war jedoch geblieben.

»Du bist sehr müde, nicht wahr?« fragte ich ihn.

»Irgendwie schon. Ich mache mir jetzt nur nicht mehr die Mühe, es zu verbergen.«

»Setzt du dich bald zur Ruhe?«

»Zur ewigen Ruhe«, sagte er. Dann, als er meine Überraschung sah: »Daran ist nichts Merkwürdiges. Ich bin alt. Ich bin mit Kriegern unterwegs. Es wird geschehen.«

»Du weißt doch nicht ...«

»Ich wollte dir sagen, daß dies alles ohne dich nicht möglich gewesen wäre. Oder vielmehr hätte *ich* sonst irgendwie anderweitig dafür gesorgt, aber tatsächlich warst du diejenige, welche.«

»Was, alles?«

»Diese Versammlung. Die Zusammenarbeit.«

»Da bin ich mir aber nicht so sicher ...«

»Natürlich nicht. Du warst nicht dabei, und für dich

ist Zusammenarbeit etwas Selbstverständliches. Aber glaub mir, diese Versammlung zustande zu bringen, war nicht einfach. Vrograth war wie geschaffen für diese Aufgabe.«

»Vrograth? Ich dachte, du seist die treibende Kraft hinter alledem.«

»Nein, nein.« Er fuchtelte mit den Händen herum. »Ich kann nur hinter den Kulissen wirken, weil niemand einen alten Troll ernst nimmt. Krieger hören Vorschlägen hinsichtlich einer Zusammenarbeit nur dann zu, wenn sie von jemandem stammen, der genauso kriegerisch und unabhängig ist wie sie selbst. Nur so können sie sich wirklich eingestehen, daß Zusammenarbeit die einzig vernünftige Möglichkeit ist. Also mußte Vrograth an die Front.«

»Ich hätte nicht gedacht, daß er Leute zu einem Bündnis zusammenschmieden könnte.«

»Und da kommst du ins Spiel. Du hast nämlich ziemlichen Eindruck auf ihn gemacht. Du hast ihn dreimal besiegt. Zuerst mit deiner merkwürdigen Geduldsprobe – ganz wunderbar übrigens. Auf die Idee wäre ich nie gekommen. Dann beim Kriegstanz. Und schließlich, als wir die beiden theranischen Luftschiffe besiegt haben. An dem Tag, an dem du gefangengenommen wurdest, hast du bewiesen, daß deine Denkweise gut funktioniert. Auf seine unbeholfene Art hat er versucht, dir nachzueifern.«

»Tatsächlich?«

Krattack lachte. »Niemand könnte euch zwei jemals verwechseln, aber er hat seine Sache wirklich gut gemacht. Jedenfalls wollte ich dir danken, daß du in jener Nacht nicht davongelaufen bist.«

»Du hättest mich doch sowieso zurückgehalten.«

Er legte mir seine klobigen Finger auf die Schulter. »Da bist du im Irrtum. Wenn dich meine Worte nicht überzeugt hätten, hättest du gehen können, wohin du willst. Was hätte es für einen Sinn gehabt, dich gegen deinen Willen festzuhalten? Ich brauchte jemanden, der mit Vrograth direkt aus der Tiefe seines Herzens sprach.«

»Aber ich wollte meine Kinder retten.«

»Dein Tod hätte ihnen gewiß nicht geholfen. Das wußtest du auch. Auf jeden Fall danke ich dir.«

»Es kommt mir so vor, als wärst du derjenige, dem der Dank gebührt.«

»Uns beiden. Aber keiner von uns wird Dank erhalten. Die Geschichte wird von Leuten geschrieben, die das Töten und die Anzahl der Toten für das Wichtigste bei der Lösung eines Konflikts halten. Die Friedensstifter werden als unwesentliche, normalerweise eher gefährliche Elemente betrachtet.«

Ich lächelte über seine Bescheidenheit. »Das bezweifle ich, Krattack. *Falls* wir gewinnen, wird man sich noch lange an dein Werk erinnern.«

»Du irrst dich, Releana. Aber ich weiß deine freundlichen Worte zu schätzen.«

Krattack hatte natürlich recht. Er starb am nächsten Tag, und niemand spricht mehr von ihm.

24

Die Überfälle auf die theranischen Schiffe hatten mich nicht auf die Schlacht um Throal vorbereiten können. Die schiere Anzahl der darin verwickelten Kämpfer überwältigte meine Empfindungen. Die Anzahl derjenigen, die von einem Augenblick auf den anderen vor meinen Augen starben, raubte mir fast den Verstand.

Luftschiffe umflogen einander wie Vogelschwärme. Feuerbälle rasten zwischen den Schiffen hin und her, leuchtend rote Flugbahnen des Todes, die sich ihre Opfer suchten. Auf Drakkars, Burgen und steinernen Luftschiffen loderten Flammen auf. Männer und Frauen stürzten in den Tod, manche wanden sich im Fall vor Schmerzen, da sie von den Flammen verzehrt wurden, und zogen eine Rauchfahne hinter sich her. Die Schiffe rasten aufeinander zu. Während es die Steinschiffe darauf abgesehen hatten, die hölzernen Drakkars zu rammen, versuchten die Trollpiraten, sich den theranischen Schiffen möglichst so weit zu nähern, daß sie sie entern konnten, ohne dabei getroffen zu werden. Auf den Burgmauern brachen Kämpfe aus. Die Takelage der Schiffe wurde zum Schauplatz wilder Schwertduelle.

Auf der Erde trafen Tausende von Soldaten in schrecklichen blutigen Schlachten aufeinander. Magie, Pfeile und Schwerter raubten Hunderten das Leben.

Die Flußboote der T'skrang schafften es die turbulenten Stromschnellen der Windung hinauf und lieferten dem Königreich den dringend benötigten Nachschub. Später an diesem Nachmittag brach die Horde der throalischen Krieger aus dem Bergkönigreich hervor und überwältigte die theranischen Truppen, die an den Toren stationiert waren. Theranische Luftschiffe

stießen herab, um ihre Soldaten zu unterstützen, und mit der Teilung ihrer Flotte wendete sich das Blatt zu unseren Gunsten.

Wia und ich selbst bedienten die Feuerkanone der *Steinregenbogen*. Zuerst war ich wie betäubt, später wurde ich euphorisch. Die gesamte Schlacht, die drei Tage lang tobte, verwandelte mich in ein Wesen, an das ich mich nicht mehr erinnern will. Ich spürte Thystonius' Anwesenheit – bei *allen*, Theranern und Kristallpiraten gleichermaßen –, wenngleich ich sie nicht sah. Sie liebte die Schlacht. Sie sehnte sich nur danach, daß es genug Gründe für Konflikte gab und Leute daraufhin handelten. Sie erfüllte uns alle mit ihrer Passion, so daß wir härter und ausdauernder kämpfen konnten.

Am dritten Tag schien es so, als hätten wir gewonnen. Die theranische Flotte war zersplittert und zur Hälfte vernichtet worden. Nun, da ihre Armada geschwächt war, glaubte ich, daß uns der Sieg sicher war. Dann sah ich eine Burg auf uns zufliegen – die größte aller Burgen, die die Theraner in der Luft hatten. Ich erkannte sie zuerst nicht, wußte jedoch sofort Bescheid, als sie uns unter Feuer nahm.

Der *Bewahrer*.

»J'role!« rief ich. »Kurs ändern. Der Generalstatthalter kommt!«

Ich hatte die Worte noch nicht ganz ausgesprochen, als das Schiff auch schon nach Steuerbord ruckte. Wir hatten kaum eine andere Wahl, als uns zurückzuziehen, da wir ein theranisches Luftschiff verfolgt hatten und dabei vom Rest unserer Flotte getrennt worden waren. Der Wind frischte auf, und dicke Regentropfen klatschten mir ins Gesicht.

»Segel reffen!« befahl Wia, und wir kletterten rasch in den Mast, um die Segel einzuholen. Ein Blick über die Schulter zeigte mir, daß der *Bewahrer* immer näher kam.

»Warum haben sie das Feuer eingestellt?« fragte Wia.

Ich sah mich um. Es stimmte. Zuerst wollte mir keine schlüssige Erklärung einfallen, aber dann kam mir die Erleuchtung. »Er weiß, daß wir auf dem Schiff sind ...«

»Er?«

»Generalstatthalter Povelis. Er ist hinter uns her. Er will die Kinder.«

Ich überließ den anderen die Arbeit an den Segeln und rannte zu J'role. »Es ist Povelis. Er will sich die Kinder holen.«

Den Blick starr nach vorn gerichtet, versuchte J'role, die *Steinregenbogen* auf einem Kurs zu halten, der uns wieder in die Nähe unserer Flotte brachte. »Die Kinder«, sagte er leise. »Releana, dieser Brauch der Theraner mit den Zwillingen. Glaubst du, da ist etwas daran? Ich meine, können wir ihn überhaupt aufhalten?«

341

»Ich weiß es nicht. Wirklich nicht.« Mir fiel der Kampf auf der Zugbrücke in Vivane ein. Ich erzählte J'role davon und sagte: »Ich traf ihn in dem Augenblick, als er im Begriff war, Torran zu verletzen. Er wäre fast in den Tod gestürzt. Aber er tat es nicht. Die Kinder waren noch unversehrt. Also ist vielleicht wirklich etwas daran.«

»Also wären sie fast verletzt worden. Nur ein wenig. Vielleicht hat ihn die Magie fast umgebracht, um ihn zur Räson zu bringen. Um ihn daran zu erinnern, wie wichtig sie sind.«

Hinter mir leuchtete es plötzlich rot auf. Ich fuhr herum und sah zwei Feuerbälle auf uns zurasen. Ich packte J'role und warf mich mit ihm zu Boden. Das Schiff erbebte, und über dem Heck schlugen Flammen zusammen.

J'role sprang auf und packte das Steuerruder. Er versuchte den Kurs in Richtung auf die Drakkars zu korrigieren, aber das Rad drehte sich widerstandslos und locker in seinen Händen. Die Feuerbälle hatten das Ruder zerstört. Die Burg ragte jetzt über uns auf, ihre mächtigen, düsteren Steinmauern verdeckten den Himmel hinter uns.

»Ich muß die Kinder vom Schiff hinunterschaffen«, sagte ich.

Abwesend, wie zu sich selbst, sagte J'role: »Ja.«

Nachdem ich mich entschlossen hatte, am Krieg teilzunehmen, hatte ich eine Kopie des Metallflügel-Zaubers gefunden und ihn in mein Grimoir geschrieben. Mein Plan war, Euch in die Arme zu nehmen und mit Euch wegzufliegen. Ich rannte zur Treppe zu den unteren Decks. Als ich die Tür erreichte, sah ich, daß sich ein Dutzend Drakkars von unserer Flotte abgespalten hatten und auf uns zuhielten. Es gab jedoch keine Garantie, daß sie uns noch rechtzeitig erreichen würden.

Ich hatte Euch zwei in meiner Kabine lassen müssen, als die Kämpfe begannen. Kurz bevor ich die Kabine erreichte, erhielt die *Steinregenbogen* einen mächtigen Schlag, der sie nach Backbord warf. Das markerschütternde Knirschen von Stein auf Stein hallte durch das Schiff. Die Burg hatte uns gerammt. Ich wurde gegen die Wand geschleudert und hatte mich gerade wieder aufgerappelt, als die Burg uns erneut rammte. Das Geräusch berstenden Steins wurde lauter, und ich hörte Euch beide schreien.

Während das Schiff hin und her schaukelte, rannte ich zu meiner Kabine. Als ich die Tür öffnete, schlug mir eine Windbö entgegen. Ein langer, eine halbe Elle breiter Riß lief durch Fußboden und Außenwand. Eines meiner Kristallsiegel war geplatzt. Ihr zwei standet auf der anderen Seite der Spalte und klammertet euch aneinander. Der *Bewahrer* rammte uns erneut, und der Spalt verbreiterte sich.

Ich war vollkommen außer mir. Es ist eine Sache, über eine Schiffsreling zu schauen und tief unten den Erdboden zu sehen. Aber es ist eine ganz andere, die Erde durch den Boden der Kabine zu sehen, in der man normalerweise schläft.

Ich hörte Schreie von oben und wußte, daß die Besatzung des *Bewahrers* damit begonnen hatte, uns zu entern. Wenn wir noch entkommen wollten, mußte es jetzt sein. Ich sprang über die Spalte, hob Euch auf und sprang dann zurück. Unter der Last Eures Gewichts schwankend, rannte ich durch den Gang und zum Laderaum. Ich brauchte nur die Ladeluke zu öffnen, den Zauber zu wirken und wegzufliegen, wie ich es vor Monaten unter dem Einfluß des Magiers getan hatte.

Wir erreichten die Tür zum Laderaum. Ich löste den Riegel ...

Die Tür öffnete sich nicht.

Ich versuchte es immer wieder, stemmte mich dagegen, aber ich brachte sie nicht auf. Durch die Rammstöße hatte sich die Tür verklemmt. »Kommt.« Ich nahm Euch bei der Hand und führte Euch zur Treppe zu den oberen Decks. J'role, Wia und zwei Trolle kamen uns entgegen.

»Sie sind an Bord«, sagte Wia. »Wir sind so gut wie tot. Jedenfalls kommt es mir so vor. Der Rest der Mannschaft hat auf dem Oberdeck den Geist aufgegeben.«

»Versteckt euch!« befahl ich, und Ihr zwei machtet kehrt und ranntet davon.

»Generalstatthalter Povelis«, rief ein Theraner von irgendwo auf der Treppe, »wir müssen dieses Schiff verlassen! Die Piraten sind jeden Augenblick hier.«

»Nicht ohne die Kinder!«

»Aber ...«

»*Nicht ohne diese Jungen!*«

Stiefel polterten die Treppe herunter. J'role, Wia, die Trolle und ich bereiteten uns auf den Kampf vor. Fünf theranische Soldaten, deren silberne und scharlachrote Rüstungen verbeult und blutverschmiert waren, stürmten die Treppe herunter und in den Gang. Ihnen folgte der Generalstatthalter.

»Wartet«, sagte er zu seinen Männern, als er uns sah, »wartet!« Zu uns sagte er: »Mir bleibt nur noch wenig Zeit hier. Wenn ihr mir die beiden Jungen gebt, lasse ich euch am Leben. Ich habe keine Zeit, mit euch zu kämpfen.«

Sein Gesicht verriet eine Furcht, wie ich sie noch bei keinem gesehen hatte. Es war, als müsse er sterben, wenn er die Jungen nicht bekam. Jedenfalls schien er das zu glauben. Und vielleicht stimmte es auch wirklich. Die theranische Magie ist geheimnisvoll und mir unbekannt.

Ich empfand ein seltsames Mitleid mit ihm, sagte jedoch: »Verlaß mein Schiff!« Durch die Risse im Rumpf heulten Windböen durch den Gang. Ich hätte fast gelacht, da es mir plötzlich lächerlich vorkam, mein auseinanderbrechendes Schiff als geheiligten Grund auszugeben.

»Sie sind nur deine Kinder, aber sie sind mein *Leben*.« Sein blasses Gesicht verzerrte sich vor Wut, und er gab seinen Männern den Befehl zum Angriff.

»J'role, was ist los?«

»Sie können nicht sein Leben sein. Das ist falsch. Die Leute können nicht...«

Er brach ab. Die Theraner griffen an. Ich wirkte einen Feuerball, der die ersten beiden an der Brust traf. Sie wurden zurückgeschleudert, während die Trolle neben mir die drei anderen Theraner angriffen. Ich glaubte schon, der Sieg sei unser, aber dann trafen weitere theranische Soldaten ein. »Holt sie euch! Tötet sie! Findet die Kinder. Wir verlassen das Schiff erst, wenn wir sie haben!« Die Soldaten schienen Einwände erheben zu wollen, doch dann gehorchten sie seinem Befehl und griffen uns an. Ein Magier gehörte ebenfalls zur Gruppe, und er wirkte einen Zauber, um unsere Waffen zu überhitzen, so daß sie zu heiß wurden, um sie festzuhalten. Ich wirkte einen Zauber, um die Theraner zu fesseln.

Schwerter klirrten, und Zauber wurden gewirkt, bis die Trolle tot waren. Nur wenige Theraner waren gefallen, und Wia und ich lagen blutend am Boden. Der Generalstatthalter kam auf uns zu. »Siehst du? Zwischen den Jungen und mir besteht ein Band. Mir kann nichts geschehen.« Zu seinen Soldaten sagte er: »Tötet diese beiden, und sucht die Jungen.«

Die *Steinregenbogen* erbebte in ihren Grundfesten, diesmal nicht infolge eines Rammstoßes, sondern einfach aufgrund des bereits erlittenen Schadens. Breite Sprünge zogen sich durch die Decke, und Steinbrocken rieselten auf uns herab. Im Boden zwischen den Theranern und uns öffnete sich eine riesige Spalte – fünf Ellen breit –, und die zwei Hälften des Ganges sackten nach unten durch, so daß sich eine Art Trichter bildete. Die Leichen auf dem Boden glitten die Schräge herab und fielen durch das Loch. Die anderen gaben sich alle Mühe, um nicht den Halt zu verlieren, und Wia und ich kämpften verzweifelt, um uns weiter von dem Loch wegzuschieben.

Der Generalstatthalter blieb unschlüssig stehen, bis einer der getöteten Trolle aus unserer Mannschaft auf die Öffnung zurollte. Die Leiche prallte gegen die Beine des Generalstatthalters, der daraufhin den Halt verlor. Die beiden rutschten in einem Gewirr aus Armen und Beinen unaufhaltsam auf das Loch zu und fielen hindurch. Die Finger des Generalstatthalters klammerten sich noch einen Augenblick lang am Rand der Öffnung fest und verschwanden dann. Was blieb, war nur noch der Schrei des Generalstatthalters, dann nichts mehr.

Die Soldaten auf der anderen Seite des Loches ergriffen die Gelegenheit, sich zurückzuziehen, und rannten die Treppe herauf und zurück auf den *Bewahrer*. Die Burg segelte davon und bedroht Barsaive bis heute.

Wia und ich nahmen uns die Zeit, einen Seufzer der Erleichterung auszustoßen. Dann standen wir vorsichtig auf, wobei wir uns an Türpfosten festhielten, um nicht auszugleiten und das Schicksal des Generalstatthalters zu teilen.

»Was glaubst du, wie lange sich das Schiff noch in der Luft hält?« fragte sie mich.

»Ich habe keine Ahnung.« Ich rief Euch beide, bekam jedoch keine Antwort.

»Es sieht so aus, als sei das Glück des Generalstatthalters doch nicht mit den Jungen verknüpft gewesen.«

»Ja«, sagte ich abwesend, während wir weiter den Gang hinaufstiegen. Plötzlich überfiel mich die Furcht mit eisigen Krallen. »Wo ist J'role?«

Wia sah sich um. »Er ist nicht...«, begann sie mit einem Blick auf das Loch im Gangboden.

»Nein. Er ist verschwunden...«

Ich bewegte mich jetzt schneller. Jede Faser meines Körpers und meines Verstandes schrie mir zu, daß hier irgend etwas ganz entschieden faul war.

Ich erzähle Euch dies jetzt, weil Ihr mich nach Eurem Vater gefragt habt. Keiner von Euch beiden hat eine Erinnerung an das Geschehene, da sie so schrecklich war, daß kein Kind sie hätte ertragen können. Ich habe Euch nie darauf angesprochen, weil es bis jetzt nicht notwendig gewesen ist. Jetzt will Euch Euer Vater wiedersehen.

Jetzt ist es notwendig.

Ich riß eine Tür nach der anderen auf, bis ich Euch in der Kabine fand, in der Ihr Euch versteckt hattet.

Alles war voller Blut. J'role fuhr herum, das Gesicht blutverschmiert, ein blutbeflecktes Messer in der Hand. Ihr zwei lagt auf der Koje, wegen der Schlagseite, die das Schiff mittlerweile hatte, ganz dicht an der Wand. Das Bettlaken war blutdurchtränkt.

»Was ...?« fragte ich, nur ein Keuchen, unfähig ein weiteres Wort herauszubringen.

»Sie sind in Sicherheit«, sagte Euer Vater fast wie ein um Anerkennung heischender Junge. »Siehst du?« Er packte Dich, Samael, und hielt Dich so, daß ich Dich sehen konnte.

Dein einst wunderschönes Gesicht war von klaffenden blutigen Schnitten entstellt. Die Schnitte zogen sich über Wangen und Hals bis zur Schulter. Wahrscheinlich konnte keine Magie der Welt den Schaden gänzlich heilen. Deine Augen waren geschlossen, die Atmung war flach.

Sehr leise sagte ich: »Du bist wahnsinnig.«

Er sah zu Boden, dann zur Decke und sagte schließlich: »Ja, ich glaube schon.« Ich glaubte, er würde zu weinen anfangen, doch statt dessen deutete er auf Euch und sagte: »Er ist jetzt gezeichnet, siehst du? Er hat jetzt seine Narben. Unsere Narben machen uns zu dem, was wir sind. Der Generalstatthalter wird sie jetzt nicht mehr wollen, und sie haben ihre Narben.«

Ich schrie. Ich schrie noch, als ich Euren Vater niederschlug und zu Euch stürzte. Ohne die *sofortige* Hilfe Garlens würdet Ihr vielleicht sterben. Ich war nicht sicher. Aber Eure Gesichter ... Soviel Blut.

Ich zog meinen Dolch und ging auf Euren Vater los. Ich wollte ihn töten. Ein unsagbares Verlangen nach Gewalt packte mich. Als J'role das sah, wurde er wütend. »Weißt du nicht, was ich getan habe?« spie er mir förmlich entgegen. Er fuhr herum, hob das Schwert auf und richtete die Spitze auf meine Brust. Vielleicht gelang es mir, ihn zu töten, aber es würde sehr schwierig werden. Wie erstarrt standen wir uns gegenüber.

Garlen und Thystonius erschienen.

Sie waren spiegelbildliche Erscheinungen, beide acht Ellen groß, beide in einer silbernen Rüstung. Ich konnte sie nur aufgrund eines winzigen Unterschiedes in ihrer jeweiligen Miene auseinanderhalten. Garlen runzelte besorgt die Stirn. Thystonius' Augen funkelten in einem unstillbaren Hunger nach Energie.

»Rette die Kinder!« verlangte Garlen.

»Dir bleibt nur noch der Kampf«, sagte Thystonius.

Ich wollte beides, aber die Passionen ließen mir diese Möglichkeit nicht. Beide übten eine unbeschreibliche Anziehungskraft auf mich aus. Doch dann stellte ich mir folgende Frage: Was würde ich *morgen* am liebsten tun?

Ich wandte mich an Garlen und neigte den Kopf. »Bitte. Ich werde deinen Idealen bis an mein Lebensende treu bleiben.«

Sie berührte meinen Kopf, und ich spürte, wie mich ihre Macht durchströmte.

Die *Steinregenbogen*, die von dem Augenblick an, als sich der große Spalt aufgetan hatte, beständig an Höhe verlor, schlug auf und schleuderte uns durch die Kabine. Weitere Steinbrocken, größere jetzt, fielen herab. In der Bordwand klafften gewaltige Risse. Licht fiel von draußen herein. Ich raffte mich auf, da ich mich davor fürchtete, was J'role vielleicht tat.

Doch er war bereits durch eine der Spalten in der Bordwand verschwunden. Ich sah draußen nur den dichten, finsteren Dschungel und grauen Nebel.

Ihr lagt blutend da. Ich kniete neben Euch nieder und wirkte die Heilkräfte, die Garlen mir verliehen hatte.

28

Die Theraner zogen sich auf ein kleines Fleckchen im südöstlichen Barsaive zurück. Von ihrer einstigen Macht war nur noch ein Schatten geblieben. Ihr überlebtet beide, würdet die Narben jedoch Euer ganzes Leben lang behalten. Einige der im Zuge des Theranischen Krieges geschlossenen Bündnisse haben gehalten, und Throals Macht wächst. Vrograths Sohn, Kerththale, ist König Varulus' Hauptstütze bei den Kristallpiraten.

Ihr habt mich gebeten, Euch von Eurem Vater zu erzählen, und das habe ich getan. Nachdem ich Euch geheilt hatte, fand ich heraus, daß Ihr Euch an die Vorfälle mit Eurem Vater in der Kabine nicht erinnern konntet, und ich kam zu dem Schluß, daß es so am besten war. Und später erfuhr ich, daß auch Eure Erinnerungen an die früheren Begegnungen mit ihm getrübt waren.

Er ist nie wieder zu Besuch gekommen, noch habe ich seitdem etwas von ihm gehört. Bis ich kürzlich diese Briefe erhalten habe.

Ich bin Garlen die ganzen Jahre über treu geblieben, aber die Heilung, an der ich mich nie versucht habe, ist die Heilung Eures Vaters. Ich glaube, wenn ich es versuchte, würde er mich töten.

Bergschattens Brief habe ich ins Feuer geworfen. Ich will ihn nicht lesen. Ich will nichts mehr mit J'role zu tun haben. Ich werde schwach, wenn ich in seiner Nähe bin, und meine Empfindungen verwirren sich.

Ich sage Euch das eine: Ich glaube nicht, daß einer von Euch zu ihm gehen sollte, wenn es das ist, worum er Euch gebeten hat. Ich habe Angst, weil er erneut sein Interesse an mir bekundet. Ich habe Angst, weil er erneut ein Interesse an Euch bekundet. Und ich habe Angst vor ihm, weil Dinge in ihm schwelen, schreckliche Dinge, derer er meiner Ansicht nach nicht Herr werden kann.

Ich wünsche mir so sehr, ich könnte für ihn da sein. Aber es gibt Dinge, die wir einfach nicht tun können.

Auch nicht für diejenigen, die wir lieben.

Mögen die Passionen in Euch wahrhaftig bleiben, welche Wahl Ihr auch trefft.

In Liebe,
Mutter